STORM OF LIGHT

디아블로: 빛의 폭풍
디아블로 세계의 다른 멋진 이야기들도 놓치지 마세요.

티리엘의 기록
호라드림 결사단
케인의 기록

STORM OF LIGHT

네이트 케년 지음 / 유영희 옮김

블리자드 엔터테인먼트의 게임을 배경으로 한 소설입니다.

제우미디어

디아블로: 빛의 폭풍

초판 1쇄 | 2014년 5월 28일
초판 5쇄 | 2016년 12월 1일

지은이 | 네이트 케넌
옮긴이 | 유영희

펴낸이 | 서인석
펴낸곳 | 제우미디어
출판등록 | 제 3-429호
등록일자 | 1992년 8월 17일
주소 | 서울시 마포구 상수동 324-1 한주빌딩 5층
전화 | 02-3142-6845
팩스 | 02-3142-0075
홈페이지 | www.jeumedia.com

ISBN | 978-89-5952-315-3
• 파본은 본사나 구입하신 서점에서 교환해드립니다.

제우미디어 소설 공식 카페 | cafe.naver.com/jeunovels
제우미디어 페이스북 | www.facebook.com/jeumedia

만든 사람들
출판사업부 총괄 손대현 | **책임 편집** 김용진 | **기획** 전태준, 홍지영, 신한길, 김혜리 | **디자인 총괄** 디자인수
제작 김금남 | **영업** 김응현, 김영욱, 박임혜
도와주신분 백영재, 김유수, 양유신, 정향, 김준형, 블리자드코리아 현지화팀, 홍보팀, 커뮤니티팀, 마케팅팀, 웹서비스팀, 김선하

아빠가 글을 쓰는
이른 새벽 깊은 잠에 빠진
엘리 로즈에게

프롤로그

드높은 천상

태초의 여명이 시작된 이래로 암흑과 빛의 세력은 영원한 분쟁 안에 갇혀 있었다.

우리의 전투는 연기가 피어오르는 잉걸불에서 되살아나는 불씨처럼 수백 년 동안 계속되었다. 천사들이 그들을 물리칠 때마다 어둠의 세력은 다시 일어났고 전보다 더 강해졌다. 그러나 빛의 수호자들과 드높은 천상의 지배자들은 그때마다 최후의 승리를 이뤄냈다.

종말, 어리석은 자부심이 우리의 눈을 멀게 했다. 아이의 가면을 쓴 채 잿더미 속에서 부활한 디아블로는 성역을 딛고 올라와 다이아몬드 문을 파괴했다. 그리고 마침내 성공을 눈앞에 두었으니, 천사들에게 힘의 근원인 수정 회랑이 대악마의 손아귀에 놓이게 되었다.

필멸자의 영혼이 개입하기 전까지.

한 인간이 두 세계의 파괴를 막고자 분연히 일어섰다. 네팔렘의 위대한 용기는 우리에게 힘이 되었고 운명의 흐름을 바꿔놓았다. 그리고 디아블로의 몰락과, 성역과 드높은 천상 자체의 구원을 가져왔다.

하지만 어둠의 세력은 그렇게 쉽게 사라지지 않으니, 이번에도 우리는 승리를 너무 빨리 선언했다.

대악마는 파멸했다.

그러나 인간의 세계를 위협하는 또 다른 세력이 다가오고 있었다.

비행하는 매의 눈에 그것은 안개를 뚫고 솟아올라 은빛으로 빛나는 산봉우리처럼 보였을 것이며, 그 장대함은 미약한 인간은 상상할 수 없는 경이로움이었을 것이다. 그 한가운데에 다른 탑들보다 높이 솟아올라 빛나는 탑의 꼭대기에는 다이아몬드처럼 영롱하게 반짝이는 다면체의 회랑이 있었다. 천상의 빛이 회랑의 반짝이는 표면을 스쳐 불꽃을 일으키면 광활한 공간 전체가 활짝 편 날개처럼 환히 빛났고, 반짝이는 크리스털이 불꽃을 일으켜 어둠에 온기를 전하는 동안 뾰족탑들은 하늘을 향해 끝없이 올라갔다.

은빛 도시.

천사들의 세계에는 침대가 없다. 지혜의 대천사는 최근에 그 사실을 깨달았다.

흐릿한 눈빛의 초췌한 티리엘이 양피지 위에 놓인 깃펜에서 시선을 올려 위를 쳐다보았다. 높이 솟은 회랑과 부벽 안으로 따뜻한 기운과 빛이 쏟아져 들어와 그를 둘러싼 거대한 공간에 생명력을 불어넣고 있었다. 티리엘은 가슴 안에 필멸자의 영혼이 들어와 거주하기 전까지는 잠을 잘 필요가 없었다. 그러나 천상으로 끊임없이 흘러드는 빛이 새로 찾은 내면의 리듬에 혼란을 주는 지금은 이 방의 석조 바닥보다 더 부드러운 표면에 고개를 누이고 싶었다. 하지만 아직은 더 편안한 무언가를 찾아야 했다. 날개를 뜯어낸 이후 형제들은 벌써 그가 약해진 징조들을 찾기 시작했다. 그들에게 또 하나의 빌미를 제공하지는 않을 생각이다.

티리엘은 저릿저릿한 손가락을 폈다. 지금까지 데커드의 두툼한 편지에 자신의 생각을 덧붙여 써오고 있었다. 데커드와 레아에게 그들이 이미 시작해놓은 일을 끝내겠다고 마음속으로 약속했지만, 오늘 밤은 더 이상 쓰지 않을 생각이었다. 그러나 아직은 잠들 수 없었다. *아직은 아니었다.* 필멸자로서의 약점을 제외하고도 생각해야 할 게 많았다. 갈수록 커지는 그와 임페리우스, 의회와의 갈등이 그 하나였다. 인간의 운명을 결정하는 데 있어 인간 자신의 역할도 생각해야 했다. 성역의 운명이 달린 문제였다.

그리고 무엇보다 중요한 문제가 있었다. 그들 가운데 존재하며 조용히 움직이지 않는 듯하지만 신성한 공간에 시커먼 역청 같은 덩굴손을 뻗고 있는 그것을 어떻게 해야 할까.

혼자 있던 방을 나와 정의의 재판정과 심판의 무대로 이어지는 적막한 방들과 회랑을 걷는 대천사의 발자국 소리가 끝없이 펼쳐진 매끄러운 석조 공간에 메아리쳤다. 티리엘의 인간적 감각은 주변을 인식하는데 어려움을 느꼈다. 수천 년 이곳에 거주했는데도 모든 게 낯설었다. 각각의 공간은 갈수록 더 크고 경이로운 공간으로 이어졌다. 끝이 뾰족한 회랑들과 정교한 문양을 새긴 갈비뼈 모양의 기둥들이 하늘을 찌를 듯 솟아 끝없이 이어져 있었으며, 수시로 움직이며 색을 바꾸는 수많은 크리스털 면들이 사방으로 빛을 뿜어냈다.

천사들이 있을 때면 그들의 노래가 빛과 소리와 완벽한 조화를 이루며 회랑을 따라 울려 퍼졌다. 하지만 정의의 재판정은 지금 텅 비었다. 웅장한 재판정과 판사석, 좌석들은 텅 빈 채 차갑게 식었고 천상의 음악도 소리가 잦아든 채 조용히 흘러나오고 있었다.

대천사는 가슴 한편에 남겨둔 것들에 대한 그리움이라는 낯선 아픔을 느꼈다. 천사들은 여전히 자신들의 고민거리를 가지고 이곳을 찾아오지만, 티리엘이 변화한 뒤로는 이전에 머물던 집이 텅 비어 있을 때가 더 많았다. 회랑의 수호자인 루미나레이는 임페리우스와 함께 용기의 전당으로 들어와 머무르고 있었다.

이곳을 떠나야 해. 티리엘은 생각했다. *이곳은 다시 되돌릴 수 없는 예전 나*

의 잔상일 뿐이야. 그럼에도 티리엘은 떠나지 못하고 있었다. 말티엘이 사라진 뒤 지혜의 영역도 침묵에 잠겼고, 그 때문에 앙기리스 의회는 걱정이 많았다. 티리엘은 지혜의 직무를 떠맡아 의회가 가장 어려운 결정을 내려야 하는 시기에 조언자로서의 역할을 다하려고 했다. 그러나 지혜의 영역을 흐르는 웅덩이는 티리엘에게 불안감을 줄 만큼 낯설었고, 찰라드아르는 도저히 거부할 수 없는 감미로운 소리로 그를 불렀다. 전설의 성배는 티리엘이 더는 가지고 있지 않은 능력을 요구했다.

등이 아프고 무릎이 시큰거렸다. 그의 육체는 이미 쇠락하기 시작해 인간이라면 누구나 피할 수 없는 무덤을 향해 천천히 기울고 있었다. 티리엘은 마음속으로 자신의 선택이 옳았다는 것을 알았다. *그럼에도 넌 여전히 네 자신을 의심하고 있지.*

대천사로서 이처럼 연약한 상태가 된 상황을 어떻게 받아들여야 할까? 새로운 몸이 공격에 이토록 취약한데 어떻게 어둠의 세력에 맞서 싸울 수 있을까? 이런 선택을 하지 않았더라면 다가오는 도전들에 더 잘 준비할 수 있을까?

정의의 재판정은 천장이 높고 둥근 중앙홀로 이어졌다. 또 다른 회랑을 지나자 크리스털과 돌로 지어 섬세하고 유려한 문양을 새긴 연단이 나타났다. 앙기리스 의회실이었다. 대천사들이 앉아 논쟁을 벌이던 옥좌들이 보였다. 방은 텅 비었고, 전에 아치형 유리창으로 쏟아져 들어오던 빛도 이상하게 자취를 감췄다.

검은 영혼석이 마치 티리엘을 기다렸던 것처럼 높은 받침대 위에 놓여 있었다.

영혼석의 날카로운 모서리와 뾰족한 부분들이 검게 그을린 짐승의 발톱처럼 아랫부분에서 불쑥 솟아 있었다. 겨우 인간의 두개골 정도가 될까 말까 한 크기였다. 이런 물건이 어떻게 그토록 끔찍한 어둠을 품을 수 있을까?

티리엘은 영혼석의 힘에 매력과 혐오감을 동시에 느끼며 천천히 다가갔다.

인간의 껍데기가 보내는 경고로 인해 낯선 한기를 느꼈다. 검은 영혼석이 뿜어내던 붉은빛은 디아블로가 몰락하고 영혼석이 천상의 낮은 영역에서 회수된후 사라졌다. 하지만 가까이 다가가던 티리엘은 얼핏 희미한 붉은빛을 본 것 같았다.

"서십시오!"

영혼석을 향해 손을 뻗던 대천사는 재빨리 손을 거둬들인 뒤, 목소리가 들리는 쪽을 향해 돌아섰다.

벨제엘이 인상적인 모습을 어둠 속에 반쯤 가린 채 의회실로 들어오는 회랑아래 서 있었다. 벨제엘은 임페리우스의 심복이었다. 루미나레이 전사가 연단으로 다가와 장엄한 날개를 펼치자 빛의 덩굴이 천장을 향해 홱 올라갔다. 벨제엘은 황금 갑옷을 입고 계급이 찍힌 가슴보호갑을 두르고 있었다.

"지혜의 화신께서 여기서 혼자 무얼 하고 계십니까?"

티리엘은 자신의 새로운 직함을 부르는 목소리에 묻어 있는 희미한 조롱을알아차렸을까?

"내게 의심을 품지 마라, 벨제엘. 나는 원하는 곳은 어디든 갈 수 있다. 임페리우스가 날 감시하라고 시켰느냐?"

"저는 영혼석을 지키는 자입니다."

벨제엘이 대답했다.

"제게 주어진 가장 중요한 임무이지요."

"용기의 대천사가 그 명령만 내린 것은 아닐 것이다, 그렇지 않느냐? 임페리우스는 자신의 형제를 믿지 못하지?"

"인간의 영혼은 쉽게 타락하니까요."

전사의 무례함에 티리엘의 심장이 빠르게 뛰기 시작했다. 그 말의 의미는 분명했다. 벨제엘에게는 날개가 있지만, 티리엘에게는 날개가 없으니 그보다 열등하다는 뜻이었다.

11

"천사들의 자부심은 그들의 운명을 못 보게 하지."

대천사가 말했다.

"얼마 전까지만 해도 내가 너를 지휘했다. 벌써 잊었느냐?"

벨제엘은 물러서지 않고 오히려 한 걸음 더 다가왔다.

"당신께 언제 의심을 해야 하는지 잘 배웠지요."

벨제엘이 거의 눈에 띄지 않을 정도로 미세하게 검 쪽으로 몸을 움직였다. 그러나 그 행동이 뜻하는 바는 분명했다. 티리엘은 벨제엘의 대담한 도전에 분노를 느끼며 앞으로 나아가 우뚝 섰다. 옆구리에 찬 엘드루인을 잡고 싶어서 손가락이 근질거렸다. 동시에 자신의 한계를 인식했다. 티리엘은 전투에 능하지만 불멸의 존재였을 때만큼 강하지 않았다.

잠깐 동안 티리엘은 벨제엘이 무기를 뽑아들을지도 모른다고 생각했다. 그때 의회실의 입구에 환한 빛이 나타났다. 그들 앞에 모습을 드러낸 희망의 대천사는 미끄러지듯 다가오며 한눈에 상황을 파악했다.

"물러가라."

아우리엘이 벨제엘에게 명령했다.

"곧 회의가 있을 것이다."

"그런 통보를 받지……."

"앙기리스 의회는 네게 어떤 통보도 할 의무가 없다."

아우리엘이 말하는 동안 그녀 주위의 빛이 살짝 변하며 심장박동처럼 고동쳤다. 평소 이처럼 간단히 말하는 경우가 별로 없어서 그만큼 더 효과가 있었다.

"내가 영혼석을 지킬 것이다. 그만 가거라."

벨제엘은 잠깐 망설이더니 살짝 고개를 숙였다.

"분부 받들겠습니다."

벨제엘이 몸을 돌려 회랑 쪽으로 사라지자 그의 빛도 희미해지다 어둠 속으로 사라졌다.

이제 아우리엘과 티리엘 둘뿐이었다. 빛이 몇 차례 더 약동한 뒤 아우리엘이 그를 향해 돌아섰다.

"계급이 올라간 뒤 오만해졌어요."

"용기와 오만은 가까운 친척이지요."

티리엘이 대답했다.

"벨제엘은 대악마와 싸우면서 대단히 영웅적인 행동을 보여줬고 그 누구보다 많은 악마들을 지옥으로 돌려보냈어요. 임페리우스가 확실한 선택을 한 거지. 나라도 같은 선택을 했을 거예요."

"어쩌면요."

티리엘을 찬찬히 살피는 아우리엘의 빛이 더욱 부드러워지고 따뜻해졌다.

"의회가 열리는 동안 이곳에 오면 당신을 만날 거라고 생각했어요. 당신은…… 몹시 지쳐 보이는군요. 형제여, 잠을 못 자는 건가요?"

"그런 게 필요 없다면 얼마나 좋을까요."

"오, 하지만 당신에게는 잠이 필요하죠."

아우리엘이 말했다.

"당신 내면의 갈등이 느껴지더군요. 그래서 정원에서 이곳으로 왔죠. 벨제엘은…….."

그녀는 생각을 떨쳐버리려는 듯한 행동을 보였다.

"천상은 그다지 관용적이거나 감성적인 곳이 아니에요. 천사들은 당신이 한 일에 동의하지 않을 수도 있어요, 티리엘. 하지만 그렇다고 당신의 선택이 조금 더 잘못된 것이 되지는 않아요."

아우리엘이 희망의 끈 알마이에시를 꺼내 티리엘에게 내밀었다. 알마이에시는 빛의 형태로, 끝부분에 팔목 장갑이 달린 그녀의 갑옷이자 흘러내리는 옷이었다. 아우리엘이 희망의 끈을 어깨에 둘러주자 티리엘의 몸에 따뜻한 온기가 넘칠 듯 밀려들며 평온함과 행복감을 주었다.

끈이 티리엘을 단단히 둘러싼 동안 시간이 멈춘 듯했다. 그리고 아우리엘이 끈을 거두자 온기도 사라졌다.

"걱정하는군요."

잠시 뒤 그녀가 덧붙여 물었다.

"나 때문인가요?"

"전혀요."

티리엘은 대천사답게 무심한 태도를 유지하려고 노력했다. 아우리엘에게 진실을 말할 수 없었다. 매일 밤 그는 인간들처럼 꿈을 꾸었다. 그것은 천사들의 예지가 아니라 훨씬 더 깊이 빠져드는 유동적인 꿈으로, 티리엘을 한 번도 가본 적 없는 장소로 데려갔다. 처음에는 드높은 천상과 불멸의 존재였던 예전 모습이 반영된 즐거운 꿈이었다. 하지만 여러 밤이 지나면서 꿈은 바뀌기 시작했다. 눈부신 빛과 음악으로 가득했던 꿈같은 정경은 갈수록 어둡고 불길하게 변해갔다. 아무리해도 달아날 수 없는 뭔가에 쫓기는 꿈을 꾸었다. 그것은 무자비하고 얼음장처럼 차가운 검은 그림자로, 박동이 멈출 때까지 그의 심장을 움켜쥐었다. 그것은 인간이 사는 모든 도시가 파괴되는 꿈이었다. 몸이 갈기갈기 찢긴 사람들의 고통스러운 울부짖음이 메아리쳤다. 건물이 무너지고 땅이 쩍쩍 갈라지면서 모든 걸 삼켰다.

아우리엘은 아마 이런 꿈을 이해하지 못할 것이다. 티리엘은 인간이었고, 둘 사이의 간극은 너무도 컸다. 하지만 인간적인 약점은 그에게 앙기리스 의회의 다른 회원들은 갖지 못한 통찰력을 주었다. 대천사들의 자부심은 그들이 직면한 위험을 감지하지 못하게 막고 있었다.

아우리엘이 알마이에시를 옆구리에 휘감자 빛의 끈은 다시 그녀와 한 몸이 되었다.

"당신은 지혜의 화신이에요. 그런데도 웅덩이에서 쉬지 못하는군요. 여전히 자신의 역할을 받아들이지 못하고 있어요. 우리가 천상을 지배하려면 당신의 조언이 필요하니 부디 그 역할을 받아들이기 바라요."

"의회가 내 말에 귀 기울여 준다면요."

"다른 이들은 당신의 갈등을 감지해요. 그들은 당신이 날개를 떼어 낸 일을 이해하지 못해요. 당신의 신의가 어디에 있는지만 확실히 해주면……."

"천사와 인간 사이를 중재하겠다는 맹세에 대한 신의는 어떻게 하고요? 수백 년 전에 우리는 투표를 통해 성역이 파괴되는 일을 막기로 결정했어요. 인간들은 여전히 우리에게 줄 수 있는 게 많아요. 네팔렘이 없었다면 대악마는 회랑을 파괴했을 테고, 천상 자체가 몰락했을 거예요!"

"또한 인간이 없었다면 그런 일은 아예 일어나지 않았겠지요."

아우리엘은 받침대 위에 놓인 영혼석 쪽으로 몸을 돌리며 말했다.

"의회가 영혼석을 두고 토론할 거예요, 티리엘. 이런 토론을 하기에 적절한 장소죠."

"토론으로는 아무것도 바꿀 수 없어요."

티리엘이 말했다.

"임페리우스는 자신의 견해를 바꾸지 않을 거예요. 이테리엘은 성역의 생존에 반대표를 던지겠지요. 이건 내가 상상했던 미래가 아니에요, 자매여. 나는 천사와 인간이 협력해 어둠을 영원히 몰아내기를 바랐어요."

아우리엘이 의회실을 떠나려는 듯 돌아서자 티리엘이 앞을 막아섰다.

"결정은 우리에게 달렸어요. 과거에 그랬던 것처럼 내 편이 되어 주겠어요?"

공식적인 회의 밖에서 이 문제를 이처럼 노골적으로 언급하는 일은 의회 방침에 어긋났다. 아우리엘은 입을 다물었다. 티리엘은 대천사의 태도에서 이전에는 한 번도 느껴보지 못한 강경함과 차가움을 느꼈다. 그녀는 그동안 인간의 생존을 한결같이 지지해왔다. 티리엘은 아우리엘의 이러한 침묵이 이해되지 않았다.

하지만 그 침묵이 의미하는 것은 두려웠다.

둘은 그렇게 한동안 멈춰서 있었다. 그가 너무 지나쳤다. 티리엘은 슬픈 표정으로 옆으로 물러섰고, 아우리엘은 아무 말 없이 옆을 지나갔다. 그는 아우리엘이 가도록 가만히 두었다. 그녀가 회랑으로 사라지고 혼자 남자 티리엘의 가슴속 통증이 더욱 커졌다. 수천 년을 이어온 우정이었다. 아우리엘의 이런 반응은 천 개의 작은 칼로 찌르는 것 같은 고통을 주었다. 티리엘은 이제 모든 걸 더 강하게 느꼈다. 가슴속 깊이 대천사들의 불신이 점점 더 커지는 게 느껴졌다.

티리엘은 다시 검은 영혼석을 돌아보았다. 그를 조롱이라도 하듯 영혼석은 고요히 그 자리에 있었다. 영혼석을 더 자세히 들여다보았다. 확실히 모양이 바뀐 것 같았다. 의회실에 들어왔을 때보다 더 커진 것일까?

의심했던 것처럼 영혼석은 내 존재에 반응하고 있다. 그렇다면 이미 시간은 얼마 남지 않았다. 어둠은 지금까지와 전혀 다른 방식으로 천상에 침투해 있다. 어둠은 문을 부수려는 대악마의 대담한 공격이 아니라 훨씬 더 미묘하고 교활한…… 오직 나만이 감지할 수 있는 스멀거리는 악이다.

지혜의 화신은 드높은 천상과 성역의 미래에 두려움을 느꼈다. 그리고 그들 모두에게 끔찍한 일이 닥쳐오고 있음을 그 어느 때보다 더욱 확신했다.

앙기리스 의회실 저편의 어둠 속에서 벨제엘은 아우리엘이 떠나는 모습을 지켜보았다. 그는 아우리엘의 날개에서 흘러나오는 빛이 희미해지다 사라질 때까지 기다렸다. 벨제엘은 그들의 대화를 다 듣지 못했다.

그러나 들어야 할 건 충분히 들었다.

이 시간에 전당들은 대개 조용했다. 천사들은 적어도 인간과 같은 방식으로 잠을 자지 않는다. 그러나 명상과 학습을 하는 고요한 시간에는 천상의 음악이 잦아들면서 그곳의 거주자들이 조용해진다. 원래는 벨제엘도 그들 사이에 있어야 했다. 하지만 벨제엘은 중요한 임무를 부여받았기에 자신의 일을 완벽히 해낼 생각이었다.

지금까지는 모든 일이 수호자의 예상대로 진행되었다. 수호자의 계획이 성공하려면 일의 모든 단계가 각각 완벽히 처리되어야 했다. 방금 전에는 아우리엘의 간섭을 받았지만, 아무튼 그때까지는 티리엘을 잘 감시해야 했다.

잠시 후 티리엘이 의회실에서 나왔다. 벨제엘은 들키지 않게 날개를 감싼 채 얼른 몸을 숨겼다. 인간의 눈은 여러 면에서 부족하지만 빛은 잘 감지했다. 벨제엘은 티리엘이 의회실에서 나와 복도에 발자국 소리를 울리며 걷는 모습을 지켜보았다. 인간의 몸에서 나는 악취가 진동했다. 벨제엘은 혐오감에 이가 갈렸지만 지그시 억눌렀다. 어떻게 전설적인 대천사가 이토록 빨리 심하게 추락할 수 있을까 알 수 없었다. 하지만 이 썩은 냄새는 이제 곧 영원히 사라지게 될 터였다.

벨제엘은 티리엘의 발자국 소리가 멀리 희미하게 들릴 때까지 기다렸다가 들키지 않게 조심하면서 뒤쫓았다. 나중에 수호자에게 이 일을 보고한 뒤에 무슨 일을 해야 할지 지시를 받을 것이다. 티리엘은 몰랐지만, 그는 천사들과 인간들의 삶과 죽음을 가르고 천상과 지옥 간의 영원한 분쟁을 끝내는 데 결정적인 역할을 하게 될 것이다.

무엇보다 천사들의 영역에 조금씩 손아귀를 뻗기 시작한 어둠을 막지 못하도록 티리엘을 막아야 했다.

천상의 미래가 균형에 달려 있었다.

제 1 부

서서히 다가오는 어둠

1장

칼데움, 방랑자

"무덤 입구는 상어의 아가리처럼 시커멨지."

뚱뚱한 남자가 끔찍한 비밀이라도 누설하는 것처럼 몸을 바싹 대며 낮게 속삭였다.

"횃불이 간신히 몇 발자국 앞만 비출 만큼 어둠이 짙었어. 구멍에서 풍겨오는 썩은 냄새가 그 안에 죽어 무덤에 있기를 바라는 것들의 존재를 말해주었지."

그는 자욱한 연기와 깜박이는 불빛 사이로 자신을 둘러싼 사람들의 얼굴을 돌아보았다. 술집의 한쪽 구석에서 들려오는 애처로운 수금 소리에 주의를 빼앗기지 않도록 한 사람씩 차례로 시선을 맞췄다. 프록코트와 바지만 보면 칼데움의 귀족으로 생각할 수도 있지만, 귀족이라기엔 옷이 너무 낡고 여기저기 기워져 있었다.

난로 주변에 모인 사람들의 숫자가 하나 더 늘었다. 자루를 기워 옷을 해 입은 여자가 탁자에 뒤집어놓은 무두질한 돼지가죽 모자에 동전을 쩽그랑 떨어뜨렸다. 여자가 자리에 앉는데 효모와 시큼한 우유 냄새가 공기 중에 퍼졌다.

"그게 소년 황제와 무슨 상관인데?"

한 남자가 소리쳤다.

"도시 폭동과 피난에 대해 얘기하려던 참이었잖아."

"이해 못 할 일도 아니야."

서만치 떨어진 곳에서 누군가가 소리쳤다.

"어떤 이들은 녹색 불비를 내린 게 지옥의 군주라고도 하지. 하지만 자카룸의 사제들은 무역협의회와 연합해 새로운 지도자를 원하고 있어. 그들이 뒤에 있었던 거라고! 하칸은 다행히 살아남았지."

"그의 이야기를 들어봅시다."

자루 옷을 입은 여자가 이야기꾼 쪽을 가리키며 말했다. 그녀는 앞니가 빠져서 생긴 시커먼 구멍을 내보이며 씩 웃었다.

"도시엔 이미 골치 아픈 문제들 천지라고. 재미난 얘기 한두 개쯤은 있어야 하잖아."

야만용사 같은 체격의 지배인이 인상을 찌푸리더니 고개를 절레절레 흔들고 구시렁대며 더러운 행주로 다시 주방의 긴 탁자를 문지르기 시작했다.

"잘 들어, 이건 그냥 재미난 얘기가 아니야."

남자가 재빨리 말했다.

"전부 다 사실이라고."

이야기꾼의 등 뒤로 불길이 뜨거웠다. 숱이 줄기 시작한 관자놀이 부근에서 땀 한 방울이 또르르 굴러 떨어졌다. 그가 여자에게 고개를 한 번 끄덕였다. 희미한 미소에 반백의 구레나룻이 덮인 턱이 움찔하는가 싶더니 곧 극심한 공포 이야기에 어울리는 표정으로 돌아갔다.

"어디까지 말했더라? 아, 그래. 이곳은 강력한 호라드림 마법사의 잊혀진 무덤이었어. 가장 *사악한* 악마의 꾐에 빠져 타락한 후 *악마*들과 음모를 꾸민 자라는 사실을 잊지 마. 그 마법사는 오래전에 죽었지만, 내 스승님은 방대한 연구 끝에 마법사의 안식처가 분명 저주를 받았고 강력한 주문에 의해 보호받고 있다는 사실을 확인했지. 우리는 모두 지하에서 우리를 기다리는 건 이 세계가 아닐 거라고 의심했어. 그리고 누구도, 남자도, 여자도, 우릴 저주 받은 그곳으로 인도한 젊은 처자도 앞장서려고 하지 않았어. 그래도 우린 나아가야 했어. 성역의 운명이 거기에 달려 있었으니까."

남자는 재빨리 말을 이었다.

"지하에서 *무시무시한* 비명이 들려온 건 그때였어. 마치 고문을 받고 사지가 잘려나가는 짐승의 울부짖음 같았지! 두려움에 사로잡혀 뼛속부터 힘이 쭉 빠지는데 알하지르가 마법사의 손에서 횃불을 잡아채 성큼성큼 걷는 거야. 그러면서 '서두릅시다. 나는 가난한 필경사일지 모르지만, 이 시커먼 악마의 소굴에 최초로 횃불을 밝힌 자가 될 겁니다!'라고 말하는 거야."

이야기꾼은 무덤 안으로 내려가는 이야기를 하면서 점점 더 목소리를 높였다. 좌중이 술렁였다. 의자를 끄는 소리에 묻혀 잠깐 뚱뚱한 남자의 이야기가 들리지 않자, 더 많은 손님들이 그를 향해 고개를 돌렸다. 동전 몇 개가 쨍그랑 소리를 내며 모자 속으로 던져졌다. 사람들 대부분은 그의 엉터리 이야기에 고개를 흔들며 웃었고, 몇몇은 불안스러운 미소를 지었다. 칼데움은 혼란을 겪는 도시였다. 그래서 흑마법과 악마들의 이야기는 언제나 주민들의 상상력에 불을 지폈다.

3미터쯤 떨어진 구석진 탁자에 금발의 남자가 앉아 벌꿀 술이 든 잔을 양손으로 감싸 쥐고 있었다. 살짝 기울어진 고개만 아니면 아무도 그가 이야기를 듣고 있는지 눈치 채지 못했을 것이다. 그는 유목민이 즐겨 입는 소박한 황토색 장포를 입고 허리에 검은 장식띠를 둘렀다. 장식띠에는 단검을 넣은 칼집이 꽂혀 있었다. 몸이 말랐고, 몹시 여윈 얼굴은 그늘에 가려져 있었다. 그밖에는 딱히 눈에 띄는 특징이 없었다. 칼데움의 주민처럼 보이지 않았지만, 어디 사람 같으냐고 물으면 술집 안의 누구도 자신 있게 대답할 수 없을 듯 싶었다. 이곳에 들어온 후로 다른 손님들은 그가 동행을 원치 않는다는 사실을 눈치라도 챈 듯 그를 혼자 내버려두었다.

이야기가 길어지면서 이야기꾼은 짤막한 팔을 과감히 휘젓기 시작하더니 급

기야 의자를 뒤집어엎으려고까지 했다. 이야기가 계속되었다. 그의 스승 알하시르는 돌과 모래로 만들어진 크고 끔찍한 짐승들과 맞닥뜨리자 기지를 발휘해 다른 모험가들의 주문과 칼에는 꿈쩍도 않던 그들을 몰살시켰다.

"수백 년 전에 호라드림들은 쿨레가 죽음에서 부활하지 못하게 목을 잘라버렸지. 우리는 의식의 방에서 섬뜩한 잔해를 발견했어. 그런데 마녀가 스승의 경고를 무시하고 주문을 외우기 시작했어. 알하지르는 졸툰 쿨레가 직접 쓴 악마론을 읽었고⋯⋯."

"으, 그만 나가쇼!"

지배인이 갑자기 소리를 버럭 질렀다. 그는 뚱뚱한 남자가 장황하게 떠드는 동안 분노로 얼굴을 붉힌 채 긁힌 자국투성이인 긴 탁자를 더러운 행주로 박박 문질러대고 있었다.

"정말 지겨워 못 듣겠네! 그 같잖은 소리는 거리에나 가서 늘어놓으시오. 내 가게서 이러지 말고!"

갑자기 수금 연주가 툭 끊겼다. 난로 주위에서 벌어지던 구경거리에 별 관심이 없던 몇몇 손님들마저 그쪽을 쳐다보았다. 뚱뚱한 남자는 눈을 크게 깜박거렸다.

"그럼 한 잔씩 돌리지, 말리. 장사에 방해가 됐으니⋯⋯."

지배인은 행주를 탁 내려놓더니 얼룩진 앞치마를 벗고 주방에서 나왔다. 말리는 한쪽 벽에 쌓아둔 장작더미에서 쪼개진 장작을 하나 집어 들더니 몽둥이처럼 휘두르며 이야기꾼을 향해 다가갔다.

"당신에겐 안 팔아. 나가시오, 내 경고했소."

말리는 난로 주위에서 이야기를 듣던 사람들에게도 장작을 휘둘렀다.

"여전히 저런 헛소리가 듣고 싶으면 당신들도 저자를 따라 나가 차가운 길바닥에서 들으시오. 아니면 따뜻한 이곳에서 배를 채우는 데 돈을 쓰든가."

지배인은 장작을 난로에 거칠게 던져 넣었다. 불꽃이 튀자 사람들이 투덜거렸다. 검은 연기가 둥글게 둘러앉은 사람들 쪽으로 퍼지자 사람들이 기침을 하며 뒤로 물러섰다. 다른 손님들은 여전히 항의하던 이야기꾼이 자리에서 일어서려다 술기운에 휘청대자 웃음을 터트렸다. 이야기꾼은 모자를 집어 들다 하마터면 동전을 쏟을 뻔했다. 지배인이 낮게 욕을 하며 이야기꾼의 팔을 붙잡았다.

"가서 당신 스승이나 찾으라고."

지배인이 그를 출입문 쪽으로 데려가며 말했다.

"나불대는 혀를 멈출 주문이라도 걸어달라고 해."

"다시 한 번 생각해줘."

지배인이 문을 활짝 열자 차디찬 바람이 휙 들어왔다. 이야기꾼은 마지막까지 버티며 말했다.

"사람들이 들어야 할 얘기가 아직 많이 남았단 말이야! 알하지르가 직접 정의의 대천사 티리엘을 만나……."

"소년 황제가 마지막으로 어디서 볼일을 봤는지 그가 알든 말든 관심 없소."

지배인이 소리쳤다.

"여기에만 싸지 않으면 되고, 그건 당신도 마찬가지요."

그는 뚱뚱한 남자를 밖으로 밀쳐냈다. 문이 쾅 닫히면서 찬바람을 차단했다. 잠깐 장작불이 펄럭거리며 지켜보는 사람들의 얼굴에 너울대는 그림자를 만들었다. 아무도 움직이지 않았다. 지배인이 수금 연주자에게 손짓을 하자 음정이 불안한 음악이 다시 흘러나왔고, 사람들은 다시 술잔을 기울이기 시작했다. 몇몇은 장작불이 쪼개지고 탁탁 소리를 내며 타오르는 동안 계속 웃음을 멈추지 않았다.

잠시 후 구석진 자리에 앉아 있던 금발의 남자가 자리에서 일어나 슬그머니 문 쪽으로 다가가는 모습을 아무도 보지 못했다. 그는 바람이 세차게 부는 밤 속으로 유령처럼 사라졌다.

방랑자의 오래된 목제 간판이 기둥에 탁탁 부딪혔고, 쇠줄이 얼어붙을 듯 차가운 바람에 덜그럭대고 있었다. 돌풍이 길바닥의 모래를 따갑게 흩뿌렸고 근처 마구간의 지푸라기와 함께 가축의 분뇨 냄새를 실어왔다. 횃불 몇 개는 이미 꺼졌고, 구름에 가린 저녁달이 더욱 우울한 분위기를 자아냈다.

스탈브레이크의 제이콥은 잠깐 서서 윗옷의 두건을 쓰고 목 부분을 잘 여민 다음, 흩날리는 모래를 피해 눈을 가늘게 뜨고 이야기꾼이 사라진 쪽을 바라보았다. 티리엘이라고 했다. 엘드루인을 가지고 다니는 대천사. 졸툰 쿨레의 부활에 관한 얘기는 황당한 부분이 많았다. 아마도 그는 실제 악마를 가까이서 본 적도 없는 익살꾼에 불과할 것이다. 그러나 이야기꾼이 문 밖으로 쫓겨나면서 무심코 한 말이 제이콥의 가슴을 두근거리게 했다. 이야기에 조금이라도 진실이 있는지 확인할 필요가 있었다.

연금술사의 가게 주인은 바람에 날아가지 않도록 덧문에 두꺼운 판자를 대고 미친 듯이 망치질을 하고 있었다. 망치질 소리가 방패에 떨어지는 전투 도끼의 공허한 쿵 소리처럼 적막한 거리에 울려 퍼졌다. 그것을 제외하면 도시는 버려진 듯 적막했고, 다른 사람들은 모두 폭풍을 피해 몸을 사렸다. 제이콥은 어둠 속으로 막 사라지던 뚱뚱한 남자를 발견했다. 이야기꾼은 찬바람에 몸을 잔뜩 웅크린 채 술에 취해 비틀비틀 걸었다. 제이콥은 빠른 걸음으로 이야기꾼과의 거리를 좁혔다.

길모퉁이를 돈 이야기꾼은 한 번도 뒤돌아보지 않은 채 일정한 속도로 계속 걸었다. 동전들을 모두 꺼내 주머니에 넣은 뒤 머리에 쓴 낡은 모자는 그가 걸음을 옮길 때마다 위아래로 까딱댔다. 걸어가는 그의 발걸음은 조금씩 안정되어갔고, 칼데움 외곽의 다 쓰러져가는 오두막집들로 이어지는 진창길에 이르러서는 전혀 비틀거리지 않았다. 제이콥은 겨우 몇 걸음 떨어져 이야기꾼을 뒤쫓았다.

도시에서 교역 천막과 가까운 이쪽 구역에는 대부분 날품팔이와 매춘부, 도둑, 정신병자들이 살았고, 거리에는 횃불조차 없었다. 어둠이 깊어져 사물의 흐릿한 윤곽만 보였다. 술 취한 사람이 올 만한 곳이 아니었다. 심지어 경비병들도 어둠이 깔린 후에는 좀처럼 이곳을 찾지 않았다. 진흙과 모래를 섞어 뼈대를 세우고 옥수수 껍질을 엮어 지붕을 올린 집들은 바람이 불때마다 쉭쉭 소리를 내고 덜그럭댔다. 덕분에 제이콥의 발소리가 묻혔지만, 그렇지 않았더라도 뚱뚱한 남자는 그의 발소리를 듣지 못했을 것이다. 제이콥은 아주 오랫동안 은밀히 목표물에 접근하는 법을 배웠기 때문이다.

제이콥은 어쩌면 정의의 검 엘드루인을 잃은 일로 더 약해지고, 혹은 더 절망에 빠졌는지 모른다고 생각했다. 엘드루인은 뚱뚱한 남자의 진짜 의도를 더 잘 감지하게 해주었을 것이다. 제이콥은 그동안 정의와 불의 사이의 균형이 왜곡된 곳을 찾아다니며 20년 가까이 이 땅을 떠돌았고, 대천사 티리엘의 검은 마치 호흡처럼 자신의 일부가 되었다. 검이 없다면 결과를 예상치 못하고 어둠 속을 헤매다 저항에 부딪힐 수 있었다. 특히 지금처럼 강도를 당할 수 있는 이런 곳에서는 매우 위험했다.

제이콥은 더 이상 영웅이 아니었다. 다른 사람들은 동의하지 않겠지만 제이콥은 한 번도 자신을 영웅이라고 생각해본 적이 없었다. 다만 검의 지시대로 정의를 실현했을 뿐이다. 그러나 어쨌든 이만큼이나 와버렸으니 이제 와서 되돌아간다는 건 더 말이 안 되는 일이었다. 그는 꼭 이 일의 결말을 지켜봐야 했다.

제이콥은 근방에서 가장 크고, 유일하게 불빛이 비치는 집을 향해 걷는 뚱뚱한 남자의 형체를 간신히 알아보았다. 특별히 더 두꺼운 진흙 벽에 난 작은 창문으로 흘러나오는 깜박이는 붉은 불빛에 오두막집은 한밤중의 등대처럼 눈에 띄었다. 어쩌면 이야기꾼은 폭풍의 시린 바람을 피할 따뜻한 장소를 찾다가 우연히 이곳에 끌렸는지 모른다. 혹은 이곳이 진짜 그의 집인지도 모른다. 옷차림으로 봐서는 한때 제법 돈이 있었는지 모르지만, 칼데움의 귀족이 싸구려 술집인 방랑자 같은 곳을 찾을 리 만무했다. 이 거리는 세상에서 잊히는 길로 가는 마지막 오지 같았다.

제이콥은 문 앞에서 이야기꾼을 붙잡았다. 뚱뚱한 남자는 문고리에 걸어둔 굵은 밧줄 고리를 더듬다가 누군가 어깨에 손을 얹자 놀라며 낮게 비명을 질렀다. 돌려세우고 보니 남자의 얼굴은 온갖 색이 섞여 있었는데 그중에서도 하얀 피부가 어둠 속의 유령처럼 두드러졌다. 키는 제이콥과 비슷했지만 체중이 최소한 90킬로그램은 더 나가 보였다. 그럼에도 뚱뚱한 남자는 전혀 위협적이지 못했다.

"당신의 이야기는 어떻게 끝납니까?"

제이콥이 물었다.

"뭐, 뭐라고요?"

뚱뚱한 남자는 말을 더듬었다. 두건에 가려진 제이콥의 얼굴을 뚫어지게 쳐다보던 그의 탐욕스런 두 눈이 커졌다.

"나…… 나는 가진 돈이…… 없어요……."

바람에 오두막의 지붕에서 옥수수 껍질이 뜯겨 나와 땅에 구르며 쓸리는 소리를 냈다.

"방랑자에서 했던 얘기 말이오. 대천사 티리엘에 관해 무얼 알고 있소?"

"나는…… 아무것도 몰라요. 내 말은, 제대로 아는 게 없다고요. 먹고 살려면 돈을 벌어야 해서요."

뚱뚱한 남자가 어떤 단서라도 찾는 듯 눈을 가늘게 떴다.

"불쌍한 압드 알하지르를 추격하기 위해 보내진 자요?"

"알하지르, 유랑 필경사? 그가 안에 있소?"

뚱뚱한 남자는 뭐가 뭔지 모르겠다는 표정이었다. 그러더니 뭔가를 말하려다 말고 입을 다물었다. 대신에 바지 주머니를 뒤적여 안에 든 것을 모두 바닥에 떨어뜨렸다.

동전들이 흙 속을 굴렀다.

"아, 안 돼요."

뚱뚱한 남자는 머리를 흔들며 뒷걸음질을 치다 문에 등이 닿았다.

"이거 다 가지고 제발 날 놔…… 혹시 날 죽이러 온 악마요?"

제이콥은 대답하지 않았다. 그는 이야기꾼의 주머니에서 떨어진 메달을 주워 금줄을 잡고 높이 들어 올렸다. 메달이 창문에서 흘러나온 붉은빛에 반짝하고 빛났다. 겉면에 저울의 형상이 새겨진 연금술사의 부적이었다. 오싹한 한기와 함께 제이콥의 심장이 순간 얼어붙는 것 같았다.

"이걸 어디서 구했지?"

어둠 속에서 신음소리가 들렸다. 처음에 제이콥은 처마를 스치는 바람 소리라고 생각했다. 하지만 소리는 집 안에서 들려왔다.

한참 동안 바람에 옥수수 껍질이 스치며 부스럭대는 소리만 들렸다.

그리고 다음 순간 여자의 찢어질 듯한 비명 소리가 공기를 갈랐다.

뚱뚱한 남자는 제이콥이 예상했던 것보다 훨씬 동작이 빨랐다. 제이콥이 창문 쪽을 흘긋 보았다가 다시 돌아보니 그새 문이 활짝 열려 있고 이야기꾼은 사라지고 없었다.

제이콥은 메달을 얼른 윗옷에 찔러 넣고 문간을 지나 짙은 어둠 속으로 들어섰다. 공기 중에 고기 썩은 내가 진동했다. 제이콥은 두건을 젖힌 뒤 집안 대대로 내려오는 보물인 단검을 꺼내 반질반질한 나무로 된 칼자루를 쥐고 칼날 끝을 바깥으로 향했다. 거실은 한쪽 구석에 건초 더미가 놓인 것 말고는 아무것도 없이 휑했다. 건초 옆의 돌난로는 오래전에 불이 꺼진 듯 숯이 차갑게 식어 있었다.

이야기꾼의 모습은 보이지 않았다. 붉은빛은 집 안의 더 깊숙한 곳에 있는 다른 방에서 새어나오고 있었다. 제이콥은 살짝 열려 있는 두 번째 방 바로 앞에서 걸음을 멈추고 귀를 기울였다. 안쪽에서 바스락대는 소리가 들렸다.

안에 뭐가 있든 위험을 감수할 필요는 없어. 그러나 제이콥은 이야기꾼을 따라 들어가고 싶은 충동을 느꼈다. 메달…… 그리고 여자의 비명 소리. 뭔가 중요한 일이 벌어지고 있는 게 분명했다. 제이콥은 문을 밀었다. 문은 크게 끼이익 소리를 내며 활짝 열린 뒤 벽에 부딪혔다.

두 번째 방에는 의자에 묶인 한 사람을 에워싸고 반원을 그리며 나무토막처럼 선 검은 형체들이 있었다. 묶인 사람은 몸이 가냘픈 게 여자임이 분명했다. 여자의 어깨에는 더러운 망토가 드리워져 있었고, 머리에는 자루를 씌웠고, 목 근처에서 끈으로 묶어 얼굴을 가렸다. 검은 형체들은 검은 장포를 입은 남자들이었다. 그들은 손에 길고 구부러진 위험해 보이는 칼을 들고 있었는데, 낡은 마룻바닥에 그려놓은 룬에서 뿜어져 나오는 빛에 칼날이 핏빛으로 번득였다. 제이콥은 룬이 무슨 의미인지 몰랐지만 그들이 벌이는 의식이 잔인한 살해로 끝날 것임은 거의 확실했다.

이곳에서 이런 사악한 일은 처음 벌어진 게 아니었다. 제이콥은 갑자기 숨이 턱 막히고 목이 타는 것을 느끼며 뒤로 주춤 물러섰다. 오래돼 새까맣게 변한 핏자국이 벽과 바닥에 얼룩져 있었다.

마녀에게 바치는 이교도 의식이다.

제이콥은 마그다가 죽은 뒤 지금쯤 마녀단이 전멸되었거나 적어도 뿔뿔이 흩어졌을 거라고 생각해왔다. 검을 뽑아든 채 얼어붙은 듯 서 있는 제이콥의 심장이 거칠게 뛰었다. 오래전에 돌아가신 아버지의 말이 떠올랐다. *이것이 네 마지막 싸움이 되길 바라지 않는다면 상처 입은 황소처럼 돌진하지 마라.* 이제까지 충실히 지켰던 기본 규칙을 어긴 셈이다. 돌아서서 도망갈까 생각했다. 제이콥은 이제 그들의 상대가 될 수 없었다. 엘드루인이 어느 날 밤 그를 무력하게 남겨둔 채 사라져버린 지금, 제이콥은 더 이상 정의의 화신이 아니었다.

하지만 달아나면 여자는 죽을 것이다. *그녀는 죄가 없다.* 그런 일이 일어나게 할 수는 없었다.

방 안에 잠깐 침묵이 흘렀다. 마침내 두건을 쓴 남자들이 제이콥을 향해 일제히 고개를 돌렸다. 여자의 몸부림에 삐걱거리는 의자의 소리가 절망적이고도 끔찍하게 들렸다. 제이콥은 마치 이교도들의 차가운 칼날이 제 살을 파고들고 자신의 생혈이 흘러 바닥을 붉게 물들이는 것처럼 느꼈다.

뒤에서 어떤 소리가 들렸다. 제이콥이 돌아보자 뚱뚱한 남자가 어느 샌가 그의 옆을 우회해 다가와 있었다. 여기까지 오면서 그를 못 볼 리 없는데 이상한 일이었다. 남자는 이제 살찐 팔로 팔짱을 낀 채 입구를 막아선 형국이었다.

뚱뚱한 남자가 킬킬대며 고개를 흔들었다.

"스탈브레이크의 제이콥."

"내 이름을 어떻게 알지?"

"넌 은퇴를 너무 질질 끌었어. 내가 힘들게 얻은 전리품을 그렇게 쉽게 빼앗길 줄 알았나? 전투도 없이 네가 원하는 걸 다 말해줄 거라고 생각했어?"

"내가…… 우리가 만난 적이 있던가?"

뚱뚱한 남자는 다시 한 번 킬킬댔다.

"이 육체를 하고는 만난 적이 없지."

뚱뚱한 남자가 손을 들어 자신의 얼굴을 할퀴었다. 손톱으로 두툼한 턱살을 찢고 길고 노란 줄이 나도록 북 뜯어내자 살갗이 햇빛에 마른 찰흙처럼 갈라졌다. 이제 그곳에는 번들거리는 힘줄과 근육, 뿔이 솟은 뼈, 땅 속 저 깊은 곳에 있는 지옥의 불길처럼 이글거리는 붉은 눈을 가진, 물이 뚝뚝 떨어지는 흉측한 괴물이 있었다.

31

"바르아길."

제이콥이 숨죽여 말했다. 수년 전에 이 악마를 만난 적 있었다. 불타는 지옥은 제거됐지만 졸개들은 여전히 성역을 어슬렁거리며 죄 없는 사람들의 피를 갈망하던 시절이었다. 제이콥은 그가 술집에서 우연인 듯 티리엘의 이름을 슬쩍 흘렸던 일을 떠올렸다. 횡설수설하는 것처럼 보이던 익살꾼은 너무도 쉽게 제이콥을 위험한 상황으로 끌어들였다.

그런데 메달은 어떻게 된 거지? 제이콥의 피가 더욱 차갑게 식었다. 그 의미는 상상하기조차 끔찍한……

"살인자."

악마가 앞으로 다가오며 쉬익 소리를 냈다. 이전에 걸쳤던 이야기꾼의 살갗이 이글거리는 얼굴에 기괴한 가면처럼 걸쳐 있었다.

"위선자. *괴물.* 넌 우리를 수년 동안 사냥해왔지. 이제 그 은혜를 갚을 시간이야."

"마그다는 죽었어. 벨리알은 오래전에 사라졌지."

"우리는 이제 새로운 주인들을 섬기지."

악마가 벌레처럼 허둥지둥 앞으로 나와 멈춰서더니 고개를 위로 쳐들어 제이콥을 쳐다보았다.

"그 얘길 들으면 아마 깜짝 놀랄 거야. 하지만 그렇게 오래 살진 못하겠지. 우리가 뭘 할지 알겠나, 살인자? 우리가 네 *뼈*를 갖고 장난을 좀 치면 네가 끝내 어떻게 될지 알겠어?"

제이콥은 어느 쪽에서도 다가오지 못하게 검을 핵핵 휘둘렀다. 두건을 쓴 이교도들도 그를 향해 움직이기 시작했다. 제이콥은 배에 희미하게 쥐어짜는 듯한 예전의 통증을 느꼈다.

이교도 하나가 달려들자 제이콥은 가까스로 몸을 돌려 공격을 막았다. 공격자는 제이콥의 어깨에 기대 늘어지면서 진하고 시큼한 고기 냄새가 나는 입김을 훅 뱉었다.

체중에 밀려 바닥에 쓰러지긴 했지만 제이콥은 이미 이교도의 갈비뼈 아래에 칼날을 박아 넣은 상태였다. 쓰러지면서 칼날을 위쪽으로 홱 잡아당기자 이교도의 몸에서 더운 피가 솟구쳐 장포를 적셨다. 두 사람은 거칠게 바닥을 내뒹굴었다. 이교도는 끙 하는 신음소리와 함께 몸에 경련을 일으켰고, 두 다리를 바닥에 늘어뜨린 채 마구 흔들었다.

죽어가는 이교도를 미처 밀쳐내기도 전에 다른 이교도들이 제이콥의 팔을 붙잡고 일으키면서 손을 잔인하게 비틀어 단검을 바닥에 떨어트렸다. 덩치가 가장 큰 이교도 두 명이 바닥에 발이 닿지 않도록 제이콥을 들어 올려 벽에 고정시키자, 암흑 속에서 붉게 빛나는 악마의 눈을 가진 바르아길이 얼굴에서 피와 기름을 질질 흘리며 다가왔다. 바르아길이 한 손을 내밀자, 손가락 끝이 불에 구운 소시지처럼 갈라지더니 끝이 구부러진 날카로운 발톱이 비죽 튀어나왔다.

"네가 한 짓의 대가를 치르게 될 거야."

악마가 쉬익 소리를 냈다. 방금 전까지만 해도 이야기꾼의 입술이 있던 자리에서 피거품과 침이 부글거렸다.

"네 소중한 대천사의 검이 지금은 널 보호하지 않는단 말이지. 티리엘은 죽고, 성역에 심판의 비가 내릴 거야! 인간들은 고통 받게 되겠지. 우리는 잿더미에서 부활해 전보다 더 강해질 거고."

바닥의 룬에서 붉은빛이 고동쳤다. 악마가 제이콥의 목을 움켜쥐었다. 발톱이 제이콥의 살을 파고들자 공기가 서서히 차단되면서 숨이 막혀왔다. 눈 안쪽 깊은 곳에서 별들이 반짝이고 빛의 소용돌이가 점점 더 커지며 제이콥이 알고 사랑하는 모든 것을 파괴할 것처럼 위협하는데…….

제이콥은 다음에 무슨 일이 일어났는지 알지 못했다. 상상의 빛들이 그의 몸을 빠져나와 어딘가로 사라졌고, 정신을 차리고 보니 악마에게서 풀려나 땅에 발을 딛고 있었다.

세이콥은 폐에 가득 공기를 채우며 겨우겨우 뜨거운 숨을 몰아쉬었다.

바르아길과 마녀단 회원들이 의자에 묶여 있던 사람을 쳐다보았다. 그녀는 두 팔이 자유로워진 채 똑바로 일어섰고, 그녀를 묶었던 끈들은 갈가리 찢겨 바닥에 뒹굴었다. 둥글게 모아 쥔 손 안에서 강렬한 자주색 불꽃이 피어올랐다. 하지만 제이콥의 시선은 여자의 아름다운 얼굴에 얼어붙은 듯 고정되었다.

"샤나르?"

"안녕?"

마법사가 말했다. 샤나르는 섬세한 손목을 가볍게 튕겨 가까이 있던 이교도를 향해 회전하는 순수하고 신비한 에너지를 날렸다. 이교도의 가슴에 적중한 에너지가 사방으로 폭발했고, 제이콥은 손으로 머리를 감싼 채 얼른 바닥에 엎드렸다.

귀가 멍멍한 상태로 고개를 드니 바르아길 옆에는 이제 두건 쓴 남자가 둘 밖에 남아 있지 않았다. 악마는 분노로 으르렁대며 일격에 마법사의 목을 잡아 뜯을 것처럼 발톱을 세우고 달려들었다.

샤나르 주위에 갑자기 빛나는 빛의 거품이 생성되더니 그녀와 악마, 나머지 이교도들을 감쌌다. 그러자 그들의 움직임이 눈에 띄게 느려졌다. 샤나르는 놀라울 정도로 민첩하게 몸을 놀리면서 손에 파지직거리는 에너지 가시손을 소환해 반짝이는 자주색 창처럼 그들을 향해 던졌다. 마치 거미줄에 걸려든 무력한 생물들 주위를 빙글빙글 돌며 춤을 추는 것 같았다.

그리고 잠깐 사이 싸움은 끝났다.

빛의 거품은 희미해졌다. 바르아길이 깃들었던 뚱뚱한 남자의 잔해는 몸이 반쯤 갈라진 채 피를 쏟으며 바닥에 쓰러져 있고, 이교도들의 시체는 공포물을 전시해둔 것처럼 주위에 널려 있었다.

아수라장의 한가운데 샤나르가 서 있었다. 여전히 어깨를 드러낸 채였고 가죽옷 위로 아름다운 가슴이 봉긋 솟아 있었다. 검은 머리를 어깨 길이로 자른 것을 제외하면 제이콥이 그녀에게 욕망을 느꼈던 20년 전보다 주름살 하나 잡티 하나 늘지 않은 그대로였다.

샤나르는 전에도 늘 그를 미치게 만들었던 도전적인 시선으로 제이콥의 눈을 바라보았다.

"여전히 같은 이야기네. 슬쩍 도망치려다 잘 안 된 게지, 제이콥. 난 최대한 기다렸는데, 묶여 있는 게 금방 싫증나더라고."

"좀 더 빨리 해줄 수도 있었잖아."

제이콥은 조심스럽게 일어나 검을 찾아 깨끗이 닦으며 말했다. 바르아길의 발톱이 파고든 목의 상처를 만져보았다. 피는 멎었지만 자부심에 난 상처는 여전히 쓰라렸다.

"그럼 재미가 없잖아?"

샤나르는 입가에 보일 듯 말 듯한 미소를 띠며 우아한 동작으로 가까이 있던 시체를 넘었다.

"당신을 이곳에 오게 해야 했고, 악마가 정체를 드러내 이제 행동에 나서야 할 때라는 확신이 들 때까지 기다려야 했어. 물론 당신은 위험에 빠진 여자를 구하고 그 잘난 명예를 회복하는 거지. 훌륭한 계획이……."

샤나르가 한 손을 내밀었다.

"향수에 젖어 감격하느라 잊기 전에 내 물건을 돌려줘야 할 것 같은데?"

제이콥은 윗옷 속을 뒤적여 그녀 아버지의 메달을 꺼냈다. 샤나르에게 소중한 몇 안 되는 물건 중 하나였다. 연금술사의 상징. 예전에 샤나르는 관이 땅 속에 묻히기 직전에 아버지의 목에서 메달을 떼어 냈다는 얘기를 들려준 적 있었다. 제이콥은 한 번도 그녀가 메달을 걸고 있지 않은 모습을 본 적이 없었다.

"이걸 발견하고 혹시 당신에게 뭔가 나쁜 일이 생긴 건 아닌지……."

제이콥은 말끝을 흐렸다. 수년의 세월이 흘렀는데도 여전히 그녀에 대한 자신의 감정을 표현하는 데 서툴렀다. 그리고 그것은 결국 두 사람이 헤어지게 된 여러 원인 중 하나가 되었다.

"내 죽음에 대해선 심하게 과장된 얘기들이 많아."

샤나르가 메달을 받아 잘 챙겨 넣으며 말했다.

"일부러 악마가 가져가게 했어. 훌륭한 미끼였지. 살아남아 되찾아 올 수 있 단 걸 알았으니까. 그런데 당신은……."

샤나르가 그를 천천히 살폈다. 제이콥은 그저 상상일지 모르지만 그녀의 태 도에서 어떤 다정함 같은 걸 느꼈다고 생각했다.

"좀 수척해진 것 같네."

"세월이 많이 흘렀으니까. 그런데 당신이 이 도시에는 웬일이야?"

"여기서 말고."

샤나르가 주위에 널린 시체들을 흘긋 보며 말했다. 룬의 빛이 희미해지면서 어둠이 밀려들고 있었다. 샤나르는 원의 한가운데 있었지만 지금까지 룬에 가 려져 보이지 않았던 마법사의 지팡이를 집어 들었다.

"밖에서 얘기하자."

거실은 오두막집 바깥보다 더 어두웠다. 샤나르가 뭔가를 중얼거리면서 지팡 이 끝에 달린 푸른빛의 공을 들어 올리자 거기서 빛이 흘러나와 어둠을 밝혔다. 제이콥이 앞문을 박차는 그녀를 뒤따랐다. 갑자기 세찬 바람이 뼛속까지 시리 게 휙 불어오며 거리의 모래들을 거칠게 흩날렸다.

"기다려."

제이콥이 말했다.

"여기서 뭘 하고 있는지 아직 설명하지 않았잖아."

샤나르는 제이콥이 무리한 부탁이라도 하는 것처럼 한숨을 내쉬었다.

"엘드루인이 당신을 기다리고 있던 동굴을 당신이 찾았을 때, 나 역시 그곳에서 당신을 기다리고 있었던 거 기억나?"

제이콥이 고개를 끄덕였다.

"당신이 그곳 벽에 내 삶에 대한 얘기를 새겨뒀지."

"그때 난 수정 회랑의 공명을 따라갔어."

샤나르가 말했다.

"천상이 나를 당신에게, 그리고 그 검에게 이끌었던 거지. 그리고 수년이 지나 그들은 나를 이곳까지 오게 했어. 난 이유는 모르지만, 모든 상황을 고려할 때 그들의 이야기에 귀 기울여야 한다고 판단했지."

제이콥은 예전의 설레는 감정을 다시 느꼈다.

"난…… 난 당신을 다시는 못 보는 줄 알았어."

"그건 계획이었어."

샤나르는 어깨를 움츠리며 몸을 떨었다.

"하지만 계획은 바뀌기 마련이지. 우리가 그걸 좋아하든 말든."

샤나르는 다시 뒤돌아서서 문 밖으로 성큼 발을 내딛었다.

"어디로 가는 거지?"

제이콥이 그녀의 등 뒤에 대고 물었다.

"옛 친구를 데리러."

샤나르가 바람을 가르며 말했다.

"서둘러. 가면서 자세히 얘기해줄게. 지금은 시간이 없어. 오늘 밤 떠나야……."

제이콥은 손을 뻗어 그녀의 팔을 잡았다.

"기다려, 샤나르. 내 삶에 이런 식으로 다시 들어와 놓고 그동안 아무 일도 없었던 것처럼 그냥 따라오라는 거야?"

마법사가 그의 손을 뿌리쳤다.

"잘 들어. 우리 사이에 해결되지 않은 문제가 있다는 건 알지만 당신은 선택을 해야 해. 계속 자기 연민에 빠져 앞으로 2주 동안 술로 슬픔을 잊거나 전처럼 나와 모험을 떠나거나. 누가 알겠어? 나는 전에도 공명을 따라갔다가 엘드루인을 찾았어. 어쩌면 검이 다시 날 부르고 있고, 내가 당신을 데려오길 기다리고 있는지도 모르지."

그 말을 끝으로 샤나르는 다시 뒤로 돌아서서 어둠 속으로 사라졌다.

제이콥은 고민에 빠진 채 문간에 서 있었다. 치사하군. 샤나르는 검을 잃는다는 게 제이콥에게 어떤 의미인지, 그리고 검을 다시 찾을 수 있다는 약간의 암시로도 그가 어떤 반응을 보일지 잘 알고 있었다.

하지만 그가 잃을 게 무엇이란 말인가? 샤나르가 옳았다. 제이콥은 너무 오래 자기 연민에 빠져 있었다. 이곳 칼데움에는 기대할 게 없었다. 샤나르를 만난 뒤, 오랫동안 잊고 있던 감정들이 되살아났다. 샤나르의 얼굴을 다시 보고 싶었다.

그리고 어쩌면 그냥 가정일 뿐이지만, 샤나르를 따라가면 엘드루인을 만날 수 있을지 모른다.

제이콥은 두건을 머리에 써서 따가운 모래 바람을 막으며 샤나르의 뒤를 쫓아갔다.

2장

몇 주 후, 트리스트럼

수도사는 언덕 꼭대기에서 걸음을 멈춘 뒤 두 동료에게 기다리라는 신호를 보냈다. 그는 황량한 풍경을 내려다보며 위험의 징후를 살폈다. 작은 계곡은 고요했다. 저녁 어스름이 짙어지는 가운데 구름 사이로 나타난 반달이 어두운 하늘을 향해 앙상한 가지들을 뻗은 왜소한 나무들의 윤곽을 흐릿하게 비춰주고 있었다.

다음 언덕 너머로 여기저기 널린 옛 대성당의 잔해들을 보기엔 충분한 빛이었다.

과거의 영광스러웠던 건물은 천상에서 유성처럼 떨어진 대천사에 의해 황폐화되었다. 신들은 수도사에게 하늘에서 꼬리를 물고 떨어지는 별무리의 계시로 그것을 보여주었다. 첨탑들과 성벽들은 대부분 남아 있었다. 하지만 땅에 깊게 파인 커다란 구멍은 너덜너덜해진 입처럼 쩍 벌린 채 대성당의 주춧돌 아래, 저 깊은 곳에 은밀하게 자리한 지하 묘지의 위층을 드러내고 있었다. 부서진 회랑은 잡석들에 반쯤 파묻힌 채 겨우 버티고 있고 허물어진 목재와 돌들이 사방에 가득했다. 불길이 휩쓸고 지나간 건물 안의 일부는 폐허로 변해 있었다. 하지만 미쿨로프는 마치 사람들이 다시 와서 채워주기를 기다리는 듯 그대로 남아 있는 나무로 만든 신도석 몇 줄을 볼 수 있었다.

미쿨로프는 이 모든 광경을 여러 차례 꿈에서 보았다. 그러나 현장의 한복판에서 그 모습을 직접 보고 숯이 된 잔해들의 냄새를 맡고 부패를 느끼는 것은 완전히 다른 얘기였다.

신들은 침묵하고 있었다. 미쿨로프는 이 버림받은 장소를 떠난 신들을 비난하지 않았다.

함께 이동 중인 두 남자는 미쿨로프가 모든 게 안전하다는 신호를 보내올 때까지 기다렸다가 힘겹게 언덕 꼭대기에 올랐다. 그들의 몸은 오랜 기간의 훈련 덕분에 보통 사람들보다는 강했지만 이브고로드 수도사의 전설적인 체력에는 비할 바가 못 되었다. 게다가 케지스탄의 게아 쿨에서 출발한 긴 여정으로 몹시 지쳐 있었다. 어깨에 멘 무거운 가방 때문에 곱절은 더 힘들었지만 그들 중 누구도 포기할 생각을 하지 않았다. 그들은 호라드림이고, 그들이 운반하는 서책들은 혈관 속을 흐르는 피처럼 소중했다.

쿨렌이 먼저 꼭대기에 올라 폐허를 바라보았다. 땅딸막한 그는 안경을 콧대 위로 밀어 올렸다. 쿨렌은 수 년간 케인의 서책을 연구해오면서 늘 트리스트럼의 대성당을 직접 보고 싶어 했다. 하지만 그를 잘 아는 사람들 중 오직 한 사람만이 침착해 보이는 그의 태도 아래 감춰진 엄청난 설렘을 느낄 수 있었을 것이다.

토마스가 가방을 땅에 내던지고 쿨렌의 팔을 잡았다. 쿨렌보다 키가 큰 토마스의 두 눈이 황혼에 반짝거렸다.

"이곳에 역사가 잠들어 있어요. 우리가 아래층에 접근할 수만 있다면……."

"현명한 생각이 못됩니다."

미쿨로프가 두 사람을 돌아보며 말했다.

"이곳은 안전하지 않습니다. 아직 다 주변을 살펴보지 못했어요. 성역에서 대악마가 제거되었다고는 하지만 이 땅에는 아직 하위 악마들이 떠돌고 있으니 조심해야 합니다."

"그러면 장작더미를 찾읍시다."

토마스가 말했다.

"높이 세우지는 않더라도 작게나마 제단을 만들어야 해요. 그 정도는 해야 합니다."

미쿨로프는 동료들의 얼굴을 유심히 살펴보았다. 학자인 쿨렌은 머리가 벗겨진 정수리 아래로 친근한 소년 같은 모습이었는데, 오랜 기간의 고된 여행으로 볼이 홀쭉해져 있었다. 토마스는 쿨렌보다 30센티미터 정도 키가 더 크고 몸은 훨씬 말랐지만 자신감에 찬 전사의 눈빛을 하고 있었다. 두 사람은 어둠의 악마가 패배하고 검은 탑이 무너진 뒤 게아 쿨에서 미쿨로프와 헤어진 이후로 많이 변해 있었다. 수도사는 문득 그들의 눈에는 자신이 어떻게 비칠지 궁금해졌다.

"여기서 기다려요."

미쿨로프가 말했다.

"신들이 침묵하고 있어요. 이유를 알아야겠어요."

두 명의 호라드림은 수도사가 언덕을 미끄러지듯 내려가는 모습을 지켜보았다. 수도사는 나무의 잔해들 사이를 쏜살같이 지나 어둠 속으로 사라졌다. 쿨렌은 그가 항상 유령처럼 움직인다고 생각했다. 심지어 달빛마저 그를 숨겨주는 것 같았다. 쿨렌은 벌써 10년도 더 전에 처음 미쿨로프를 만났을 때 자신이 느꼈던 불안과 경외감이 뒤섞인 감정을 떠올렸다.

쿨렌은 몇 달 전에 수도사가 게아 쿨과 새로운 호라드림 사원을 다시 찾았을 때에도 같은 감정을 느꼈다. 미쿨로프는 게아 쿨의 번창하는 학문 연구 기관을 보고 깜짝 놀라는 것 같았다. 쿨렌과 토마스가 이끄는 호라드림의 규모가 날로 커지면서 생긴 기관이었다. 별로 놀랄 일도 아니었다. 데커드 케인은 검은 탑이 무너진 뒤 호라드림의 전설이 되었고, 호라드림은 그가 떠나면서 그들에게 부탁했던 것을 지키기로 맹세했다. 호라드림은 데커드 케인의 가르침과 기록들을 엄격히 따랐다.

미쿨로프 역시 다른 사람들과 함께 고대 문헌들을 연구했지만 좀처럼 안정을 찾지 못했다. 미쿨로프는 여행을 떠났던 지난 10년 간 신들이 그에게 많은 것을 보여주었다고 했다. 하지만 여전히 자신의 진정한 운명을 찾지 못했다. 그런데 어느 날 저녁, 어둠의 악마와 마지막 전투를 벌였던 곳이자 만물과 거의 합일의 경지에 이르렀던 검은 탑의 폐허를 조사하고 있을 때, 새로운 계시가 나타났다. 미쿨로프는 자기 앞에 빛에 휩싸인 성스러운 존재가 나타났다고 했다. 그리고 신들의 현신인 그 존재는 미쿨로프에게 트리스트럼으로 가서 대성당의 폐허를 찾으라고 했다.

미쿨로프는 신들이 그런 형상으로 나타나는 건 매우 드문 일이라고 했다. 그러나 더 이상은 계시에 대해 아무 말도 안 하려고 했는데, 미쿨로프가 본 뭔가가 마음을 어지럽혀 입을 다물게 한 게 틀림없었다. 하지만 옛 대성당을 찾기로 결심을 굳힌 그는 토마스와 쿨렌에게 동행을 제안했다. 미쿨로프가 성역의 운명이 걸린 일이라고 말하자 두 사람은 기꺼이 그를 따라나섰다.

저 친구는 무수한 세월 동안 진리를 찾아 성역을 헤매고 다니며 이브고로드의 암살 시도를 수없이 피했지. 그라면 믿을 수 있어. 미쿨로프의 신들이 그를 대성당으로 불렀다면 그곳으로 가는 건 우리에게도 좋은 일일 거야.

물론 그것이 미쿨로프를 따라나선 유일한 이유는 아니었다.

"나는 언제나 대성당이 훨씬 더…… 클 거라고 상상했어요."

토마스가 말했다.

"훨씬 더 인상적일 거라고 상상했어요."

"우리는 수년 동안 이곳에서 무슨 일이 벌어졌는지 연구했어요. 이번 일은 우리의 최종 목적에 중요한 분수령이 될 거예요. 게다가 불길이 닿은 곳이기도 하죠."

토마스가 폐허 너머를 바라보았다. 그렇게 한참을 아무 말 없이 불에 탄 언덕 이곳저곳을 응시했다. 쿨렌은 토마스가 무엇을 찾는지 알고 있었다.

"데커드는 묘지 근처에 묻혀 있어요. 신성한 연기와 불꽃을 피우는 장작더미 속에서 데커드의 몸이 재로 변했지요."

쿨렌이 말했다.

"대천사 티리엘이 그 장면을 직접 지켜보았고요. 레아가 남긴 기록에 그렇게 쓰여 있었어요. 레아가…… 사라지기 전에 쓴 것이니 확실할 거예요."

쿨렌은 가방을 바닥에 털썩 내려놓고 가방 안 깊숙한 곳에서 지도 한 장을 꺼냈다. 사원에서 그들이 직접 제작한 원본에 충실한 트리스트럼 지도의 복제본이었다. 쿨렌은 고대와 현대 문헌들을 관리하는 책임자로, 호라드림의 방대한 도서관 자료를 분류하고 낡아 부스러질 위험이 있는 문헌들의 복제본을 베끼고 제본하는 일을 감독했다. 이 지도는 그가 만든 최고의 작품이었다.

쿨렌은 돌투성이 바닥에 검은 뱀처럼 튀어나온 두꺼운 나무뿌리 위에 지도를 펼쳐 놓고 나지막이 권능의 말을 중얼거렸다. 지도의 표지들이 희미하게 빛나기 시작하더니 대성당과 주변 지역을 묘사한 거친 지도가 나타났다.

거칠지만 주의 깊게 표시된 지도였다. 호라드림 두루마리 원본을 복제한 뒤 쿨렌이 직접 최신 정보를 추가해 다시 만들었던 것이다. 이쪽에서 보면 묘지는 폐허를 지나야 나올 터였다. 쿨렌은 희미한 달빛 아래 표시들이 점점 희미해지다가 사라지자 지도를 다시 가방 안에 넣었다. 가슴속에서 심장이 마구 쿵쾅거렸다.

"잠깐 좀 걸을……."

"꼼짝 마."

쿨렌은 목에 닿는 서늘한 칼날을 느꼈다.

토마스는 검을 반쯤 꺼내다 말고 움직임을 멈췄다. 그리고 쿨렌의 오른쪽 어깨 뒤에 바짝 붙어선 누군가를 바라보다가 얼른 눈길을 떨어뜨린 뒤 쿨렌의 왼쪽을 쳐다보았다. 쿨렌은 토마스의 의도를 금방 알아차렸다. 공격자는 왼손잡이가 틀림없으므로 자신이 적절히 몸을 틀면 토마스에게 공격할 시간을 벌어줄 수 있을 터였다.

하지만 칼날이 쿨렌의 살에 바짝 닿아 있어 그런 행동은 자칫 굉장히 위험할 수 있었다.

쿨렌이 낮게 신음을 내뱉자 뒤에 있던 남자가 몸을 살짝 움직였다. 칼날이 조금 아래로 내려가는 순간 달빛이 잠깐 지상을 환히 비추었다.

"강령술사."

토마스가 외쳤다. 그는 검을 천천히 내려놓은 뒤 자신의 손을 내보였다.

"내 친구를 풀어주시오. 우린 당신과 싸우지 않을 거요. 우리는 케지스탄에서 온 호라드림이오. 여긴 무슨 일로 온 것이오?"

칼날은 그대로였다. 쿨렌은 눈을 감고 자신의 뜨거운 피가 목을 타고 흘러내리기를 기다렸다. 마침내 공격자가 칼날을 거둬들였다.

"그보다는 거지와 도둑들이겠지."

그는 처음과는 다른 목소리로 말했다.

"난 한쪽 눈을 뜨고 자지, 어느 쪽을 뜨는지는 내 맘이야. 물론 내겐 선택권이 없어. 자네가 데려가는 데로 따라갈 뿐."

쿨렌은 두 사람이 있을 거라고 생각하고 뒤를 돌아봤지만 한 사람만 있을 뿐이었다. 자신을 공격했던 사람은 몸이 호리호리하고 피부는 몹시 창백하며, 수염이 난 엄숙한 얼굴 위로 검은 앞머리가 비스듬히 흘러내리고 있었다. 가장자리에 은빛 룬이 수놓인 망토를 입고, 오른손에는 검은 장갑을 끼고 왼손에는 뼈로 만든 단검을 쥐고 있었다. 칼날에 섬뜩한 푸른빛이 서려 있었다. 하지만 가장 눈에 띄는 특징은 쌍둥이 달처럼 연회색으로 빛나는 그의 두 눈이었다.

남자는 고요하지만 아주 위험한 힘으로 충만했다. 그의 가죽 장화는 자갈이 깔린 땅 위에서도 전혀 소리를 내지 않았다.

쿨렌은 지금까지 강령술사를 한두 번 본 적 있는데, 그들이 쓰는 어둠의 마법은 늘 사람들을 불안에 떨게 했다. 강령술사들은 좀처럼 감정을 드러내지 않으며 다른 사람들과 어울리려고도 하지 않았다. 하지만 이 남자는 뭔가 석연치 않은, 훨씬 더 불안한 기운을 내뿜고 있었다. 어쩌면 방금 쿨렌의 목에 칼을 들이댔기 때문인지도 모른다.

물론 처음과 달라진 두 번째 목소리에도 신경이 쓰였다. 쿨렌이 물었다.

"당신 일행은…… 어디 갔습니까?"

강령술사는 장갑 낀 손을 허리띠에 매단 멜론 크기만 한 두툼한 주머니로 가져갔다.

"다른 사람은 없소."

"아, 소개 한번 기똥차군."

어디선가 약하게 숨을 죽인 목소리가 발끈했다.

"하긴 내가 악수를 할 순 없으니까. 그래서 내가 부끄러운 거지, 그렇지? 이웃이 놀랄까봐 지하실에 숨기고 문을 잠가둔 곱사등이 고모나 마찬가지인 게야."

"조용히 해."

강령술사가 그렇게 말하며 주머니를 툭 쳤다.

"너무 오래 있었어."

목소리가 이어졌다.

"여긴 어두운데다 너무 비좁단 말이야. 이런 말해서 미안하지만 노새 엉덩이 냄새도 난다고."

강령술사는 잠깐 망설이는 듯하더니 주머니를 끌러 아래턱이 빠진 인간의 해골을 꺼냈다. 쿨렌이 비틀거리며 뒤로 물러서는 사이 토마스가 외마디 비명을 지르며 해골을 쫓기라도 하듯 검을 빼들었다.

해골의 텅 빈 눈구멍이 달빛에 하얗게 빛났다.

"만나서 반가워요."

3장

강령술사

두 남자는 자신들을 호라드림이라고 소개했다. 그들의 가방에는 결사단의 상징이 수놓여 있었다. 회색 윗옷 위에 담갈색 장포를 걸치고 허리띠를 두르고 샌들을 신은 소박한 옷차림으로 보아 확실히 얌전한 학자들처럼 보이긴 했다. 한동안 새로운 무리가 케지스탄 어딘가에 교단을 형성하고 있다는 소문이 돌았다. 강령술사는 최근 서부원정지에서 꽤 훌륭한 호라드림 서책의 복제본을 발견했는데, 서점 주인 말로는 게아 쿨에서 들어왔다고 했다. 하지만 진짜 결사단은 오래전에 자취를 감추었을 게 분명했다.

키가 작은 남자는 해골에 놀라 허둥대다가 하마터면 안경을 떨어뜨릴 뻔했다. 그는 손가락 끝으로 안경을 밀어 콧날 위에 다시 얹은 뒤 두 눈을 빠르게 깜박거렸다.

"넌 누구…… 무엇…… 이냐?"

"나는 잊힌 도시에서 물건을 약탈하다가 불행한 운명을 맞이했죠."

해골이 말했다.

"당신 목에 칼을 들이댔던 이 유쾌한 친구가, 이름이 자일이라나 뭐라나, 내 영혼을 불러내 자신에게 적절한 장소를 안내하는 역할을 맡겼지요……."

"그만둬, 험바트."

강령술사는 내색하지 않았지만 지금 주변 상황이 몹시 신경 쓰였다. 트리스트럼은 여러 면에서 아직은 맞서고 싶지 않은 영원한 어둠에 속박당해 있었다. *이곳은 혼돈과 파멸이 작용하고 있어. 그리고 이들 역시 해답을 찾고 있지.* 강령술사는 속으로 생각했다.

자일은 우울한 심정으로 지난 한 해를 돌이켰다. 그는 좀처럼 과거의 일이나 운명에 얽매여 자신의 삶을 판단하지 않았다. 준비가 되면 이 세계를 떠날 시간이 오겠지만, 그 시간은 금방 오지 않을 터였다. 그러나 최근 들어 혼돈이 더욱 기승을 부리는 것 같았다. 세계석의 부재는 인간의 영역에 끊임없이 영향을 미쳤다. 악마의 무리가 그 어느 때보다 동쪽 깊숙이 들어와 자일이 태어난 동쪽 밀림을 위협했다. 그와 형제들이 악마들을 물리쳤지만, 자일은 이번에도 자신이 균형의 분열을 찾아 고향에서 너무 멀리 떨어져왔음을 깨달았다. 그는 폭동의 원인이 서부에 있으며, 고위 악마 벨리알과 아즈모단이 불타는 지옥에서 나와 성역을 침략하리라는 사실을 직감했다.

비록 끝내 벨리알을 패배시킨 사람들을 한 번도 본 적 없지만, 자일은 칼데움이 벨리알의 교활한 계략에 거의 넘어갈 뻔했을 때 빛의 편에 서서 싸웠다. 악마들이 다이아몬드 문을 부수고 천상을 침략했다는 소문이 미친 경비병들의 입에서 흘러나와 퍼졌을 때는 존재의 대순환이 영원히 변형되는 건 아닐까 두려움을 느꼈다.

하지만 그런 침략이 실제로 일어났다면, 지옥의 졸개들은 천상의 수호자들에 의해 모조리 쫓겨났거나 인간이 딛고 선 땅은 벌써 산산조각 났을 터였다. 그러나 세계는 적어도 겉보기에는 안정을 되찾고 예전 모습으로 돌아간 것 같았다. 자일은 더 많은 해답을 찾기 위해 칼데움을 떠났고 마침내 서부원정지에 이르렀다.

가장 마지막으로 그곳에 이끌렸을 때 자일은 거미 악마 아스트로가에게 거의 살해당할 뻔했다. 그리고 인정하기 싫지만 사랑에 빠지기도 했다. 강령술사에게 결코 흔하지 않은 그 감정은 자일을 취약한 상태로 남겨놓았다. 당시 살렌을 저버린 일은 자일에게 가장 힘든 일이었지만, 피할 수 없었다. 라트마의 사제는 혼자 일해야 했다.

그러나 너무나 돌아가고 싶었다. 아마 살렌 때문이었을 것이다. 그렇다면 자신의 욕구를 버리고 무조건 소명을 따라야 하는 사제의 철칙을 깨고 끔찍한 실수를 저지른 셈이었다.

자일은 서부원정지의 자랑스러운 사람들 사이에서 커지는 불안감을 느꼈다. 이곳 시민들은 대부분 그와 같은 마법사들에게 의심의 눈초리를 보냈지만, 그저 들리는 이야기만으로도 대강 분위기를 짐작할 수 있었다. 소문으로는 지하의 종교 집단이 신속히 힘과 신병들을 끌어모으고 있으며, 이들과 기사들 사이에 긴장이 고조되고 있는 듯했다. 사람들이 사라진다는 소문도 무성했는데, 실종자들은 항상 누군가의 친척이었다.

자일은 살렌이 해답을 찾는데 도움이 될 중요한 정보를 가졌을 거라고 자신을 설득하며, 즉각 살렌의 행방을 추적했다. 그러나 험바트를 속일 수 없었다. 험바트는 자일의 어두운 심연에 감춰진 진짜 이유를 알고 있었다. 살렌은 결혼을 하지 않았으며, 자일이 다시 오지 않을 거라는 토리온 장군의 완곡한 설득에도 그에 대한 감정을 숨기지 않았다.

이제는 왕궁에서 일하는 살렌을 찾아 재회했을 때, 그들은 시간이 조금도 흐른 것 같지 않다고 느꼈다. 살렌은 자신을 버리고 떠난 그를 용서한다고 말했다. 언제나 자일이 돌아오리라는 희망을 버리지 않은 채 언제까지고 기다렸다고 했다.

그런데 어느 날 밤, 검은 날개를 가진 생물들이 살렌 앞에 나타났다.

자일은 자신도 모르게 몸을 떨었다. 그 감정의 미세한 진동은 또 다른 라트마 사제, 그리고 당시 어떤 생명체보다도 곁에 가까이 있었던 험바트를 제외하면 누구도 감지하지 못할 만한 것이었다. 하지만 최근에 드러난 자신의 약점을 떠올리게 했다.

자일은 그 후에 자신이 한 일을 정말 후회했지만 이미 살렌을 구하기엔 늦었다. 개인적인 감정에 흔들리지 말았어야 했다. *이 세계에 새로운 위협이 있어요. 살렌의 영혼은 자일에게 그렇게 말했다. 인간을 영원히 말살하는 게 목적인 이 위협에 비하면 다른 위협들은 모두 하찮은 것에 불과해요. 당신은 강력한 필멸자로부터 트리스트럼의 대성당으로 오라는 부름을 받았지요. 그는 당신에게 위험한 임무에 동참해달라는 부탁을 할 거예요. 당신은 그와 함께 브람웰로 가서 대장장이 보라드를 찾아야만 해요. 그가 바로 당신이 찾는 것에 대한 열쇠를 쥐고 있어요.*

자일은 살렌의 메시지에 의문을 품지 않았다. 그의 의지가 아니었다. 그의 운명은 이곳, 폐허 속에 있다. 한 달이 더 지난 지금, 살렌을 잃은 일에 대한 분노는 그 어느 때보다 강렬했다. 강령술사들은 죽음을 비극으로 여기지 않는다고 알려졌지만, 자일은 살렌의 죽음을 그 누구보다 애도했다. 살렌에 대한 영원한 사랑이 그를 이 버려진 땅으로 데려왔다.

길을 찾을 수 없다면 기다려라, 그러면 길이 너를 찾아올 것이다. 라트마는 그렇게 말했다.

"호라드림이라고 했나요?"

자일은 해골의 계속되는 말에 어두운 기억으로부터 다시 현실로 돌아왔다.

"트리스트럼이 몰락한 이후 결사단 얘기를 전혀 듣지 못했는데, 혹시 정신이 이상한 건 아니지요?"

"내 동료의 무례를 용서하세요."

자일이 말했다.

"하지만 그의 말이 아예 틀리진 않습니다. 나라도 같은 질문을 했을 겁니다."

두 남자는 곧 놀란 가슴을 진정시켰지만, 여전히 혐오스러운 시선으로 해골과 강령술사를 바라보며 일정한 거리를 유지했다. 자일은 그런 반응에 익숙했다. 라트마 사제들은 이 땅에서 불신을 받고 있었고, 사람들은 어둠의 마법을 오해해서 두려워했다. 강령술사들은 삶과 죽음을 자유롭게 다뤘고, 둘의 경계를 능숙하게 조작할 줄 알았다. 영혼을 불러내는 일은 확실히 많은 친구를 사귀는 데 불리했다.

"우리는 결사단을 창시한 데커드 케인의 안식처를 찾고 있습니다."

키 작은 남자가 한 걸음 다가오면서 말했다.

"나는 쿨렌이고 이쪽은 토마스입니다. 이브고로드 수도사와 함께 여행 중이지요."

그 말에 자일은 깜짝 놀랐다. 다른 사람이 있는 걸 보지 못했는데, 이 말은 수도사가 굉장히 훈련이 잘되어 있다는 것을 의미했다.

"좀 봐도 될까요?"

쿨렌은 흘긋 험바트를 보고 다시 강령술사를 보더니 혐오감에도 불구하고 호기심을 드러냈다. 자일은 조금 망설이다가 해골을 쿨렌에게 건넸다.

"놀랍군요."

쿨렌이 해골을 이리저리 살펴보는데, 험바트가 화들짝 놀라 외마디 비명을 지르고 욕을 퍼부었다. 쿨렌은 재빨리 험바트를 자일에게 돌려준 뒤 오물을 지워버리려는 듯 손을 옷에 닦았다.

"물론 책에서 본 적이 있지만, 저런 걸 직접 본 건 이번이……."

쿨렌의 말은 대성당의 폐허 근처에서 나는 소음 때문에 중단되었다. 그들을 갈라놓은 얕은 계곡 너머에서 칼날이 부딪히는 소리와 함께 격양된 목소리가 들렸다. 자일은 험바트를 허리띠에 매단 주머니 속에 넣은 뒤 뼈로 만든 단도를 꺼내들었다. 그 사이 토마스와 쿨렌은 재빨리 튀어나가 다음 오르막을 향해 비탈길을 내려갔다.

나무들이 죽은 손을 뻗어 그들의 옷자락을 잡는 것만 같았다. 게다가 땅은 불안정해 발밑에서 돌들이 구르고 검은 흙덩이가 이리저리 쏠렸다. 하지만 자일의 몸놀림은 우아했다. 장화가 어렵지 않게 단단한 땅을 찾아낸 덕분에 자일은 두 사람을 금방 추월했다.

그들이 다음 오르막을 막 오르려 할 때쯤 싸우는 소리가 멈췄다. 계곡에서 갑자기 세찬 바람이 불어와 그들 주위에 흙먼지 소용돌이를 일으켰다. 자일은 잠깐 멈춰 서서 바람이 지나가길 기다렸다. 공기가 깨끗해지고 달이 다시 나타나자, 이브고로드 수도사를 선두로 모두 네 사람이 그들을 향해 완만한 비탈길을 내려오는 모습이 보였다. 수도사의 민머리가 반짝였다. 수도사는 근육질의 우람한 가슴 부근에서 겹쳐지는 옷을 입고 허리에 노란 장식띠를 묶었으며, 팔뚝에는 갑옷을 두르고 목에는 나무 구슬 목걸이를 걸고 있었다. 자일은 수도사를 가공할 상대라고 판단했다. 수도사는 자신감과 목적의식과 차분한 힘을 갖고 움직였다. *같은 편으로 두는 게 확실히 유리한 전사였다.*

다른 사람들은 수도사의 뒤에서 나란히 걸어왔다. 따라왔다. 여자 마법사 옆에 몸이 홀쭉하고 금발에 유목민들이 입는 낡은 장포를 걸친 남자가 있었고, 조금 떨어진 곳에 일행보다 최소한 30센티미터는 더 큰 야만용사가 있었다. 그녀의 굴곡 있는 몸매는 가슴과 허리에 착 들러붙은 갑옷과 상당 부분이 노출된 엉덩이 때문에 더욱 두드러져 보였다. 어깨에 자일의 몸무게는 됨직한 전투 도끼를 둘러 맸는데도 전혀 힘들어 보이지 않았다.

"무슨 일인데?"

주머니 속에서 툴툴대는 목소리가 들렸다.

"괜찮으면 설명 좀 해주시지? 흑마법이 느껴지는 걸. 당신이 조만간 화살받이가 될 건지 알고 싶단 말이야!"

자일이 뒤를 흘끗 보니 쿨렌과 토마스가 거의 다 와 있었다.

"일행이 있어. 이번엔 내가 말을 하지."

수도사 미쿨로프는 폐허의 다른 쪽에서 오는 세 사람을 보고 깜짝 놀랐다.

마법사의 이름은 샤나르이고, 홀쭉한 금발의 남자는 제이콥이며, 야만용사는 자신을 가인버라고 소개했다. 자일은 야만용사가 처음에 짐작했던 것보다는 나이가 많다고 생각했지만, 그래도 나이보다 훨씬 젊어보였다. 금발의 남자는 조금 지쳐보였고, 셋 중에 가장 나이가 어린 마법사는 날씬한 몸매에 굉장한 미인이었다.

그들 역시 확실치 않은 어떤 목적을 위해 이곳으로 부름을 받았다.

"드높은 천상의 수정 회랑은…… 어떤 노래 같은 걸로 공명해요."

서로 인사를 나눈 뒤 샤나르가 입을 열었다.

"그걸 감지할 수 있는데, 공명은…… 내게 말을 전해요. 그 이상은 쉽게 설명할 수 없어요."

"나는 수정 회랑에 대해 설명한 서책을 읽었어요."

쿨렌이 눈을 반짝이며 말했다.

"전설에 따르면 그 공명에서 천사들이 탄생한다는군요. 데커드는 결사단의 중요한 서책에 그에 관한 기록을 남겼어요. 그런데 당신이 그걸 감지할 수 있다고요? 이곳 성역에서?"

샤나르가 고개를 끄덕였다.

"노래는 우리 모두를 관통해 흐르면서 신비로운 방식으로 필멸자들의 운명을 형성해요. 소리굽쇠의 진동과 비슷한데, 오직 우리를 둘러싼 에테르체에서만 느껴지죠. 사람들은 대부분 공명을 느끼지 못해요. 그 노래가 나를 이곳 트리스트럼으로 이끌었죠."

샤나르가 제이콥과 야만용사를 쳐다보며 말했다.

"반드시…… 저들이 있어야 한다고 했어요. 공명은 분명히 그렇게 말했죠."

가인버는 특히 강령술사를 경계하는 듯 손에 전투 도끼를 꽉 붙들고 있었다.

"*저자가 여기에 왜 있지?*"

가인버가 자일을 노려본 뒤 다시 샤나르 쪽을 보며 물었다.

"넌 내게 악마로부터 성역을 구하려면 우리의 도움이 필요하다고 말했어. 내가 그 일을 위해서라면 사력을 다해 싸울 거라는 것도 알 거야. 하지만 강령술사와 함께하는 데 동의한 적은 없어."

야만용사는 미신을 믿는 영적인 사람들로, 세계석을 지키는 자신들의 임무에 무서울 정도로 충실했다. 아리앗 산이 파괴되고 세계석이 영원히 사라졌다고 믿게 된 후 많은 야만용사들이 가슴속의 공허함을 달래기 위해 분쟁 지역을 찾아 나섰다. 전사로서 자신들이 사랑하는 산기슭에 명예롭게 묻히는 게 불가능해지자 그들은 그때부터 방랑자가 되었고, 더는 죽음을 예전 같은 방식으로 생각하지 않게 되었다.

"당신에게 피해를 줄 생각이 전혀 없소. 나 역시 어둠과 싸워 균형을 회복하겠다는 같은 동기로 이곳에 온 거요."

자일이 말했다.

"흥!"

야만용사가 땅에 침을 뱉었다.

"내 앞에서 어설프게 어둠의 주문을 쓰려고 했다가는 도끼날 맛을 봐야 할 거요. 다시 묻겠소, 강령술사, 트리스트럼에서 대체 뭘 하는 거지?"

"야만용사 사냥이지. 그밖에 뭘 하겠어?"

자일의 주머니 속에서 험바트가 대답했다. 그러자 야만용사가 무기를 양손으로 잡고 커다란 가슴 앞에서 빙그르르 휘둘렀다.

"누구야?"

가인버가 사방을 두리번거리며 소리쳤다.

"정체를 밝혀라!"

자일은 한숨을 내쉬었다. 그리고 어떤 우호적인 태도보다 야만용사를 효율적으로 진정시킬 수 있을 거라고 생각하며 옅게 미소를 지으려고 했다. 하지만 미소가 자연스럽지 않을 뿐더러 야만용사의 반응으로 봐서는 화만 더 부채질하는 게 될 수도 있었다. 자일은 험바트의 농담이 유감스러웠다. 그리고 다른 사람들을 불편하게 하는 일을 특히 좋아하지 않았지만, 아직은 더 많은 정보를 밝힐 준비가 안 되어 있었다. 이 우연한 만남은 너무 쉽게 이뤄졌다. 자일은 차츰 많은 것들이 자연스럽게 밝혀질 거라고 확신했다. 그때까지는 그냥 입을 다물고 있는 편이 나을 것이다.

가인버의 말에 대답이라도 하듯이 어둠 속에서 밝은 빛이 번쩍하면서 반대쪽에 있는 대성당 잔해들의 윤곽을 드러내주었다. 동시에 균형의 물결이 밀려들었다. 자일은 자신의 몸을 관통하는 물결을 느꼈다. 그리고 살아있는 인간보다 이러한 변화에 민감한 험바트로부터 숨죽인 욕설이 튀어나왔다. 그것은 이 세상의 것이 아닌, 천상 혹은 지옥과 연합해 빛과 어둠의 자연적인 균형을 위협하는 어떤 강력한 존재가 있음을 의미했다.

그게 누군지 혹은 무엇인지는 말할 수 없지만, 자일은 그들이 곧 그것의 정체를 알게 되리라는 걸 직감했다.

수도사가 앞장서서 다시 언덕을 올랐다. 그들이 꼭대기에 다다랐을 무렵에는 사그라지는 불빛이 무너진 대성당의 가장자리와 건너편에 있는 묘지를 드러내고 있었다. 돌들은 뒤틀린 채 사방에 비죽비죽 솟아 있고 묘지의 경계선은 희미해지다 어둠 속으로 잠겼다. 그러나 모두의 시선이 고정된 곳은 묘지의 입구였다.

사람 키의 두 배쯤 되는 산뜻한 흰색의 돌기둥이 땅 위에 솟아 있었다. 완벽한 대칭의 아름다운 조각이 새겨진 기념비는 정사각형의 꼭지가 삼각형을 이룬 꼭대기로 이어졌고, 거기에 선명한 표식이 아로새겨 있었다. 두 남자의 가방에 있는 상징과 똑같았다.

호라드림의 상징.

바람이 방향을 바꾸면서 불에 탄 나무의 냄새를 실어왔다. 무덤 앞에 불을 피운 흔적이 남아 있었다. 토마스와 쿨렌이 앞으로 달려 나갔고 다른 사람들이 그 뒤를 바짝 쫓았다. 자일은 묘지의 가장자리에 남겨졌다. 세계가 순간 침묵에 빠져들었다.

"그들이 우릴 버린 건가?"

"그들은 멀리 가지 않았어, 험바트."

자일이 낮은 목소리로 말했다.

"제발 그들을 자극하지 마. 네 이상한 유머감각을 설명하는 것 말고도 신경 써야 할 게 태산이야."

"그게 그리 중요한 문제 같진 않은데."

험바트가 주머니에 막혀 작아진 목소리로 말했다.

"미안하지만 지금 어리석은 짓을 하고 있는 것 같아. 무엇보다 살렌을 데려간 그것들을 쫓는 게……"

"상관하지 마."

자일이 날카롭게 말했다.

"할 말은 해야겠어. 같이 지낸 세월이 얼만데 이런 말도 못하면 안 되지. 자넨 그녀를 잃었고 그건 끔찍한 일이야. 나도 사랑하는 여자를 잃었어……."

해골이 말끝을 흐렸다.

"그녀의 영혼을 불러내 이렇게 달려오지 말았어야 했어. 그랬으면 인간과 악마들의 피로 물든 이런 지옥 같은 곳엔 오지 않아도 됐잖아. 여기에 온다고 살렌을 되찾을 수 있는 것도 아닌데다 괜히 우리의 안전 따위는 안중에도 없는 방랑자와 도둑들만 만났잖아. 사람들은 아마 자네가 죽을 자리를 찾아다닌다고 생각할 거야."

"질서와 혼돈 사이의 균형을 회복하는 일이야. 내가 죽을 시간은⋯⋯."

"준비가 되면 올 테고, 그 전에는 안 오겠지."

해골이 그의 말을 자르며 말했다.

"물론 그럴 거야. 그리고 그 시간은 아마 이곳이 되겠지, 안 그래? 속으로 얼 씨구나 하는 거 아냐?"

자일은 험바트의 말이 옳다고 인정할 수밖에 없었다. 하지만 그때 피부가 다시 따끔거렸다. 조금 전과 증상은 같지만 강도가 훨씬 더 셌다. 아주 강력한 존재가 가까이 있는 게 분명했다. 균형이 깨지려고 하는데, 그 존재가 빛과 어둠 중에 어느 편인지 아직 알 수 없었다.

자일은 기념비 주위에 몰려든 다른 사람들 곁으로 다가갔다. 수도사와 두 명의 동료는 슬픔에 젖어 있는 듯 보였다. *호라드림의 지도자 데커드 케인이 이곳에 누워 있군.* 자일은 생각했다. 하지만 그들이 제단을 세우기 위해 이곳에 온 거라면, 대체 누가 이곳에 세워진 묘비에 상징을 새겨 넣은 것일까?

옆구리에서 험바트가 조그만 소리를 냈다. 자일이 오른쪽을 돌아보자 한 사람이 언덕을 올라오는데, 흐르는 듯한 장포와 갑옷을 입었고 어깨는 넓었으며 민머리를 하고 있었다. 주름 있는 잘생긴 얼굴에 전투에서 얻은 흉터가 보였다.

그는 배낭을 메고 확고한 목적을 가지고 걸었다. 얼굴에 아무런 표정의 변화가 없었다. 자일이 쳐다보는 걸 아는지 알 수 없었다.

자일은 평소 같으면 경계했을 테지만 웬일인지 그러지 않았다. 차츰 다른 사람들도 남자가 다가오는 것을 알고 그쪽으로 시선을 돌렸다. 남자가 그들 앞에서 걸음을 멈추었다. 낯선 이는 차분하고 고요한 힘, 조화와 빛의 기운을 뿜어냈다. 트락울이 말했던 그것이라고 자일은 생각했다. 잠깐이지만 이곳의 균형이 회복되었다. 자일은 풀들이 발아래, 타락한 이 땅의 나머지 부분에서 의지를 거스르며 자갈투성이 흙을 뚫고 위로 올라오기 시작하는 것을 느꼈다.

"환영합니다, 빛의 전사들이여."

낯선 이가 말했다.

"나는 앙기리스 의회의 일원인 티리엘이며, 당신들의 도움을 요청하러 이곳에 왔습니다. 드높은 천상과 성역 전체가 위험에 처했습니다. 그리고 당신들은⋯⋯."

티리엘이 영혼을 꿰뚫어보는 듯한 시선으로 그들을 한 사람씩 차례로 바라보았다.

"우리에게 남은 유일한 희망입니다."

4장

몇 주 전, 앙기리스 의회

지혜의 대천사는 인간의 죽음에 관한 꿈을 꾸었다.

티리엘은 차가운 대리석 침대에서 잠이 들었다. 꿈속에서 종말은 순식간에 다가왔다. 검은 타르가 흘러내려 웅덩이를 이룬 뒤 덩굴손을 뻗어 푸른 하늘을 뒤덮은 구름을 뚫고 퍼져나가고, 지상에 드리운 빛이 바뀌면서 성역의 세계가 진동하기 시작했다. 땅이 갈라져 솟구치면서 자욱한 먼지 사이로 수많은 인간의 비명이 울려 퍼졌다. 인간의 위대한 창조물인 목재와 석조, 벽돌로 지은 탑들이 산산조각 나 쓰러지면서 그 아래 있던 인간을 짓눌렀다. 어마어마한 동굴이 입을 쩍 벌려 주위의 모든 것을 삼키면 도시 전체가 통째로 사라지기도 했다. 바다는 부글거리며 핏빛으로 붉게 물들었다.

그러나 불타는 지옥의 하수인들은 여전히 튀어나오지 않았다. 그들이 한 짓이 아니었기 때문이다. 검은 구름을 뚫고 눈부신 섬광이 뻗어 나와 폐허 위를 휘저었다. 하늘을 뒤덮은 천사 무리가 자신들이 파괴한 현장으로 내려와 무자비한 확신으로 남은 생존자들을 한 사람씩 학살하기 시작했다.

티리엘은 식은땀을 흘리며 깨어나 고통을 떨쳐버리려는 듯 눈을 꼭 감았다 떴다. 얼굴을 만졌다가 손끝에 묻어난 물기를 보고 깜짝 놀랐다.

동료 인간을 위해 눈물을 흘리다니.

대천사는 한 번도 눈물을 흘린 적 없었다. 그는 딱딱한 돌바닥에서 잔 탓에 관절이 쑤시는 것을 느끼며 자리에서 일어나 기지개를 켰다. 근육이 긴장되었다가 풀어지는 게 느껴졌다. 무수히 많은 낯선 경험이 찾아왔고, 그럴 때마다 티리엘은 잠깐씩 멈춰야 했다. 꿈에서 본 어둠을 떨쳐내려고 했지만 검은 수의처럼 달라붙어 사라지지 않았다. 대악마가 몰락하고 티리엘이 천사와 인간이 평화롭게 공존하는 새로운 시대가 열렸음을 선언하고 나서 얼마 지나지 않았다. 오늘 앙기리스 의회는 또 한 번, 영원한 분쟁에서의 인간의 역할을 둘러싸고 열띤 논쟁을 벌일 터였다.

천사들은 지옥의 악마들만큼이나 성역에 위협적인 존재였다. 티리엘의 예측은 끔찍하게 빗나간 듯 보였다. 어떻게 이렇게 빨리 이 지경에 이르게 되었을까?

그것은 영혼석의 영향이었다.

성역은 영겁의 세월 전에 이나리우스에 의해 은밀히 창조되었고, 대천사들은 이후로 계속 성역의 운명을 놓고 논쟁을 벌여왔다. 임페리우스는 성역을 파괴해야 한다는 주장을 굽히지 않을 게 분명했다. 심지어 티리엘 자신도 수백 년 전 인간들이 스스로 자신들의 위대함을 증명해보이기 전에는 그런 생각을 한 적 있었다.

하지만 인간들이 두려워해야 할 것은 임페리우스가 아니었다. 티리엘은 의회실로 향하면서 그렇게 생각했다. 홀로 천상을 걷는 동안 불길한 예감은 좀처럼 사라지지 않았다. 용기의 대천사 임페리우스의 견해는 전부터 잘 알고 있었다. 하지만 아우리엘은……. 그녀가 결정적인 표를 던질 터였다. 만일 아우리엘이 계속 성역의 존재를 찬성한다면 이테리엘 역시 그녀의 편에 설 확률이 높았다. 그렇지 않더라도 지금은 말티엘이 없으니 회의는 교착상태에 빠질 테고,

투표는 의회의 법률에 따라 다음으로 연기될 것이다.

티리엘은 아우리엘이 자신과 벨제엘의 충돌을 중간에서 차단한 그날 이후로 다시 대화를 하려고 했다. 그는 희망의 정원 밖에서 아우리엘의 수호자를 만나 그녀가 휴식 중이며 자신을 만나고 싶어 하지 않는다는 말을 들었다. 희망의 정원은 천상의 선율이 흐르고, 그에 따라 나무들이 빛과 소리로 조화롭게 일렁이는 가운데 천사들이 앉아 깊은 명상에 들거나 균형을 추구하는 평화와 평온의 장소였다. 수호자는 아우리엘이 이러한 분쟁을 희망의 정원에 들여놓으려 하지 않을 거라고 말했다. 그러고는 그의 장포에 꽂으라고 평화의 상징인 빛의 꽃을 건넸다. 정원을 찾는 모든 방문객에게 주는 것이었는데, 수호자의 목소리에는 경멸이 담겨 있었다. 티리엘이 날개를 떼어 내기 전에도 수호자가 이런 식으로 행동했던가?

상황이 이렇다고는 하지만 그를 거부하는 것은 아우리엘답지 않은 행동이었다. 티리엘은 별다른 말을 하지 않고 정원을 떠났지만, 그가 거기서 확인한 것은 냉담함이었다. 나무들은 여전히 빛으로 일렁였지만 그 빛의 일부는 아주 희미한 회색빛으로 오염되어 있었다. 그것은 마치……

아니다. 그런 식으로 생각해선 안 되었다. 어쩌면 진짜 문제는 내부에, 필멸자라는 티리엘의 새로운 신분과 그가 느끼는 낯선 감정의 홍수에 숨어 있는지도 몰랐다. 필멸자로서 앙기리스 의회에 다시 속하기로 한 것은 결국 근시안적인 결정일까? 지혜든 아니면 다른 무엇으로라도 천상을 지배할 만한 자격이 그에게는 더 이상 없는 걸까?

티리엘은 의회실을 향해 걸어갔다. 임페리우스와 입구 앞에서 마주쳤다.

용기의 대천사는 루미나레이 수호자들에 둘러싸여 있었다. 그들 중에 벨제엘이 있었는데, 그는 티리엘이 다가오자 한 걸음 앞으로 나왔다. 벨제엘이 무슨 말을 하려는 순간, 임페리우스가 자신의 부관을 제치고 눈부시게 빛나는 날개를 활짝 편 채 티리엘에게 성큼 다가왔다.

"우리의 자매를 당신 편으로 끌어들이려고 한 것은 명백한 잘못이다. 의회에서 정식으로 다뤄지기에 앞서 관련 문제를 논의하는 것은 금지되어 있다. 당신의 경솔한 행동으로 의회 전체가 흔들리고 있다. 혹 인간의 몸이 되고 나서 예지력도 잃은 것인가?"

티리엘이 자신의 날개를 떼어 내는, 그럼으로써 자신과 의회의 관계를 영원히 바꿔 놓을 결정을 내린 이후 둘 사이에는 풀리지 않는 갈등이 먹구름처럼 계속 감돌고 있었다.

"우리 사이의 해결되지 않은 문제 때문에 당신의 사고가 흐려지지 않길 바란다. 오늘 이곳에서 일어나는 일은 내 선택에 대한 당신의 분노와는 아무 상관이 없다."

티리엘이 대답했다.

"지혜라."

임페리우스의 날개가 분노로, 혹은 환희로 부르르 떨렸다. 티리엘은 그중 어느 쪽인지 알 수 없었다.

"나를 위해 지혜의 웅덩이에서 가져온 충고인가? 아닌 것 같은데. 인간은 성배를 들여다봐도 아무것도 볼 수 없지, 티리엘. 아니면 거기서 보게 될 것이 두려운 겐가."

"분쟁에 대한 당신의 욕망 말고는 두려울 게 없다. 영혼석의 힘은 지금 이 순간에도 드높은 천상에 영향을 주고 있다. 용기는 죄 없는 자들을 학살하는 데 있지."

"무슨 그런 궤변을. 영혼석은 이곳에서 우리에게 해를 입힐 수 없다. 당신은 이번 일을 평화를 얻을 기회로 생각할지 모르지만, 평화는 성역이 파괴되기 전까지 오지 않을 것이다. 우리가 바라는 승리를 위해선 희생이 불가피하다. 대악마는 우리를 거의 패배시킬 뻔했다, 티리엘! 이제껏 한 번도 문이 파괴된 적 없었단 말이다. 더 이상 자비는 없다…… 더 이상은 안 돼!"

임페리우스는 티리엘이 보기 싫다는 듯 회의실 쪽으로 돌아섰다. 지혜의 대천사가 갑옷으로 감싼 임페리우스의 팔을 잡았다. 몸속에서 힘이 용솟음치면서 숨까지 가빠졌다. 임페리우스는 이를 악물었다.

"이러지 마시오, 임페리우스."

티리엘이 말했다.

"인간들에게도 위대한 선이 있다. 우리에게 주어진 기회를 외면하지 마시오."

벨제엘이 다시 앞으로 나섰으나 임페리우스가 손짓으로 막았다. 그리고 역겹다는 듯 티리엘의 손을 뿌리쳤다. 임페리우스의 목소리에 실린 동정은 분노보다 더 불쾌했다.

"인간 세계는 너무 오래 우리의 존재를 위협해왔다. 인간들은 악마들이 우리에게 대적하기 위해 사용하는 수단이다. 당신은 인간들과 합류하기로 선택했으니 우리는 더 이상 당신의 판단을 신뢰할 수 없다. 당신도 곧 알게 될 것이다. 동의하든 안 하든, 의회는 곧 행동에 나설 것이오."

"마지막으로 성역의 운명이 의회의 손에 넘겨졌을 때, 의회의 최종 결정은 그들을 살려주자는 것이었다는 사실을 명심하세요."

아우리엘이 말했다.

"이 문제에 대한 논의를 재개하려면, 이러한 논의가 필요할 만큼 근본적인 변화가 있었다는 사실에 대한 증거가 필요합니다."

"증거는 분명합니다."

임페리우스가 의회의 바닥 위에 높이 솟은 자신의 옥좌에서 큰 소리로 대답했다. 용기의 대천사는 검은 영혼석을 가리키며 몸을 앞으로 기울였다. 임페리우스의 황금 갑옷 주위를 둘러싼 날개는 빛의 띠로 물결치며 치직하는 소리를 냈고, 이테리엘과 아우리엘을 향해 말하는 위엄 있는 목소리는 실내를 가득 채웠다.

"그것이 우리 앞에 침묵한 채 앉아 있습니다."

"그것이 우리들 사이에 있는 게 안전하지 않다는 건가요?"

아우리엘이 물었다.

"우린 이 문제를 두고 여러 차례 논의했습니다. 가장 큰 위협은 영혼석이 아니라 영혼석을 창조한 인간들에게 있습니다. 우리는 너무 오랫동안 행동하지 못했습니다. 우리가 오랜 세월 끝없이 논쟁을 벌이는 동안, 불타는 지옥은 계속해서 인간들의 귀에 사악한 비밀을 속삭이며 그들을 움직였고, 인간들의 세계를 이용해 우리에게 대적했지. 영혼석이 이미 그러한 사실을 증명해주고 있소. 인간들에 의해 만들어졌단 말이오, 아우리엘! 영혼석이 없었다면 천상의 문이 대악마에게 함락당하는 일이 일어났을까? 우리가 그토록 많은 형제자매들을 잃고, 우리의 눈앞에서 회랑이 산산조각 나기 직전까지 몰렸을까?"

"그다지 설득력이 없군요."

아우리엘이 말했다. 티리엘은 자신의 옥좌에서 그녀를 바라보았다. 아우리엘의 목소리는 임페리우스의 열정적인 발언과는 반대로 차분함을 유지했지만, 티리엘은 지난 번 이곳에서 만났을 때 느꼈던 그 날카로움을 느낄 수 있었다.

"대악마는 단순히 또 다른 방법을 찾아 회랑을 파괴하는 데 성공했을 수도 있어요."

임페리우스는 낄낄 웃었지만 그 안에는 어떤 온기도 없었다.

"희망이 진실을 보지 못하게 당신의 눈을 가렸군, 자매여. 지옥의 하수인들은 몰살당했고 그들의 우두머리들은 심연으로 던져졌소. 지금이 바로 우리가 행동에 나서야 할 완벽한 시기요! 결정타를 날릴 기회가 왔단 말이오. 성역은 항상 우리의 가장 큰 약점이었소. 성역만 없애면 싸움을 우리 쪽에 유리하게 바꿀 수 있고, 영원한 분쟁을 완전히 끝내버릴 수 있소."

회의실에 정적이 흘렀다.

"그러나 인간에게는 아직 희망이 있어요."

마침내 아우리엘이 입을 열었다.

"그들이 천사와 악마 모두의 자식이라는 걸 명심해요. 인간은 어둠에 물들 수 있는 만큼 빛으로도 빛날 가능성이 있지요."

그러나 희망의 대천사의 주장에는 확신이 부족해 별다른 호응을 얻지 못했다. 티리엘이 헛기침을 했다. 그는 임페리우스가 회의 내내 자신의 시선을 피하고 있다는 사실을 예리하게 알아차렸다.

"대악마를 물리친 네팔렘의 역할을 잊지 마시오."

티리엘이 목소리를 높였다.

"검은 영혼석이 성역에서 만들어져 우리에게 불리하게 이용된 건 사실이오. 하지만 네팔렘은 우리, 천상의 수호자들이 머뭇거리는 동안 거대한 악마와 싸워 그를 파멸시켰소."

"그리고 당신은 천사와 인간이 영원히 공존하는 새로운 황금시대를 선언했지."

임페리우스가 혐오감을 간신히 참고 있는 듯한 목소리로 말했다.

"당신은 그런 약속을 하기 전에 의회와 먼저 논의를 해야 했소."

임페리우스의 차가운 말은 도전으로 가득해 의회실 안에는 또 다시 폭력의 위협이 감돌았다. 티리엘은 이번에는 도전에 응하지 않을 생각이었다. 이번만큼은.

"네팔렘은 아직 우리가 모르는 엄청난 능력을 갖고 있소. 지금 그들을 제거한다면 우리는 악마와 맞서 싸울 가장 강력한 무기를 잃게 될 수도 있소."

임페리우스의 목소리가 더욱 커졌다.

"당신은 천상의 법률을 어기고 인간 세상의 일에 여러 차례 간섭해 왔소! 그리고 자신의 날개를 떼어 내기로 결정했고. 이것만으로도 당신의 경솔함은 차고 넘치오!"

임페리우스는 다른 천사들을 향해 뿔을 놀렸다.

"이제 모두의 골칫거리를 해결할 시간이오. 티리엘이 인간 아이 레아와 그녀의 엄마 일에 간섭만 하지 않았어도 대악마는 영혼석에서 안식처를 찾지 못했을 것이오."

"그 일은 우리가 알 바가 아니에요. 그리고 지혜의 대천사는 지금 심문을 받고 있는 게 아니지요."

아우리엘이 말했다.

"그렇다면 지혜로부터 조언을 듣는 것도 좋을 듯하오."

운명의 대천사 이테리엘은 회의 내내 거의 침묵하고 있었다. 사실은 평소에도 좀처럼 말을 하지 않았기에 티리엘은 이테리엘이 말을 하자 깜짝 놀랐다.

"거듭된 논의에도 여전히 해결되지 않은 또 다른 문제로 넘어갑시다. 검은 영혼석을 어떻게 하는 게 좋겠습니까?"

"지혜는 더 이상 여기에 없소."

임페리우스가 말했다.

"말티엘은 사라졌고 다시는 돌아오지 않을 거요."

"말을 삼가세요, 형제여."

아우리엘이 주의를 주었다.

"의회에 다시 참여하기로 한 티리엘의 결정을 모욕하지 마세요. 당신답지 않군요."

"그렇다면 찰라드아르에서 얻은 통찰을 말해보시오, 지혜의 대천사여."

임페리우스가 조롱하듯 말했다.

"영혼석을 어찌 하면 좋을지 말해주시오. 의회는 이 문제로 오랫동안 의견이 엇갈려왔소. 아니면 당신이 아직 성배의 조언을 얻지 못했다는 천사들 사이의 소문이 사실인 게요?"

이테리엘과 아우리엘은 그가 해결책을 말해주기를 기다리며 티리엘 쪽으로 고개를 돌렸다. 티리엘은 받침대 위에 놓인 영혼석을 바라보다가 얼핏 그 중심에서 핏빛이 반짝이는 걸 본 것 같았다. 어둠이 이 성스러운 장소에 스며들었어. 티리엘은 속으로 생각했다. 은밀히 침투해 손에 닿는 모든 것을 더럽히고 있어.

티리엘은 이미 결정을 내린 상태였다. 하지만 다른 이들이 자신의 조언을 어떻게 받아들일지 확신이 서지 않았다. 그래서 꽤 오래 머뭇거렸다.

임페리우스가 몸을 돌렸다.

"말티엘은 한 번도 해답을 내놓지 못한 적이 없는데, 이자는 또 다시 침묵하는군요. 내가 그를 대신해 말하겠소. 영혼석을 지옥의 대장간에 던져 파괴할 것이오."

아우리엘이 뭔가를 낮게 웅얼대는 사이 이테리엘이 빠르게 응답했다.

"영혼석은 인간의 마법으로 탄생했기에 그것의 운명은 나도 알 수 없소. 그 일이 어떤 결과를 가져올지 운명의 두루마리조차 설명할 수 없는……."

"영혼석을 반드시 숨겨야 하오!"

티리엘이 말했다. 말이 의도했던 것보다 훨씬 강하게 튀어나왔다. 다른 이들이 움직임을 멈추고 다시 그에게 시선을 돌렸다. 티리엘은 다시 헛기침했다. 그리고 이러한 행동이 자신의 말을 얼마나 약하게 들리게 할지 의식하고는 진저리를 쳤다. 피와 살로 만들어진 인간의 목은 이런 주장을 하기에 훌륭한 그릇이 아니었다.

"이테리엘의 말이 맞소."

티리엘이 말했다.

"검은 영혼석의 힘은 아직 우리에게 알려져 있지 않소. 호라드림의 마술사 쿨레가 네팔렘만이 소유하는 마술로 만들었지. 그러한 물건을 파괴하는 위험을 감수해선 안 되오. 다시 한 번 대악마가 풀려나와 우리 앞에 설 수도 있소."

"어디에 숨긴다는 말인가요?"

아우리엘이 티리엘의 내답을 예상하기라도 한 듯 한층 조심스러운 목소리로 물었다.

"이미 영혼석을 숨기는 일에 대해 여러 차례 논의를 했지만 아직 합의에 이르지 못했죠. 영혼석을 언제까지나 의회에 둘 수는 없어요."

티리엘은 동료 대천사들을 바라보며 슬픔이 밀려드는 것을 느꼈다. 그들이 자신을 의심하고 있으며, 어쩌면 은근한 적의를 품고 있을지 모른다고 생각했다. 심지어 아우리엘의 오라도 달라져 있었다. 아우리엘의 날개는 빛으로 부드럽게 고동치고 있었는데, 그 빛은 티리엘이 희망의 정원에 있던 나무들 속에서 보았던 회색빛으로 오염돼 있었다.

티리엘은 정의의 대천사도, 지혜의 대천사도 아니었다. 그렇다고 인간도 아니었다. 티리엘은 필멸자의 몸을 가진 천사였다. 그래서 지금껏 알았던 세계, 혹은 그 어떤 세계와도 어울리지 않았다. 인간 세상에 평화를 이룬 뒤 그의 새로운 생명은 영원한 잠 속에 빠져든다는 예지는 빠르게 사라져갔다.

일이 이렇게 흘러가게 될 줄은 전혀 예상하지 못했다.

"성역이오."

티리엘이 마침내 입을 열었다.

"우리는 영혼석을 천사도 악마도 결코 찾을 수 없는 곳에 숨겨야 하오."

"지금 제정신이오?"

임페리우스가 버럭 소리를 질렀다. 그의 목소리가 천둥처럼 의회실을 뒤흔들었다.

"영혼석이 만들어진 장소에 다시 갖다 놓자는 것이오? 지옥이 인간들의 영혼을 이용해 우릴 공격할 수 있는 그곳에? 어둠은 부활할 방법을 찾을 것이고, 그러면 영혼석은 우리 모두를 파괴할 무기가 될 것이오!"

"나는 전에도 성역에 영혼석을 감춘 적 있소. 네팔렘의 미술로 봉인하고 대악마를 가두어……"

"그리고 대악마들은 늘 인간을 타락시켜 탈출할 방법을 찾았지요."

아우리엘이 말했다.

"나 역시 이 일을 더 이상 용납할 수 없어요, 티리엘. 임페리우스의 말이 맞아요. 성역은 절대 검은 영혼석이 여전히 존재한다는 사실을 알아서는 안 돼요. 영혼석은 이곳에 있으면서 루미나레이의 보호를 받는 편이 훨씬 안전해요."

"영혼석이 당신들에게 무슨 짓을 하는지 모르겠소?"

티리엘의 목소리가 더욱 커졌다. 그가 옥좌에서 일어나 의회실 바닥을 향해 걸음을 옮기자 천상의 에너지로 생성된 계단이 발 앞에 스르륵 펼쳐졌다.

"당신들이 여기 앉아 나를 비난하는 동안에도 주위의 모든 것들이 시시각각 더 냉정해지고 음울해져가고 있소. 영혼석은 이곳에서 제거되어야 하오. 그렇지 않으면 우리가 가장 성스럽게 지키는 모든 것을 오염시키고 말 거요!"

임페리우스가 티리엘이 서 있는 의회실의 중앙을 가리키며 말했다.

"지금 우리가 천상의 법률을 수호하는 의무를 저버리고 갈수록 게을러지고 있다고 비난하는 거요? 스스로 자신의 지위를 버리고 인간의 지위를 취한 정의의 대천사가?"

"분노가 그 징조요. 영혼석은 당신의 빛을 먹고 정수를 들이마시면서 당신의 별들이 추락할 만큼 약해지길 기다리는……"

"헛소리. 그런 위험을 우리가 감지하지 못할 거라고 생각하시오?"

"당신들의 자부심이 진실을 보지 못하게 가리고 있소. 당신들은 내가 느끼는 것을 느끼지 못하지. 당신들은…… 인간이 아니니까."

임페리우스가 고결한 불길을 일으키며 옥좌에서 벌떡 일어나더니 순식간에 바닥으로 내려가 티리엘 앞에 우뚝 섰다.

"물론이지. 당신은 의회를 충분히 모욕했소. 우린 진작 행동에 나서야 했지. 나는 더 이상 당신의 경솔한 말을 듣지 않을 것이오!"

정적이 덮이고 순간 시간이 정지했다. 그들은 얼마 전에도 바로 이곳에서 맞붙은 적 있었다.

"당신을 향해 무기를 집어 들지는 않을 것이오, 임페리우스. 이번에는 아니오."

티리엘은 움직일 생각을 않는 용기의 대천사 곁을 돌아 걸음을 옮겼다. 의회실의 출구를 향해 걸어가는 그의 심장 박동이 점점 더 빨라졌다.

"어딜 가는 건가요?"

아우리엘이 불렀다.

"의회의 규칙에 따르면 개회 중에는 아무도 자리를 떠날 수 없습니다."

티리엘이 회랑 앞에서 걸음을 멈췄다.

"나는 더 이상 지혜의 대천사로서 이곳에 여러분들과 함께 앉아 있을 수 없소. 당신들이 날개를 떼어낸 내 선택을 존중하지 않는다면, 나는 의회에 남지 않을 것이오. 그리고 영혼석이 이곳에 있는 한 성역의 미래는 없을 것이고, 드높은 천상 역시 마찬가지일 것이오. 당신들이 다시는 돌이킬 수 없는 길을 선택할까 두렵소."

의회실 밖에는 벨제엘이 무기를 빼들고 티리엘을 기다리고 있었다. 거대한 수호자는 황금빛 갑옷을 입고 뒤에 두 명의 수하를 거느린 채 티리엘의 길을 막아섰다.

"당신은 의회를 모욕했습니다. 그러한 행동은 법률에……."

"비켜라, 루미나레이."

티리엘이 말했다.

"아니면 그 검을 사용하려느냐?"

"날개 없는 천사라."

벨제엘이 말했다.

"당신은 날개를 잘려 날지 못하는 새와 같군요. 어쩌면 우리가 당신을 새장에 가둬야 할지 모르겠습니다."

티리엘은 엘드루인을 꺼내들었다. 어떻게 감히 수많은 세월 동안 너를 지휘했던 나를 모욕할 수 있느냐? 티리엘은 속으로 외쳤다. 참았던 분노가 내면에서 마른 불길처럼 거세게 타올랐다.

"이것이 네 마지막 싸움이 될 것이다."

벨제엘은 무기를 들고 싸울 태세를 갖췄다. 티리엘이 자신의 분노를 모두 실어 엘드루인을 크게 휘두르자 루미나레이의 검과 부딪혔고, 수호자는 뒷걸음질을 치다 무릎을 꿇었다. 정화의 불꽃 같은 분노가 티리엘의 내부에서 활활 타올랐지만, 그것은 엘드루인의 힘을 살짝 맛보여준 것에 불과했다. 다시 무기를 들어 올리는 티리엘의 근육이 부르르 떨렸다. 하지만 루미나레이 수호자는 믿을 수 없을 만큼 빠르게 몸을 옆으로 굴려 다시 일어선 뒤, 검을 들고 공격 자세를 취했다.

"그만!"

임페리우스가 갑자기 회랑 아래에 나타났다. 임페리우스의 불타는 듯한 날개가 위로 솟구치며 무장한 얼굴 주변에서 번개처럼 치직거리는 소리를 냈다.

"대천사님."

벨제엘이 말했다.

"그는 개회 중에 의회실을 떠나려고 했습니다! 그를 심판의 무대에……."

"그냥 가게 두어라."

임페리우스가 말했다.

"그의 뼈와 살을 보거라. 그는 인간의 지위를 얻어 약해졌고, 그로인해 의무를 다하지 못하게 되었다."

"아니오."

티리엘이 응수했다.

"나는 지금 정신적으로 그 어느 때보다 강해져 있소. 임페리우스."

"그렇다면 왜 아직 찰라드아르를 보지 않은 거지? 그 안에서 보게 될 것이 두려워서인가? 아니면 인간으로서는 감당 못할 것이라서 그런가?"

"난 내 선택을 할 뿐 그것을 설명해야 할 이유가 없소."

"그리고 또 다시 인간 편에 서기로 했지."

임페리우스가 말했다.

"만약 의회가 성역을 파괴하고 천상의 위협을 영원히 제거하기로 결정한다면, 당신은 인간 세계에 남아 그들과 함께 멸망할 것인가?"

티리엘은 아직 검을 겨누고 있는 벨제엘과 마치 그가 돌아가는 것을 막으려는 듯 회랑 아래 버티고 선 임페리우스를 바라보았다. 엘드루인을 칼집에 다시 넣으며 갑자기 분노가 사라지는 걸 느꼈다. 천상으로 흘러드는 사악하고 검은 기운의 영향을 받을지언정 그것을 막을 방도를 반드시 찾아야 한다. 티리엘은 속으로 생각했다.

"그것이 의회의 의지라면 그렇게 하시오."

티리엘은 그 말을 끝으로 그들을 그곳에 세워둔 채 자리를 떴다. 그는 끝에 무엇이 있는지 전혀 예측할 수 없는 길로 한 걸음 내디뎠다는 사실을 깨달았다.

5장

도둑들의 회합

티리엘은 의회에서 있었던 논쟁을 머릿속에서 지우고 주위로 몰려든 보잘것없는 인간의 무리를 바라보았다. 그들의 얼굴에 의심에서부터 경외심까지 다양한 표정이 나타났다. 제이콥은 멀리서부터 엘드루인의 기운을 느낀 듯했고, 강령술사 자일은 티리엘이 모습을 드러내기 훨씬 전부터 그가 오는 걸 느꼈던 게 확실했다. 두 사람은 어쩌면 각자 다른 이유에서 티리엘의 존재와 그가 하는 말을 받아들일 터였다.

다른 사람들은 확실하지 않았다. 마음이 순수한, 수도사는 게아 쿨에서 벨리알의 하수인들과 전투를 벌였을 때 굉장한 힘과 용기를 보여주었다. 그러나 되돌아오는 게 위험뿐인 자신만의 길을 따르고 있었다. 게아 쿨의 호라드림 집단에서 온 두 동료는 그들이 가진 지식 때문에 중요했다. 그러나 아직 숨겨진 힘의 근원에는 접근하지 못했고, 앞으로도 그럴 가능성은 거의 없어 보였다. 마법사는 확실히 뛰어난 재능을 갖췄지만, 그에 못지않은 고집과 냉소적인 성격을 지녔다. 마법사의 상처는 물리적인 게 아니지만 어떤 물리적인 상처보다 깊었고, 그 상처를 극복하는 것이 그녀에게 가장 큰 도전이 될 터였다. 그리고 야만용사는 부족이나 고향을 갖고 있지 않았고, 외부로 향하는 힘은 있으나 자신감이 부족했다.

고작 낯선 이들의 집단일 뿐이다. 티리엘은 속으로 생각했다. 티리엘은 수백 년 전 자신이 거의 불가능에 가까운 임무를 가지고 또 다른 인간 집단을 마주했던 순간을 떠올렸다. 하지만 이번 일은 그보다 더 큰 도전이었다. 만일 지금부터 자신이 하는 말을 그들이 받아들이기로 결정한다면, 그들이 무엇이 될지는 전적으로 그에게 달렸다.

"비밀을 유지해야 했던 점을 이해하기 바랍니다. 여러분은 이미 엄청난 위험에 용감히 맞섰습니다. 하지만 곧 그럴 만한 이유가 있었다는 점을 이해하게 될 것입니다. 오늘 여러분이 이렇게 트리스트럼에서 만난 것은 결코 우연이 아닙니다."

티리엘이 말했다.

"당신이군요. 그 공명을 조종한 게 바로 당신이었어요!"

마법사 샤나르가 힐난조로 말했다.

"신들의 메시지를 가지고 내 앞에 모습을 드러낸 것도 당신이었군요."

미쿨로프가 말했다.

나머지는 불빛 속에서 나직이 소곤거렸다.

"기록에 보면 대천사 티리엘이 인간 사이를 걸었다는 얘기가 자주 나와요."

학자인 쿨렌이 말했다.

"그리고 최근에는 레아로부터 많은 얘기를 들었고요. 그런데 죄송하지만…… 당신은 천사가 아니네요."

"나는 인간의 형상을 띠기로 선택했습니다."

티리엘이 말했다.

"설명할 것이 많아요. 난 예전에 여러분을 이끌었던 호라드림 지도자를 알아요. 대단히 명예로운 사람이었죠. 우리의 대의를 위한 그의 희생을 결코 잊어선 안 됩니다."

"우린 이곳에 기념비를 세우려고 먼 길을 걸어왔어요. 그런데 우리가 만들 수 있는 것보다 훨씬 인상적인 기념비를 보게 되었지요."

토마스는 흰색 석조 피라미드를 다시 돌아보았다. 꼭대기에 새긴 호라드림의 상징이 달빛에 은은히 빛나고 있었다.

"당신의 작품인가요?"

티리엘이 고개를 끄덕였다.

"기념비는 성역이 존재하는 한 파괴되지 않을 것입니다. 이것은 어둠 속에서 밝게 빛나는, 데커드 케인이 보여준 용기의 증거입니다."

티리엘은 자신을 향한 얼굴들을 찬찬히 살피면서 기다렸다. 그들은 여전히 서로에 대해, 그리고 그에 대해 의심을 품고 있었다. 그리고 지금 하려고 하는 얘기는 상황을 더 나쁘게 만들 것이 분명했다.

할 일은 너무 많은데 시간이 촉박했다.

"우선 불을 피워 몸을 데우고 어둠을 몰아냅시다. 그리고 나서 모든 걸 말하겠습니다."

그들은 돌로 동그랗게 원을 만든 뒤, 언덕 여기저기에 널린 죽은 나무들에서 가지를 잘라 가져왔다. 토마스가 검게 그을린 병든 나무에 부싯돌로 불을 붙이려고 했지만 잘 안 되자 샤나르가 마법을 이용해 불꽃을 일으켰다. 솟아오르는 불길 때문에 위치가 노출될 위험이 있었지만, 밤이 되면서 기온이 뚝 떨어지고 주위가 칠흑처럼 어두웠기 때문에 모두들 불을 쬘 수 있어서 기뻐했다.

그들은 각자 무리를 지어 앉았다. 미쿨로프와 호라드림 일행이 한쪽에 자리를 잡았고, 샤나르와 제이콥과 가인버는 자일과 멀찍이 떨어져 앉았다. 야만용사는 강령술사가 나타난 이후로 전투 도끼를 한 번도 내려놓지 않았다.

티리엘은 천 년 전 천사 이나리우스에 의해 성역이 창조된 이야기를 들려주었다. 영원한 분쟁에 염증을 느낀 이나리우스는 드높은 천상을 떠나 양쪽 진영으로부터 숨을 수 있고, 비슷한 생각을 가진 천사들과 악마들이 조화를 이루며 살 수 있는 장소를 찾았다. 이나리우스는 모든 역경을 이겨내고 메피스토의 딸인 악마 릴리트와 사랑에 빠졌고, 그들의 위험한 결합으로 최초의 네팔렘인 라트마, 불카토스, 에수와 다른 존재들이 탄생했다. 이들은 완전히 새롭고 강력한 존재들로, 그들을 없애려는 수많은 시도에도 불구하고 성역에 거주하며 번성하기 시작했다. 수백 년이 흐르면서 그들의 자손은 점차 인간으로 변해갔다. 세계석의 존재로 인해 그들은 세대를 거듭할수록 능력이 쇠퇴했으나, 그래도 여전히 현존하는 마법을 불러일으킬 만큼 충분한 힘을 가지고 있다.

"20년 전에 세계석이 파괴되고 나서⋯⋯."

티리엘이 계속해서 말했다.

"고대의 비밀을 이용할 수 있는 사람들을 중심으로 네팔렘의 능력이 다시 한 번 강력해지기 시작했습니다. 여러분은 이러한 역사를 알아야만 하는데, 오늘 우리가 이 자리에 모인 이유와 상관있기 때문입니다."

"네팔렘은 용기가 대단하고 순수합니다."

쿨렌이 말했다.

"우리는 서책을 통해 그들을 연구했죠."

티리엘이 고개를 끄덕였다. 그리고 호라드림의 마술사 졸툰 쿨레가 검은 영혼석을 탄생시킨 이야기를 들려주었다. 쿨레는 호라드림의 기원이자 위대한 잠재력을 가진 자였다. 쿨레의 운명은 지금 그들이 직면한 위험의 연속이었다. 힘은 언제든 타락할 수 있었고 어둠의 유혹은 강력했다. 불멸을 향한 쿨레의 욕망은 몰락을 가져왔다. 쿨레는 결국 제거되었지만, 그가 만든 거대하고 신비로운 힘을 지닌 검은 영혼석은 수백 년 뒤 소녀 레아를 대악마로 변형시켜 천상의 문을 공격하는 데 이용되었다. 수정 회랑은 진정한 네팔렘의 영웅적인 행동으로 간신히 위기를 모면했는데, 그는 고대로부터 이어져 내려온 능력을 지닌 인간으로, 심지어 가장 강력한 천사나 악마까지 능히 제압할 수 있었다.

이러한 이야기를 하는 동안 많은 시간이 흘렀다. 불길이 약해지자 가인버가 땔감을 보충하려고 자리에서 일어섰고, 샤나르는 불에 기운을 불어넣었다.

"네팔렘 영웅은 지금 서부원정지 동쪽 부근을 샅샅이 뒤지고 있어요."

티리엘이 말했다.

"실종된 마녀 아드리아를 찾기 위해서지요. 나는 또 다른 긴급하고도 중요한 일을 수행해야 하지만 시간이 거의 없다고 판단해서 성역으로 내려와 당신들을 이곳에 소집했습니다. 검은 영혼석이 다시 한 번 우리가 소중히 여기는 것들을 위협하고 있지만, 영혼석을 안전하게 파괴할 방법이 없습니다. 해결책은 단하나, 은밀한 곳에 숨기는 것뿐입니다. 나는 수백 년 전에 대악마를 추격해서 사로잡기 위해 호라드림을 불러 모았던 것처럼, 이번 중요한 임무를 수행하는 데 힘을 보탤 사람들로 당신들을 선택했습니다."

마침내 학자가 입을 열었다. 티리엘은 쿨렌을 보며 데커드 케인을 떠올렸다. 두 사람은 외모가 많이 달랐지만 천성적으로 호기심이 많고 두뇌 회전이 빠르다는 특징을 공유하고 있었다.

"얼마 전에 레아의 편지가 배달원을 통해 게아 쿨의 호라드림 사원에 도착했습니다. 트리스트럼에서 부러진 검을 가진 낯선 이를 찾는다는 얘기가 적혀 있더군요. 그녀는 이교도들에게 살해당한 데커드에 대한 얘기와 영혼석이 발견되었다는 소식을 전했습니다. 그리고 아직 살아있는 엄마를 찾는다는 얘기를 하면서, 영혼석의 진정한 성질을 해독하는 일을 도와달라고 했어요."

"그러면 당신은 내 얘기가 사실이라는 걸 알겠군요."

"아드리아는 영혼석이 지옥의 일곱 악마를 파괴하는 데 중요한 열쇠라고 확신했어요. 나는 사원의 도서관을 샅샅이 뒤져 영혼석에 관해 찾을 수 있는 모든 정보를 찾은 다음 칼데움으로 편지를 써서 보냈지만 모두 되돌아왔어요. 심부름꾼 말로는 레아가 실종되었다는 거예요. 이제 레아가 어떻게 되었는지 얘기를……."

쿨렌은 잠시 말을 멈추더니 조심스럽게 안경을 벗었다. 그리고 가방에서 천소삭을 꺼내 촉촉해진 눈가를 닦은 다음 다시 안경을 콧등 위에 걸쳤다.

"엄마를 그리워하며 그토록 오랜 세월을 보냈는데."

쿨렌은 감정에 북받쳐 떨리는 목소리로 말했다.

"그녀의 운명이 너무 가혹해요."

"레아는 영혼을 잠식당하지 않으려고 용감히 싸웠어요."

티리엘이 말했다.

"문이 파괴된 것은 그녀의 짓이 아니었습니다. 대악마가 레아를 완전히 장악했던 거지요. 레아의 고통은 그렇게 길지 않았을 겁니다."

쿨렌은 고개를 끄덕이며 다른 두 동료인 토마스와 수도사를 흘긋 바라보았다. 그리고 물었다.

"영혼석은 어디에 있습니까?"

"천상에 있으며 회랑의 수호자인 루미나레이가 지키고 있습니다."

"신성한 수호자 말인가요? 왜 지키는 건가요?"

"영혼석은 매우 위험합니다. 영혼석은 이미 천상을 오염시키고 있고, 얼마 후면 우리가 행동에 나서기에 너무 늦을 거예요. 하지만 앙기리스 의회는 안전하게 보관하기 위해 영혼석을 인간에게 넘기는 일은 절대 하지 않을 것입니다."

"그러면 우리가 뭘 어떻게 할 수 있다는 건가요?"

티리엘이 학자의 눈을 응시했다.

"우리가 천상을 침략해 영혼석을 훔쳐내야 합니다."

모두가 믿을 수 없는 충격에 휩싸였다.

"천상을 침략한다고요?"

쿨렌이 되물었다.

"지금껏 많은 연구를 했지만, 적어도 당신이 얘기한 대악마와의 전투가 시작되기 전까지는 인간이 천상에 발을 들여놓은 적이 단 한 번도 없었어요. 인간은 천상의 아름다우면서도 거대한 영역을 전혀 이해할 수 없지요. 그런 무모한 시도에는 반드시 위험이……."

당신의 말이 맞아요. 심지어 나조차 이 일을 하다 죽을 수 있지요. 티리엘은 속으로 생각했다. 티리엘은 불현 듯 스친 생각에 소스라치게 놀랐다. 그의 손이 저도 모르게 장포의 안주머니 쪽으로 가다가 멈췄다. *모든 인간은 결국 죽음에 이르기 마련이다.*

"분위기에 찬물을 끼얹어 미안합니다."

자리에서 일어나는 샤나르의 예쁜 얼굴이 붉게 상기되어 있었다.

"나는 선택하고 말고 할 것 없이 그냥 회랑의 노래를 따라왔습니다. 천상의 의지였으니 별 수 있나요, 그렇죠? 전에 마지막으로 이런 일이 벌어졌을 때 나는 검 하나만 갖고 얼마나 되는지도 모를 긴 시간 동안 동굴 안에 갇혀 있었지요. 마침내 저 사람이 나타나기 전까지 말이죠."

샤나르가 제이콥을 가리켰다.

"우여곡절 끝에 이곳, 버려진 장소까지 왔더니 우리보고 *자살* 임무를 수행하라고요?"

마법사의 말이 공중에 걸려 있는 사이 다른 사람들은 계속 침묵했다. 티리엘은 그들이 나서서 말하기 싫다는 듯 서로 눈짓을 교환하고는 재빨리 시선을 돌리는 모습을 보았다. 그들의 얼굴에는 불신과 불확실성, 심지어 공포심이 엿보였다.

"내가 여러분을 선택한 데에는 이유가 있습니다. 여러분 한 사람 한 사람은 이 세계와 이 세계 너머의 것을 구하는 데 모두 중요한 역할을 하게 될 것입니다. 자일, 당신은 얼마 전에도 강력한 악마와 싸워 이겼습니다. 미쿨로프, 토마스, 쿨렌은 데커드 케인을 도와 게아 쿨에서 벨리알과 연합한 어둠의 원소술사와 전투를 벌여 언데드 군대를 몰살시켰죠. 샤나르와 제이콥, 가인버는 분노의 역병과 얼굴을 마주하고도 눈 하나 깜짝하지 않았습니다."

티리엘의 목소리가 커졌다.

"여러분은 끔찍한 위험과 승산 없는 싸움에 식년하세 될 것입니다. 하지만 여러분은 타고났지만 아직 개발되지 않은 힘의 원천을 갖고 있습니다. 혈관에는 천사와 악마의 피가 흐르고 있으며, 빛과 어둠의 혼합이 여러분에게 상상도 못할 가공할 힘을 부여할 것입니다."

"가공할 힘이라."

제이콥이 그 말의 의미를 새기려는 듯 천천히 되뇌었다. 그는 지금까지 계속 침묵을 지켜왔다.

"우리가 각자 나름의 전투 기술을 가지고 있다고 하지만, 당신이 언급한 그 일은 하려면 그보다 훨씬 더 많은 것이 필요합니다. 아마 군대가 있어야 할 겁니다."

티리엘이 칼집에서 검을 뽑아들자 칼날이 불빛에 환히 빛났다.

"내가 세계석에 온 신경을 쏟는 동안, 당신은 정의의 화신으로 엘드루인을 휘둘렀습니다. 그것은 우연한 일이 아니에요, 제이콥. 당신은 여기 모인 다른 사람들에게 가르쳐줄 것이 아주 많습니다."

"내가 정의의 도구가 되어 휘두른 것은 검이 제게 부여한 힘이었습니다. 엘드루인은 원래 주인에게 돌아갔고, 더 이상 제 것이 아니지요."

제이콥이 말했다.

"무슨 일이 벌어지고 있는 거야?"

마치 비좁은 곳에 오랫동안 쭈그려 앉아 있던 남자인 듯 숨을 죽인, 약간 짜증이 묻어나는 목소리가 들렸다.

"여기선 뭐 하나 보이는 게 없구먼!"

티리엘은 자일이 허리띠에 매단 불룩한 주머니를 손으로 툭 치는 모습을 보았다.

"가만있어, 험바트."

강령술사는 다급히 말하고는 티리엘을 바라보았다.

"우리는 부름을 받고 이곳에 왔습니다. 그리고 적어도 나는 당신이 한 말 대부분을 받아들이려고 합니다. 그런데 이 임무를 완성하기 위한 계획은 있습니까?"

티리엘은 머뭇거렸다. 그는 오랜 시간을 도서관에서 데커드 케인이 남긴 고대 문헌들을 연구하며 보냈다. 영혼석을 숨길 완벽한 장소, 영혼석의 힘을 갈구하는 자들로부터 안전하게 지킬 수 있는 어딘가를 반드시 찾아야 했기 때문이다.

마침내 티리엘은 그런 곳을 찾았다고 생각했다. 그곳은 케인의 소장품 중 칼란의 책 복제본 안에 눈에 띄지 않게 언급되어 있었다.

"서부의 땅 어딘가에 숨겨진 고대의 요새이자 네팔렘에 의해 세워진 위대한 힘의 도시가 있어요. 지금은 비어 있지만 천사와 악마로부터 보호받는 곳이지요. 영혼석을 안전하게 보관할 유일한 장소라고 할 수 있어요."

"그런데 그곳을 정확히 어떻게 찾는다는 거죠?"

샤나르가 여전히 의심스러운 얼굴로 물었다.

"데커드 케인은 그곳이 라키스와 아들들에 의해 수년 전에 발견됐으며, 브람웰이나 서부원정지 근처 어디일 거라고 믿었어요. 케인은 자카룸의 성서에서 그곳의 위치를 가리키는 중요한 구절을 찾았는데, 바로 일종의 지도였어요. 케인은 라키스가 오래전에 버려진 도시에 관해 훨씬 많은 정보가 담긴 다른 서책들을 가지고 있을 가능성이 있다고 친필로 기록을 남겼어요."

"그런 장소를 가리키는 덜 알려진 서책들이 몇 권 있어요."

쿨렌이 말했다.

"하엘이라는 학자가 200년 전에 그에 관한 글을 썼는데, 그는 버려진 도시가 실제의 장소라기보다는 상징적인 장소일 가능성이 크다고 결론지었지요."

"나는 브람웰에 있는 대장장이 보라드를 찾아야 한다는 계시를 받았어요. 그가 우리가 찾는 것에 대한 열쇠를 쥐고 있다고 했죠."

자일이 말했다.

"계시는 이 서책들과 요새를 가리키는 게 틀림없……."

"방해하고 싶진 않지만……."

자일의 주머니에서 숨죽인 목소리가 말했다.

"조심하지 않으면 당신들의 탐색전은 근래 들어 가장 짧은 작전이 될 거야. 누군가, 아니 *뭔가*가 엄청난 속도로 다가오고 있는데, 별로 우호적인 것 같아 보이진 않거든! 느껴지나, 자일? 이봐, 자네! 거기서 자고 있나?"

다른 이들이 그의 주머니를 쳐다보는 사이 강령술사가 고개를 저었다. 자일은 깜박이는 불길 너머를 바라보고 있었다. 시선은 멀리, 어둠 속에 희미하게 나타난 왜소한 나무들의 시커먼 형상에 고정된 채였다.

"험바트의 말이 맞아요."

자일이 재빨리 말했다.

"뭔가가 우릴 지켜보고 있어요. 근처에…… 사악한 존재가 있어요. 미동도 없이 엿듣고 있어요."

모두가 말을 잃었다. 사방에서 부스럭대는 소리가 들려왔다. 발을 질질 끌거나 살금살금 걷는 소리, 코를 킁킁대는 소리, 자갈이 구르는 소리가 밤의 정적을 깨뜨렸다. 멀리서 거대한 무언가가 그들을 향해 언덕을 어기적거리며 올라오는 소리가 들렸다.

샤나르가 재빨리 일어나 검은 하늘을 향해 두 팔을 뻗었다. 그녀의 손끝에서 불길이 일더니 머리 위로 곡선을 그리며 뻗어나가다 분홍빛, 자줏빛, 하늘빛으로 갈라지면서 하늘에서 폭발했다.

불빛에 묘비들의 형상이 뚜렷이 보이는가 싶더니 그들을 향해 몰려드는 개처럼 생긴 짐승 무리가 눈에 들어왔다. 그들은 난데없이 사방에서 나타났다. 뿔이 달리고 눈이 없는 얼굴을 땅으로 향한 채 뒷다리와 허리를 떨면서 살금살금

다가오는 짐승들 뒤로 언덕 너머 우람한 근육질 어깨를 가진 10여 마리의 거대한 생물들이 이빨을 드러낸 채 못이 박힌 쇠메를 질질 끌며 오고 있었다.

6장

신 트리스트럼으로의 탈출

"악마 종자다."

가인버가 치를 떨며 외쳤다.

"그들이 어디서 나타난 거지?"

"이 땅에는 여전히 악마의 잔당들이 남아 있어요. 저들은 떼를 지어 사냥하는데 불빛에 이끌려 이쪽으로 온 게 틀림없어요."

티리엘이 말했다.

"말도 안 돼. 우릴 환영하는 것 같진 않잖아."

샤나르가 투덜거렸다.

그들은 꺼져가는 모닥불을 등 뒤로 하고 무기를 밖으로 향한 채 불 주위를 둘러쌌다. 제이콥은 칼집에서 단검을 뽑아든 뒤 다른 사람들을 둘러보았다. 이런 대형은 자신의 목숨을 맡길 만큼 서로를 신뢰해야 한동안 버틸 수 있는데, 그럴 가능성은 낮아 보였다. 한 사람만 약해도 지옥개가 대형을 뚫고 들어와 아수라장을 만들 수 있었다. 가인버와 자일 사이에는 짐승이 쉽게 뛰어들 만한 공간이 있지만, 야만용사는 거리를 좁히길 거부한 채 자일이 달려들길 기다리기는 것처럼 그를 계속 곁눈질했다. 제이콥은 샤나르에게 그들 사이에 서라는 신호를 보냈다. 샤나르는 제이콥을 한 번 쳐다보더니 순순히 그의 신호에 따랐다.

어둠의 광전사들이 계속 다가왔다. 제이콥은 전에 공포의 땅에서 이들과 마주한 적이 있었다. 어둠의 광전사들은 느리지만 좀처럼 쓰러지는 법이 없었다. 두 명의 성인 남성을 합쳐 놓은 크기에 맨 가슴은 근육으로 울룩불룩했고, 뒤틀린 흉측한 얼굴에는 쇠를 박은 흔적이 있었으며, 날카로운 이빨과 피로 물든 잇몸을 드러내고 있었다. 한 녀석이 양손으로 거대한 쇠메를 들더니 머리 위로 포악하게 휘두른 뒤 돌투성이 바닥을 내리쳤다. 충격으로 땅이 흔들렸다. 흥분한 짐승들이 침을 흘리며 날뛰었고, 가장 가까이 있던 놈들은 더 크게 으르렁거리며 기어들었다.

그리고 내게는 보잘 것 없는 단검이 전부야. 제이콥은 엘드루인을 들고 있는 티리엘을 곁눈으로 슬쩍 쳐다보았다. 손 안에서 느껴지던 굉장한 무기의 느낌을 떠올리자 망령 같은 흥분감이 몸을 훑고 지나갔다. 제이콥은 정의의 칼날을 들고 빛으로 무장한 채 오래전에 죽은 아버지와의 약속을 모두 실현했다. 아버지는 분별력 있고 원칙에 충실하며 공정한 사람으로, 분노의 역병이 괴물로 변화시키기 전까지 스탈브레이크의 법을 철저히 집행해 왔다. 제이콥은 아버지를 어머니를 처형하고 도시를 거의 발아래 굴복시킬 뻔했던 사람이 아닌 모습으로 기억했다.

자기 자식을 죽이려고 했던 사람도, 제이콥이 직접 자신의 손으로 살해한 사람도 아닌 모습으로.

"저들의 주인들을 찾으시오."

자일이 일행을 향해 낮은 목소리로 일렀다.

"광전사들은 혼자서 움직이지 않아요. 근처에 저들을 조종하는 이교도가 있어요."

짐승들이 바로 앞까지 다가와 있어 이제 생각할 겨를이 없었다.

지옥개의 첫 번째 공격은 엘드루인의 사정거리 안에서 이뤄졌다. 티리엘이 엘드루인을 휘두르자 칼날이 공기를 획 가르며 짐승을 깨끗이 두 동강 냈다. 두

개의 꿈틀대는 핏덩이가 땅으로 툭 떨어졌는데, 이빨이 여전히 딱딱거렸고 내장이 흘러나와 떵을 직셨다. 잇따른 공격에도 티리엘은 두 번째 가공할 위력을 발휘해 짐승의 머리를 몸통에서 베어 냈다.

쿨렌은 으르렁대는 개의 아가리가 날아와 자신의 검에 꽂히자 낮은 신음을 토하며 비틀비틀 뒷걸음질을 쳤다. 토마스가 또 한 마리의 배를 갈랐고, 짐승은 바닥으로 떨어지며 갈비뼈와 연골을 드러냈다. 하지만 두 사람은 공격해오는 짐승들에게 정신이 팔린 나머지 그들의 자리를 지키지 못했다.

수도사는 어디 있지? 제이콥은 어디에서도 수도사를 볼 수 없었다. 그들을 전투 현장에 남겨 둔 채 벌써 어둠 속으로 사라져버렸나?

제이콥이 성스러운 빛의 섬광 같은 수도사를 본 것은 그때였다.

미쿨로프는 모닥불에서 떨어져 사방에 널린 짐승들 한가운데서 움직이고 있었다. 그는 굉장한 속도로 지옥개들의 등을 타고 넘으며 손에서 튀어나온 듯한 칼을 박았다. 짐승들의 부서진 두개골이 빙그르 돌다 다른 두개골들과 부딪쳤다. 미쿨로프는 전혀 힘이 들어가지 않은 듯 유연하게 움직이면서도 괴력을 발휘했다.

"조심해!"

샤나르의 경고로 제이콥은 늦지 않게 고개를 돌릴 수 있었다. 덩치가 큰 지옥개 한 마리가 숨죽인 채 서서히 발끝까지 다가와 있었다. 짐승이 달려드는 순간 제이콥은 칼끝을 아래로 향하고 짐승의 두개골이 뚫릴 때까지 뒷목 깊숙이 찔러 넣었다. 짐승이 울부짖으면서 몸을 세차게 흔드는 바람에 제이콥은 칼자루를 놓치고 말았다. 짐승은 떨리는 가시처럼 몸에 단검을 꽂은 채 옆으로 비척대다가 쓰러졌다.

제이콥은 다시 한 번 손에서 느껴지던 엘드루인의 힘을 아쉬워하며 샤나르를 흘끗 보았다. 그녀는 뭔가를 중얼거리고 있었는데 소음에 가려 잘 들리지 않았다. 샤나르의 손끝에서 자주색의 신비로운 에너지가 번개처럼 뻗어나가 치직 탁탁대는 소리와 함께 가까이 있던 짐승 두 마리를 강타했다. 그러자 짐승들의 무리에 일시적으로 빈 공간이 생겼다. 샤나르는 또 다시 공중에 번개를 날려 악마 종자의 가슴에 명중시켰다.

괴물은 분노로 울부짖으며 비틀대더니 바닥에 무릎을 푹 꺾고 쇠메를 내던진 채 깊게 패여 연기가 피어오르는 가슴을 손으로 후벼 팠다.

제이콥은 죽은 지옥개의 몸에서 단검을 힘껏 잡아 뽑았다. 누군가는 퇴로를 열어야 했다. 제이콥은 등대처럼 하얗게 빛나는 데커드 케인의 묘비를 바라보았다. 그들과 묘비 사이에는 상처 입은 악마 종자만 있을 뿐이고, 그 뒤로 그들이 왔던 곳으로 되돌아갈 수 있는 탁 트인 길이 있었다.

허세를 부리던 예전의 습관이 슬며시 고개를 들면서 샤나르에게 멋지게 보이고 싶은 욕망이 일었다.

"하지 마!"

샤나르가 제이콥의 의도를 눈치 챈 듯 소리쳤지만, 그는 아랑곳하지 않고 그녀가 만든 빈 공간으로 뛰어들었다. 그리고 단 세 번의 빠른 걸음으로 상처 입은 악마 종자의 옆에 섰다. 제이콥은 녀석의 머리를 겨냥하고 온 힘을 다해 단검을 휘둘렀다. 하지만 놀랍게도 괴물은 팔을 들어 공격을 막았고, 칼날은 괴물의 푸르스름한 두꺼운 피부에 살짝 긁힌 자국만을 남겼다.

두 번째 휘두른 단검마저 맥없이 허공을 가르자 제이콥의 가슴이 철렁 내려앉았다. 악마 종자는 분노로 포효하며 비척비척 두 발로 일어서려고 했다. 왼쪽을 흘끗 보니, 또 다른 녀석이 쇠메를 들어 올린 채 피투성이 입으로 으르렁대며 제이콥을 향해 다가오고 있었다.

제이콥은 일행과 떨어진 채 궁지에 몰렸고, 끔찍한 괴물 두 마리가 그를 죽이려고 다가오고 있었다.

두 번째 괴물이 제이콥의 두개골을 후려쳐 박살낼 수 있을 만큼 가까이 다가왔을 때였다. 괴물이 갑자기 비틀대다 멈춰 서더니 몸을 부르르 떤 뒤 휘청거렸다. 괴물은 고개를 숙이고 근육질의 거대한 팔을 축 늘어뜨린 채 그대로 앞으로 쓰러졌다.

괴물의 등에는 전투 도끼가 툭 불거져 나와 있었다.

가인버가 나지막이 툴툴대며 괴물의 척추에 발을 딛고 서서는 몸을 굽혀 도끼를 홱 잡아당겼다.

"피해."

가인버가 외쳤다. 제이콥은 그녀가 휘익 도끼를 휘둘러 다른 악마 종자의 턱을 강타하기 직전에 간신히 몸을 피할 수 있었다. 도끼날은 메스꺼운 살을 근육과 뼈가 드러날 정도로 깊게 벴다. 괴물의 고개가 옆으로 꺾이는가 싶더니 툭 떨어져나갔고, 목이 떨어진 몸통은 검은 피를 콸콸 쏟아내다가 바닥으로 쓰러졌다.

"고마워."

제이콥의 말에 야만용사가 씩 웃음을 날린 다음 몸을 돌려 다시 지옥개 한 마리를 두 동강 냈다. 근육으로 다져진 가인버의 탄탄한 등이 하늘 위에서 점점 사그라지는 불빛에 반짝였다.

짐승들은 지칠 줄 모르고 달려들었다. 제이콥은 그저 살아남기 위해 싸웠다. 티리엘은 엘드루인으로 네 마리의 악마 종자와 10여 마리의 지옥개를 죽였다. 제이콥은 지옥개 두 마리를 더 죽였는데, 마지막 한 마리는 최후의 발악을 하며 제이콥의 다리를 물려고 했다. 다행이 그 전에 죽여 물리지 않았다. 그는 지옥개의 병든 침이 상처에 어떤 감염을 일으키는지 잘 알고 있었다.

마침내 비탈길 너머에 있는 뭔가를 발견한 제이콥은 더 자세히 보려고 짐승들을 헤치며 그쪽으로 나아갔다.

아래쪽에 이교도들이 있었다.

그들은 땅 위에 그려진 빛나는 룬 문양의 주위를 에워싸고 소리 높여 주문을 외우고 있었다. 이교도들의 검은 장포 자락이 산들바람에 나부꼈다. 제이콥은 다시 한 번 이교도들이 형성한 원의 가장자리에서 뭔가가 휙 지나간 것을 본 것 같다고 생각했다. 뭔가 날개를 가진 거대하고 검은 형체였는데, 순식간에 사라졌다.

제이콥이 돌아선 순간, 별안간 수도사가 나타나 주문을 외우는 집단을 향해 돌진했다.

먼저 수도사는 검으로 그들의 몸을 갈랐고, 그 다음 빙글빙글 회전하면서 순식간에 주먹을 날려 남은 사람들을 모조리 쓰러트렸다. 잠깐 사이 원은 파괴되었고, 미쿨로프의 발아래 시체들이 나뒹굴었다.

수도사가 지나온 길에는 지옥개와 악마 종자가 한 마리도 없었다. 수도사는 비탈길 위쪽에 있는 제이콥을 쳐다보며 고개를 끄덕이며 말했다.

"이쪽이에요, 서둘러요!"

묘지 쪽을 살피던 제이콥은 가슴이 철렁 내려앉았다. 토마스와 쿨렌은 지옥개들이 가까이 오지 못하게 하려고 애쓰면서 등을 맞댄 채 싸우고 있었다. 나머지는 흩어져서 싸웠다. 샤나르와 가인버는 티리엘과 멀리 떨어져 있었고, 강령술사는 묘지의 가장자리 끝에 홀로 서 있었다.

이교도들이 흑마술로 그들을 조종하지 않았다면 악마 종자들은 혼란에 빠져 우왕좌왕했을 것이다. 자일이 손을 올리자 치직거리는 에너지가 생성되더니 괴물들의 움직임이 느려졌다. 제이콥은 케인의 기념비 아래쪽에 서서 일행을 향해 이쪽으로 오라는 손짓을 하며 소리쳤다.

토마스와 쿨렌은 이미 비탈길 아래 수도사 옆에 있었고, 가인버가 기념비에 이르렀을 무렵 자일은 그들 바로 뒤에 있었다. 샤나르가 가장 늦게 도착했다. 그제야 악마 종자들은 강령술사의 주문에서 풀려나 그들 쪽으로 방향을 틀기 시작했다.

"어서 가. 난 곧 뒤쫓아 갈게. 저들의 속도를 늦춰야겠어."

샤나르가 말했다.

제이콥이 딛고 선 땅이 흔들리면서 부드러워지기 시작했다. 방금 전까지도 메말랐던 땅에 습기가 차오르면서 장화가 쑥 들어가나 싶더니, 순간 얼음 결정체로 얼어붙었다. 기온이 갑자기 뚝 떨어지면서 제이콥의 눈앞에서 입김이 하얗게 서렸다. 주위에 눈발이 흩날리기 시작했다.

샤나르가 집중하느라 찡그린 얼굴로 제이콥을 흘긋 쳐다보며 다시 재촉했다.

"빨리! 더는 버티기 힘들어!"

제이콥은 미끄러지듯 비탈길을 달려 내려가며 뒤를 돌아보았다. 첫 번째 악마 종자가 샤나르가 있는 곳까지 다가왔다. 제이콥은 우르릉 쾅하는 소리와 함께 거대한 얼음 조각이 쪼개지며 괴물을 강타해 바닥에 쓰러뜨리는 모습을 보고 공포에 휩싸였다. 더 많은 얼음 기둥들이 묘지에 떨어지면서 샤나르가 춤을 추듯 뒤로 물러서는 사이, 짐승들이 내지르는 분노와 고통의 비명은 더욱 커졌다. 샤나르가 도망치던 일행이 기다리고 있는 곳까지 재빨리 따라왔을 때는 더 이상 아무것도 뒤쫓아 오지 않았다.

7장

죽은 송아지 여관

그들은 난관에 봉착했다.

희미한 달빛 아래 티리엘은 일행을 이끌고 가능한 빨리 황폐한 땅을 가로질렀다. 거친 지형을 빠져나가는 동안 모두 입을 꾹 다문 채 구덩이와 돌투성이 땅에서 자칫 발목을 다치지 않도록 조심했다.

걱정스러운 점은 탈출 경로나 안전한 장소까지 가는 데 얼마나 오래 걸리느냐가 아니었다. 티리엘은 벌써 저만치 신 트리스트럼의 깜박이는 호롱불의 불빛들을 보고 있었고, 샤나르의 얼음 폭풍은 묘지에 남은 생물들을 초토화시킨 터였다. 그들은 쫓기지 않고 있었다.

티리엘이 걱정하는 것은 첫 번째 시험과 마주해 그들이 보여준 대응 방식이었다.

떠돌이 악마들을 곧 만나게 될 거라고 예상은 했다. 고위 악마가 이끌던 악마의 군대 잔당들이 여전히 성역을 돌아다니고 있었고, 트리스트럼 대성당은 그들이 가장 좋아하는 장소였기 때문이다. 하지만 이 정도로 수가 많고 광포할 줄은 미처 몰랐다. 티리엘은 시간이 좀 더 많고 싸움은 더 적을 거라고 예상했다.

함께 행동에 나선 악마 종자와 이교도의 수는 이례적으로 많았다.

아무리 어렵다고 해도 티리엘은 더 나은 반응을 기대했다. 용기를 보여준 순간들도 있었다. 가인버는 두 마리의 악마 종자에게 비참하게 살해당할 뻔했던 제이콥을 살려냈고, 미쿨로프는 혼자서 모두에게 위험할 수 있던 상황을 유리한 쪽으로 돌려놓았다. 그러나 수도사는 원을 이탈해 독자적인 행동에 나섰으며, 나머지는 싸우면서 그다지 협력하지 못했다. 쿨렌은 지옥개들로부터 자기 목숨을 지키기 급급했다. 운이 따라주지 않았다면 모두 살아남지 못했을 것이다.

임무를 성공적으로 수행하려면 이보다 더 나은 행동을 해야 했다. 그렇지 않으면 생각보다 빨리 죽음을 맞게 될 터였다.

오늘 밤 간단한 시험만으로도 자칫 그들을 죽게 할 뻔했다. 그리고 그들은 그 시험에서 실패했다.

티리엘은 그들을 이끌고 마을로 이어지는 마지막 남은 낮은 비탈을 내려가며 이러한 위험을 무릅쓸 가치가 있는지 생각했다.

신 트리스트럼은 대성당의 잔해에서 보물들을 약탈하고 트리스트럼에 남겨진 것들을 가져가려고 몰려든 보물 수색꾼들의 교역 도시로 생겨난, 별다른 도시 계획 없이 유기적으로 성장한 도시였다. 일행은 오두막과 짐마차가 어지럽게 섞여 있는 곳에 도착했다. 촛불이 시꺼먼 어둠을 밝힌 부분을 제외하고 나머지는 버려진 듯했다. 곧이어 목재와 석조로 지은 좀 더 견고한 건물들이 나타났고, 돌투성이 바닥은 노새의 배설물과 연기로 지독한 냄새를 풍기는 구불구불한 자갈길로 변했다.

죽은 송아지 여관은 이곳에서 가장 큰 건물 중 하나로, 활기로 가득 차 있었다. 기둥에 매달린 호롱불이 문밖에 세워둔 거칠게 깎은 나무 팻말을 밝혀주었다. 안에서 커다란 목소리와 웃음소리가 새어나오는 동안 창문들은 노란빛으로 환히 빛났다.

그들은 어둠 속에서 걸음을 멈췄다. 수염을 기른 남자가 왁자지껄한 소음을 뒤로 한 채 비틀거리며 문 밖으로 나오더니 뭔가를 중얼거리며 길을 따라 죽 내려왔다. 그는 이따금 잡석에 발이 걸려 넘어지면서 욕설을 내뱉었다. 티리엘이 마지막으로 이곳에 왔을 때는 레아와 데커드 케인과 함께였고, 기억을 잃은 새로운 인간으로 자신의 과거에 대한 해답을 찾고 있었다. 여관 안을 바라보니 과거의 환영을 보는 듯, 불현듯 잃어버린 친구들에 대한 그리움이 고통스럽게 밀려들었다. 티리엘은 다른 이들만큼이나 그들의 죽음에 책임이 있었다. 그는 충분히 빨리 움직이지 못했다. 그래서 마녀 마그다와 하수인들로부터 케인을 보호하지 못했을 뿐만 아니라 오랜 숙적인 디아블로에 의해 레아가 서서히 타락하는 것도 막지 못했다. 티리엘은 검은 영혼석의 진정한 역할도, 레아가 대악마로 변신한 것도 예견하지 못했다.

레아는 *죄가 없었다.* 격렬한 상실의 아픔이 티리엘의 마음을 날카롭게 파고들었다. 티리엘은 감정의 강도에 놀라며 다시 한 번 자신의 인간 거죽과 그에 따라오는 부수적인 것들을 떠올렸다. 지금 티리엘은 다른 종류의 슬픔을 느끼고 있었다. 외로움과 우울함이 가슴에 깊고 텅 빈 공간을 만들었다.

드높은 성역을 지키려고 얼마나 많은 인간들이 희생된 것일까? 새로운 임무를 완성하려면 앞으로 또 얼마나 많은 희생을 치러야 할까?

티리엘은 장포 아래 안전하게 가려진 채 가슴에 자리 잡은 물건을 떠올렸다. 그는 장포 안에 있는 물건을 갈망했다. 최소한 잠시나마, 깊은 소용돌이로 모든 슬픔을 잊게……

"건물 외관이 별로 맘에 들지 않군요."

제이콥이 티리엘의 옆으로 다가오며 낮게 속삭이는 사이, 나머지 일행이 그들 뒤로 모여들었다.

"그래도 안으로 들어가야 할 것 같아요."

티리엘은 다른 사람들을 둘러보았다. 가인버는 허벅지에 깊게 할퀸 상처를 입었고, 토마스는 아픈 발목을 어루만지고 있었다.

"치유사 말라키가 늘 이곳에 있지요. 그가 여러분의 상처를 돌봐줄 겁니다."

티리엘이 말했다.

"쿨렌, 우리 중 당신이 가장 의심을 덜 받을 거예요. 오늘 밤 묵을 방을 구하고, 우리가 안으로 은밀히 들어갈 수 있게 방법을 찾아보세요. 여기서 하룻밤 묵도록 하죠."

죽은 송아지 여관은 칼데움과 서부원정지 사이의 교역로에 위치한 쉼터로, 요즘 장사가 꽤 잘되고 있었다. 오늘 밤에는 특별한 행사가 벌어지고 있었는데, 쿨렌은 금방 분위기를 파악할 수 있었다. 신 트리스트럼의 시장으로 추대된 여관 주인 브론을 지지하는 파티가 한창이었다. 상인들과 도둑들은 브론, 마을 주민들과 함께 술을 마시느라 묵을 방 몇 개를 달라는 머리가 벗겨진 땅딸막한 학자에게 별다른 관심을 기울이지 않았다. 쿨렌은 동료 중에 칼데움의 지체 높은 귀족이 있으니 익명을 유지해달라고 부탁하며 슬쩍 돈을 더 얹어주었다. 그러자 브론은 사람들의 눈을 피해 쿨렌을 은밀히 뒷문으로 안내했다.

"시장은 얼간이와 멍청이들이나 하는 일이야."

브론이 술에 취해 흐릿한 눈으로 투덜댔다.

"홀루스는 문제가 생길 조짐이 보이자마자 우릴 버리고 가장 먼저 언덕으로 달아났지. 홀루스의 자리에 앉아 의무를 다해야 한다면 정말 저주 받은 일일 테지만, 공짜 술을 준다면 받아 마셔야지."

쿨렌이 이해한다는 듯이 고개를 끄덕이자 브론은 자신의 장황한 이야기를 들어줄 다른 상대를 찾아 비틀거리며 떠났다. 쿨렌은 브론이 알려준 대로 일행을 뒷문을 통해 안으로 들였다. 술집 여급 하나가 주방에서 양고기 다리 살과 빵을 가져다주었고, 가인버의 상처와 토마스의 발목을 치료하러 온 말라키는 두 사람 모두 고통이 별로 심하지 않자 연고를 바르고 천으로 감싸 붓기를 가라앉히는 선에서 간단히 치료를 끝냈다.

쿨렌은 비밀을 지키는 조건으로 치료비를 후하게 냈지만 티리엘은 비밀이 오래가지 않으리라는 사실을 알았다. 말라키 역시 술에 취해 볼이 불그스름하고 눈이 게슴츠레 풀려 있었다. 방금 전에 전투를 마치고 온 듯한 수상한 마법사와 전사들이 여관에 묵고 있다는 소문이 곧 마을에 파다하게 퍼질 테고, 그들은 많은 질문을 받게 될 게 분명했다. 이곳에 오래 있지는 못할 테지만, 그들은 남은 여행을 위해 휴식을 취하고 힘을 비축해야 했다.

하지만 그들은 배를 채우고 방 두 개에 잠자리를 배정받고 나서도 쉽게 잠들지 못했다. 그래서 티리엘이 죽은 송아지 여관의 바깥 거리를 조용히 살피기 위해 뒷문을 슬쩍 빠져나온 사이, 그들끼리 한자리에 모여 이야기를 나눴다.

거리는 어떤 위험의 징조도 없이 조용하고 황량했다. 티리엘은 호롱불의 불빛이 미치지 않는 밤의 공허와 마주하면 자신이 어떤 행동을 보일까 두려운 마음에 거리에 오래 머무르지 않았다. 뒷문으로 다시 들어오는데 술집에서 수금 소리가 들려왔다. 티리엘은 걸음을 멈추고 술집에 모여 술을 마시는 사람들을 들여다보면서, 다시 한 번 데커드 케인과 레아와 함께 이곳에 왔을 때를 떠올렸다. 당시에는 부상자들을 치료하기 위해 탁자들을 싹 치웠는데, 지금은 중앙에 놓인 긴 탁자에 대부분 거친 인상의 지역 주민들이 자리를 차지하고 있었다.

크고 탁 트인 공간에 일렁이는 촛불들이 가득했다. 천장과 벽에는 두꺼운 목재가 덧대어 있고 낡은 마룻바닥은 칙칙한 회색빛으로 바래 있었다. 티리엘의 머리 위로 이빨을 드러낸 채 영원히 으르렁대는 뿔이 난 짐승의 머리가 나무판 위에 불룩 솟아 있었다. 순간 용기의 전당에 있는 임페리우스의 방을 장식하고 있는 전리품이 떠올랐다. 다시 평화롭게 천상으로 돌아갈 수 있을까? 아니면 그의 마지막 모습은 이길 수 없는 전투의 한 부분으로 남게 되는 걸까?

수금 연주자는 실내의 가장 구석진 자리에 앉아 느슨한 줄을 기계적으로 튕기고 있었다. 한 남자가 바쁘게 의자에 앉은 손님들의 시중을 들며 술통에서 벌꿀 술을 꺼내 따르는 동안, 브론은 사람들이 주는 술을 덥석덥석 받아 마시고 있었다.

잠시 후, 티리엘은 책꽂이 왼쪽 작은 탁자에 두건을 쓴 채 혼자 앉아 벌꿀 술이 든 잔을 손에 쥔 친숙한 얼굴을 발견했다. 몇 사람이 그를 흘긋 보더니 재빨리 고개를 돌렸다. 신 트리스트럼에서는 낯선 사람을 너무 오래 쳐다보아선 안 되는데, 특히 그가 무장을 하고 있다면 더욱 그랬다.

"사람들 눈에 띄어서는 안 돼요. 가능한 남들의 이목을 끌면 안 됩니다."

티리엘이 말했다.

제이콥이 술잔을 들어 술을 꿀꺽꿀꺽 마시고는 손등으로 입술을 훔쳤다.

"아무도 나에게 신경 쓰지 않아요. 난 사람들 속에 섞여드는 법을 배웠지요. 하지만 당신은 엘드루인까지 옆에 차고……."

제이콥은 말을 끝마치지 않은 채 고개를 들었다. 티리엘은 제이콥의 초점 없는 눈빛에서 고통을 읽을 수 있었다. 고통과 함께 다른 무엇이 더 있었다. 그것은 분노일 수도, 어쩌면 단순한 후회일 수도 있었다.

"앉아도 되겠소?"

제이콥은 맞은편에 있는 빈 의자를 가리켰다.

"원하시는 대로."

"당신은 오늘 밤 용감히 싸웠습니다."

티리엘이 말했다.

"간신히 목숨만 구했는걸요. 가인버가 두 악마 종자로부터 날 구해주지 않았다면 아마 이 일을 시작하기도 전에 죽었을 거예요."

제이콥이 남은 술을 입에 털어 넣은 뒤 쟁반을 든 채 분주히 오가는 여급에게 더 달라는 손짓을 했다.

"이 보잘 것 없는 도둑 집단을 이끌고 천상을 침략하는 일을 정말 진지하게 생각하는 겁니까?"

티리엘은 그들의 이야기에 주의를 기울이는 사람이 없는지 주위를 살폈다.

"의회를 설득하려고 했지만 그들은 들은 척도 하지 않았어요. 이 방법밖에 없습니다."

"이 보잘 것 없는 집단의 나머지 사람들도 엉망진창이죠. 그들은 길 잃은 불쌍한 영혼들이에요. 하지만 당신이 왜 하필 나를 선택했는지 이해되지 않아요. 나는 별로 도움이 되지 않아요. 더 이상은 아니에요"

"그런 자기 연민은 당신에게 어울리지 않아요, 스탈브레이크의 제이콥. 당신은 이 일에서 중요한 역할을 하게 될 겁니다."

티리엘은 솔직하게 말하고 싶었지만 제이콥이 귀담아 들을지 확신이 서지 않았다.

"당신은 다시 한 번 내면의 힘을 찾아 우리에게 성공 가능성이 있다는 사실을 보여줘야 합니다."

당신은 또한 이 집단에 절대적으로 필요한 지도자이기도 해요. 티리엘은 속으로 생각했다. 하지만 티리엘은 마음에 관해서 아는 게 거의 없었고, 제이콥은 누군가를 이끌 준비가 전혀 되어 있지 않았다. 제이콥은 확실히 마법사 샤나르에게 여전히 강한 감정을 품고 있었다. 그것은 엘드루인을 잃은 데 대한 좌절감과 함께 제이콥의 마음을 무겁게 짓누르고 있었다. 그 점은 티리엘도 어쩔 수 없었다.

"당신과 마법사는 오랫동안 알고 지냈죠. 틀림없이 많은 일들이 있었을 겁니다. 하지만 과거에 벌어진 일들이 지금 우리의 임무에 방해가 되게 하진 마세요."

제이콥은 이제야 그가 있는 것을 알았다는 듯 고개를 들어 티리엘을 바라보았다.

"우리는 오랫동안 세상의 불의에 맞서 함께 싸워왔어요. 이반도 함께 싸웠지만 그는 마음이 내킬 때만 그렇게 했죠. 그리고 난 엘드루인을 잃어버린 뒤 더는 샤나르의 관심을 끌지 못했고, 그녀는 떠났습니다."

제이콥이 어깨를 으쓱했다.

"샤나르는 처음 봤을 때처럼 여전히 아름답습니다. 어떻게 그런 일이 가능하죠? 난 스무 살이나 더 나이를 먹었는데?"

티리엘은 제이콥의 축 처진 어깨를 찬찬히 살폈다.

"당신은 샤나르가 검에 끌렸다고 생각하나요?"

"검보다는…… 검이 나를 통해 한 일에 끌렸겠죠."

"그럼 가인버는? 그녀는 뭘 원했을까요?"

제이콥은 혹시 질문을 잊은 게 아닐까 티리엘이 생각할 정도로 오랫동안 조용히 있었다. 여급이 벌꿀 술 한 잔을 더 가져오자 제이콥은 술잔을 받아 벌컥벌컥 들이켰다.

"샤나르는 충실한 친구예요. 아마 어떤 감정이 일을 복잡하게 만들었던 것 같아요. 그래서 모두에게 안 좋게 끝나고 말았죠. 샤나르 역시 떠나갔고요. 이제는 내가 상처 입은 악마 종자 하나 처리하지 못하고 있는데 그녀가 날 구하기까지……."

제이콥이 말을 다 끝내지 않아도 충분히 짐작할 수 있는 일이었다. 옛 동료들에게 깊은 인상을 주고 싶다고 간절히 바랐던 그 순간, 제이콥은 연약하고 무력한 모습을 보이고 말았다. 하지만 이 일은 누군가에게 인상적인 모습을 보이기 위한 게 아니었다. 비록 그 싸움이 천상 그 자체와의 싸움을 의미한다고 하더라도, 정의의 편에 서서 싸워야 하는 의무에 관한 것이었다.

"당신의 힘은 절대 엘드루인에서 나오는 게 아니에요, 제이콥. 당신은 이나리우스와 릴리트의 자손으로, 그 검과는 상관없이 정의를 집행하게 되어 있습니다."

제이콥이 고개를 흔들었다.

"검이 전부였어요. 당신은 엘드루인이 무엇을 의미하는지 잘 몰라요. 엘드루인은…… 하찮은 인간을 신으로 변형시켜요."

제이콥의 목소리가 격앙되었다.

"그러고는 다시 인간으로 돌려놓는다고요!"

"아마도 나처럼요."

제이콥은 몸을 젖히고 한동안 티리엘을 가만히 응시했다. 다시 입을 열었을 때 제이콥의 목소리는 한결 차분해져 있었다.

"당신은 우리처럼 되기로 선택했어요. 그럼에도 여전히 천상의 일부로 남았지요. 여전히 대천사이지만 인간의 영혼을 가진 게 맞습니까?"

"대악마의 몰락 이후 더는 정의가 필요하지 않았지요. 나는 앙기리스 의회에서 필멸자로서 지혜를 주관하기로 했어요. 하지만 그들에게 직면한 위험을 확신시킬 수 없었고, 인간을 멸망시키려는 논쟁에서 그들 편에 설 수도 없었어요."

제이콥은 허공을 바라보며 한동안 아무 말도 하지 않았다. 그러더니 마침내 입을 열었다.

"어떻게 그걸 포기할 수 있었죠?" 천상의 힘과 아름다움, 영원한 삶……."

시린 한기가 티리엘의 전신을 휘감았다. 인간은 어떻게 해서든 천상에 닿으려고 하지. 그러나 빛나는 방들에서 인간을 심판하는 우리는 내심 장소를 바꿔 인간의 육체와 혈관 속을 세차게 흐르는 피를 경험해보고 싶어 해. 어쩌면 사실이 아닐 수도 있었다. 어쩌면 그런 생각을 하는 건 그 혼자일지도 모른다. 이제 티리엘은 집을 잃은 인간으로, 어느 쪽 세계에도 속하지 않았다.

대답 대신 티리엘은 벌꿀 술을 가리켰다.

"당신의 아버지가 원한 게 이런 것이라고 생각하나요, 제이콥? 무고한 사람들이 학살당하는 동안 당신은 술로 슬픔을 잊으려 하는 것?"

"내 아버지에 대해 당신이 뭘 아시오?"

"난 분노의 역병이 덮치기 전까지 그가 훌륭한 사람이었다는 걸 알아요. 그리고 당신에게 옳고 그름에 대한 정의를 가르치고, 복수심 없이 훌륭한 판단으로 정의를 실현하는 것의 중요성을 가르쳤다는 사실도 알지요. 당신이 기억해야 할 것은 그가 악마에게 점령당한 후 무슨 일을 벌였느냐가 아니라 바로 이러한 것들입니다."

"아버지는 저지르지도 않을 죄를 물어 어머니를 살해했어요. 그리고 난 아버지를 살해했죠. 그럴 수밖에 없었죠. 안 그랬으면 아버지가 내게 같은 일을 했을 테니까. 분노의 역병이든 아니든 거기에 무슨 정의가 있습니까?"

브론이 무표정한 얼굴로 비틀거리다가 의자에 털썩 주저앉자 큰 웃음이 터져 나왔다. 제이콥의 일그러진 얼굴에 촛불의 불빛이 일렁였다. 티리엘은 보는 눈이 없는지 주위를 살핀 다음, 칼집을 풀어 엘드루인과 함께 탁자 위에 올려놓았다.

제이콥은 칼집과 칼날을 빤히 쳐다보았다. 잠깐 동안 티리엘은 제이콥이 탁자 위로 손을 뻗으리라고 예상했다. 하지만 제이콥은 천천히 고개를 저었다.

"당신이 틀렸어요. 나는 한 번도 정의의 화신이었던 적이 없어요. 그저 당신에게 돌아가기 전에 칼날을 계속 날카롭게 하기 위한 대용품이었던 거예요."

제이콥이 갑자기 자리에서 일어섰다.

"잠을 좀 자야겠어요. 곧 아침이 밝아올 거예요."

티리엘은 엘드루인을 다시 허리 옆에 찼다. 제이콥이 뒷문을 향해 가다가 멈춰 섰다.

"당신은 우리에게 이 일을 수락할지 말지 물어보지 않았습니다. 우리 중 몇몇은 죽을 거고, 어쩌면 전부 다 죽을 수도 있죠. 정말 그런 위험을 감수할 만한 가치가 있다고 생각하십니까?"

티리엘이 최근까지도 자신에게 질문해왔던 물음이었다. 영혼석이 정말 천상을 쓰러트릴 만한 힘을 갖고 있다면, 다수를 살리기 위해 소수를 희생해도 괜찮을까? 수백 년 전 티리엘은 세 악마 사냥에 나서면서, 모든 생명은 신성하기에 자신에게는 그런 선택을 할 권리가 없다고 믿었다. 하지만 어둠에 맞서 진정한 승리를 거둘 수만 있다면 그러한 시도가 정당화될 수 있지 않을까?

목숨을 잃은 사람들은 그렇게 생각하지 않을 수도 있었다.

제이콥은 대답을 들었다는 듯이 고개를 끄덕였다.

"오늘 밤 뭔가를 배웠다면, 그건 내가 그런 일에는 적합하지 않다는 사실뿐입니다."

제이콥은 앉아 있는 티리엘을 홀로 둔 채 돌아서서 그곳을 떠났다. 그의 말이 공중을 떠돌았다.

티리엘은 죽은 송아지 여관의 탁자에 한동안 그대로 앉아 있었다. 여급이 다가와 제이콥의 잔을 치우며 마실거나 음식을 원하느냐고 묻자 아니라고 대답했다. *또 다른 인간의 약점.* 위층에서 양고기와 빵을 거의 먹지 않은 뱃속이 요란한 소리를 내며 요동쳤지만 지금은 굴복하지 않을 작정이었다.

티리엘은 자신을 의심하는 일에 익숙하지 않았지만, 자신이 저지른 실수는 부정할 수 없었다. 마침내 티리엘은 자신의 실수들을 하나씩 차례로 살펴보았다. 임페리우스를, 형제의 배신이라 생각하고 그가 보인 엄청난 분노를, 성역의 파괴만이 유일한 길이라는 그의 주장을 떠올렸다. 천상을 떠나고 앙기리스 의회의 자리를 버린 티리엘의 행동은 옳은 일일까? 이 집단을 결성한 일은 잘한 선택일까? 만일 그들이 하나로 행동할 방법을 찾지 못한다면, 원정은 시작도 전에 끝나버릴 운명이었다. 그들은 루미나레이에 의해 돼지처럼 살육당할 터였다.

티리엘에게는 현명한 조언이 필요했다.

찰라드아르를 사용해.

지혜의 대천사로서 티리엘은 통찰력을 얻기 위해 찰라드아르에 의지해야 했다. 말티엘은 자주 찰라드아르를 이용했고, 중요한 문제와 논쟁이 있을 때마다 거기서 얻은 정보를 의회로 가져오곤 했다. 하지만 말티엘은 오래전에 사라지고 없었다. 티리엘은 장포 속에 감춰진 물건을 만지며 손끝으로 무게와 얼얼함을 느꼈다. 성배가 티리엘을 불렀다. 티리엘은 성배를 보고 싶지만 동시에 그것이 밝힐 진실이 두려웠다. 한 번은 성배를 깊이 들여다보다가 아주 설레면서도 무서운 것을 본 적이 있었다. 찰라드아르는 티리엘이 절대 보고 싶어 하지 않는 것들을 보여주기도 했다.

죽음의 공포가 다시 한 번 티리엘을 휘감았다. 필멸자가 되기 전에는 어떤 어려움 속에서도 공정함과 차분함을 잃지 않은 채 모든 가능성을 따져보고 자신의 정의에 따라 행동에 나서는 훌륭한 능력을 가지고 있었다. 그러나 지금은 두려움, 욕망, 분노, 슬픔, 절망 같은 감정들이 그를 압도하고 있었다. 아무리 저항하려고 해도 그러한 감정들로 인해 약해지는 것을 막을 수 없었다.

어떤 길을 선택해야 할지 간절히 성배의 조언을 바라는 게 자신의 한계를 보는 것일까?

티리엘은 성배가 자신의 임무에 대해, 성역과 천상의 미래에 대해 말해준 것을 이해할 수 없었다.

8장

몇 주 전, 성배

형제의 웃음소리에 티리엘은 퍼뜩 꿈에서 깨어났다.

티리엘은 땅 위로 높이 솟은 석판 위에 서 있었다. 주위는 온통 하얀 안개로 뒤덮인 망망대해였으며 공허가 끝도 없이 펼쳐졌다. 티리엘은 무기도, 주먹을 쥘 만큼의 힘도 없었다. 마치 땅 위의 그림자처럼 형체를 유지하려고 애쓰는 희미한 에너지체에 불과했다. 티리엘은 이것이 세계석이 파괴되면서 자신의 정수가 산산조각 난 후 재구성되는 과정의 기억이라는 사실을 희미하게 인식했지만, 그럼에도 꿈은 기억했던 것과 달랐다. 이번에 그는 혼자가 아니었기 때문이다.

티리엘의 위로 앙기리스 의회의 대천사들이 옥좌에 앉아 있는 모습이 보였다. 그들은 티리엘이 자신을 재구성하려고 필사적으로 노력하는 동안 냉담한 표정을 한 채 그를 심판하고 있었다. 티리엘은 다시 전처럼 온전해질 수 없을 것처럼 보였다. 아우리엘의 오라가 부끄러운 듯 부드럽게 고동쳤다. 티리엘은 평소 따뜻하고 마음을 달래주는 아우리엘의 빛에서 흘러나오는 회색 줄 몇 가닥을 알아보았다. 이테리엘은 미동도 하지 않았는데, 티리엘의 운명을 측은히 여기는 듯한 분위기를 풍기고 있었다.

"그는 이제 필멸자가 되었소."

그들 중 누군가가 외쳤다.

"다시는 되돌아갈 수 없소. 그는 피에 속박당해 있소."

임페리우스가 용기의 창으로 티리엘을 가리키자 타는 듯 눈부신 빛의 끈이 그를 그 자리에 고정시켰다. 갑자기 티리엘은 더 이상 느슨한 에너지 회오리가 아니라 살과 뼈로 만든 형체가 되었다.

"당신은 우리를 저버렸소."

임페리우스가 말했다.

"당신은 그저 훈련된 동물에 지나지 않으며 앞으로는 그러한 취급을 받게 될 것이오."

"그의 죄를 보여줍시다."

그렇게 말하는 아우리엘의 목소리에 슬픔과 후회의 빛이 서렸다.

눈부신 섬광에 모든 것이 환해졌다. 다시 사물이 보이기 시작했을 때 티리엘의 눈에는 의회에 앉은 데커드 케인의 모습이 보였고, 그 뒤로 얼굴에서 피가 흐르는 레아가 서 있었다. 레아는 이마에서 뿔이 튀어나오는 동안 비명을 질러 댔고, 살이 탁탁 소리를 내며 갈라졌다.

티리엘이 몸을 떨며 잠에서 깨어난 후에도 임페리우스의 웃음소리는 한참 계속되었다.

지혜의 영역에 앉아 있던 티리엘은 꿈이 거미줄처럼 끈적끈적하게 달라붙는 것을 느꼈다. 거대한 중앙 안뜰 한가운데 위치한 지혜의 샘에서 피로와 절망감은 마침내 티리엘을 굴복시켰다. 티리엘은 어느 결에 잠에 빠져들었는데, 심란한 꿈을 꾸고 난 뒤에는 어쩐지 자신이 불청객이 된 듯한 느낌이었다.

이곳을 떠나야 해. 그렇게 생각했지만 아직은 그럴 수 없었다.

중앙홀은 날아오를 듯 솟은 반들거리는 석조 전당들과 드넓게 펼쳐진 웅장한 안뜰로 이어졌다. 하지만 모두 텅 빈 채 차갑게 시들어 있고, 끝없이 이어진 전당들과 대기실은 오래 방치된 듯 쓸쓸한 기운을 풍겼다. 모든 것이 적막감에 휩싸였고 천상에 스며드는 음악도 눈에 띄게 조용했다. 찬란한 빛도 황금빛도 없이, 이 영역은 회색으로 퇴색되어 있었다. 심지어 그의 발자국 소리조차 들리지 않았다.

티리엘은 집에 온 듯 편안해야 했다. 웅덩이를 가득 채운 뒤 암석이 많은 물길을 굽이쳐 흐르던 아름다운 개울과 폭포는 이제 말라 있었고, 거대한 지혜의 샘은 활기를 잃은 채 고여 있었다. 말티엘의 부재가 평소보다 훨씬 길어지자 의회는 그의 천사들을 파견해 말티엘을 찾게 했다. 천사들 중 몇몇은 빈손으로 돌아왔으나 대부분은 그대로 사라졌다. 그들에게 무슨 일이 있었는지 아무도 몰랐고, 빈자리는 채워지지 않았다. 정의의 대천사로서 티리엘이 지휘했던 천사 군대는 대악마의 몰락 이후 임페리우스의 지휘를 받아 악마의 잔당들을 추격했고, 아직 후임 천사 군대를 모집하지 않고 있었다.

지금도 모집하지 않을 것이고, 아마 앞으로도 안 할 것이다. 티리엘은 지혜의 영역에 일어난 변화가 앞으로도 계속되는 건 아닌지 두려웠다.

어쩌면 임페리우스가 옳았는지도 모른다. 티리엘은 의회에서 맡은 새로운 역할을 받아들이기가 두려웠는지도 모른다. 하지만 오늘 밤에는 한 가지 일을 하러 이곳에 왔다. 성배가 그를 기다리며 이곳에 있었다. 티리엘은 영혼석이 천상에 미치는 영향과 자신이 지금 하려는 일이 과연 옳은 일인가에 대해 성배의 확실한 조언이 절실히 필요했다.

티리엘이 일어서는데 무릎에서 우두둑 소리가 나며 시큰거렸다. 안뜰의 딱딱한 돌바닥에 한 자세로 너무 오래 있었던 탓이다. 성배는 샘의 측면을 오목하게 깎아낸 자리에 자물쇠에 딱 맞는 열쇠처럼 완벽히 들어앉아 있었다. 성배에는 네 개의 손잡이가 달렸고, 폭포처럼 한 지점에서 다른 지점으로 연속적으로 흐르는 물줄기의 무늬가 언뜻 보면 무질서하게 아로새겨져 있었다. 하지만 아니었다. 무늬는 이 영역의 웅덩이와 개울들의 모습을 그대로 새긴 것이다. 방문객은 이곳 길을 따라 걷다 미로에 갇힌 듯 헤맬 수 있지만, 하늘에서 진경을 바라보면 일정한 문양이 한눈에 들어오는 것과 같은 이치다. 지혜는 모든 것을 연결하는 거미줄이자 시간이 탄생한 이후 지각 있는 존재들이 겪은 모든 경험과 감정의 총합이었다. 위험은 이러한 연결들을 살핀 후 동작과 정지, 빛과 어둠 사이의 균형을 고려해 결론을 이끌어내는 데 있었다.

말티엘은 성배를 영원한 웅덩이의 물로 다시 채우고는 몇 년씩 그 속을 들여다보면서 존재의 총체성에 관한 통찰력을 얻곤 했다. 그것은 누구도, 심지어 앙기리스 의회의 다른 대천사들조차 완전히 알 수 없는 일이었다.

성배를 들여다본다면 그것을 두려워하지 않는다는 사실을 증명하는 셈이라고 티리엘은 생각했다. 그리고 어쩌면 그토록 절실히 구했던 해답을 알려줄지도 몰랐다.

성배를 부드럽게 누르자 손끝이 얼얼해지더니 성배가 스르륵 밀려나왔다. 성배의 힘이 티리엘의 전신을 감싼 채 척추를 타고 오르내렸다. 이 힘을 통제하려면 가진 모든 힘을 써야 할 터였다. 성배 안을 들여다보자니, 영원한 고대의 웅덩이 속에서 영원히 길을 잃을 수도 있다는 생각과 함께 자신이 과연 올바른 선택을 내린 것일까 하는 의구심이 생겼다.

성배의 바닥은 비어 있지 않았다. 물 위에 뜬 기름 같은 얇은 빛의 막이 마치 최면을 거는 듯 무지개 빛깔을 띠며 소용돌이치고 있었다.

처음에는 아무런 변화가 없었다. 하지만 곧 발아래 깊은 곳에서부터 묵직한 것이 휩쓸고 올라왔다. 오랫동안 메말랐던 샘이 다시 생기 있게 살아나듯 액체가 콸콸대고 거품이 이는 소리가 들렸다. 주위의 세계가 점점 어두워지고 지혜의 영역이 사라져가면서 몸이 차갑게 얼어붙었다. 티리엘은 별들 너머의 세계를 들여다보는 듯 칠흑 같은 밤보다 더 짙은 어둠의 공허를 인식했다.

티리엘은 어둠 속에서 빠르게 확장하면서 점점 더 크게 자라다가 물의 표면을 뚫고 하늘의 반딧불처럼 치솟는 불꽃을 보았다. 성배의 가장자리가 희미해지더니 허공으로 사라졌다. 티리엘은 깊은 곳으로 빠져들며, 이 세계에서 또 다른 망각의 세계로 추락했다.

그는 표면에 가까워지면서 이것이 끝없는 빛의 날실로 형성된 복잡한 거미줄임을 알아차렸다. 그 길이만큼 진동이 오르락내리락 하는 모든 줄은 놀랄 만큼 빠른 속도로 이쪽에서 저쪽으로 물결치듯 퍼져나갔다. 육체는 머리 위 저 멀리 어딘가에 꼼짝 않고 서 있고 의식은 자유롭게 해방되었다는 사실을 희미하게 티리엘의 일부가 인식했다. 그럼에도 추락을 멈출 수 없었다. 최초의 거미줄에 부딪히면서 티리엘은 충격을 막으려는 듯 본능적으로 두 팔을 들어 올렸다.

충격은 없었다.

다시 의식이 돌아왔을 때 티리엘은 거미줄 안에서 멈춰 있었다. 그는 눈 없이 보고 있었고, 자신을 둘러싼 치직거리는 에너지로 감지했다. 사방에서 눈부신 빛줄기들이 티리엘의 몸을 통과해 뻗어나가고 있었다. 빛줄기들은 햇살처럼 따뜻한 게 아니라 시린 듯 차가워 부르르 떨게 했다.

티리엘은 끝없는 기쁨과 두려움이 뒤섞인 이상한 감정에 사로잡혔다. 순간, 모든 것이 확연해졌다. 어디로 뻗어나가는지 모를 줄들은 모두 하나로 모여들고 있었다. 빛들이 만들어낸 눈부신 문양은 티리엘이 별다른 어려움 없이 모든 천사와 악마들을 볼 수 있게 연결해주었다.

다른 대천사들은 지금 이 순간에도 티리엘에 맞서 모임을 갖고 있었다.

티리엘은 그들의 두려움을 보았다. 인간이 되기로 한 티리엘의 결정이 대천사들을 압도하고 있었다. 그들로서는 도저히 이해할 수 없는 선택이었기에 마음에서 쫓아버리려고 했다. 우려했던 것처럼 검은 영혼석은 천상을 지탱하는 빛을 오염시키고 어둡고 왜곡된 뭔가로 변형시키기 시작했다. 용기는 분노로 변해갔다. 티리엘은 분노가 결국 증오와 대량 학살로 이어지리라는 사실을 알았다. 임페리우스는 무자비한 통치를 하려들 것이고, 그 과정에서 성역을 파괴할 게 분명했다. 운명의 대천사는 도서관의 끝없는 두루마리들 속에서 서서히 길을 잃고 있어서 어떤 정연한 결과도 보지 못하고 있있다. 이테리엘은 무기력해지거나, 더 나쁘게는 모두를 파멸로 이끌 결정들을 내리기 시작할 것이다. 그리고 최근 들어 절망에 발목이 잡힌 아우리엘은 이미 앞으로 다가올 일들에 대한 희망을 잃기 시작하고 있었다. 아우리엘은 모든 것에서 선함을 보는 대신 두려움으로 통치하게 될 터였다.

천상은 곧 무너질 것이다. 영혼석에 의한 타락을 막아야 한다. 영혼석은 그들 모두의 빛을 짜내고, 선하고 성스러운 것들을 흡수하고 그 자리에 어둠과 폭력과 죽음을 채워 넣을 것이다.

시린 한기가 뼛속을 파고들었다. 뭔가가 변했다. 티리엘은 또 다른 빛줄기를 감지했다. 그것은 강력하고 힘차게 뻗어 나가고 있지만, 다른 빛줄기들과는 달리 이상하게 정체가 가려져 있었다. 티리엘은 그게 뭔지 보려고 빛줄기를 들춰 보려했지만 손에 잡히지 않았다. 마치 티리엘을 지켜보기라도 한 듯 그의 존재를 느끼고 달아나는 것만 같았다.

갑자기 그런 것들이 중요하게 느껴지지 않았다. 그동안 억눌려왔던 감정의 봇물이 터져 나오면서 이상한 빛줄기가 사라졌다. 어떻게 된 것인지 모르지만, 찰라드아르가 티리엘에게 영향을 미치고 있었다. 하지만 티리엘은 모든 빛줄기들이 향하고 있는 곳을 보면서 생각이 바뀌기 시작했다. 죽음은 모든 것의 불가피한 결과였다. 천천히 진행되는 파괴이자 반드시 찾아오는 부패였다. 모든 것의 종말. 티리엘은 모든 존재들이 연결돼 있다는 사실을 이해했다. 모든 것이 하나의 실타래로 엮여 있었다. 이러한 진실을 아는데 생명이 무슨 의미가 있을까? 모든 이가 죽음을 맞이해야 하는 상황에서 평화와 균형을 찾기 위해 한 사람의 목숨을 희생하는 일이 무슨 가치가 있을까?

성역의 인간들이 비명을 지르고 있었다.

티리엘은 온몸이 땀으로 흠뻑 젖은 채 의식을 되찾았다. 그리고 지혜의 샘 옆에서 한 발자국도 움직이지 않은 사실을 깨달았다. 티리엘은 찰라드아르와 한 몸이 된 듯 손가락이 하얘지도록 두 손으로 성배를 꼭 쥐고 있었다.

머리가 터질 듯 아팠고 고통이 목과 어깨를 거쳐 척추로 내려왔다. 그가 경험한 감정들이 물밀 듯 밀려들면서 어지럼증이 일었다. 티리엘이 입은 인간의 육체는 그런 감옥과 무거운 짐을 한 번도 경험해본 적이 없었다.

티리엘은 모든 일의 끔직한 종말을 느꼈다. 다가오는 수많은 영혼들의 죽음과 그들이 모두 산 채로 불태워지는 고통을 느꼈다. 어둠이 그들 사이에서 일어나 모든 빛을 꺼뜨렸다. 하지만 그 어둠은 지옥에서 온 게 아니었다.

꿈속에서와 마찬가지로 천사들이 만든 어둠이었다.

티리엘은 장포 속에 성배를 넣었다. 샘에서 등을 돌려 지혜의 영역을 빠져나오는 티리엘의 어깨 위로 무거운 절망감이 내려앉았다. 성배를 사용하느라 너무 많은 에너지를 사용한 탓에 이제는 빈껍데기만 남은 것 같은 기분이었다. 인간은 절대 경험할 수 없는 일이며, 성배의 사용이 어떤 결과를 가져올지는 아무도 예상할 수 없다는 사실을 티리엘은 잘 알았다. 의식이 육체를 떠나 있는 동안 빛줄기를 헤치고 되돌아오는 방법을 찾지 못한다면, 티리엘은 이 세계와 다음 세계 사이의 허공에서 길을 잃고 영원히 떠돌 수도 있었다. 예정된 자신의 죽음이 모든 것에 암울한 그늘을 드리웠지만, 티리엘은 이해할 수 없는 이유로 그것에 끌렸다. 끝없는 잠 속에 모든 것을 포기하고 놓아주는 평화가 있었다.

그러한 생각은 티리엘을 최면에 빠지게 했다.

그런 생각을 해서는 안 돼.

지혜의 대천사는 상실감과 외로움을 느끼며 좀 더 친숙한 장소로 발걸음을 옮겼다.

가는 동안, 티리엘은 어둠 속을 빠져나와 자신의 뒤를 쫓는 형체를 보지 못했다.

9장

발각

다른 이들이 죽은 송아지 여관의 방에 모여 있는 동안, 강령술사는 주변을 살피기 위해 뒷문을 빠져나와 조용히 어둠 속으로 미끄러져 들어갔다. 자일은 별로 사교적인 성격이 아니었다. 솔직히 말하자면 죽은 자와 함께 다니는 편을 더 선호했다. 게다가 그들 사이에는 자일에 대한 불신이 팽배했다. 혼자가 훨씬 편했다.

하지만 밖을 살피러 나온 이유가 그 때문만은 아니었다. 자일은 묘지에서 악마들을 만난 후로 왠지 모를 불안을 느꼈다.

자일은 두려움을 잘 느끼는 성격은 아니었지만 계속해서 균형에 분열을 느꼈다. 그를 불안하게 하는 것은 티리엘의 존재가 아니었다. 뭔가 다른 것이 있었다.

그들이 받았던 공격의 뒤에는 아주 위험한 힘이 있었다. 그건 확실했다. 그리고 그 힘은 잊고 싶은 뭔가를 떠올리게 만들었다.

"이 추위에 밖에서 얼쩡댈 거면 날 좀 담요에 싸서 나올 수도 있었잖아."

험바트가 투덜댔다. 그는 자일의 왼쪽 손바닥 위에 앉은 채 텅 빈 눈구멍으로 어둠 속을 빤히 쳐다보았다. 그들은 여관과 이웃 건물 사이에서 어떤 방해도 받지 않을 만한 조용한 공간을 찾았다. 자일이 등을 벽 쪽으로 향한 채 쭈그리고 앉았다.

"자넨 전혀 추위를 안 타잖아."

자일이 장갑 낀 오른손을 구부렸다. 가죽 안에서 뼈가 움직이는 것이 느껴졌다. 오래전에 살이 다 사라져버린 뼈는 찬바람이 불면 시렸다. 장갑은 오른손이 바싹 마른 힘줄 몇 가닥이 붙은 뼈에 불과하다는 사실을 감추기 위해서 꼈다. 몇 년 전에 잊힌 도시 우레에서 저주 받은 영혼들과 얽힌 불운한 사건이 있었는데, 자일은 특별히 강력한 마법을 이용해 남은 뼈를 다시 붙일 수 있었다. 전과 같을 수는 없지만 그런대로 기능은 하니까 상관없었다.

"경계를 철저히 하게, 험바트."

자일이 조용히 말했다.

"이상한 낌새가 있으면 즉시 내게 알리고."

"알았어. 냉큼 알려 주지. 자네가 하는 이 일이 날 얼마나 소름끼치게 하는지 잘 알잖아. 이 일은 너무 위험해. 전에 살렌의 숙소에서 자넨 저주 받은 사악한 강령술사의 주술에 걸려 팔다리를 맘대로 쓰지도 못하고 하마터면 자기 칼로 자신을 찌를 뻔했지……."

험바트가 계속 주절댔지만 강령술사는 더 이상 그 말을 듣고 있지 않았다. 자일이 눈을 감자 마주한 건물의 측면이 물러나며 회색 안개가 내려앉았다. 그들이 어둠의 마법을 배울 때 라트마의 사제들은 정신 주위에 보호벽을 세우곤 했는데, 그렇지 않으면 죽은 자들의 영혼에게 끊임없이 주의를 빼앗길 수 있기 때문이다.

자일은 조심스럽게 보호벽의 안개 층을 해체하고 그 너머의 세계에 자신을 노출했다.

거의 즉각적으로 신 트리스트럼을 떠도는 죽은 영혼들이 감지되었다. 그들은 과거를 떠나보낼 수 없는 폭력의 희생자들이었다. 상당수는 너무나 갑작스러운 죽음에 자신이 죽은 줄도 몰랐다. 다른 영혼들은 아직 끝내지 못한 일이 남은 이들로, 사랑하는 사람을 애타게 찾거나 자신의 얘기를 들어달라고 하소연하고 있었다.

하지만 이곳을 떠도는 영혼들의 숫자는 자일이 감지한 가까운 곳에 있는 영혼들의 숫자에 비하면 아무것도 아니었다. 트리스트럼은 이루 말 할 수 없는 폭력과 죽음이 난무했고, 디아블로의 타락에 물들었던 장소였다. 레오릭 왕이 미치고 대주교 라자루스가 배신을 했던 곳이었다. 아까 묘지에서도 느꼈지만, 이런 명상 상태에서는 영혼들의 존재가 더욱 강하게 느껴지고 목소리도 더욱 또렷이 들렸다.

자일은 자신의 육체를 험바트와 어두운 골목을 뒤에 남겨둔 채 훨씬 위쪽을 떠돌며 좀 더 깊이 조사를 진행했다. 짚으로 엮은 지붕들과 그 아래 잠든 사람들 위로 높이 솟아오르자 신 트리스트럼의 경관이 눈 아래 펼쳐졌다. 언덕 너머로, 방금 전에 만났던 지옥개 떼가 수가 확연히 줄어든 채 트리스트럼을 떠나는 것이 감지되었다. 그들의 에너지는 확실히 사악했다. 자일은 지옥개 떼가 그들을 따라 여관까지 습격하지 않은 사실에 기뻤다.

하지만 지옥개 떼 역시 균형을 분열시키는 원인은 아니었다.

어느 방향을 조사해야 할지 확신이 서지 않았다. 자일이 있는 곳까지 냉기가 전해졌다. 뭔가가 근처에 있지만 정확한 위치는 여전히 가려져 있었다. 녀석은 자일을 인식하고 있는 게 틀림없었는데, 그다지 우호적인 것 같지는 않았다.

강령술사는 그날 밤 처음으로 머뭇거리며 조심스럽게 조사를 진행했다. 놈은 하나가 아니었다. 마을이 내뿜는 둥그런 불빛의 가장자리를 떠도는 다른 녀석들이 감지되었다. 생물들은 그의 탐색을 피했는데, 두려워서가 아니었다. 그들은 다른 뭔가를 노리고 준비가 될 때까지 기회를 엿보는 중이었다.

정말 이상한 힘을 지닌 생물들이었다. 그들은 천상에서 온 것도, 지옥에서 온 것도 아니었다. 자일은 자칫 자신이 죽을 수도 있다고 느꼈다. 지금 죽으면 자연스러운 죽음이 아닌 까닭에 존재의 주기가 혼란에 빠지게 되고, 자일은 영원히 고통스러운 상태로 떠돌게 될 게 분명했다. 그것만은 피하고 싶……

뭔가가 환영처럼 홱 지나가는 움직임이 감지되었다. 한 놈이 근처에 있었다. 주변 공기가 더 차가워졌다. 녀석은 묘지의 냄새를 풍겼는데, 주변 공기가 악취로 진동해 자일은 거의 고개를 돌릴 뻔했다.

하지만 고개를 돌리지 않았다. 녀석의 이름도 모르고 전에 딱 한 번 녀석을 느낀 게 전부인데도 자일은 사악한 검은 생물의 본질을 금세 파악했다.

살렌을 앗아간 녀석들과 같은 녀석이었다.

샤나르는 작은 침대에 맨다리를 포개고 앉아 있었다. 쿨렌은 다른 사람들이 보지 않는다고 생각할 때면 슬쩍슬쩍 그녀를 훔쳐보며 맨다리를 포개고 앉은 어린 여자애 같다고 생각했다. 쿨렌은 그날 저녁에 샤나르와 야만용사 가인버가 20년 전에 있었던 전투에 대해 얘기하는 것을 듣고 그녀의 진짜 나이를 짐작할 수 있었다. 샤나르는 마흔 살인 게 틀림없지만 외모만 보면 이제 막 20대를 벗어난 것처럼 보였다. 정말 아름다운 여자였지만 지금까지 본 바로는 절대 연약하다는 생각은 들지 않았다. 아니, 가냘픈 몸과는 다르게 샤나르의 기술과 존재는 무시무시하다고 해야 옳았다.

솔직히 말해 쿨렌은 샤나르가 무서웠다. 하지만 그러한 감정은 이제 샤나르의 외모로 인해 잦아들고 있었다. 샤나르는 검은 생머리가 자연스럽게 흘러내리도록 묶었던 머리를 풀었고, 마법 지팡이는 옆에 놓아둔 채 대야의 물로 얼굴을 말끔히 씻은 터였다.

쉽게 잠들지 못한 샤나르와 가인버가 쿨렌과 토마스, 미쿨로프와 합류해 한 방에 모였다. 티리엘은 아래층에 갔고, 자일은 어딘가로 사라져버렸다. 쿨렌은 강령술사의 행동에 의문을 제기해서는 안 된다는 사실을 잘 알았고, 그건 다른 사람들도 마찬가지였다. 사실 지금까지 그들은 그 문제를 완전히 피해왔다.

"이건 자살행위에요."

샤나르가 말했다.

"우리 여덟 명과 말하는 해골 하나가 천사의 군대를 상대하다니. 나도 모험을 꽤나 좋아하지만, 분명히 말하는데 이건 도박꾼들도 피할 위험한 내기라고요."

그들 앞에 놓인 임무에 관해 토론을 이어갈수록 분위기는 점점 더 암울해졌다. 가인버는 티리엘의 부름에 의심을 품는 일을 꺼리는 눈치였지만, 샤나르는 지금껏 쫓았던 천상의 노래가 자신을 트리스트럼으로 끌어들이기 위한 티리엘의 계략이었다는 사실에 배신감을 느꼈다. 심지어 오래전 자신을 엘드루인으로 이끌었던 공명마저 의심하기 시작했다. 그것 역시 조종당한 것이었을까?

쿨렌은 대천사가 그들과 함께한다는 사실 하나만으로도 충분히 놀라우며 축하해야 할 일이라고 샤나르를 설득하려고 했다. 다만 그녀의 아름다움에 말문이 막혀 다소 소심하게 말했다. 하지만 샤나르는 들은 척도 안 했다.

"그는 사기꾼이에요."

샤나르가 일행을 둘러보며 말했다.

"이 임무를 맡는다면 우리는 천상의 의지와 맞서는 게 돼요. 이것이 옳은 선택이라는 걸 어떻게 알죠? 만약에 티리엘이……"

샤나르 절망적인 몸짓을 했다.

"만약에 티리엘이 틀린 거라면, 그 때문에 고통을 받는 건 우리라고요."

쿨렌은 샤나르가 의심을 하는 데는 그것 말고도 다른 이유가 있다는 사실을 눈치 챘다. 마법사들은 대체로 고집이 세고 독립적이지만, 역사적으로 보면 공동의 목표를 위해 그들의 욕구를 저버리는 모습을 보여주었다. 이런 상황이 아니었다면 그들 중 누구도 감히 대천사의 권위에 도전하지 않았을 것이다. 하지만 아무리 인상적인 풍모를 지녔더라도 티리엘은 지금 인간이었다. 쿨렌은 지금까지 한 번도 직접 천사를 본 적이 없지만, 수많은 고대 문헌들을 보면 사람들은 천사들의 굉장한 모습 앞에 저절로 무릎을 꿇는다고 되어 있었다. 그들이 순수 에너지로 형성된 날개를 활짝 펼치는 모습은…… 상상조차 할 수 없었다.

"티리엘은 전에도 이런 일을 한 적이 있어요."

쿨렌이 말했다.

"수백 년 전에 티리엘은 3대 대악마인 디아블로, 바알, 메피스토를 추격하면서 자신을 도울 최초의 호라드림을 결성했죠. 티리엘은 그 일을 앙기리스 의회가 모르게 했는데, 의회는 천사들이 인간의 세계에 간섭하는 행동을 엄격히 금지했기 때문이에요."

최초의 호라드림에게 주어진 임무는 불타는 지옥의 대악마 셋을 세계석의 조각으로 형성된 영혼석 안에 봉인해 땅 속 깊이 묻는 일이었다. 하나는 자카룸에 있는 빛의 사원 아래에, 다른 하나는 아라녹 사막 아래에, 마지막 하나는 트리스트럼 대성당 아래에. 토마스와 미쿨로프는 전에 이 이야기를 들은 적 있었다. 심지어 가인버도 진실이라기보다 전설로 믿고 있긴 했지만 내용은 어느 정도 알고 있었다. 그러나 지금 그들은 이야기를 집중해서 들었고, 그것을 중요하게 여기는 듯했다.

"그때 티리엘은 그 일에 성공했습니다. 지금은 왜 안 된다는 말인가요?"

쿨렌이 물었다. 그러자 샤나르가 고개를 저었다.

"그때랑은 상황이 달라요. 그때 그는 달랐어요. 당신 입으로 오래전 얘기라고 했잖아요."

다른 이들은 한동안 침묵했다. 천상에 대해, 빛과 어둠의 영원한 싸움에 대해 성역의 사람들이 아는 모든 것은 결국 이야기였다. 하지만 쿨렌은 악마의 하수인들과 직접 전투를 벌였고, 검은 탑에서 어둠의 악마가 몰락하는 모습을 지켜보았다. 쿨렌은 그 싸움을 데커드 케인과 함께했고, 케인이 떠날 때까지 그를 아버지처럼 사랑했다. 데커드 케인은 혼돈계 요새의 어둠 속에서 티리엘이 눈부신 날개를 펼치는 모습을 직접 목격했으며, 울디시안의 희생 이후 티리엘이 인간들에게 변함없는 헌신을 보여주고 있다고 기록했다. 케인은 굉장히 많은 것을 기록으로 넘겼는데, 쿨렌은 그가 진실을 꾸며 말하는 모습을 한 번도 본 적 없었다.

미쿨로프는 그동안 계속 입을 다물고 있었다. 그는 구석에서 발끝으로 완벽한 균형을 유지한 채 웅크리고 있다가 일어섰다. 아까 있었던 사건으로 모두 지친 기색이 역력했지만 미쿨로프는 어느 때보다 차분함과 집중력을 잘 유지하는 듯 보였다.

"모든 걸 고려해볼 때, 티리엘은 다른 대천사들의 반대에도 성역을 지키기 위해 행동에 나섰습니다. 세상에서 내가 가장 존경하는 데커드 케인은 천상에 대한 의무를 다하기 위해 목숨을 바쳤지요. 신들이 내게 이야기하는데, 티리엘의 부름 따를 만한 가치가 있다고 분명히 말했습니다. 나는 최후까지 티리엘을 도울 것입니다. 나와 함께할 사람 없습니까?"

쿨렌은 고개를 끄덕였다. 가인버가 어깨를 으쓱하는 샤나르를 쳐다보았다. 샤나르의 입술에 희미한 미소가 번졌다:

"당신들 모두 미쳤다고 말하면 뭐가 좀 달라질까요?"

그때 문을 두드리는 소리가 들렸다. 쿨렌과 토마스가 서로를 바라보았다. 가인버는 근육질의 등에 끈으로 묶어두었던 전투 도끼를 빼들었다.

토마스가 조심스럽게 문을 열자, 복도에 걸어둔 호롱불의 일렁이는 불빛 아래 자일이 서 있었다. 최면을 거는 듯한 그의 괴상한 형체가 길게 드리운 그림자 속에서 움직이는 것 같았다.

"밖에 생물들이 있어요."

자일이 말했다.

"우린 쫓기고 있어요. 어서 이곳을 떠나야 합니다."

그들은 한발 뒤로 물러서긴 했지만 아무도 자일에게 들어오라는 말을 하지 않았다.

"어서 가야 합니다."

자일이 다시 재촉했다.

"다른 사람들을 부르세요, 재빨리 그리고 은밀히."

"가까이 오지 말라고 경고했소, 강령술사."

가인버가 손을 도끼 자루로 가져가며 말했다.

"난 당신도, 당신이 허리에 달고 다니는 그 저주 받은 것도 믿지 않소. 죽은 자는 조용히 잠들어 있어야지."

"이봐,"

험바트가 말했다.

"누굴 보고 저주 받았다는 거요, 아줌마!"

샤나르가 야만용사의 어깨에 손을 얹어 진정시켰다. 가인버의 목소리는 분노로 거칠어져 있었다. 자일은 가인버가 전에 강령술사와 안 좋은 기억이 있어서 자신을 그토록 싫어하는건 아닌지 궁금했지만, 지금은 그런 것을 물을 시간이 없었다. 그들에게 사실을 알려줘야 했다.

"이곳에 어둠의 힘이 작용하고 있어요."

자일은 토마스와 쿨렌을 바라보며 말했다.

"내 말을 잘 들어야 해요. 자칫 마을 전체가 위험해질 수도 있어요."

"저들이 들으려하지 않는데 장황하게 설명할 필요가 뭐가 있어!"

해골이 끼어들었다. 주머니 속에서 하는 말인데도 목소리가 너무 커 모두 동작을 멈추었다.

"알아서 도망가셔, 친구들!"

"대체 무슨 일입니까?"

티리엘이 복도에 서서 그들을 차례로 쳐다보았다.

"어둠이 빠르게 몰려들고 있어요."

자일이 말했다.

"밖에 아주 위험한 생물들이 있어요. 우리 중 한 사람을…… 어쩌면 우리 모두를 쫓는 것 같아요."

"나도 느꼈습니다."

미쿨로프가 방 안에서 말했다.

"오늘 밤 신들이 휴식하지 못하고 있어요. 뭔가가 그들을 어지럽혔기 때문이지요."

"제이콥은 어디 있어요? 당신과 함께 있는 거 아니었어요?"

샤나르가 물었다.

"한참 전에 술집에서 제이콥이 먼저 일어났어요. 잠을 좀 자야겠다며 방으로 돌아간다고 했죠."

티리엘이 말했다.

샤나르는 아무 말도 없는 가인버를 쳐다보더니 표정이 더욱 어두워졌다. 마법사는 그들 곁을 지나 복도로 나간 뒤 다른 방을 뒤지기 시작하더니, 잠시 후 고개를 흔들며 나타났다.

"저 방에도 없어요."

창백한 얼굴이 샤나르의 무심한 태도를 무색하게 했다.

"별로 놀라운 일도 아니네요. 제이콥은 자신만의 작은 세계에서 방황하는 걸로 유명하니……."

샤나르의 말이 채 끝나기도 전에 밖에서 소름 끼치는 비명 소리가 울려 퍼졌다.

샤나르는 다른 사람들이 미처 무슨 말을 하기도 전에 제이콥의 이름을 부르며 가장 먼저 복도로 달려 나갔다. 강령술사가 샤나르를 뒤따랐고, 그 뒤를 티리엘과 다른 사람들이 좁은 계단을 지나 1층까지 빠른 속도로 쫓아갔다.

대부분의 술꾼들이 잠을 자러 떠난 터여서 술집은 거의 텅 비어 있었다. 브론은 탁자에 엎어져 크게 코를 골았고 지배인은 보이지 않았다. 빈 잔들과 엎질러진 술이 여기저기 어지럽게 널려 있었다.

티리엘이 자일과 마법사의 뒤를 쫓아 뒷문을 나서는데 냉기가 확 끼쳤다. 바람이 불지 않았는데도 얼음장 같은 공기는 티리엘이 마지막으로 뒷문을 지났을 때보다 더욱 차가워져 있었다. 피부가 시려오는 것을 느끼며 장포 자락을 바짝 여몄다.

횃불과 호롱불은 모두 꺼진 채였고 달과 별들마저 보이지 않았다. 샤나르가 주문을 외자 지팡이에서 푸른 불빛이 흘러나왔지만, 희미한 불빛은 그녀의 발치에 희미한 그림자만 드리웠다가 금세 꺼졌다.

티리엘은 뼛속까지 스미는 냉기에 이를 악물며 엘드루인을 뽑아들었다. 칼날이 어둠을 가르며 환한 빛을 뿜어냈다. 티리엘은 앞으로 나아가며 뒤따르는 이들에게 신호를 보냈다. 자일이 무기를 뽑아들자 용틀임 칼날이 기괴한 빛을 발하기 시작했다. 칼날은 성역의 수호자이며 별들의 창조자인 트락울과 강력히 연결되어 있었다. 최소한 라트마 사제는 그렇게 믿었다.

티리엘은 천천히 움직이면서 고인 채 일렁이는 듯한 짙은 어둠을 노려보았다. 그리고 여관의 모퉁이를 돌아 건물의 정면으로 이어지는 좁은 길을 걸어갔다. 나무 팻말을 흐릿한 호롱불 아래에 걸려 있고, 자갈길은 어둠과 맞닿아 있었다.

뭔가를 치는 둔탁한 소리에 티리엘은 다시 위를 쳐다보았다. 바람이 불지 않는데도 사슬에 매달린 팻말이 앞뒤로 흔들리며 기둥에 부딪히고 있었다.

"저기에요!"

쿨렌이 왼쪽을 가리키며 외치자 티리엘이 그쪽을 향해 엘드루인을 휘둘렀다. 심장이 세차게 뛰었고 혈액을 타고 흥분이 전신을 휘감았다. 정체를 밝혀라. 그림자보다 조금 더 짙은 희미한 형체가 눈에 띄었다가 순식간에 휙 사라졌다. 티리엘은 뭔가가 또 있을 것을 예상하고 검을 힘껏 휘둘렀지만, 거리는 텅 비어 있었다.

정적 속에서 천천히, 길게 뼈가 맞부딪히는 기괴한 소리가 들리더니 긴 여운을 남기며 사라져갔다. 나머지 일행은 또 다른 검은 형체가 없는지 주위를 두리번거렸다. 놈들은 한두 마리가 아니었다.

가인버가 도끼를 끌러 손에 들었지만, 녀석들은 다가왔다 순식간에 사라졌다.

티리엘이 뒤를 돌아보았다. 엘드루인을 들어 올리자 검에서 환한 빛이 뿜어져 나왔다. 죽은 송아지 여관의 정문에서 몇 걸음 떨어진 곳에서 기척이 느껴졌다. 길 한가운데에 누군가가 미동도 없이 누워 있었다.

그들은 어둠으로부터 서로를 보호하려는 듯 시체 주위로 좁은 원을 그리며 몰려들었다. 술집에서 술을 마시던 사람이었다. 눈을 무섭게 부릅뜬 채 피부와 머리카락은 새하얗게 변해 있고, 한 손을 뻗어 뭔가를 움켜쥐려는 듯 손가락을 구부리고 있었다. 자일이 주머니에서 짙은 액체가 담긴 유리병을 꺼내며 시체 위로 몸을 기울였다. 강령술사가 유리병의 뚜껑을 연 뒤 남자의 창백한 이마에 액체를 떨어뜨려 룬 문자를 만들어내자 문자가 희미하게 빛나다 사라졌다. 술을 마시던 남자는 금세 이빨이 다 빠진 듯 입 부분이 푹 꺼졌고 20년은 더 나이 들어 보였다.

잠시 후 강령술사가 고개를 들었다.

"제가 할 수 있는 일이 없습니다. 영혼이 빠져나갔는데, 어쩐 일인지 소환할 수 없네요."

"그는 살피러 나왔던 게 틀림없어요. 그런데 뭔가가…… 그를 데려갔어요."

쿨렌이 말했다.

"그를 이곳에 놔 둔 이유가 있을 거예요."

토마스는 그렇게 말하며 그들을 위협하는 어둠을 둘러보았다.

그들은 밤의 소음이 정상으로 돌아오고 호롱불들이 다시 켜지는 동안 무기를 손에 쥔 채 침묵했다. 깜박이며 되살아난 불빛들이 온기와 빛을 가져오고 있었다. 근처 건물에서 몇 사람이 모습을 나타냈다. 티리엘은 사람들의 눈을 피해 일행을 데리고 시체가 있는 곳을 떠났다. 그들은 여관 안 깊은 구석에서 벽에 기댄 채 앉아 있는 제이콥을 발견했다.

"한 놈을 봤어요."

제이콥은 벌꿀 술 냄새를 풍겼지만 눈빛은 또렷했다. 남은 힘을 쥐어짜내 한 마디 한 마디 간신히 말하는 것처럼 보였다.

"이상한 날개를 가진 환영 같은 것이…… 칠흑처럼 검은 형체가 벌레처럼 움직였어요. 한동안 머리 위를 떠돌다가 내게서 뭔가를 빼내가는 것 같았는데…… 너무 추웠고 움직일 수가 없었어요. 그리고 당신들의 소리가 들렸고…… 그것이 사라졌어요."

"치유자가 비밀을 누설한 것 같아요. 녀석들은 누군가가 보낸 정찰병일 거예요. 틀림없어요. 그렇다면 이곳으로 곧 더 많은 놈들이 몰려올 거예요."

토마스가 말했다.

"잠깐 동안 주술로 우리의 모습을 감출 수 있어요. 최소한 이곳을 빠져나가는 동안은 아무도 우리를 보거나 듣지 못할 겁니다."

자일이 말했다.

여관 입구에서 급히 달려오는 발자국 소리와 함께 고함 소리가 들렸다. 누군가 시체를 발견했다. 이제 곧 사람들은 티리엘 일행의 소행이라고 믿을 게 뻔했다. 몹시 피곤한데다 앞으로 갈 길이 멀었지만, 신 트리스트럼은 그들에게 더 이상 안전한 장소가 아니었다. 티리엘은 시작도 하기 전에 임무를 망쳐버릴 수 없었다.

"여러분이 결정을 내려야 할 시간입니다. 난 여러분에게 우리가 해야 할 일과 이유, 일에 따르는 위험을 얘기했습니다. 오늘 밤 여러분은 직접 그 위험을 목격했는데…… 이것은 그저 시작에 불과합니다. 준비할 게 너무 많지만, 성공하기 위해서는 한편이 되어 일해야 합니다. 의혹이 있다면 지금 말해주기 바랍니다. 누구든 여기서 빠질 자유가 있어요."

티리엘은 한 사람씩 차례로 바라보았고, 그들 모두 고개를 끄덕였다. 아주 잠깐 티리엘은 그들을 이런 식으로 이용한다는 데 부끄러움을 느꼈다. 아직은 그들 중 누구도 지금 맞서려는 대상이 무엇인지 진정으로 이해하지 못했다. 가인버가 제이콥을 부축해 일으키자 그가 비틀거리며 일어섰다. 제이콥은 티리엘의 시선을 조금도 피하지 않았다.

"좋든 싫든 우리는 이 일을 하게 될 겁니다."

제이콥은 그렇게 말하며 장포의 위쪽을 젖혔다. 쇄골 바로 아래 움푹한 곳에 마치 오래된 상처의 잔주름처럼 검붉은 초승달 문양이 새겨져 있었다.

"놈이 이곳을 만졌어요. 지금도 그 감촉을 느낄 수 있어요. 우리가 먼저 그들을 막을 방도를 찾지 않으면 놈들은 다시 돌아올 거예요."

"좋습니다."

티리엘이 말했다.

"먼동이 트기 전에 브람웰로 갑니다."

10장

파괴자

벨제엘은 안절부절못했다.

루미나레이 부관은 전리품이 죽 진열된 벽 앞에서 초조하게 서성였다. 용기의 전당 안은 소름끼치는 전리품들로 가득했다. 침을 질질 흘리며 영원히 으르렁대는 뿔 달린 죽은 짐승의 머리들, 동공 없는 불룩한 눈을 가진 역류동물들, 어둠의 광전사와 지옥개와 그 밖의 수많은 악마들. 모두 전투 중 학살한 것들이다. 일부러 죽을 당시의 고통스러워하고 몸을 뒤틀고 광분하는 모습을 그대로 보존해놓은 터라 금방이라도 튀어나와 살아있는 상태로 되돌아갈 것처럼 보였다.

외실은 고위 악마들을 전시하기 위한 방이다. 용기의 대천사는 가장 중요한 전리품들을 내실에 고이 보관해두었다. 최근까지 벨제엘은 항상 괴물들의 머리를 전투에서의 승리를 기념하고 차세대 천사들이 용기와 정의감을 지니고 싸움에 나설 수 있도록 고양시키는 수단으로 생각해왔다. 그러나 지금은 그를 노려보는 전리품들이 언제든 이곳을 장악할 수 있다는 위협이 진짜처럼 느껴졌다.

천상에 대한 대악마의 공격은 다른 모든 것들과 마찬가지로 전리품들을 바꿔놓았다. 벨제엘은 많은 루미나레이 형제자매를 잃었고, 전당들의 신성함에 대한 신념도 뿌리째 흔들어 놓았다.

벨제엘은 다시는 이런 일이 일어나시 않게 하겠다고 결심했디.

어떤 희생을 치르더라도.

벨제엘은 임페리우스가 최소한 어느 정도는 자신과 의견이 일치해서 기뻤다. 수정 회랑이 거의 파괴 직전까지 갔던 때 이후로 임페리우스는 벨제엘에게 다시는 그런 공격이 일어나지 않도록 소규모 천사 파괴자인 시카라이의 훈련을 강화하라고 지시했다. 이에 따라 벨제엘은 가장 먼저 시카라이를 지옥의 변방이든, 혼돈의 요새든, 심지어 성역 그 자체든 가리지 않고 파견해 떠돌이 악마들을 제거하는 비밀 임무를 가장 먼저 수행했다. 대부분의 악마들은 우두머리를 잃고서 어떤 조직적인 힘이나 영향력 없이 움직였지만, 임페리우스는 여전히 이들을 위협으로 여겼다.

천사들이 성역에 모습을 드러내는 일은 여러 가지 이유로 매우 조심스럽게 진행되어야 했다. 앙기리스 의회의 다른 대천사들은 이 비밀 정화 임무를 몰랐는데, 만약 알았더라면 승인하지 않았을 터였다. 그러나 인간들의 세계는 시카라이에게 훌륭한 훈련장이 돼주었다. 천사 파괴자들은 대단히 빠르게 공격하고 이동했고, 도중에 마주치는 인간들에게 어떠한 배려도 하지 않았다. 인간 목격자들이 있으면 전사들은 아무 망설임 없이 그들을 제거했다.

수호자들은 떠돌이 악마들도 물론 다른 목적으로 이용했는데, 그 내용은 비밀이었다.

그런데 티리엘이 모든 것을 망쳐버렸다.

벨제엘은 약속대로 지난 몇 주 간 티리엘을 철저히 감시했다. 티리엘이 정의의 재판정을 서성이고, 텅 빈 샘에서 지혜의 성배를 들여다보며 인간처럼 먹고 자고 싸는 모든 모습을 지켜보았다. 그런 경험은 벨제엘이 이전의 대천사와 그가 내린 결정들을 더는 존중하기 어렵게 만들었다. 벨제엘은 티리엘을 주먹에 가두고 죄를 심문해야 한다며 임페리우스를 설득하려고 온갖 노력을 다했다.

인간은 천상에 속할 수 없는데, 티리엘이 그 증거였다. 인간은 흉물이며 반드시 파괴되어야 했다. 하지만 모든 증거에도 불구하고 임페리우스는 의회의 결정을 거스르는 행동을 하지 않으려고 했다.

그리고 그 바보가 사라졌다. 벨제엘은 물론 그가 어디로 사라졌는지 즉시 눈치 챘지만, 정확한 위치를 파악하는 데는 시간이 걸렸다. 이제는 극단적인 조치를 취해야 했다. 하지만 아직 임페리우스가 위험을 제거한다는 현명한 결정을 내릴 기회는 있었다.

벨제엘은 갈수록 더 초조함을 느끼며 한숨을 내쉬었다. 마침내 웅장한 문들이 활짝 열리며 용기의 대천사가 확고한 목적이 있는 발걸음으로 들어오더니, 빛나는 대리석을 지나 벨제엘이 기다리는 곳까지 성큼성큼 걸어왔다.

"그를 찾았군."

임페리우스의 말은 질문이 아니었다. 벨제엘이 만나기를 청했다면 이유는 단 하나뿐임을 알고 있었다.

벨제엘이 고개를 끄덕였다.

"성역의 칸두라스 왕국에 있는 트리스트럼이라는 곳입니다. 아직 파악되지 않은 목적을 가지고 몇몇 인간들을 모집했습니다."

"인간들이라……."

임페리우스는 말을 멈췄다.

"몇 명이지?"

"열 명이 채 안됩니다."

"필요하다면 그들을 죽여라. 그러나 티리엘은 살려서 내 앞으로 데려와라. 그가 다치는 것을 원치 않는다."

"정말이십니까? 티리엘이 돌이킬 수 없는 잘못을 저지르기 전에 과감히 조치를 취해 그의 죄를 알릴 좋은 기회가 아닙니까?"

임페리우스가 그를 향해 몸을 돌리자 벨제엘은 하마터면 움찔하며 뒷걸음질을 칠 뻔했다. 벨제엘은 자신을 무수한 전투를 통해 단련되어 두려움을 모르는 사나운 전사라고 생각했다. 하지만 임페리우스의 분노한 얼굴을 마주하고도 당당할 수 있는 천사는 거의 없었다.

"내게 의심을 품지 마라."

임페리우스가 말했다. 벨제엘은 그의 날 선 목소리가 의미하는 바를 잘 알았다.

"난 그가 한때 형제자매라고 일컬었던 이들이 보는 앞에서 이곳 심판의 무대에 세울 것이다. 티리엘은 천상의 영역에서 인간의 나약함을 상징하는 존재가 되어야 한다. 그것이 성역에 훨씬 더 큰 타격이 될 것이다."

"당신께 의심을 품은 게 아닙니다."

벨제엘이 조심스럽게 말했다.

"하지만 모든 사실이 밝혀진 후에도 의회가 여전히 조치를 취하려 들지 않는다면……."

임페리우스가 손을 뻗어 벨제엘을 벽에 밀어붙였다. 대천사의 악력은 믿을 수 없을 만큼 강력해 벨제엘은 벽에 못 박힌 듯한 무기력감을 느꼈다.

"의회는 여전히 천상을 지배하고 있다."

임페리우스의 목소리가 쩌렁쩌렁 울렸다.

"감히 우리가 선택한 방법이나 결정에 이의를 제기하지 마라. 넌 내 명령에 복종하기만 하면 된다!"

벨제엘은 말을 할 수 없어 고개만 끄덕였다. 마침내 임페리우스가 벨제엘을 놓아주었다.

"이곳으로 이미 최고의 시카라이를 소환해놨으며, 곧 그들에게 해야 할 일을 지시할 계획입니다."

잠시 후 벨제엘이 보고했다.

"좋다."

임페리우스는 곧바로 몸을 돌려 문들이 있는 쪽을 향해 걷기 시작했다.

"이번 일에 실패하지 마라, 벨제엘."

용기의 대천사는 문 앞에 다다라 걸음을 멈추고 말했다. 그리고 다시 뒤돌아보지 않은 채 문을 활짝 열어젖히고 사라졌다.

실패하지 않을 것이다. 벨제엘은 속으로 생각했다. 내면에서 분노가 활활 타올랐다. *그러나 당신의 명령에 복종해서는 아니지.*

벨제엘은 다음 모임을 위해 예전에 자주 이용하던 좀 더 은밀한 곳을 약속 장소를 선택했다. 이런 모임은 비밀이 완벽히 지켜져야 했다. 이제 아주 중요한 얘기를 하게 될 텐데, 자신이 지시할 진정한 임무는 누구에게도 알려져서는 안 되었다.

벨제엘은 임페리우스와 대립한 이후 마음을 진정하려고 애쓰면서 지혜의 웅덩이에 난 돌길을 걸었다. 웅덩이는 오래전에 버려져 바싹 마른 채 조용했고, 차가운 공기는 모든 소리를 작게 만들었다. 벨제엘은 시카라이 전사가 다가오는 소리를 듣지 못했다. 그는 한 순간 혼자였다가 다음 순간 혼자가 아니었다. 벨제엘은 놀란 기색을 비치지 않았다. 그런 일에는 이미 훈련이 너무나 잘되어 있었다. 파괴자는 뭔가 잘못된 점을 발견했더라도 아무런 반응도 보이지 않았다.

시카라이는 전혀 말이 없었고, 부동자세로 선 채 미동도 하지 않았다. 시카라이는 벨제엘도 인정할 수밖에 없는 굉장한 전투 기계로, 오직 그에게만 충성을 바쳤다. 벨제엘은 그 점을 확실히 해뒀다. 시카라이는 황금 갑옷의 어깨 주위에 핏빛 안개처럼 떠도는 붉은빛의 공명에 진동했다. 흉갑의 가슴에는 끝없이 펼쳐지는 날개를 표시한 눈부신 햇살 문양의 루미나레이 상징이 선명히 새겨져 있었다. 시카라이는 자비나 용서를 모르며, 단 하나의 목적만 추구하는 것으로 유명했다. 벨제엘은 이 임무를 수행할 최고의 적임자를 찾았다. 바로 수많은 악마를 죽였고, 무자비한 사냥꾼으로 두려움의 대상이 되는 천사였다. 그는 암살자로 훈련받고, 힘을 발산했으며, 시카라이 중에서도 덩치가 컸다. 그리고 앞길을 막는 것은 무엇이라도 파괴할 무기를 소유하고 있었다.

아마도 엘드루인을 제외한다면 말이다.

두고 보면 알게 될 일이다.

"정찰병들이 사냥감을 발견했다."

벨제엘이 단도직입적으로 말했다. 시카라이의 반응을 주의 깊게 살폈지만, 그는 꼼짝도 하지 않았다.

"티리엘은 성역에 숨어 있는 것으로 추정된다. 그는 내가 아직 알아내지 못한 어떤 목적을 가지고 인간들로 조직을 결성했다. 그의 계획이 무엇이든 성공하지 못하게 막아야 한다. 알겠느냐?"

시카라이는 처음으로 입을 열었다. 침착하게 대답하는 시카라이의 목소리는 깊고 힘이 넘쳤으며 차가웠다.

"알겠습니다, 주인님."

벨제엘이 고개를 끄덕였다.

"정찰병들이 티리엘과 그의 집단을 쫓고 있으니 가서 그들과 합류하라. 티리엘이 반역죄로 심판받기 위해 천상으로 되돌아올 수 없게 하라. 우리는 지금 행동에 나서야 한다. 티리엘을 죽이고 그와 함께 있는 인간들을 학살하라."

벨제엘은 시카라이에게서 뭔가가 변했다는 것을, 일종의 열망을 감지했다. 파괴자의 붉은 오라가 마치 사냥을 위해 줄을 풀기 직전의 짐승처럼 바르르 떨렸다. 그에게서 거의 들리지 않는 낮은 웅얼거림이 새어나오기 시작했다. 거의 으르렁거리는 소리 같았다. 옆구리에 찬 양날검이 강렬한 내면의 빛으로 환하게 빛났다.

"가라."

벨제엘이 말했다.

"이 얘기는 누구에게도 발설하지 마라. 눈에 띄지 않게 조심하고 성공할 때까지 멈추지 마라. 티리엘과 그의 조직을 네 검으로 멸망시켜야 한다!"

시카라이는 루미나레이식 경례를 한 뒤 사라졌다. 너무 빠르고 은밀하게 사라지는 바람에 벨제엘은 시카라이가 사라지고 다시 혼자 남기 직전에 전사의 탁탁거리는 에너지만 언뜻 보았을 뿐이다.

티리엘이 반역죄로 심판받기 위해 천상으로 되돌아올 수 없게 하라.

벨제엘은 개인적으로 이 일을 잔인하게 끝내는 편이 더 좋았다. 그렇게만 되면 성역에 대해 그들이 구상했던 것을 실행하기가 훨씬 더 쉬워질 터였다. 영혼석이 의회에 영향을 미칠 시간을 좀 더 벌어야 했는데, 그 일에 유일하게 티리엘이 방해가 되었다. 티리엘은 인간의 편에 서기로 선택했다. 그런 간섭은 수호자의 계획을 망쳐놓을 수 있었다. 검은 영혼석은 악마의 정수로 오염되기는 했지만 여전히 굉장한 힘을 갖고 있었고, 더 큰 목적을 위해 이용될 수 있었다.

그 목적은 네팔렘과…… 성역의 모든 것을…… 그 모든 존재를 영원히 없애는 것이다.

제 2 부

서부원정지로 가는 길

11장

회랑에서의 탄생

티리엘이 지혜의 웅덩이에 있는 지혜의 샘 앞에 섰던 이후로 인간의 달력으로 여러 날이 지났다. 성배를 들여다본 일은 벌써 희미해지기 시작해 이제는 약간의 편안함마저 느껴졌다. 티리엘은 시간과 감정의 실타래를 보았고, 그들 사이의 연관성을 감지했으며, 가능성 있는 미래의 결과들을 인지했다. 그러나 찰라드아르는 미래를 예견하지 않았다. 단지 지금 이곳을 중심으로 앞으로 일어날 수 있는 일을 이해하는 방법을 제공할 뿐이었다.

티리엘이 본 것이 반드시 진실이 될 필요는 없었다. 죽음은 모든 인간에게 그런 것처럼 그에게도 찾아오겠지만, 그렇게 금방 안 올지도 모른다. 검은 영혼석은 천천히 덩굴손을 뻗어 천상을 타락시키고 있으니, 어떻게든 영혼석을 제거할 수만 있다면 아직은 타락을 막을 기회가 있었다.

하지만 시간이 너무 없었다.

티리엘은 아우리엘로부터 천상이 자신의 조언을 따르지 않기로 결정했다는 전갈을 받았다. 지혜의 대천사로서 티리엘의 역할은 최소화되었고, 그에 대한 의회의 신뢰는 확실히 줄어들었다. 영겁의 세월 동안 대천사들의 목표는 불타는 지옥을 파괴하고 궁극의 평화를 획득하는 일이었다. 하지만 티리엘은 최근 지금까지 한 번도 느껴보지 못한 피에 대한 엄청난 갈망을 감지했다. 그는 자신에 대한 음모가 진행되고 있으며, 드높은 천상에 남아 있는 한 자신의 자유가 박탈당하는 일은 시간문제라고 확신했다.

그러나 어느 날, 티리엘은 날아오를 듯 솟은 은빛 도시의 공간을 가득 채우는 회랑의 특이한 공명에 잠에서 깼고, 순간 모든 것을 잊었다.

티리엘은 그 빛노래가 무엇을 의미하는지 잘 알았다. 새로운 천사가 태어날 징조였다.

인간이 되기로 결정한 이후 회랑에서 여러 명의 천사가 태어났지만, 티리엘은 그저 지켜만 볼 뿐 어떤 탄생의 의식에도 참여하지 않았다. 자신이 불청객임을 잘 알았기 때문이다. 티리엘은 손으로 더듬대며 서둘러 장포를 입었다. 그는 인간의 옷을 혐오했다. 옷을 입느라 걸리는 시간도, 천이 피부에 닿는 느낌도 싫었다. 옷은 티리엘이 무엇이 됐는지보다 무엇을 포기했는지를 떠올리게 했다.

밖으로 나간 티리엘은 은빛 탑을 향해 점점 더 많이 몰려드는 천사들의 무리에 합류했다. 천사들은 티리엘을 알아봤을지도 모르지만 티를 내지 않았다. 아무도 그가 인간이 된 것에는 관심을 두지 않고 마치 최면에 걸린 듯 첨탑에만 주의를 집중했다. 만약 그들이 관심을 보였다면 어떻게 되었을까? 티리엘은 생각했다. 천사들은 더 이상 그의 말에 귀 기울이지 않았지만 그럼에도 티리엘은 여전히 의회의 일원이었다. 이처럼 지독히 빠르게 추락하다 마지막 남은 자부심까지 바싹 말라 바람에 흩날리는게 아닐까?

티리엘은 씁쓸한 생각을 곱씹으며 그들 사이에 우뚝 서 있었다. 날은 활짝 개어 청명하게 빛났고 공기는 상쾌하고 신선했다. 노래로 인해 티리엘이 밟고 지나가는 돌들이 낮게 진동했는데, 진동은 탑이 가까워질수록 더욱 강해졌다. 천사들은 빛노래와 조화롭게 공명했다. 그들이 내는 소리는 불멸의 목에서 나오는 소리가 아니라 완벽한 음조로 진동하며 발산하는 에너지의 두드림임 같은 것이었다. 안뜰에서 보니 솟아오를 듯한 건물 아래 모여 있는 많은 천사들이 눈에 띄었다. 수없이 보아온 모습이지만 첨탑의 위용은 여전히 장관이었고, 새로운 그의 인간 영혼에게는 다른 모든 것과 마찬가지로 새삼 경이롭게 다가왔다. 쌍둥이 칼날처럼 하늘 높이 솟아오른 첨탑은 상상할 수 없을 정도로 높았고, 수많은 크리스털 면들로 반짝였다. 둥근 테를 두른 단상은 아래로 갈수록 두꺼워졌는데, 그 주위를 다른 작은 탑과 첨탑들이 에워싸고 있었다. 꼭대기 근처에 있는 천사의 날개 같은 구조물 안에 수정 회랑이 자리했다.

아누의 척추였다.

아누는 세상의 모든 존재들을 탄생시킨 태초의 절대신으로 빛과 어둠, 선과 악으로 형성되어 있었다. 절대신은 자신으로부터 악을 추방했지만, 악은 최초의 대악마이자 괴물용인 타타메트로 변했고, 둘은 영겁의 세월 동안 끝없는 분쟁을 계속했다. 그리고 최후의 전투에서 거대한 폭발이 일어나 그들의 정수가 멀리 넓게 흩어졌고, 그로써 우주가 탄생했다. 그 상처로 혼돈계 요새가 탄생했으며, 타타메트의 일곱 머리는 불타는 지옥의 7대 대악마가 되고 육체는 지옥 영역의 토대를 형성했다. 아누의 척추는 마침내 수정 회랑을 형성했다. 그리고 회랑을 중심으로 드높은 천상의 모든 것들이 생명력을 얻기 시작했다.

이것이 티리엘이 알고 있는 고대의 역사였다. 수백 년 동안 그러한 지식은 그의 중요한 부분으로 자리 잡아 평소에는 거의 떠올리지 않게 되었다. 하지만 거대한 첨탑에 바짝 다가가면서 마음속에서 그 전설이 되살아나는 것을 느꼈고, 우주의 탄생에 대해 숨 막힐 듯한 경이로움을 느꼈다. 모든 질서와 빛과 평화는 이곳 드높은 천상에 거하게 되었고 혼돈, 어둠, 악은 지옥에 자리를 잡게 되었다. 그 둘은 영원한 분쟁을 통해 끊임없이 전투를 벌였는데 그들 중 어느 쪽도 우위를 점하지 못했다. 그리고 둘 사이 어딘가에 양쪽의 굉장한 가능성을 다 갖춘 채 놀라운 자애와 끔찍한 폭력을 모두 행사할 수 있는 존재가 있었으니, 그게 바로 성역의 인간들이었다.

티리엘은 모든 인간의 영혼 안에서 벌어지는 선과 악의 싸움에 매료되었다. 아누와 타타메트의 싸움이 좀 더 작은 규모로 무수히 반복되고 있었다. 선과 악, 빛과 어둠, 생명과 죽음. 인간은 죽은 뒤 어디로 갈까? 그는 이제 어디로 가게 될까? 인간에게 많은 이론이 있다는 걸 알았지만, 진실을 알기는 어려웠다.

왠지 모르지만 티리엘은 여전히 가슴 부근에 있는 성배를 떠올렸다. 다시 성배를 사용하고 싶은 충동이 일지만 망설여지기도 했다. 티리엘은 자신이 보게 될 것이 두려웠다.

거대한 안뜰은 벌써 첨탑 아래로 몰려든 천사들로 북적였지만, 티리엘은 의회의 회원이라 수정 회랑에 오를 자격이 있었다.

천사들은 티리엘이 자신들을 헤치고 나아가자 그제야 그를 쳐다보았다. 티리엘은 막을 테면 막아보라는 듯 고개를 당당히 쳐들었다. 아무도 막아서지 않았다. 수정 회랑으로 오르는 데 한참이 걸렸다. 꼭대기에 거의 다다랐을 무렵, 빛의 띠가 복잡한 문양을 그리며 물결처럼 퍼지더니 수정 같은 물에서 약동한 다음, 노래와 조화롭게 진동하며 탑에서부터 굉장한 기세로 솟구쳤다. 눈이 아플 정도로 눈부신 빛이었다. 티리엘은 손으로 눈을 가리지 않으려고 애쓰면서 단상으로 이어지는 계단을 올랐다.

회랑의 정상에는 임페리우스의 천사들이 벌써 와 있었다. 오늘 탄생하는 천사는 용기의 전당에 배정될 예정이었으므로, 관례에 따라 그가 속한 영역의 형제자매들이 와서 찬사를 보내주게 되어 있었다.

새로운 천사의 탄생은 빛과 소리가 완벽한 조화를 이루고 같은 음으로 공명하며 엄청난 힘을 방출할 때에만 일어났다. 아누의 척추는 천사들을 한정적으로 탄생시켰는데, 한 천사가 죽어야만 다른 천사가 태어난다고 했다.

사방에 은은하게 빛나는 거대한 다이아몬드 크리스털들이 일어서더니 거기서 눈부신 빛의 물결이 끊임없이 흘러나왔고, 이제 한가운데로 모여들어 천사들의 머리 위를 맴돌았다. 빛의 물결은 격렬히 움직이며 점점 빨리 진동하더니, 인간이 된 티리엘의 귀를 멀게 할 정도로 공명이 최고조에 달했다. 더불어 구경하던 천사들의 진동도 강해졌다. 빛노래는 더 이상 티리엘의 마음을 달래 주지 못했고, 오히려 감각들을 고통스럽게 했다. 앙기리스 의회의 회의실에서 스스로 날개를 찢어낸 운명의 날 이후로 보고 듣는 모든 것이 변했다. 티리엘은 자신이 두 삶을 살았던 것처럼 느꼈다. 첫 번째 삶은 불멸의 존재로서의 삶이고 다른 하나는 인간이 되고 나서의 삶인데, 둘은 완전히 달랐다.

자신이 어떻게 천사들 틈에서 하루라도 더 머물 수 있을까?

갑자기 자신이 혐오스러운 어떤 것, 모든 선하고 성스러운 것의 돌연변이가 된 듯한 느낌이 들었다. 자리를 뜨려는데 노래가 커지더니 천사들이 앞으로 몰려들었다. 고막이 터질 것 같아 이를 악물고 돌아보았다. 머리 위로 눈부신 한 지점에 빛의 진동이 모여들고 있었다. 실낱같은 선들이 치직대고 탁탁거리면서 복잡하게 얽히더니 스르륵 엮이면서 공 모양을 형성했다. 그리고 그 안에서 꿈틀대는 빛의 형상이 나타났는데 너무 눈이 부셔 똑바로 쳐다볼 수 없었다.

하지만 뭔가 잘못되고 있었다.

공중에 떠도는 불협화음이 감지되고 있었다. 빛의 실타래 한 가닥이 회색빛으로 변해 있는데, 너무 가늘어 구체 표면의 가느다란 금처럼 보였다. 하지만 회색빛 실타래 한 가닥이 거기에 있다는 것만은 부정할 수 없었다.

아누의 척추에서 빛의 덩굴손이 끊임없이 척척 솟아올라 감싸자 구체는 점점 부풀어 올랐고, 덩달아 공명의 노랫소리도 더욱 커졌다. 하지만 들릴 듯 말듯 희미한 음 하나가 불협화음을 내고 있었다. 티리엘은 움찔하며 주위를 돌아보았지만, 천사들은 환희에 차 진동하며 날개를 부풀리고 있을 뿐이었다. 아무도 느끼지 못한 것일까?

어쩌면 불협화음은 자신이 낸 음인지도 모른다. 어쩌면 자신이 인간의 몸으로 이곳에 있기 때문에 생긴 변화인지도 모른다. 하지만 가슴에 손을 얹은 티리엘은 어떠한 진동도, 공명도 느낄 수 없었다. 그의 중심은 텅 빈 채 고요했다.

구체 안에 있던 그것은 빠르게 성장했다. 접힌 날개의 윤곽이 드러나고 천사의 빛이 시시각각 커져갔다. 빛노래가 절정에 이르렀을 때 구체가 갑자기 터지며 치직거리는 빛의 가닥들 천사들 위로 흩뿌렸다. 빛과 소리가 최고조에 이르렀고, 새 천사는 엄청난 힘을 내뿜으며 천사들의 머리 위 허공에서 접힌 날개를 펼쳤다.

받아들임과 환영의 표시로 천사들의 빛노래가 부드럽게 진동했다. 여자 천사의 탄생이었다. 매우 특별하고 기쁘고 설레는 순간이어야 했다. 하지만 미묘한 변화가 절대 있어서는 안 될 검은 그림자를 드리웠다. 마치 뱀처럼 구체를 휘감은 회색 실 한 가닥이 새 천사의 정수에 흡수되는 것 같았다. 빛노래는 새로운 천사와 완벽한 조화를 이뤄야 함에도 불구하고 그녀의 진동은 살짝 다른 음을 내고 있었고, 그것이 티리엘의 귀에 거슬렸다. 그리고 다른 천사들의 노래와도 충돌을 일으키는 것 같았다.

천사들은 아직 이상한 점을 발견하지 못한 듯했다. 그들은 흥분으로 윙윙거렸다. 티리엘은 천사의 탄생으로 어떻게든 천상과 다시 연결되고 새로운 영감을 받기를 바랐지만 노래에 동참할 수 없었다. 그의 육체적 감각은 상처를 입고 인간적인 눈과 귀는 불타는 듯했다. 다시 한 번 티리엘은 불멸의 존재들 사이에서 이방인이 된 듯 느꼈다.

빛노래는 티리엘을 두려움에 떨게 했다.

영혼석 때문이야. 티리엘은 생각했다. 사악한 덩굴손이 수정 회랑에 침투해 천사의 탄생을 오염시킨 게 분명했다.

그 생각은 다른 어떤 생각보다 소름끼쳤다. 영혼석의 영향력은 생각했던 것보다 훨씬 빠르게 퍼지고 있었다.

티리엘은 다시 뒤돌아 비틀거리며 걸음을 옮겼다. 온몸이 아프고 머릿속은 끔찍한 가능성들로 어지러웠다. 티리엘은 혼자서 천사 군대 전체와 맞서야 했다. 천상의 운명이 고스란히 그의 넓은 어깨에 놓여 있었다. 만일 티리엘이 실패한다면…….

하지만 그럴 수 없었다. 지금으로선 다른 대안이 없었다. 너무 늦기 전에 영혼석의 사악한 영향력을 막을 방법을 반드시 찾아야 했다.

그의 앞에서 천사들이 길을 열었다. 티리엘은 찌르는 듯한 눈의 통증을 느끼며 거의 앞이 보이지 않는 상태로 걷다가 어떤 목소리를 듣고 문득 걸음을 멈췄다.

"오늘 감히 이곳에 나온 겁니까?"

티리엘은 그를 보려고 고통스럽게 눈을 깜박였다. 앞에 벨제엘이 서 있었다. 다른 천사들은 조용했다. 그들은 티리엘이 아니라 루미나레이 부관을 위해 길을 열어준 것이다.

"잘 보십시오, 형제자매들이여. 지혜의 대천사가 회랑에 서기 위해 인간의 몸으로 나타났지만, 눈은 화상을 입고 귀는 피를 흘리고 있습니다! 이는 아누와 성스러운 모든 것을 모독하는 행위가 아니겠습니까?"

티리엘의 목이 타들어갔다.

"나는 여전히 네 형제다."

"당신은 불멸의 존재로, 형제자매들을 버리고 인간들 편에 서기로 선택했습니다!"

벨제엘이 천사들에게 말했다.

"정의의 대천사로서 전장에서 우리의 적을 물리쳤던 강력한 티리엘은 더 이상 대천사의 지위를 지키지 못할 것입니다. 그런데 오늘 이 축하의 자리에 나타나 자신의 오물로 회랑을 더럽히는군요."

벨제엘이 티리엘을 가리키며 말했다.

"당신의 죄를 심문할 날이 멀지 않았습니다."

순간 불같은 분노가 치밀어 오르자 티리엘은 앞으로 달려 나가 맨손으로 벨제엘을 움켜쥐고 싶은 충동을 느꼈다. 하지만 보는 눈이 너무 많았다. 만일 그런 행동을 한다면 루미나레이 수호자들은 티리엘을 체포할 것이고, 천상을 구할 수 있는 마지막 기회는 사라지게 될 터였다.

티리엘은 분노를 꾹 억눌렀다.

"날 체포하러 온 건가, 벨제엘? 그러고 싶어도 하지 못할 텐데."

벨제엘이 껄껄 웃었다.

"당신은 죄를 추궁 받겠지만, 내게 받지는 않을 겁니다. 내일 당신을 빼고 의회가 소집될 거예요. 그들이 당신의 운명을 결정하겠지요."

티리엘은 놀란 기색을 보이지 않으려고 애썼다. 결국 이런 식으로 될 일이었다. 의회에서 남은 대천사들끼리 토론을 거쳐 자신을 반역죄로 재판에 회부하기 위한 투표를 하게 될 터였다. 티리엘은 예전 동료였던 이나리우스를 떠올렸다. 이나리우스가 천상을 저버린 일은 마침내 성역이 탄생하는 계기가 되었다. 그는 변절자로 낙인찍히고 천상을 영원히 떠났지만, 감히 영원한 분쟁에 저항하고 끝장내려 했던 몇 안 되는 천사 중 하나였다.

이제 티리엘이 그 일을 하려고 한다.

방법이 있다.

방법은 불현듯 찾아왔다. 머릿속에 계획이 떠오르자마자 왜 진작 그런 생각을 하지 못했는지 의구심이 들었다. 확실히 절망적인 계획이지만, 티리엘은 수백 년 전에도 비슷한 계획을 실행한 적이 있었다. 이번에도 성공을 위해 성역의 인간들에게 의존해야 할 터였다. 그러나 이 일은 훨씬 더 위험한데다 성공 확률도 희박했다.

성배가 한 일이었다. 성배는 티리엘의 감각을 강화시켜 이전에는 없던 통찰력을 갖게 했다. 티리엘은 그렇다고 확신했다. 그는 그것이 무엇을 의미하는지, 선인지 악인지 알 수 없었고 그런 것을 고민할 시간도 없었다. 준비해야 할 것이 많았다. 맘대로 하라지……. 그는 내일이면 이곳에 없을 터였다.

티리엘은 형제자녀들과의 관계를 끊고 즉시 천상을 떠날 것이다. 능력이 탁월한 인간들로 조직을 만들고 그들을 훈련시킬 것이다. 머릿속에 벌써 적당한 몇 명의 이름이 떠오르고 있었다. 그들은 천상에 침투해 영혼석을 훔친 뒤, 다시는 찾을 수 없는 곳에 숨길 것이다.

시간이 흐르면 천사들은 티리엘의 선택을 이해하게 될 것이다. 반드시 그래야 했다. 그렇지 않으면 그가 하는 이 모든 게 부질없는 일이 되기 때문이다.

"준비가 되면 찾아 오거라. 감히 그럴 용기가 있다면 말이다."

티리엘이 더 이상 말하지 않고 루미나레이의 곁을 획 지나치자 천사들이 길을 비켜주었다.

12장

브람웰의 경비병들

티리엘은 화들짝 놀라며 잠에서 깼다. 타락한 천사의 탄생에 대한 기억이 꿈속을 파고들었고, 수정 회랑에서 벨제엘과 충돌했던 일에 대한 새삼스러운 분노로 심장이 세차게 뛰었다. 루미나레이 부관을 본 것은 그때가 마지막이었다. 티리엘은 의회가 자신의 방에 들어와 그를 체포하는 즐거움을 허락하지 않았다. 그 즉시 자신의 기록들만 배낭에 챙기고 입은 옷 그대로 차원문을 열고 천상을 빠져나왔다.

지혜의 샘에서 꺼내온 이후로 성배는 줄곧 그의 장포 안에 감춰져 있었다. 성배를 사용할 때마다 티리엘은 또 다른 순수한 감정의 물결에 세차게 떠밀렸다. 죽음이 모든 것 위를 떠다녔다. 모든 것의 종말. 끝없는 잠 속에는 모든 걸 버리고 놓아주는 평화가 있었다. 그러한 생각은 최면을 유도했다. 성배 안에서는 다른 가능성들이 모두 떨어져나가고 진실만 명확해졌다. 티리엘은 영혼석으로부터 천상을 지켜야 했다. 악마 무리가 나타나고 죽은 송아지 여관 밖에서 생물들과 마주친 일은 결코 우연이 아니었다. 지금 이 순간에도 그들에게 적대적인 세력은 새로운 호라드림을 막고 성역을 영원히 제거하기 위해 모여들고 있었다.

하지만 인간 세계로 돌아오면 성배가 남긴 공허함이 이루 말할 수 없을 정도로 컸다. 그가 결성한 새로운 조직의 구성원 개개인의 결점과 약점은 분명했고, 앞날에 대비해 그들을 준비시키는 일은 거의 불가능해보였다.

날이 갈수록 티리엘은 전보다 더 약해졌지만 갈망은 더 늘어갔다. 성배의 심연에서 건져 올린 통찰력은 티리엘에게 이상한 위로를 주었다. 비록 그들 앞에 엄청난 고난이 놓여 있음을 확인하긴 했지만, 성역으로 온 자신의 선택이 옳았고 그것만이 유일한 선택이었음을 확인했기 때문이다.

그들은 영혼석을 훔치거나 훔치려다 죽을 것이다.

티리엘은 이른 새벽의 어스름 아래 잠들어 있는 다른 사람들을 둘러보았다. 모닥불은 이미 꺼진 지 오래였고, 엷은 서리가 땅을 하얗게 뒤덮고 있었다. 그들은 며칠째 행군을 계속해 이제 조금만 더 가면 브람웰에 도착할 터였다. 그들은 서부원정지 만 가장자리를 따라 점점 더 산이 많아지는 지역으로 이동하면서 밤에는 길에서 멀리 떨어진 숲 속에서 야영을 했다. 자일의 은폐 주문 덕분에 도중에 만나는 어떤 여행자들의 눈에도 띄지 않을 수 있었다. 지금까지 강령술사는 자신의 가치를 충분히 증명해보였는데도 다른 이들은 그가 전염병을 옮기기라도 하는 것처럼 여전히 멀리했다. 지금도 다른 사람들은 체온을 유지하려고 한데 모여 자는데 반해 자일은 해골과 함께 저만치 떨어져 자고 있었다.

천상의 일과 티리엘이 인간으로 변한 일에 매료된 쿨렌은 어제 길을 걷는 내내 티리엘의 곁에 바짝 붙어 엄청난 질문을 퍼부었다. 티리엘은 질문에 최대한 자세히 설명해주려고 노력했지만 얼마 지나지 않아 지치고 말았다. 쿨렌의 지식에 대한 갈승은 만족을 볼랐다. 쿨렌과 계속 걷는 동안 티리엘은 육체적 고통과 통증을 더 많이 인식하게 되었다. 인내심을 발휘하기가 힘들었다. 지난 며칠간 거의 잠을 자지도, 먹지도 못했을 뿐만 아니라 그로 인한 불편도 익숙하지 않았다. 하지만 쿨렌은 그를 놓아주지 않으려 했다.

티리엘은 희끄무레한 빛 아래 살며시 미소를 지었다. 쿨렌은 약하게 코를 골고 있는데, 둥근 안경을 벗고 편안히 잠든 얼굴을 보니 몇 살은 더 어려 보였다. 불만이 없진 않지만 티리엘은 조금씩 이 작은 남자가 좋아지기 시작했다. 언젠가 쿨렌의 학식이 그들의 임무에서 아주 중요한 역할을 하게 될 거라고 확신했다.

지난 밤 수도사가 있던 자리를 보니 텅 비어 있었다. 티리엘은 미쿨로프가 눈을 감은 모습을 한 번도 본 적 없었다. 수도사는 거의 잠을 자지 않았다. 지난 며칠 간 미쿨로프는 뭔가에 사로잡힌 듯한 모습을 보였다. 다른 사람들은 보지 못하는 뭔가를 보는 것처럼 먼 곳을 응시하기도 했다. 이브고로드 수도사들은 영적인 존재들로, 다른 인간들의 이해를 훨씬 뛰어넘는 방식으로 주위의 자연과 그들의 신들과 교감했다. 미쿨로프는 매일 일행보다 앞서 정찰을 나갔고, 숲 속과 길을 미끄러지듯 다니며 혹시 있을지 모를 위험을 살폈다. 그리고 돌아왔을 때는 항상 뭔가에 홀린 듯한 눈빛이었다. 티리엘은 미쿨로프가 다른 사람들에게는 말하지 못하는 뭔가를 알고 있다고 생각했고, 그것을 궁금히 여겼다.

미쿨로프는 브람웰로 가는 길에서 조금 벗어난 숲 속의 나무 그늘에 서 있었다. 하늘 수도원에서 수 년간 훈련받고 집중하는 법을 배운 덕분에 그의 감각은 다른 사람들은 감지하지 못하는 기운을 감지할 수 있었다. 지금 미쿨로프는 저만치 앞에 있는 사람들의 정확한 위치를 알려주는 또 다른 신호를 감지하기 위해 참을성 있게 기다리는 중이었다.

앞에 두 사람이 있었다. 그들은 거의 말을 하지 않고 조용히 서 있었지만 몸의 무게중심이 이동하거나 발을 끄는 행동을 통해 존재를 드러내고 있었다. 그들은 자신들을 숨기려는 의도를 지녔는데, 미쿨로프가 우려하는 게 바로 그 점이었다. 그들이 길 한가운데로 걸어왔다면 미쿨로프는 나머지 일행에게 그들이 지나갈 때까지 숲에서 나오지 말라고만 간단히 일렀을 것이다. 하지만 그들은 그러지 않았다.

두 사람은 뭔가를 기다리고 있었다.

수도사의 참을성은 이들보다 훨씬 강할 터였다. 미쿨로프는 발끝으로 가볍게 선 채 두 시간째 미동도 없이 있으면서도 완벽한 균형을 유지했다. 그동안 미쿨로프는 기이한 여정의 앞날에 놓인 것들을 탐색하도록 마음을 풀어놓았다. 이브고로드 수도사들에게는 잘 알려진 상태로, 몸과 마음이 협력하여 명상과 각성이 동시에 일어났다. 미쿨로프는 의식을 안으로 향하면서도 바깥에 대한 경계를 멈추지 않았다.

미쿨로프는 엉킨 실타래를 풀고 어젯밤 보았던 계시를 이해하려고 애썼다. 두 가지를 동시에 하기란 쉽지 않았다.

미쿨로프는 10년 전, 되살아난 시체들과 전투를 치르고 검은 탑에서 어둠의 악마를 몰락시킨 이후로 내부에서 뭔가가 변했음을 감지했다. 자신도 믿기 힘들 정도로 원소 능력이 엄청나게 증가해 있었다. 미쿨로프는 그 일이 있기 전까지 모든 존재와 하나 되는 것에 관해 많은 비밀을 알고 숙달되었다고 생각했지만, 어리석은 생각이었다. 그저 피상적으로만 알고 있을 뿐이었다. 미쿨로프는 검은 탑에서 자신의 중심에 있던 에너지를 방출시켰고, 작은 태양처럼 폭발하며 자신에게 달려드는 수많은 적을 단번에 초토화시켰다. 그 순간, 그 안의 뭔가가 풀려나왔다. 미쿨로프는 더 빠르고 강해졌으며, 주변의 자연에 전과는 비교할 수 없을 만큼 강력한 영향력을 발휘할 수 있었다. 태어나서 처음으로 소년이었을 때 스승들에게서 배웠던 조화와 균형을 이해하게 되었다.

하지만 이게 뭘 의미하는 것일까?

알 수 없는 일이었다. 하지만 신들이 그를 위한 계획을 갖고 있다는 사실을 알고 있었다. 미쿨로프는 그동안 성역에 닥칠 위험에 대해 경고를 받아왔다. 신들은 미쿨로프에게 파괴와 끔찍한 고통의 장면을 계시를 통해 보여주었다. 지진이 땅을 갈가리 찢어놓고 하늘에서 불덩이가 떨어지는 가운데, 지상의 인간들은 뼈가 드러날 정도로 살이 타들어가며 고통에 몸부림쳤다. 미쿨로프는 검은 날개를 가진 생물들에 의해 호라드림의 사지가 잘려나가는 광경을 목격했다.

가장 놀라게 한 것은 종말이 천상으로부터 왔다는 사실이었다.

계시가 너무 충격적이고 불길해서 토마스와 쿨렌에게도 털어놓을 수 없었다. 하지만 계시가 미쿨로프의 목적을 바꿔놓지 못했다. 미쿨로프가 부름을 받은 데에는 이유가 있었다. 성역은 끔찍한 위험에 처해 있었다. 미쿨로프는 반드시 바른 길을 찾아 신속하게 행동해야 한다는 사실을 알았다.

전날 밤 다른 사람들이 모두 잠든 사이, 미쿨로프는 어둠을 틈타 자리를 슬쩍 빠져나온 뒤 울퉁불퉁한 지면을 수월히 지나쳐 서부원정지 만을 굽어보는 절벽 위에 올라섰다. 저만치 아래 바위에 부딪히는 검은 물결을 바라보고 서 있는 미쿨로프의 장포 자락이 바람에 나부꼈다. 미쿨로프는 바람과 파도 냄새와 피부에 닿는 습기에서, 혀에 닿는 소금기에서 신들의 음성을 들었다. 그의 내부에서 얼얼하게 에너지가 응집되는 것을 느꼈다. 이제 준비가 되었다.

머리 위로 검은 하늘이 열리면서 전체가 빛으로 빚어진 계단이 나타났다. 미쿨로프가 한 걸음을 내딛자 계단이 그의 몸무게를 단단히 받쳐주었다. 미쿨로프는 계단을 계속 올라갔다. 발아래 저 멀리 절벽에 거칠게 부딪히는 물결이 보였고 빽빽한 숲과 가파른 산들이 점점 멀어져갔다. 마침내 세상이 완전히 사라진 다음에도 미쿨로프는 멈추지 않고 계속해서 더 빨리 계단을 올랐다. 세찬 바람을 온몸으로 맞으며 다리가 보이지 않을 정도로 빠르게 올라가니 고원이 나타났고, 눈앞에 거대하고 빛나는 구조물이 우뚝 솟아 있었다. 석조와 크리스털 문들 주위를 기둥들이 에워싸고 있었는데, 표면에는 천사의 날개 문양이 복잡하게 새겨져 있었고 원초적인 힘을 발산하며 환하게 빛나고 있었다.

드높은 천상의 다이아몬드 문이다. 누군가 그렇게 말한 것 같았다. 돌아보니 어느새 옆에 마법사와 야만용사, 토마스와 쿨렌, 제이콥과 티리엘이 무기를 들고 전투태세를 갖춘 채 서 있었다. 그들 위로 험준한 바위와 절벽과 뾰족한 첨탑들이 반짝이며 드넓게 펼쳐졌고, 은빛 첨탑의 도시 안에서 우레와 같은 함성이 울려 퍼지고 있었다.

다이아몬드 문이 활짝 열렸다. 들어가지 마라. 또 다른 목소리가 들렸다. 강령술사 자일이 저만치 떨어진 곳에 서 있었는데, 장갑을 낀 손에 쥔 뼈로 만든 단검이 반짝거렸다. 균형이 깨졌으며, 저 문 뒤에는 죽음뿐이다. 하지만 티리엘은 일행을 이끌고 앞으로 나아가 아름다운 안뜰로 들어섰다. 그들 앞에 완벽한 보석 같은 도시의 전경이 펼쳐졌다. 숨이 멎을 만큼 아름다웠지만 미쿨로프는 왠지 모를 한기를 느꼈다. 엄청난 공허가 가슴을 텅 비우고 절망스럽게 했다.

그들은 광활한 장소에 작은 점처럼 서로 바짝 붙어 있었다. 갑자기 다이아몬드 문이 굳게 닫히더니 끝이 보이지 않는 천사들의 무리가 하늘을 검게 뒤덮으며 밀려들었다. 수도사는 싸울 자세를 취했지만, 천사들은 그들을 휙 지나쳐 성역으로 날아가 죄 없는 자들을 학살하기 시작했다. 잠깐 사이 천사들이 휩쓸고 지나간 자리에는 죽어가는 사람들의 끔찍한 비명이 큰 파도처럼 솟구쳤다.

비명은 끝없이 이어졌다. 미쿨로프는 다이아몬드 문으로 달려가 주먹으로 쾅쾅 두드렸지만 그의 힘은 이곳에서 무용지물이었다.

성역이 불타는 동안 그들은 꼼짝없이 갇히게 되었다.

미쿨로프는 도움을 청하려고 뒤돌아 티리엘을 바라보았다. 대천사는 그들 앞에 서서 침묵하고 있었다. 티리엘의 몸이 가늘어지고 길어지면서 변하기 시작했다. 사지의 뼈가 늘어나며 소매가 헐렁해지고 장포는 검은색으로 변했다. 잠시 후 티리엘은 사라지고 없었다. 티리엘의 자리에는 양손에 길고 위험하게 구부러진 칼날을 쥔 무시무시한 검은 형체만 남았다. 얼굴이 있던 자리는 텅 비어 있었다.

미쿨로프가 비명을 질렀지만 이미 늦었다. 그 자가 칼날을 들어 올리더니 휘익 소리가 나도록 세차게 휘둘러 토마스의 턱을 내리쳤다. 토마스의 어깨에서 머리가 잘려나가며 하늘로 피가 분수처럼 솟구쳤고, 몸통은 부르르 떨다가 바닥에 쓰러진 뒤 조용해졌다.

미쿨로프는 뭔가가 움직이는 소리에 즉각 최면 상태에서 빠져나왔다. 몸을 움찔하지는 않았지만, 반들거리는 정수리부터 그의 인생 이야기를 말해주는 등을 뒤덮은 문신까지 흘러내린 가느다란 땀방울 하나가 자국을 남겼다. 명상 상태에서 다시 또 체험한 것임에도 계시는 그 어느 때보다 강렬하게 다가왔다. 대학살도 끔찍했지만 가장 끔찍한 것은 티리엘의 배신이었다.

대천사가 그들을 덫에 걸려들게 한 후 짐승처럼 도살했다.

이게 뭘 의미하는 걸까? 미쿨로프는 알 수 없었다. 아직은. 하지만 누군가가 길을 따라 내려오고 있어서 더는 그 생각에 빠져 있을 겨를이 없었다.

새로 온 이들은 딱히 정체를 숨기려고 하지 않았다. 그들 중 한 명은 기침을 하고 투덜댔으며 다른 한 명은 욕설을 내뱉은 뒤 멈춰 섰다.

수도사는 숲 속의 그늘을 떠나 조용히 나무들 사이에 몸을 숨겼는데, 아침의 어둑함에 가려 움직임이 거의 눈에 뜨지 않았다. 은빛 갑옷을 입은 남자 둘이 낮게 이야기를 나눴다. 그들은 옆구리에 검을 차고 허리에 주황색 장식띠를 둘렀으며 머리는 민머리였다. 미쿨로프가 이곳을 지나면서 마주쳤던 기사들과는 장식띠의 색깔이 달랐지만, 겉모습만 봐서는 서부원정지의 기사들 같았다.

이상해. 기사들이 이곳에서 뭘 하는 것일까?

한 명이 낮게 휘파람을 불었다. 잠시 후, 똑같은 갑옷 차림의 남자 둘이 길의 맞은편 숲에서 나타났다. 그들 넷은 한데 모이더니 한 명이 호탕하게 웃었다. 숲에서 나온 두 명이 길로 사라지는 동안, 새로 온 두 명이 그들을 대신해 나무들 사이로 모습을 감췄다.

"기사들이었습니다."

미쿨로프가 말했다.

"경계를 섰던 두 명을 교대하러 온 거예요. 왜 경계를 섰는지는 알 수 없고요."

쿨렌은 한동안 곰곰이 생각에 잠겼다. 서부원정지의 기사단은 왕국과 서부원정지 도시를 건설한 라키스가 데려온 팔라딘을 기원으로 해서 성장했다. 기사단은 빛에 봉사하고 무고한 사람들을 지키는 일에 헌신했다. 그들은 수년 동안 적들로부터 서부원정지를 보호했으며, 심지어 자카룸 교단이 타락했을 때조차 정의의 사도로 남았다.

"브람웰에 강력한 기사단이 있다는 얘기는 들은 적 없어요."

쿨렌이 말했다.

"어쩌면 그들은 서부원정지로 향하던 도중이 아니었을까요? 그런데 왜 길을 감시했을까요?"

"어쨌든 조심해야 합니다."

티리엘이 말했다.

"두 명의 감시자야 쉽게 따돌릴 수 있지만, 가는 길에 다른 장소에서 첩자를 만날 수도 있습니다. 일찍부터 주위의 이목을 끌어서는 계획을 망쳐버릴 수 있어요. 이제 브람웰까지 10여 킬로미터 남았습니다. 그곳에 도착하면 해야 할 일을 말해줄 테니, 내 말에 따라주십시오."

13장

대장장이의 작업장

브람웰은 서부원정지 만을 굽어보는 산비탈 기슭에 세워진 도시였다. 집들은 볏짚으로 지붕을 이은 소박한 이삼 층짜리 석조 건물이 대부분이었는데, 이 지역을 자주 휩쓸고 지나가는 비바람에 많이 바래 있었다. 도시에는 스위트워터 강으로 흘러드는 작은 만이 있어 계속 선박이 드나들 수 있었고, 덕분에 어려운 시절을 견디고 살아남을 수 있다. 한때 호황을 누렸던 고래잡이 산업은 쇠퇴한 지 오래여서, 이제 주민들 대부분은 농사를 짓거나 서부원정지와 왕의 항구와의 교역을 통해 생계를 유지했다. 그들은 뛰어난 솜씨로 벼린 무기와 갑옷들을 선박에 실어 이들 도시로, 또는 더 멀리 칼데움까지 보냈다.

그들은 아침나절의 해가 하늘에 떠 있을 무렵 언덕 꼭대기에 다다라 산자락에 포근히 안긴 도시를 내려다보았다. 제이콥이 이곳을 떠난 지도 수년이 지났다. 제이콥은 이곳의 아름다운 환경들, 가령 서부원정지 만을 흐르는 반짝이는 물결과 방파제의 단단한 경계선, 가파른 언덕들과 성벽 바깥의 네모반듯한 농경지를 기억했지만 도시는 많이 변해 있었다. 건물들은 복구된 듯했고, 성벽들은 보강되어 그때보다 최소한 3미터는 더 높아져 있었다.

제이콥은 도시 외곽에 상인들이 거래를 기대하며 몰려들던 야영장을 기억했지만 이제 그곳은 버려진 채 텅 비어 있었다. 브람웰의 육중한 철문들은 이곳이

교역을 바탕으로 세워진 도시라는 사실이 무색할 정도로 굳게 닫혀 있었다.

또한 문들은 경계가 삼엄했다. 그들이 마지막 언덕을 내려오는데 갑옷을 입은 네 명의 남자가 길 한쪽에 돌로 지은 초소에서 나왔다.

"용건을 밝히시오."

불그레한 혈색에 수염이 짙고 덩치가 가장 큰 남자가 말했다. 그는 투모를 쓰고 묵직한 칼과 방패를 착용한 채 어딜 감히 들어가려고 하냐는 듯 문으로 가는 길 한가운데에 버티고 섰다.

"칼데움에서 온 상인입니다."

티리엘이 말했다.

"대장장이 보라드와 할 얘기가 있어서 왔습니다."

기사들은 자세를 바꿔 서로 눈짓을 하더니 덩치가 가장 큰 남자가 살짝 누그러진 투로 말했다.

"무기를 내려놓으시오. 누구도 브람웰의 문을 무기를 지닌 채 들어갈 수 없소."

제이콥은 티리엘을 쳐다보았다. 이 도둑놈들에게 엘드루인을 넘길까? 생각만으로도 소름이 끼쳤다. 하지만 티리엘은 고개를 흔들었다.

"이곳은 길이 매우 위험합니다. 궁전 경비대의 금을 너무 많이 가져온 터라 무기를 반납하기 어렵습니다."

티리엘이 그렇게 말하며 남자의 눈을 응시했다.

"필요하다면 보라드와 얘기해도 좋습니다."

"당신은 상인처럼 안 보이는데……."

다른 남자가 말했다. 하지만 우두머리인 듯한 남자는 결심을 굳힌 듯 손을 들어 그를 제지했다.

"좋소. 날 따라오시오."

경비병들이 그들을 길로 안내하는 동안, 사람들이 힐끔힐끔 쳐다보았다. 제이콥은 사람들이 뭔가에 잔뜩 겁먹고 있다고 느꼈다. 그것은 확실해보였다. 물론 그들 일행이 상인처럼 보이지 않는 건 사실이지만, 주민들에게서 받은 인상은 단순히 낯선 이들에게 갖는 의심 이상이었다.

두려움이었다.

이상하긴 했지만 제이콥은 이런 식으로 주의가 분산되는 게 내심 반가웠다. 죽은 송아지 여관에서 그렇게 행동한 뒤 느꼈던 당혹감은 마음 한구석에 묵직이 자리 잡고 있다가 아주 잠깐의 평화로운 순간에도 고개를 들이밀었다. 제이콥은 티리엘과 다른 사람들 앞에서, 그리고 샤나르 앞에서 술에 취해 눈물을 흘리는 바보짓을 했다. 임무를 받아들이라는 대천사의 요청을 옹졸하게 거부하고 자기 연민에 빠졌던 일도 그를 움츠러들게 만들었다. 지금까지 제이콥은 정의를 지키고 무고한 사람들을 보호하는 일에 늘 자부심을 느껴왔다. 그 일에 자신의 인생을 바쳤다. 이제는 그러한 역할에서 뒷걸음질 치지 않고 자신의 책무를 받아들일 때였다.

제이콥은 자신의 길에서 벗어나 대체 얼마나 헤맸던 것일까? 엘드루인의 상실은 자기 불신과 약점을 확인하는 결정적인 계기가 되었고, 그러한 불신은 그의 인생에서 샤나르가 사라지면서 더욱 깊어졌다. 하지만 이제 이유야 어쨌든 샤나르가 돌아왔으니 제이콥은 그녀에게, 그들 모두에게 자신이 믿을 만한 사람이라는 사실을 증명해야 했다. 너무 많은 게 달린 중요한 일이었다.

한 가지는 확실했다. 여관 밖에서 마주쳤던 생물은 정신이 번쩍 들 만큼 두려운 존재였고, 생물이 자신을 만지자 영혼이 송곳으로 찔린 듯한 느낌을 받았다. 지금 이 순간에도 가슴 깊숙한 곳에서 그것이 느껴졌다. 뭔가가 제이콥에게 살아있는 걸 행운으로 알라고, 다른 사람이었으면 죽음을 면치 못했을 거라고 속삭였다. 제이콥이 왜 무사한 지는 알 수 없었다. 하지만 그것은 한 가지를 알려주었고, 이유는 알 수 없지만 머릿속에서 그 말이 계속 맴돌았다. 그 말은 일종의 경고였다.

그들이 오기 전에 우리가 먼저 네 어머니와 아버지와 친척을 찾아갔던 것처럼, 너도 곧 찾아갈 것이다. 우리는 항상 그렇게 한다.

그들이 도시의 길들을 지나는 동안 따르는 사람들의 숫자는 점점 늘어났고, 그들 뒤로 사람들의 우울한 행렬이 길게 이어졌다. 경비병들은 그들을 성벽 근처에 위치해 계곡과 서부원정지 만을 내려다보는 소박한 집으로 데려갔다. 집 뒤로 그보다 두 배는 큰 건물이 있었는데, 주변에는 시든 풀들이 널렸고 이어지는 길은 닳아 없어졌다. 두 개의 굴뚝에서 시꺼먼 연기가 뿜어져 나왔고 안에서 *쉭쉭* 하는 풀무질 소리가 새어나왔다.

사람들은 경비병들이 칼자루에 손을 갖다 대며 뒤로 물러서라고 소리치자 그제야 흩어지기 시작했다. 우두머리 경비병이 문을 세게 두드리고는 기다렸다.

금속끼리 부딪치며 쨍그랑대는 소리가 잠시 멈췄다. 경비병이 문을 두 번 더 두드렸지만 망치질 소리는 다시 울려 퍼졌다. 그는 동료들을 흘끗 보더니 걸쇠를 풀고 안으로 들어갔다. 다른 사람들이 그 뒤를 따랐다.

안은 지독한 열기로 가득했다. 제이콥은 이마와 등허리에 땀이 송골송골 맺히고 열기에 폐가 타들어가는 것 같았다. 흔들리는 공기에 사방의 물체가 물결치고 변하는 것처럼 보였다. 쇠솔과 녹로, 홈을 내는 반원형 망치들이 탁자 위나 숫돌 옆 고리에 걸려 있었다. 방 한쪽 끝에 놓인 난로에서 불길이 맹렬히 타올랐고, 그 앞에 두꺼운 가죽 앞치마를 두른 거구의 남자가 땀에 젖어 번들거리는 몸을 한 채 모루 위에 하얗게 달구어진 쇳덩이를 올려놓고 망치질을 하고 있었다. 팔은 어깨까지 맨살이었다.

경비병들은 그가 작업을 마칠 때까지 기다렸다. 그는 놀라운 기술로 재빨리 작업해 쇠끝을 얇은 칼날로 벼린 다음 고개를 들었고, 마침내 그들이 온 것을 알아차렸다. 그는 칼날을 물 양동이에 담근 뒤 천으로 이마의 땀을 닦고, 우두

머리 경비원에게 다가왔다.

남자가 다가오는 사이 제이콥은 강령술사가 짧게 숨을 들이쉬는 소리를 들었다. 제이콥은 자일이 말하긴 어렵지만 그를 알아봤다고 생각했다.

짧은 설명이 이어지는데 거구의 남자가 손을 들어 경비병의 말을 중단시켰다.

"보라드 나르라고 하오."

남자는 티리엘의 손을 꼭 잡으며 말하더니 한동안 그의 눈을 들여다보았다. 나르는 티리엘의 눈에서 뭔가 만족스러운 것을 발견한 듯했다.

"당신들을 기다리고 있었소. 가란드, 경비병들을 데리고 산으로 돌아가 숲을 계속 지키게."

경비병은 잠깐 망설이더니 고개를 끄덕이고는 다시 방을 나가 문을 닫았다. 대장장이는 다시 한 번 이마를 훔친 다음 앞치마를 벗은 뒤, 고리에 걸기 전에 잠깐 멈춰 섰다. 그들에게 계속 등을 보인 채였다. 일행은 기다렸다.

"서부원정지에서 소식을 가져온 것이오?"

나르가 그들을 향해 반쯤 몸을 돌리며 기대감과 두려움이 뒤섞인 목소리로 물었다. 나르의 얼굴은 대부분 어둠에 가려져 있었다.

"우린 트리스트럼에서 왔습니다."

티리엘이 말했다.

"경비병들의 경계가 심하더군요. 이곳으로 오는 데 숲에서 그들 넷을 만났습니다. 그런데 당신은 그들을 돌려보내고 이렇듯 태연히 말하는군요. 뭔가 안 좋은 소식이라도 기다린 겁니까?"

"그들은 충성스럽지요. 하지만 아무리 조심해도 지나치지 않을 거요. 특히 오늘은."

마침내 그들을 향해 얼굴을 돌린 보라드의 눈이 불에 비쳐 반짝였다.

"이제 아들의 소식을 전해주시오, 빨리 듣고 싶소."

그의 아들이라고?

"당신은 대장장이가 아닙니다."

제이콥이 말했다. 거구의 남자는 눈을 가늘게 뜨고 제이콥을 위아래로 쳐다보더니 다른 사람들에게 시선을 돌렸다. 그리고 마지막으로 자일을 오랫동안 쳐다보았다. 나르가 본 무언가가 그를 안심시킨 듯 어깨의 긴장을 살짝 풀었다.

"내 아버지는 이 지역 최고의 대장장이였소. 아버지는 내가 왕에게 봉사하기 전까지 날 잘 가르치셨지. 당시 전투를 하려면 내 기술이 필요했소. 그건 지금도 마찬가진데, 아니 그 어느 때보다 그러하지요."

나르가 불과 의자를 가리키며 말했다.

"난 생각할 일이 있을 때면 일을 하오. 일을 하다보면 마음이 차분해지거든. 하지만 당신들이 대장간 일을 얘기하러 온 건 아닐 테니, 아무래도 당신들의 목적을 잘못 짚은 듯하오. 당신들을 이곳에 쉽게 들이는 게 아니었는지도 모르겠소."

"당신에게 해를 끼칠 생각이 없습니다. 잠깐만 시간을 내주면 이해할 수 있게 설명을……."

티리엘이 말했다.

"당신들이 암살자였다면 벌써 행동에 나섰겠지요."

나르가 손을 들며 말했다.

"당신들은 놀런과 같은 부류의 사람이 아니오. 그 점은 확실하지. 놀런은 절대 당신 같은 사람들을 좋아하지 않을 거요. 나머지 얘긴 당신들이 뭘 좀 먹은 다음에 하기로 합시다. 쥐를 잡아먹고 살아남은 자들 같아 보이니까."

그 말에 응답이라도 하듯 제이콥의 배에서 꼬르륵 소리가 났다. 티리엘은 일행을 둘러보았다. 지난 며칠 간 그들은 배낭에 든 말린 고기와 곰팡이 핀 빵 몇 조각 말고는 먹은 게 거의 없었다. 벌써 점심 무렵이었다. 훌륭한 식사보다 반가울 건 없었다.

티리엘은 감사를 표하며 고개를 끄덕였다.

"그럼 날 따라오시오."

나르가 말했다.

"따뜻한 걸 좀 먹읍시다."

나르는 그들을 소박한 집으로 데려갔다. 이곳 난로에도 불길이 일었는데, 불 위에 걸어둔 솥 안에서 스튜가 걸쭉하게 끓고 있었다. 맛있는 냄새가 풍겼다.

"보통은 시중드는 사람들과 식사를 하지만 오늘은 당신들과 함께 먹겠소. 사슴고기를 먹기엔 이른 시각이지만 당신들은 얼마든지 먹을 수 있을 것 같군."

나르는 조금 전까지 그들이 있던 건물이 내려다보이는 작은 방에서 나무 그릇에 스튜를 한 가득씩 담아 식탁에 내려놓았다. 그들이 음식에 달려들어 게걸스럽게 먹는 동안 나르는 창문 옆의 낡은 의자에 낮아 그 모습을 지켜보았다.

"당신들을 로라스의 소식을 가져온 사람들로 생각했소."

그릇들이 빠르게 비워지는 동안 나르가 입을 열었다. 그는 먼 곳을 응시하며 시가에 불을 붙인 뒤 연기를 내뿜었다.

"왜 여덟 명이나 되는 사람들이 왔을까 가슴이 철렁 내려앉았지. 혹시나……."

나르가 고개를 흔들더니 다시 그들에게 시선을 고정했다.

"하지만 당신들은 소식을 가져온 게 아니고, 칼데움이나 다른 도시에서 온 상인들도 아닌 게 확실하오."

일어서서 창문 쪽을 바라보는 그의 넓은 어깨가 굳어 있고, 시가의 부스러진 재가 낡고 널찍한 마루에 하릴없이 떨어졌다.

"오래전부터 당신들 가운데 한 명을 알아보았소. 그건, 그 꿈들은……."

나르가 어깨를 으쓱했다.

"당신들이 오는 걸 봤다고 말할 수도 있겠군."

"당신은 전직 서부원정지 기사단 사령관이죠."

자일이 말했다.

"난 당신을 기억해요. 내 기억이 맞다면 토리온 장군 휘하에 있었어요."

거구의 남자가 뒤를 돌아보았다.

"맞소. 나르 사령관이오. 수년 전 장군의 최측근 참모 중 하나였지. 브람웰 공작과 더불어 장군과는 지금도 여전히 긴밀한 관계를 유지하고 있소. 당신은 당시 이곳에서 악마 떼를 몰아내는 일을 도왔지."

나르가 고개를 끄덕였다.

"기사들은 당신 같은 부류의 사람들을 신뢰하지 않는 것을 원칙으로 하오. 하지만 살렌 아가씨는 차츰 당신을 좋아하는 것 같더군, 그렇지 않소? 살렌은 지금 어떻게 지내오? 네사르도 가문은 여전히 왕의 편이오?"

자일의 얼굴에 그림자가 스쳤다.

"살렌은 죽었습니다. 다른 영역에서 온 검은 날개를 가진 짐승들에게 공격당했죠. 살렌을 구하려고 했지만 이미 늦었더군요. 살렌의 영혼이 내게 브람웰에 있는 대장장이 보라드를 찾으라며, 당신이 세상을 구하는데 필요한 중요한 정보를 갖고 있다고 말했어요. 하지만 대장장이 보라드가 당신인지는 모르겠군요."

사령관이 축 늘어지더니 의자에 털썩 주저앉았다.

"상황이 점점 안 좋아지는군."

나르의 목소리는 거의 속삭임처럼 들렸다.

"브람웰에 악마가 활동하고 있소. 우린 그것들을 본 적 있지. 당신이 말한 검은 날개를 가진 악마들이오. 그들이 밤에 나타나 주민들을 잡아가고 있소. 공작은 일종의 역병에 걸렸는데 어떤 치유자도 소용이 없소. 상황이 이런데 놀런은 이 상황을 이용해 이득을 취하려 하고……. 믿을 수 없는 일이오."

나르는 시가가 다 타들어갔다는 사실을 깨닫고 비벼 끈 뒤 티리엘을 바라보았다.

"원하는 걸 말해보시오. 어쩌면 우리가 서로 도울 수 있을 거요."

14장

나르 사령관

티리엘은 드높은 천상과 영혼석에 관한 이야기를 제외하고 최대한 자세히 설명했다. 그들은 강령술사가 언급했던 검은 날개를 가진 생물들을 성역에서 제거하고, 지상에 다시 한 번 평화를 가져오기 위해 결성된 마법사와 전사들의 집단으로, 위대한 힘을 가진 장소의 위치를 찾는 중이었다. 그리고 그곳에 브람웰 주민들을 괴롭히는 악마들을 저지하는 데 중요한 열쇠가 있었다.

설명은 진실을 교묘히 피하고 있었지만, 나르는 마법이나 악마에 관한 이야기에 의심을 품기보다는 그런 생물을 목격한 일에 관해 더 많은 얘기를 들려주었다. 생물들은 은밀해서 어둠 속의 환영처럼 순간적으로 보였다 사라지곤 했다. 나르는 사람들이 공포에 질렸다고 말했다. 그것들은 항상 꿈으로 찾아왔다. 꿈속에서 절망을 느끼고 끔찍한 죽음과 파괴의 영상을 보고난 뒤에는 사랑하는 사람들이 사라져 다시는 돌아오지 않았다. 도시 성벽들과 도시로 들어오고 나가는 길들에 대한 순찰을 강화했지만, 심지어 경비병 몇 명이 흔적도 없이 사라지기까지 했다.

"브람웰에서 산 지 5년도 더 되었지만 사람들이 이처럼 두려워하는 모습은 본 적이 없소. 당시 난 토리온 장군의 명령에 따라 도시를 보호해 기사들의 요새로 삼는다는 특별한 임무를 수행하러 이곳에 왔소. 서부원정지가 혼란에 빠져 있는 동안 브람웰이 유스티니안 왕을 지원할 수 있게 하기 위해서였지. 장군은 당시에도 서부원정지에 무엇이 오고 있는지를 알았고……. 내가 두려워하는 그것이 지금 우리 곁에 와 있소."

"지금의 브람웰처럼 그 도시에도 악마들이 출몰했습니까?"

티리엘이 물었다.

"어쩌면. 하지만 토리온 장군은 기사단을 더 걱정했는데, 거기에는 그럴 만한 이유가 있었소."

나르가 대답했다.

"기사단이라고요?"

"그렇소. 기사단은 비밀 조직이오. 아직 많은 사람들이 잘 모르지만 곧 알게 될 거요. 그들의 기원은 자카룸 교단과 기사들 자체의 확장에서 시작되었소. 하지만 기사단은 자기들만의 관습을 따르면서 악랄한 수단을 이용해 군인들을 개종시켰소. 내가 들은 바로 개종자들은 전직 흉악범, 강도, 살인자들로, 이들의 정신은 고문과 굶주림을 통해 깨끗이 청소되었다고 하오."

"내가 기사단에 관해 아는 게 좀 있습니다."

쿨렌이 말했다.

"그들에게는 선한 가치가 별로 없어요. 지금의 기사단은 성역에서 악마를 제거한다는 소명을 내걸고 폭력과 피를 환영하고 있습니다. 과거에는 더 명예로웠을지 모르지만, 내가 알기로 오늘날 기사단은 자신들이 쫓아내는 것보다 훨씬 더 많은 악을 끌어들이고 있어요."

"주요 기사단의 지도자는 그들이 기사단장이라고 부르는 자요. 그가 어디에 사는지는 모르오. 하지만 서부원정지에서 잡초처럼 성장한 기사단은 다른 종파들보다 훨씬 더 극단적이지. 놀런이라는 자가 이끌고 있는데, 그는 목적을 이루기 위해서라면 자기 어머니도 죽일 수 있는 뱀 같은 사람이오. 기사단은 조용히 서부원정지 대성당을 장악한 뒤 그곳을 작전기지 삼아 악행을 저지르기 시작했소. 토리온 장군은 기사단이 기사들을 공격할 준비를 하고 있으며 궁전을 장악하려 한다고 믿고 있소. 내 아들 로라스는 그곳에서 토리온 장군의 경비병으로 복무 중이오. 지금 말하지만 로라스는 마법사의 재능을 타고 났소."

나르가 망설였다.

"최근에 기사단 입회자들의 출신에 관해 우려할 만한 소문이 나돌았소. 거지나 도둑들과는 거리가 먼 훌륭한 사람 몇 명이 신입회원으로 선발되었다는 소문이오. 내가 가장 끔찍이 생각하는 건 그 일이 강압이나 고문에 의해 이뤄졌다는 점이오. 매일 로라스가 기사단의 손아귀에 떨어졌다는 소식이 오지나 않을지 안절부절못하고 있소."

"서부원정지로 가던 여행자 몇 명이 흔적도 없이 사라졌다는 얘길 들은 적이 있어요."

쿨렌이 말했다.

"기사단은 평범한 시민들과 군인들을 몰래 잡아가 강제로 자신들에게 봉사하게 만든다고 하오. 토리온 장군은 기사단이 이곳 사람들의 실종에도 책임이 있다고 믿고 있소. 난 확실히 모르겠소. 하지만 사람들은 잠을 못 이루고, 공작은 더 이상 경비병을 지휘할 수 없게 되었소. 나는 서부원정지에서 소식이올 것에 대비해 따로 병사들을 모집해두고 있소. 우리는 그들을 도와 기사단과 싸울 거요. 이렇게 기다리는 동안 우리 군의 절반을 잃게 되지 않기를 바랄 뿐이오."

티리엘은 비로소 지금까지 목격한 일들이 어떻게 연결되는지 알 것 같았다. 기사단원들이 강압에 의해 모집되는 게 사실이라면, 검은 날개를 지닌 짐승들은 그들의 위험한 전령일 수 있었다.

기사단에게 그런 생물들을 불러내고 조종할 만한 힘이 있을까? 아닐 가능성이 높았다. 그보다 더 걱정스러운 다른 생각이 떠올랐다. 티리엘은 혹시 임페리우스가 이미 성역을 공포로 지배하기 시작한 건 아닐까 생각했다. 앞으로 닥칠 훨씬 더 폭력적인 공격의 첫 번째 파문으로 드높은 천상에서 보낸 세력일까?

천상에 있을 때 의회가 티리엘을 서서히 고립시키기는 했지만, 확실히 그런 존재에 관해 이야기를 들은 적이 있었다. 그리고 이들 존재는 루미나레이나 그 밖에 어떤 천상의 수호자들과도 비슷하지 않은 것 같았다.

아니, 그들은 완전히 다른 존재들이었다. 티리엘은 자신이 본 천사의 탄생을 떠올렸다. 회색 덩굴손이 천사의 빛나는 구체를 뱀처럼 휘감으며 그녀의 정수에 흡수되고 있었다. 그 일과 이 일이 어떻게든 연관이 있는 듯했다. 티리엘은 오싹한 한기를 느꼈다. 시간이 부족한 게 아닐까 두려웠다.

"나 역시 꿈을 꾸었소."

나르가 멍한 눈빛을 하며 말했다.

"그들이 거의 매일 밤 나를 찾아오고 있소. 구타를 당해 피투성이가 된 로라스가 기사단원 갑옷을 입은 채 내게 칼을 빼드는데, 그에게서 공허함 말고는 어떤 것도 느껴지지 않았소. 자기 아버지조차 못 알아보는 거요. 시민들의 모습도 보였는데, 마을 전체가 죽음에 뒤덮여 있었지. 그리고 최근에는 당신들에 관한 꿈도 꾸었소."

나르는 자기 앞에 모여든 사람들을 둘러보았다.

"어둠에 휩싸인 누군가가 당신들의 얼굴을 보여주며 도와야 한다고 말했소. 그게 뭘 의미하는지 정확히 모르지만, 난 사람 보는 눈이 정확한 편이고 당신들이 내게 한 얘기를 믿소. 어쩌면 로라스는 마법사의 재능을 내게서 물려받은 건지도 모르겠소. 이제 내가 뭘 할 수 있는지 자세히 말해보시오."

"자카룸 저장고가 이곳 근처 어딘가에 있다고 들었습니다. 그 안에 우리가 찾는 것에 대한 실마리가 들어 있을지 몰라요."

티리엘은 나르가 혼란스러워 하거나 심지어 의심스러운 표정을 지을 거라고 예상했다. 하지만 거구의 남자는 묵묵히 고개를 끄덕였다.

"수 년간 이곳의 산 어딘가에 그런 장소가 감춰져 있다는 소문이 돌았소. 아카라트의 친필 두루마리 원본이 있을 수 있다고 여기 자카룸 교단과 기사들이 주변을 샅샅이 뒤졌지만 결국 그곳을 찾는데 실패했소. 두루마리는 아카라트 예언서 초판본의 분실된 부분으로, 자카룸 교단을 창설하는 계기가 된 계시를 그가 적어놓은 것이라고 하오."

나르가 벌떡 일어나 방을 나가더니, 잠시 후 부스러지기 시작한 서책을 양손에 조심스럽게 받쳐 들고 돌아왔다.

"작년에 내 병사들이 저주 받은 곳으로 소문이 자자한 폐허에서 숨겨진 방을 발견했소. 그곳에 자카룸의 서책들이 많이 있었는데 그중 몇 권을 가져온 거요. 사람들 말로는 수년 전 사예스가 사용했던 것들이라고 하오."

"꿈의 길."

쿨렌이 말했다.

"사예스의 본명은 부야드 촐리크에요. 사예스는 지옥의 손아귀에 떨어진 자카룸의 사제로, 영생을 준다고 알려진 카브락시스를 숭배하는 새로운 종교를 창시했죠. 그는 나중에 굉장한 힘을 얻게 되는데, 일설에 의하면 불멸의 존재가 되었다고 하더군요. 사예스는 폭풍의 분노라는 성검을 휘두르는 랑에 의해 살해당했어요."

"맞는 것 같소."

나르가 대꾸했다.

"당시 난 이곳에 없었지만, 사람들은 여전히 사예스와 그의 교단을 기억하고 있소. 어떤 사람들은 사예스를 치유자라고 하고, 다른 사람들은 악마의 화신이라고도 하지. 그가 세운 교단은 몇 년 전에 불타 없어졌지만 사예스, 당신 말대로 촐리크가 살았다고 추정되는 별채는 아직 남아 있소."

쿨렌이 서책으로 손을 뻗으며 말했다.

"제가 좀 봐도 될까요?"

나르가 서책을 건네자 쿨렌은 두 손으로 부드럽게, 거의 떠받들 듯 조심해서

받았다.

"이것은 라키스 가문의 역사에 관한 서책입니다. 그들과 자카룸 교단과의 관계에 대해서도 쓰여 있고요. 그들은 그들대로 선지자의 역할을 하며 자카룸의 교리를 서부에 전파했어요."

쿨렌이 고개를 들며 물었다.

"이런 서책이 더 있다고 했습니까?"

"내가 몇 권 가지고 있소."

나르가 대답했다.

"학자는 아니지만 몇 권 읽어봤소. 그리고 중요해 보이는 몇 권을 보관해놨소. 다른 책들은 아마 저주 받은 폐허 속에서 계속 썩어가고 있을 거요."

"날 그곳에 데려가 주십시오."

쿨렌이 어둠 속에 환히 빛나는 호롱불처럼 두 눈을 반짝이며 말했다.

"부탁드립니다."

15장

촐리크의 은신처

"맘에 안 들어."

샤나르는 가인버와 함께 길목에 서 있었다. 가인버의 넓은 어깨와 풍만한 가슴, 맨살을 거의 드러낸 몸은 정말로 이곳에 어울리지 않았다. 마법사가 낮게 투덜대는 사이, 제이콥은 주위를 살폈다. 그는 고개를 숙이고 시선을 땅에 고정한 채 종종걸음을 치는 브람웰의 주민들을 유심히 지켜봤는데, 그들은 겁에 질린 듯 얼굴이 핼쑥하고 창백했으며 옷은 허옇게 색이 바랜 듯했다.

그러나 그들은 어떻게든 보고 있었다.

거리 저편의 유리창에 사람의 움직임이 비쳤다. 그들을 보고 있던 뚱뚱한 남자는 시선이 마주치자 재빨리 고개를 돌리더니 허겁지겁 모퉁이를 돌아 사라졌다. 비쩍 마르고 온몸이 종기로 뒤덮인 어린 소녀는 골목의 그늘에 숨어 둥글고 커다란 눈만 내놓은 채 그들을 지켜보았다.

일행 중 일부는 물품을 구하러 도시의 남동쪽 끝으로 가고 나머지는 촐리크가 살던 폐허로 향한 터였다. 제이콥은 주민들과 직접 나눈 이야기를 통해 그들이 본 것과 나르가 얘기한 꿈들에 관해 더 많은 사실을 알 수 있기를 바랐다. 그는 이곳 사람들과 이상한 유대감을 느꼈는데, 며칠 전부터 아버지에 관한 꿈을 꾸기 시작했기 때문이다. 제이콥은 꿈에서 핏빛 룬문자가 온몸에 새겨진 아버지와 분노의 역병이 그를 폭력적인 괴물로 만드는 모습, 검고 발톱 달린 날개를 가진 얼굴 없는 흐릿한 생물들이 다가와서 그를 어둠 속으로 끌고 가는 모습을 보았다.

하지만 사람들은 제이콥 일행이 거리에 발을 들여놓자마자 피했다. 그들이 푸줏간으로 다가가자 누군가 차양을 내리더니 문을 걸어 잠갔다. 술집은 덧문이 내려진 채 컴컴했고, 딱 한 대 있는 빈 수레는 가죽만 남은 늙은 노새에 매어 있었다. 노새는 찬 공기 속에 고개를 숙인 채 졸고 있고, 주인의 모습은 어디에도 보이지 않았다. 이곳은 상품의 이동이 활발한 도시였고, 그들은 상인들이 자주 드나드는 지역에 와 있었다. 그러나 이 순간만큼은 어떤 물건도 팔리지 않았고 어떤 거래도 일어나지 않았다. 공기 중에 연기와 진흙 냄새, 밖에 너무 오래 두어 부패한 것들의 냄새가 뒤섞여 감돌았다.

브람웰은 죽어 있다.

"움직여야 해."

제이콥은 등이 근질거렸다. 그들은 여기에 쉬운 먹잇감처럼 노출돼 있었다. 마을 사람들이 그들을 공격할 것 같진 않았지만 자신의 예상이 옳다는 걸 증명하려고 그들의 목숨을 위태롭게 할 생각은 없었다.

제이콥의 말에 응답이라도 하듯 건물들 사이에서 식인 거인의 외침 같은 소리가 들려왔다. 잠시 후 모퉁이에서 잿빛 머리카락이 얼굴을 뒤덮은 여자가 미친 사람처럼 거친 맨발을 끌며 비틀비틀 걸어왔다. 노파는 움푹 들어간 입을 끊임없이 놀리며 주절대다가 울부짖기를 반복했는데 피부를 통해 푸른 정맥들이 훤히 보였다. 노파는 손에 닿을 정도로 벽이나 건물을 가까이 두고 걸어오며 뭔가를 움켜쥐려는 듯 필사적으로 손을 뻗고 있었다.

"어둠이…… 다가…… 오고…… 있다…… 거기에는…… 어떤…… 위안도…… 평화도…… 없을…… 것이다."

노파는 희부연 눈을 굴리면서 중얼거렸다. 그녀의 목소리는 점점 커졌고, 마지막 말은 비통한 절규와 흐느낌이 되었다.

"그들은 내가 본 것을, 내가 아는 것을 알아야 해!"

노파는 샤나르와 가인버, 제이콥의 코앞에서 문득 걸음을 멈추더니 개처럼 고개를 위로 젖힌 채 킁킁거리며 냄새를 맡았다. 그리고 그들이 있는 방향으로 고개를 흔들면서 앞이 보이지 않는 눈으로 열심히 뭔가를 찾았다.

"당신은……"

노파가 길고 앙상한 손가락으로 제이콥을 가리켰다.

"당신에게 줄 메시지가 있어요. 당신은 어둠과 꿈들을, 피와 비명을 불러와 요. 당신은 우리의 어깨 위에 앉아 우리의 눈알을 파내는 검은 새들을 불러와 요. 아이들을 낚아채 썩은 통나무처럼 자유의 문 앞에 쌓아놓는 환영들을 불러 와요! 당신은…… 그를 불러와요."

샤나르가 제이콥을 흘끗 보았다.

"당신을 별로 안 좋아하는 것 같은데?"

노파는 고개를 뒤로 젖히고 끽끽대며 길게 웃었다. 그러다 허겁지겁 모퉁이 를 돌아 나온 한 여자가 자신을 발견하고 급히 다가오자 웃음을 뚝 그쳤다.

"몰리."

여자가 제이콥을 흘끗 보고는 노파의 팔을 잡으며 말했다.

"여기 있으면 안 돼요. 저들로부터 떨어져요. 이리로……."

노파는 고개를 저으며 나직이 말했다.

"저들은 알아야 해. 저들은 검은 짐승들을 보았고 그들의 손길을 느꼈어."

노파가 다시 작은 소리로 중얼거리기 시작했다.

"낯선 사람들이 있어서 놀란 거예요."

젊은 여자가 쇠약한 노파의 몸을 토닥이며 그들에게 설명했다. 옷차림은 말 끔했지만 눈가에는 짙은 그늘이 드리워 있었다.

"몰리는 빛의 예언자를 신봉해 깊이 빠져들었죠. 그가 살해당하자 그녀도 달라졌어요. 낮에 내가 가게에서 일하고 있을 때 가끔 밖으로 나가곤 해요. 더 이상 믿는 사람들이 많지 않은데도 그래요."

"우린 물건을 구하러 왔어요. 사람들에게 불편을 끼치려고 온 게 아닙니다."

제이콥이 말했다.

그녀는 제이콥과 눈길을 마주치려고 하지 않았다. 대신 몰리의 팔을 잡아끌었는데 노파는 움직이려고 하지 않았다.

"이곳에 오지 말았어야 해요."

젊은 여자가 말했다.

"당신들이 누구인지 모르지만 여긴 안전하지 않아요. 저주 받을 교단이 세를 장악하고 어둠의 통치를 시작한 이후로 사람들은 절대 마주치고 싶지 않은 것들의 목표물이 되었어요."

"사람들이 사라지고 있죠. 당신도 누군가를 잃었군요."

샤나르가 말했다. 그러자 여자는 고개를 끄덕였다.

"엘리의 아내. 순찰 중이던 경비병 셋. 우리…… 아버지. 형제. 그밖에 많은 사람이 밤이나 홀로 있을 때 사라졌어요. 그냥…… 없어졌어요. 가끔 사람들은 뭔가를 흘긋 본 것 같다고, 빛보다 빠른 어떤 형체가 속삭이듯 움직인 것 같다고도 하는데, 막상 보면 아무것도 없는 거예요. 정체를 알 수가 없어요."

여자가 고개를 저었다.

"그만 말하는 게 좋겠어요. 가요, 몰리."

하지만 노파는 이번에도 여자의 손을 뿌리쳤다.

"그들이…… 우리를 쫓아와."

노파가 쉬익 하는 소리를 냈다. 하얀 막으로 뒤덮인 눈동자가 주름진 눈구멍 안에 두 개의 작은 달처럼 들어앉아 있었다.

"난 그들을 보았지."

노파가 자신의 두 눈을 가리키며 말했다.

"장님인 건 전혀 문제가 아니야. 난 눈으로 보지 않고도 더 잘 보니까. 환영들을! 사람들은 그들과 눈이 마주치면 사지가 마비되고 그들의 몸에 닿으면 죽게 돼. 그들은 새처럼 날고 거미의 다리처럼 날개를 이용해 걷지. 그들이 사람들의 영혼을 훔쳐 가."

제이콥은 죽은 송아지 여관에서 보냈던 밤을 떠올렸다. 제이콥에게 몸을 구부렸던 생물의 모습은 자신이 마신 술 때문에 뿌옇게 가려진 채 희미한 형체로만 기억에 남았다. 하지만 생물들이 얼음 위를 재빨리 지나는 곤충처럼 움직이며 눈에 띄지 않는 곳에서 기이하게 퍼덕이던 모습을 뚜렷이 기억했다. 그리고 어떻게 검은 덩굴손 같은 걸 뻗어 자신의 살을 만졌는지도 생생히 기억하고 있었다.

노파가 발을 질질 끌며 가깝게 다가오더니 제이콥의 얼굴을 무작정 올려다보았다.

"그들은 당신을 원해. 당신이 그들을 우리에게 데려온 거야."

노파는 갑자기 제이콥의 장포를 획 끌어내려 어깨에 난 주름진 상처를 드러냈다. 쭈글쭈글한 손가락 하나가 그의 살을 어루만지고는 물러났다.

"당신에게는 표식이 찍혔어."

노파가 말했다. 그러고는 몸을 돌려 텅 빈 거리에 대고 미친 듯 소리쳤다.

"이 사람에게 표식이 찍혀 있다, 이제 그가 올 것이다! 세계의 파괴자!"

"그런 말을 하면 안 돼요!"

젊은 여자가 노파를 진정시키려고 애쓰며 말했다.

"그들은 누구도 해치지 않을……."

"왜 안 되지?"

노파가 큰소리로 물었다.

"여기 있는 사람들은 죽음이 자신들을 향해 오고 있다는 사실을 알아야 해! 죽음이 하늘로부터, 우리에게 몰려드는 환영들로부터, 파괴자로부터 다가오고 있다고! 죽음은 어디에나 있어! 난 그들을 보았어, 바로 여기서.”

노파가 자신의 머리를 가리켰다.

“그들은 자신들에게 이정표가 되어줄 사람들에게, 영혼을 훔치는 동료들과 그 뒤에 올 자에게 횃불이 되어줄 사람들에게 표식을 심어놓지! 우린 모두 저주받았어!”

목에 힘줄을 세우던 노파는 다 해진 옷을 머리 위로 벗어 주름지고 처진 몸과 심장 바로 위 가슴에 난 초승달 모양의 기이한 상처를 드러냈다.

쿨렌은 흥분으로 몸을 떨었다. 그는 마을 외곽에서 위쪽으로 한참 떨어진 곳에, 스위트워터 강을 따라 고대의 요새처럼 지은 다 허물어진 석조 건물 바깥에 서 있었다. 사방에 꿈의 길 교단의 잔해가 널려 있었다. 대부분 불에 타고 땅에 처박힌 모습이지만, 햇빛을 받아 하얗게 빛나는 거대한 석회석 건물들은 그대로 있었다. 기이한 각도로 기운 커다란 뱀 머리 조각이 구슬 같은 눈으로 허공을 물끄러미 바라보고 있었다. 몇 미터 앞에 조각상 하나가 서 있었다. 선지자의 두 팔은 어깨에서 잘렸고 얼굴은 새의 배설물로 뒤덮인 채 소금기 있는 공기에 허옇게 부식되었다.

촐리크의 사악한 지배가 있고 나서 그리 오랜 세월이 흐르지 않았는데도 잔해들은 이곳에 100년은 더 있었던 것처럼 보였다. 촐리크를 미치게 만들어 결국 파멸시킨 것은 흑마술이었을 테고, 카브락시스의 주문은 돌들과 함께 무너져 내렸을 것이다. 다른 건물들과 떨어진 곳에 외형이 고스란히 보존된 더 작은 건물이 있었는데, 길쭉하고 푹 꺼진 창문들은 색이 칠흑처럼 어두웠고 근처에 뿌리내린 검은딸기나무가 건물의 주춧돌을 뒤덮고 있었다.

촐리크가 살던 곳이었다. 쿨렌은 서부원정지에서 왕의 일가를 연구한 학자가 쓴 서부왕국의 역사서에서 그에 관한 기록을 읽은 적 있었다. 촐리크는 처음에는 자카룸의 신앙에 빠져들었다가 그 다음 오컬트에 사로잡혀 조금씩 타락의 어두운 길에 들어선 인물로, 대부분 악마의 속성을 띤 방대한 양의 서책 희귀본을 수집해놓았을 게 틀림없었다.

촐리크 같은 사람이라면 거의 광적인 수준으로 비밀을 유지했을 것이다. 자신의 가장 위대한 보물들을 철저히 보호했을 것이다. 쿨렌은 몸을 떨었다. 나르가 발견한 책들은 이 벽들 뒤에 숨겨진 것에 비하면 극히 일부이고, 남은 것은 몹시 위험한 것들일 가능성이 높았다.

"마을 사람들은 이곳을 저주 받은 장소로 여기오. 그래서 문턱을 넘지 않으려고 하지. 내 병사들조차 전염병이 옮기라도 하듯 이곳을 피하지."

나르가 건물로 걸어가 입구를 막은 묵직한 나무판자를 힘껏 잡아당기자 판자가 퍽 소리를 내며 땅에 떨어졌다. 그가 문을 활짝 열었다. 안은 어두컴컴했다.

"1층에 서재가 있소. 서책들이 발견된 곳인데 지금은 대부분 치워졌소."

"안 들어가는 겁니까?"

토마스가 물었다.

"밖에서 기다리겠소. 그 음산한 분위기가 싫소. 나라면 악마가 뼛속까지 스민 이런 장소에 오래 머물지 않을 거요. 악마가 당신들에게 달라붙을 것이오."

나르가 말했다.

"옳은 경고에요."

강령술사의 주머니에서 해골이 말했다.

"맞는 말이지만 여러분이 들을 것 같진 않군요. 이곳에 마법이 걸려 있는데 별로 호의적인 것 같지 않아요."

다른 이들이 서로를 바라보는데 티리엘이 주저 없이 성큼성큼 어둠 속으로 사라졌다. 미쿨로프가 그 뒤를 바짝 따랐다.

"괜찮다면 내 눈이 되어줘, 험바트."

자일이 주머니에서 해골을 꺼냈다. 티리엘을 뒤쫓아 어둠 속으로 향하는 그의 손 위에서 하얀 해골이 희미하게 빛났다. 쿨렌의 귀에 험바트가 투덜대는 소리가 들렸다.

"어서 갑시다."

쿨렌이 별로 내키지 않는 듯한 토마스를 재촉했다. 쿨렌이 앞장을 선 채 두 사람은 문턱을 넘었다. 심장이 두근대기 시작했다. 그 무엇도 이 일을 그만두게 할 수는 없을 터였다.

복도의 벽들은 금방이라도 바스러질 듯했고 곰팡내와 썩은 내가 코를 자극했다. 쿨렌은 어둠에 익숙해지려고 눈을 깜박거렸다. 복도 양측으로 방들이 이어졌고, 어디에도 티리엘과 미쿨로프와 강령술사의 흔적이 보이지 않았다.

갑자기 누군가 지켜보는 것 같은 기이한 느낌이 확 들었다. 몇 발자국을 더 걷는데 뒷목이 따끔하고 팔의 털이 곤두섰다. *이곳에서 뭔가 대단히 나쁜 일이 일어났던 게 분명했다.* 또 한 걸음을 옮기는데 왼쪽 방에서 작은 개만 한 쥐가 튀어나오더니 발에 채일 듯 바로 옆을 쪼르륵 지나갔다. 토마스가 혐오감에 비명을 지르며 발로 차자 쥐는 끽끽 소리를 내며 벽 안의 구멍으로 사라졌다.

"역겨워."

토마스가 툴툴대는데 앞쪽에 불빛이 비치더니 안쪽 끝에 있는 방에서 미쿨로프가 복도로 나왔다.

"서재가 텅 비었어요."

쿨렌은 안쪽으로 허겁지겁 달려가 방 안을 들여다보았다. 먼지가 가득한 방에 티리엘과 자일이 서 있고, 강령술사가 들고 있는 작은 횃불이 사방 벽에 일렁이는 그림자를 드리웠다. 벽에 놓인 선반에는 찢어진 양피지 조각 몇 개만 보일 뿐 아무것도 없었다.

쿨렌은 가슴이 철렁 내려앉았다. 그들은 뭔가에 가까이 다가가고 있었고, 쿨렌은 그것을 느낄 수 있었다. 그들은 부서질 듯한 계단을 올라 2층으로 갔다. 실내는 어두웠으며 작은 창들이 나무판자로 가려져 있었다. 먼지가 피어올라 숨쉬기가 힘들었고, 마룻널의 삐걱대는 소리에 쿨렌은 하마터면 뒤돌아 나올 뻔했다. 이곳에 유령이 산다는 말은 사실이었다. 그들은 구석이나 문 뒤에 숨어 희생자를 노리고 있는 게 분명했다. 방은 촐리크의 침실인 듯했는데, 벽에 그려진 악마의 속성을 보이는 표식들이 눈에 띄었다. 하지만 방은 썩어가는 침대와 탁자를 제외하고 텅 비어 있었다.

그들은 다시 계단을 내려가 집의 나머지 부분을 살핀 뒤, 마침내 지하 저장실 앞에 섰다.

"먼저 들어가요."

토마스의 말에 쿨렌이 고개를 저었다. 자일이 횃불을 높이 든 채 앞장서서 두꺼운 거미줄과 쥐똥들을 피해가며 어둠 속으로 내려갔다. 그들이 걸음을 뗄 때마다 낡고 썩은 널빤지들이 신음하며 삐걱댔지만 무너지진 않았다.

지하 저장실의 칠흑 같은 어둠이 불빛을 삼켰다. 그들은 거기에 숨어 있는 뭔가를 쫓기라도 하듯 손을 이리저리 휘두르며 천천히 걸음을 옮겼다. 바닥은 딱딱한 흙으로 뒤덮였고 오래된 돌벽은 습기를 머금고 있었다. 쿨렌은 금방이라도 뭔가가 뛰쳐나와 그들을 공격할 거라고 생각했다. 뭔가 끔찍하고 사악한 것이 나타나 그들을 살려 보내지 않을 수도 있었다. 심장이 쿵쾅거리다 못해 가슴을 뚫고 튀어나올 것만 같았다.

하지만 지하 저장실은 비밀을 드러내지 않았다. 이곳에도 귀한 것은 하나도 없었다. 더불어 쿨렌의 희망도 꺼졌다.

결국 그들은 다시 계단을 올라와 1층 복도로 나왔다. 모두가 한자리에 모이자 토마스가 쿨렌의 실망을 감지한 듯 그의 어깨를 토닥였다.

"애초에 여기서 해답을 찾을 가능성은 낮았어요. 가서 나르가 가진 책들을 계속 살펴봅시다. 우리가 놓친 뭔가가 있을 수도 있어요."

토마스가 말했다.

쿨렌은 고개를 끄덕이며 목소리에 실망감을 내비치지 않으려고 자제하면서 말했다.

"뭔가를 느꼈어요. 어떤…… 에너지 같은 걸. 여기에 뭔가가 있어요. 아니면 그것의 잔영이라도."

"지당한 말씀."

여전히 자일의 장갑 낀 손 위에 놓여 있는 해골이 말했다.

"촐리크가 불러낸 것과 똑같은 악마가 고약한 냄새처럼 흔적을 남겼어요. 그것이 당신들의 머리를 파고들면, 조만간 당신들도 나처럼 되고 말 거라고요."

그들은 줄줄이 밖으로 향했다. 가장 늦게 문으로 향하던 쿨렌의 뇌리에 문득 어떤 생각이 떠올랐다.

쥐. 쥐가 어디로 사라졌지?

쿨렌은 벽의 구멍으로 되돌아가서 구멍의 가장자리를 만져보고 가볍게 두들겼다. 속이 비어 있는 소리가 났다. 쿨렌은 흥분하며 무릎을 꿇고 쥐구멍을 자세히 살폈다. 인위적인 구멍 같았다. 쥐의 날카로운 이빨이 살을 물어뜯을 거라고 생각하며 구멍 안으로 손을 집어넣고 더듬거렸다.

손이 간신히 닿는 높이에 빗장이 튀어나와 있었다. 빗장을 힘껏 잡아당기자 벽이 움직이며 문의 형상이 나타났다.

쿨렌이 숨겨진 문을 밀자 검은 구멍이 나왔다. 그가 소리쳤다.

"빨리 이리 와요! 여기에 뭔가가 있어요!"

티리엘이 즉시 옆으로 돌아왔고 다른 사람들도 곧 뒤따라왔다.

"불빛을 비춰요."

대천사의 말에 강령술사가 횃불을 들고 앞으로 나왔다. 흔들리는 불빛이 돌덩이를 쌓아 만든 창문 없는 작은 방을 비추었다. 바닥에는 오래된 얼룩이 가득했고 벽에도 여기저기 흩뿌려져 있었다. *피다.* 쿨렌은 속으로 생각했다. 하지만 그 생각은 나무 책상 뒤 벽을 가득채운 서책들을 본 순간 사라졌다.

쿨렌이 앞으로 나서려는데 미쿨로프가 팔을 붙잡았다.

"여긴 미친 자의 은신처예요. 보호의 주문이 걸려 있을지 모릅니다."

미쿨로프는 문 앞에서 몸을 웅크리고 바닥을 조사하기 시작했다. 한동안 돌바닥을 만지작대더니 한 곳을 꾹 눌렀다. 바닥의 네모난 면이 살짝 꺼지더니, 쇠막대에 달린 낫 모양의 칼날이 쿨렌의 바로 앞 어깨높이에서 원을 그리며 입구를 홱 가른 뒤 나무틀 안으로 사라졌다.

쿨렌은 침을 꿀꺽 삼킨 뒤, 다시 일어선 수도사를 향해 고개를 끄덕였다. 미쿨로프가 가벼우면서도 신중한 발걸음으로 여전히 진동하고 있는 칼날 아래로 미끄러져 들어갔지만, 다른 함정은 나타나지 않았다. 수도사는 한동안 방의 표면을 꼼꼼히 살피더니 안전하다고 선언했다.

마침내 쿨렌은 흥분으로 손을 바르르 떨면서 자신이 발견한 고대의 서책과 두루마리 앞으로 다가갔고, 그것들을 살펴보았다.

16장

뼈 악마

티리엘이 손을 들어 일행에게 잠깐 멈추라는 신호를 보냈다. 그곳은 지대가 가파르고 산림이 울창해 지나가기가 특히 힘들었다. 그들은 브람웰의 북동쪽, 길에서 멀리 떨어진 깊은 산속 어딘가에 있었다.

전날 저녁에 그들, 호라드림은 나르의 집에서 다시 모였다. 제이콥과 샤나르, 가인버는 우울한 기분으로 돌아와 미친 노파가 제이콥의 주름진 상처를 알아보더니 자신의 상처를 보여줬다는 얘기를 전했다. *세계의 파괴자!* 노파는 날카로운 소리로 그렇게 외쳤다고 했다. 티리엘은 그런 이름으로 불리는 유일한 존재를 알고 있었다. 시카라이였다. 지금 그들을 뒤쫓는 게 시카라이라면, 그들은 굉장한 곤경에 빠졌고 시간은 더 부족할 터였다.

그렇다면 제이콥의 어깨에 표식을 남겼던 검은 날개를 가진 생물은 뭐란 말인가? 그것이 천상과는 어떻게 연결되며 브람웰 주민들의 실종과는 무슨 관련이 있는 것일까?

파괴자와 환영들에 대한 걱정에도 불구하고, 티리엘은 주위의 거친 지형들을 살피고 나서 그들이 목표한 지점에 가까이 왔다고 판단했다. 전날 촐리크의 숨겨진 방은 하나씩 차례로 비밀을 드러냈다. 그들은 메모가 가득 적힌 오래된 서책과 양피지들을 가지고 나르의 집으로 돌아왔고, 쿨렌은 그것들을 자세히 조사했다. 상당수가 악마의 속성을 띠고 있었는데, 특히 어떤 서책에는 건드리면 뱀처럼 꿈틀대는 표식이 있었다. 표식은 가죽으로 만들어진 듯 보였지만, 쿨렌은 인간의 혀로 짜인 거라고 최종적으로 확인했다. 강령술사는 나르의 집 바깥의 흙 속에 표식을 넣고 파괴했다.

그러나 촐리크의 메모는 대단히 귀한 정보를 담고 있었다. 쿨렌은 그 정보들을 종합해 브람웰에서 한참 떨어진 곳에 있는 버려진 해운 도시 타우룩 항구의 위치를 알아냈다. 비제레이 원소술사들이 거주하며 악마를 소환하는 데 이용했던, 더 오래된 도시의 폐허 위에 세워진 도시였다. 촐리크는 오랫동안 산자락 아래 어딘가에 숨겨져 있던 옛 도시의 폐허로 연결되는 거대한 동굴들을 찾았다. 그러고는 마침내 그곳에서 카브라시스를 숭배했다. 또한 메모에 서부원정지 만을 굽어보는 높은 산자락에 위치한, 동굴들로 들어가는 또 다른 입구 근처에 아카라트의 친필 서책들이 보관되어 있을 것으로 추정되는 자카룸 보관소가 있다고 적어 두었다.

나르는 거친 황무지를 지나는 동안 그들을 안내해줄 사람으로 동행했지만, 도시 근교를 지나자마자 지형에 대한 그의 지식은 곧 무용지물이 되었다. 그들은 갈수록 가팔라지고 위험해지는 지대를 몇 시간째 계속 올라, 한쪽 방향이 서부원정지 만과 맞닿은 고원 같은 곳에 도달했다.

토마스와 쿨렌은 나무들 사이에 머리를 맞대고 서서, 숨겨진 방에서 알아낸 정보를 토대로 그들이 급히 그린 지도에 대해 상의했다. 공기 중에 입김이 허옇게 서렸다. 매의 부리 산맥에서 갑자기 불어온 시린 바람은 그들의 발아래에 소용돌이치는 두터운 구름과 안개를 만들었다.

"내 생각엔 서쪽으로 가야할 것 같아요."

쿨렌은 저 아래 물이 있는 곳을 향해 경사가 가파르게 난 길을 가리켰다.

"이 봉우리의 가장자리를 따라가다 보면, 여기 쓰인 대로 거미 형상을 한 바위가 나타날 겁니다."

토마스가 고개를 흔들었다.

"우리가 봉우리를 잘못 선택한 것 같아요. 여길 보세요……."

토마스는 쿨렌의 손에 들린 지도를 가리키며 말했다.

"서책의 내용이 정확하다면 지금쯤이면 폐허를 찾았어야 합니다."

계속 걸어 나가는 동안 논쟁은 더욱 치열해졌다. 티리엘은 가파른 비탈 끝에 이르러 눈앞에 펼쳐진 나무 꼭대기들을 바라보았다. 나무들은 바람과 비와 눈에 의해 휘어져 자랐는데, 울퉁불퉁한 나뭇가지들이 무자비한 적에 맞서 전선을 사수하는 지친 병사들처럼 보였다. 순간 가슴에 있던 공허감이 커지더니 새로 찾은 자신감을 빠르게 삼켰다. 시간이 부족했다. 아직 할 일은 많고 계획한 일의 모든 단계는 완벽히 진행되어야 했다. 티리엘은 들키지 않고 천상에 침투할 방법을 세우기 시작했다. 그 정도는 쉬웠지만……. 다툼만 일삼는 낯선 이들로 이루어진 집단을 어떻게 천상의 문 뒤에서 마주치게 될 것들을 물리치고 살아남을 만큼 강인한 네팔렘 전사로 변화시킨단 말인가? 그들이 루미나레이의 위험한 군대를 무사히 통과할 수 있도록 길을 찾는 일은? 어렵게 안전한 보관 장소를 찾는다 하더라도, 어떻게 천사들의 군대를 피해 영혼석을 훔친 뒤 다시 네팔렘의 영역에 가져다 놓을 수 있단 말인가?

당신은 살아남지 못할 것입니다. 목소리가 들렸다. 데커드 케인의 목소리 같았다. *상대가 되지 않는 싸움인데다, 당신은 혼자예요. 너무 늦기 전에 지금 그만두어야 합니다.*

"힘의 장소 근처에 다다랐어요."

강령술사가 다가와 티리엘의 옆에 서며 말했다.

"기운이 느껴져요."

해골은 여전히 자일의 주머니 안에 있었는데, 여기까지 오는 동안 그답지 않게 조용했다. 전날 밤 그들은 나르의 작업장에서 잠을 청했는데, 가인버가 '악마 종자'에 관해 이야기하면서 강령술사가 너무 가까이 있다고 불평하는 바람에 분위기가 어색해졌다. 그런데 어느 순간 험바트가 갑자기 오래전에 죽은 동료들의 영혼을 불러와 가인버를 조용히 시키겠다고 윽박질렀고, 야만용사의 전투 도끼에 해골이 쪼개지려는 찰나에 티리엘이 싸우는 두 아이를 갈라놓는 부모처럼 다툼을 중지시켰다.

산을 오르는 동안 자일은 일행과 몇 미터 떨어져 뒤따랐다. 하지만 티리엘은 강령술사가 고개를 들고 경계를 늦추지 않으며 기이한 회색 눈으로 끊임없이 주변을 살피는 모습을 보았다. 그는 빈틈없는 사람이야. 강령술사가 함께하는 것이 그들로서는 행운이었다.

"가인버는 내 의도를 의심하고 있어요."

강령술사가 말했다.

"그녀는 역병 유발자들이 와서 야만용사들에게 분노의 역병을 퍼트리기 전까지 공포의 땅의 침략자들로부터 아리앗 산과 세계석을 지키던 올빼미 부족 사람이에요. 가인버의 부족은 전멸되었지요. 오직 아리앗 산의 폭발만이 가인버의 몸에 붙었던 역병을 불태웠고 부족이 겪은 운명으로부터 그녀를 구했죠."

티리엘은 저 멀리 광대한 산림을 내려다보는 강령술사를 흘끗 보았다.

"역병 유발자 중에 역병과 악마 말루스로 인해 혐오스런 존재로 변형된 강령술사가 있었어요. 그가 가인버의 부족에 끔찍한 피해를 끼쳤지요."

자일의 표정에는 별다른 변화가 없었다.

"강령술사들은 좀처럼 타락하지 않아요. 그러나 일단 타락하면……."

자일이 어깨를 으쓱했다.

"결과는 위험할 수 있지요."

그가 고개를 돌려 티리엘을 바라보았다.

"이 산에서 맞닥뜨리게 될 것들은 우리가 힘을 합쳐 싸워야만 상대할 수 있을 거예요. 가인버가 자신의 분노를 제어하고 협력해야 우리에게 승산이 있습니다."

"그런 일이 하루빨리 이뤄지길 바랍시다."

자일은 고개를 끄덕인 뒤 한참을 조용히 있었다.

"네팔렘의 은신처를 찾은 다음에는 어떻게 되는 겁니까?"

"당신들을 전사와 도둑으로 만들 겁니다. 속임수, 위장, 미혹, 기습 등 쓸 수 있는 모든 기술을 동원할 거예요. 일대일로 맞붙어서는 절대 루미나레이를 이길 수 없습니다. 천사들의 자부심을 역이용해 그들이 무슨 일이 벌어지는지 눈치 채지 못하는 사이 천상에 침입했다가 빠져나와야 합니다."

"그러다 도중에 발각되면요?"

"싸우다 죽게 되겠지요."

그들은 지평선에 짙게 깔린 구름과 햇빛이 지표면과 맞닿은 부분을 자주색으로 눈부시게 물들이는 광경을 바라보았다. 비구름이 몰려들고 있었다. 방울방울 떨어지는 빗물이 그들을 흠뻑 적시기로 결심한 듯 거침없이 다가오고 있었다.

"당신이 이곳에서 찾는 것은 죽음의 주문으로 보호되어 있어요."

자일이 말했다.

"고대의 강력한 주문으로, 그것을 깨려면 굉장한 기술이 필요합니다."

티리엘이 자일의 어깨를 가볍게 한 번 두드렸다.

"당신이 곧 그리하겠지요."

강령술사가 앞장서서 가파른 경사면을 내려갔다. 그들은 나무줄기들을 피하고 넘어지지 않기 위해 비탈면을 갈지자로 가로질렀다. 미쿨로프는 슬그머니 사라졌다가 다시 돌아오기를 반복했는데, 토마스와 쿨렌에게 낮은 소리로 뭔가를 말하는 수도사의 표정이 갈수록 어두워졌다. 미쿨로프는 자신의 고민을 아무에게도 털어놓지 않았지만 티리엘은 묻지 않았다. 상의할 만큼 중요한 문제라면 자신을 찾아올 거라고 생각했다.

곳곳에 덤불이 무성한 지역이 있어 나아가는 속도가 느려졌다. 30미터는 너끈히 되는, 절벽을 이루며 불쑥 뛰어나온 어마어마한 암석을 만나 가장자리를 따라 돌아가는 데만 한 시간이 걸렸고, 길을 찾아 다시 아래로 내려가는 데 두 시간이 걸렸다. 나르는 낯선 지형에 점점 더 주저하는 모습을 보였다. 그들을 둘러싸고 사방에서 소음이 들려오는 것 같았다. 티리엘은 한두 번쯤 안개 너머로 뭔가가 움직이는 걸 본 듯했지만, 고개를 돌리기도 전에 사라졌다.

그들이 절벽의 아랫부분에 이르렀을 무렵, 대기는 습기를 잔뜩 머금었고 나무들은 안개에 뒤덮여 있었다. 그들은 작은 빈터에 모였다. 절벽면의 오래된 구멍과 갈라진 틈에서 물이 뚝뚝 떨어졌고, 갈라진 틈들이 거대한 거미 모양을 형성하고 있었다.

"서책에 기록된 암석층으로 봐서 바로 이곳입니다. 폐허는 이곳에 있어요."

쿨렌이 말했다.

멀리서 저주 받는 자의 절규 같은 동물의 울음소리가 숲에 메아리쳤다. 티리엘은 뒷목이 쭈뼛하고 팔뚝의 털이 곤두서는 것을 느꼈다. 자일이 거대한 암석 앞으로 다가갔다. 그리고 무릎을 꿇고 주머니에서 작고 붉은 촛불을 하나 꺼내더니 조그만 부시통에 든 짚으로 불을 붙이며 권능의 말을 외웠다.

그들의 머리 위 하늘이 더 어두워지더니 살을 에는 차가운 바람이 불어왔다. 그러자 발목 주위를 감은 안개가 소용돌이쳤고 촛불이 펄럭였다. 자일이 장갑 낀 손으로 촛불을 감싼 다음 땅에 단단히 꽂았고, 땅에 몇 가지 무늬를 그린 뒤 그것들을 연결해 뾰족한 상징을 만들었다. 그러고는 주머니에 든 유리병을 꺼내 붉은 액체를 몇 방울 떨어뜨린 다음 불꽃 위로 손을 움직이며 나직이 중얼거렸다.

어디선가 휙 불어온 바람에 공중으로 날아오른 흙먼지들이 빙글빙글 돌면서 작은 소용돌이를 형성했고, 그 속에서 희미한 형체가 나타났다. 간신히 이빨을 알아볼 수 있는 흐릿한 입이 속삭이는 소리를 냈다.

그 모습에 가인버가 손에 도끼를 쥐며 욕설을 내뱉었다.

"빨리 해, 마법사."

소환된 악마가 쉬익 하는 소리를 냈다.

"내가 완전히 풀려나기 전에. 네 속박의 마법은 거의 효력을 다했어."

"산을 부숴라, 자이 라크. 바르쿠알 드알 아멘티스."

"후회할 텐데."

악마가 명랑하게 말했다.

"이건 죽음의 주문이야. 당신은 저 안에서 뭘 보게 될지 모르고 말이야."

"그리고 악마들과 결탁한 아주 강력한 인간에 의해 만들어진 주문이지. 내가 할 순 없잖아."

자일이 말했다.

"내가 위험해질 거야!"

악마가 우는 소리를 했다.

"일쿠알아모울이 날 바퀴 밑에 넣고 늘려⋯⋯"

"말장난할 시간이 없어."

자일이 불길 주위에서 뭔가를 움켜쥐는 것처럼 주먹을 꽉 쥐었다. 악마가 고통스럽게 비명을 질렀다.

"그만⋯⋯. 하라는 대로 할게!"

자이 라크가 날카롭게 외쳤다. 자일이 풀어주자 악마가 다시 쉬익 하는 소리를 내며 투덜거렸다.

"이번 일로 대가를 치르게 될 거야."

잠시 후 악마가 중얼거렸다.

"잠깐만⋯⋯."

"지금, 자이 라크."

"알았다고."

악마가 숨을 깊게 들이쉬어 소용돌이치는 흙먼지를 빨아들이기 시작했다. 계속해서 흙먼지를 빨아들이는 동안 악마의 몸은 점점 부풀어 열린 목구멍이 강령술사를 덮칠 듯 거대해졌다.

그러고는 흙먼지 구름을 절벽에 훅 토해냈다.

갑작스런 돌풍에 자갈들이 날리다 바위에 부딪혀 떨어졌고, 땅이 진동하며 바람이 괴물처럼 울부짖었다. 모두가 몸을 돌리고 눈을 가리는 동안, 티리엘은 눈을 가늘게 뜬 채 폭풍을 견뎌냈다.

절벽 앞의 땅에서 흙먼지와 죽은 자들의 뼈로 만들어진 악마가 불쑥 솟아올랐다. 엉겨 붙은 채 팔다리에 매달린 뼈들이 날카로운 소리를 내고 비명을 질러대는 가운데, 끔찍한 얼굴이 흰 암석판 같은 거대한 어깨 위에서 그들을 음흉하게 내려다보았다.

"산을 부숴라, 자이 라크!"

자일이 외쳤지만 자이 라크는 웃을 뿐이었다.

"결과를 예상했어야지!"

자이 라크가 기쁨에 겨워 끼익 소리를 내며 말했다.

"일쿠알아모울이 네 뼈를 살에서 발라낼 거야! 넌……"

지축을 뒤흔드는 으르렁 소리와 함께 거대한 뼈 악마가 인간의 정강이뼈와 해골들로 관절을 이룬 발톱 같은 손을 뻗어 손가락으로 자이 라크의 흐릿한 형제를 삼켰나.

작은 악마가 다시 날카롭게 비명을 질렀다. 자이 라크는 몸이 위로 들린 채 촛불의 불길에서 멀어지자 뼈들로부터 벗어나려고 버둥거렸다. 자이 라크는 악마의 정수가 점점 더 길어지고 가늘어지는 동안 몸을 뒤틀며 이빨로 뼈 악마를 물려고 덤볐으나 소용이 없었다.

자이 라크의 마지막 비명과 함께 흐릿한 안개의 흔적이 툭 끊겼다. 자일이 뭔가를 중얼거리자 마법에 걸린 뼈 단검이 손에 나타났다. 그가 성큼 다가가 뼈 악마의 복부에 딘김을 찔러 넣었다. 단검이 환하게 빛났다.

뼈 악마가 고통에 포효했다. 강령술사는 뼈들 속으로 깊숙이 찔러 넣은 칼날을 비틀며 아래로 홱 잡아당겼다. 내장처럼 안에서 더 많은 뼈들이 쏟아져 나왔다. 악마가 자일을 후려쳤지만 강령술사는 뒤로 훌쩍 물러서면서 튀어나온 두 개의 뼈끝을 베어냈다. 하지만 뼈 악마는 자일이 미처 피하기도 전에 다른 팔을 재빨리 뻗었다. 그리고 자일의 팔을 잡고 인형처럼 빙글 돌리자 단검이 6미터쯤 허공을 날아가 땅에 떨어졌다.

일쿠알아모울이 엎어진 강령술사 앞에 우뚝 서서 그를 짓밟으려고 거대한 발을 들어 올린 순간, 눈부신 에너지가 폭발했다. 미쿨로프가 손바닥을 앞으로 뻗어 우레와 같은 힘을 방출하자 악마의 다리가 산산조각 나며 치명적인 공격이 중단되었다. 딱딱한 뼈들이 사방으로 날렸다가 절벽에 부딪힌 뒤 다시 튀었다. 한쪽 다리가 없어진 일쿠알아모울이 휘청대며 물러서다가 통로로 이어지는 구멍에 끼어 머리와 어깨가 지상으로 돌출되었다.

티리엘이 엘드루인을 뽑아 들고 있는 힘껏 내리쳐 뼈 악마의 목을 베었다.

그 즉시 휘몰아치던 폭풍이 잠잠해졌고, 뼈들은 그들에게 생명을 불어넣던 에너지를 잃고 진창 속으로 굴러 떨어졌다. 바람이 잦아들면서 적막 속에 그들의 거친 숨소리만 들렸다.

자일이 일어서며 장갑 낀 손을 뻗었다. 뼈로 만든 단검이 날아오자 단검을 안전하게 칼집에 꽂았다. 영원할 것 같은 시간이었지만 모든 게 눈 깜짝할 새 벌어진 일이었다.

붉은 촛불은 사라졌다. 촛불이 놓였던 자리에는 주변에 인간의 뼈가 여기저기 널린 거대한 구멍이 뚫려 있었고, 절벽면 아래 캄캄한 어둠으로 이어지는 돌계단이 보였다.

티리엘이 앞장서서 어둠 속으로 내려갔다.

엘드루인이 환한 빛으로 어둠을 가르는 동안 그들은 일쿠알아모울의 파편을 피해 조심조심 앞으로 나아갔다. 진흙이 묻어 짙은 갈색으로 변색되지 않은 새하얀 고대의 뼈들은 이 근방의 숲에서 오래전에 죽은 사람들의 잔해였다.

하지만 그들이 절벽 아래의 방에서 발견한 뼈들은 오래되지 않은 것들이었다.

계단은 암석을 깎아 만든 아치형 입구에서 끝나 있었다. 지하의 공기는 건조하고 퀴퀴했는데, 특히 썩은 내가 진동했다. 샤나르가 주문을 외자 지팡이에서 빛이 나며 방 앞쪽의 돌바닥을 비췄다. 티리엘은 엘드루인을 칼집에 꽂았다. 여기서는 어떤 위협도 없을 터였다.

브람웰에서 실종된 사람들의 시체가 맞은 편 벽 앞에 장작더미처럼 쌓여 있었다. 호라드림은 줄지어 천천히 조용한 방 안으로 들어갔다. 시체들은 사지가 뒤틀린 채 뒤엉켜 있었고, 창백하고 생명력 없는 얼굴들은 멍하니 허공을 응시하고 있었다. 나르 사령관이 낮게 신음을 토하며 앞으로 나아가 무릎을 꿇고 기도를 올렸다. 가까이 있는 시체는 도시 경비병의 갑옷을 입은 젊은 남자였다. 나르가 다가가 시체의 손을 잡았다.

"로라스의 좋은 친구인 로버트요. 둘은 서부원정지에서 함께 자랐지. 로버트는 작년에 성벽 순찰을 강화하는 일을 돕기 위해 젊은 아내를 남겨두고 아버지와 함께 브람웰에 왔소. 그리고 이번 달에 돌아갈 예정이었소."

티리엘은 사령관이 일어서서 뒤돌아서는 모습을 지켜보았다. 그를 위해 뭐라도 해주고 싶지만 할 수 있는 게 없었다. 사람들을 살리기엔 너무 많은 시간이 지나 있었다.

티리엘은 주위를 둘러보았다. 방은 폭이 30미터쯤 되었고, 자연적으로 형성된 곳인 듯했다. 대부분의 공간이 텅 비어 있었다. 티리엘은 가슴이 무너져 내렸다. 그는 장포 안에 품은 성배를 가만히 만졌다. 얼얼한 감각이 사지로 퍼지며 그를 강하게 사로잡았다. 어젯밤 다른 사람들이 모두 잠든 뒤에 그랬던 것처럼, 티리엘의 몸은 다시 한 번 간절히 찰라드아르의 소용돌이치는 바닥을 들여다보고 싶어 했다. 성배는 티리엘이 살아있는 것들 속에서는 찾을 수 없는 평화를 느끼게 해주었다. 그는 마음의 확장을 열망했다. 빛의 줄들 사이로 미끄러져 들어가 희열을 만끽하고 싶은…….

"산을 부쉈기 때문에 다른 것들이 더 나타날 겁니다."

미쿨로프가 티리엘의 최면을 깨우며 말했다. 다른 사람들에게는 들리지 않을 만큼 낮은 소리였다.

"우리의 위치가 곧 발각될 거예요."

티리엘은 고개를 끄덕였다. 안개 속을 헤매고 있을 때가 아니었다. 하지만 이곳에는 온통 죽음만 있을 뿐, 그들은 아무것도 찾지 못했다. 네팔렘의 폐허도, 또 다른 실마리도 없었다.

"서책이 틀렸군요."

티리엘이 말했다.

"우리가 아직 조사하지 않은 곳이 한 군데 있습니다."

수도사가 그렇게 말하며 고개로 끔찍한 시체더미를 가리켰다.

설마. 죽음의 냄새가 진동하고 있었다. 지하의 공간은 유독 공기가 건조한데다 동굴 입구가 막혀 있어서 시체들의 부패를 어느 정도 지연시키고 있었다. 하지만 티리엘은 시체들의 피부에 흐르는 정액과 부풀어 오른 살, 본격적으로 썩기 시작한 맨 아래에 놓인 시체들을 볼 수 있었다.

그곳에 서 있는데 바람이 티리엘의 얼굴을 스쳤다. 시체 더미는 또 다른 통로를 가릴 수 있을 만큼 충분히 높게 쌓여 있었다.

나르는 슬픔에 찬 얼굴로 이를 악문 채 다른 사람들과 함께 일했다. 그들은 처음에는 한 번에 하나씩 조심스럽게 시체를 옮겼으나 점점 속도가 빨라졌고, 나중에는 미끄덩하고 차가운 팔다리를 붙잡아 가능한 한 빨리 한쪽으로 던졌다. 꼭 해내야 한다는 비장한 결심이 그들의 위장과 마음을 단단히 다져주었다.

가장 부패가 심한 시체들을 치우자 한층 차가운 바람이 불어왔고, 또 다른 입구가 모습을 드러냈다. 입구는 티리엘이 몸을 구부리고 통과해야 할 만큼 높이가 낮았지만 인간이 만든 게 분명해 보였다.

"빛을 더 비춰보세요."

마지막 시체까지 치우자 티리엘이 말했다. 샤나르가 지팡이를 더 가까이 가져가 아치형의 입구를 비추었다. 그들은 암석을 깎아 만든 두 번째 방으로 들어섰다. 모양으로 보건대 마술사들이 만든 것이었다. 비제레이나 그보다 더 오래전에 활동한 마술사들이 만들었을 거라고 티리엘은 생각했다.

사방 벽은 새겨놓은 무늬들로 가득했다. 산들로 이뤄진 거인, 머리가 여럿인 짐승, 별들 사이에서 몸을 휘감은 거대한 용, 순수한 빛과 에너지를 방출하는 인간. 그중 가장 큰 무늬 아래에 제단처럼 돌판이 놓여 있고, 그 위에 낡은 천 조각과 보석과 두루마리들이 있었다.

이곳은 보관소가 아니다. 티리엘은 생각했다. 이곳은 자카룸 교단보다 훨씬 더 오래된 고대의 장소였다. 토마스와 쿨렌은 돌판 위의 물건들을 살피더니, 잔뜩 흥분한 목소리로 얘기를 주고받으며 그것들을 조심스럽게 배낭에 담았다. 두루마리들은 건조하고 차가운 공기 덕에 놀라울 정도로 보존 상태가 좋았지만, 그럼에도 그들은 매우 조심해서 다뤘다.

쿨렌은 납작하고 넓은 칼날이 달린 작고 이상하게 생긴 단검을 높이 들었다. 칼자루에는 보석이 박혀 있고 칼끝은 뾰족하지 않은 사각형이었다.

"이런 무기는 본 적이 없어요."

쿨렌이 고개를 돌렸다.

"미쿨로프, 여행 중에 이런 물건을 본 적 있……."

하지만 수도사는 거기에 없었다.

17장

공격

미쿨로프는 나무들 사이에서 두건을 쓴 남자들이 둥글게 모여 있는 광경을 지켜보았다.

수도사는 조금 전 바람결에 위험을 알리는 이타르의 메시지를 듣고 지하 동굴에서 빠져나온 터였다. 뼈 악마는 그저 시작일 뿐이었다. 뼈 악마의 출현으로 원소의 균형이 깨지면서 불빛에 이끌리는 나방처럼 더 많은 악마들이 몰려올게 틀림없었다. 일행이 폐허 아래를 조사하려면 시간이 걸릴 테니 그 시간을 벌어줄 생각이었다.

각오는 했지만, 앞에서 벌어지는 일은 수도사조차 경악할 만한 일이었다.

절벽 아래 작은 빈터에서 남자들이 낮게 주문을 읊조리고 있었다. 그들은 룬이 수놓아진 망토를 입고 긴 말뚝을 가져와 거기에 몸을 기대고 있었다. 얼굴은 두건으로 완전히 가린 채였다.

소름끼치는 종교적 열기가 가득한 가운데 그들의 몸을 뚫고 가시손들이 튀어나왔다. 그들 뒤로 무시무시한 광전사들이 도사리고 있었는데, 녹색 피부와 울룩불룩한 근육이 머리 위 나무와 구름이 드리우는 그늘 속에서 희미하게 빛나는 듯했다.

광전사가 가려진 얼굴을 뒤로 홱 젖히더니 하늘을 향해 포효했다. 그리고는 가시손을 한 개 뽑아 망토를 입은 남자의 목에 박았다.

남자는 거의 피를 흘리지 않았다. 장포를 입은 남자는 처음에는 거의 반응을 보이지 않았다. 하지만 주문이 점점 더 커지는 사이 몸을 부들부들 떨면서 경련을 일으키기 시작했고, 발밑에서 붉은빛이 뿜어져 나왔다. 몸이 부풀고 잔물결이 일면서 장포가 찢어졌고, 상처들이 굶주린 입처럼 벌어지며 그의 몸이 변하기 시작했다. 배의 축축한 구멍에서 내장들이 튀어나오고 피범벅인 뼈들이 근육과 힘줄에서 툭 불거져 나왔다.

어둠의 육신. 그가 깨어난 것이다. 이것은 과거에 트리스트럼에서 이교도들이 완성하고자 했던 의식이었다. 악마가 공중으로 떠오르자 찢긴 다리의 잔해 아래로 창자가 대롱대롱 매달렸고, 진한 핏빛이 지옥의 불길처럼 빈터를 휩쓸었다.

또 다른 광전사가 두 번째, 세 번째 희생자에게 가시손을 박았다. 남자들은 주문이 절정에 달한 순간 변하기 시작했다. 미쿨로프는 공격을 시도할까 했지만, 이들은 강력한 악마들이어서 혼자 대적했다가는 자칫 위험해질 수도 있었다. 그러나 빈터 아래쪽에서도 움직임이 감지되었다. 얼마나 많은 생물들이 다가오는지 알 수 없었다.

너무 늦기 전에 일행에게 경고하고 이곳을 빠져나가는 게 좋을 것 같았다.

수도사가 재빨리 다시 비탈을 오르는데 하늘에서 천둥이 내려치면서 비가 본격적으로 쏟아지기 시작했다. 활엽수와 침엽수 잎들로 뒤덮인 땅은 갈수록 미끄럽고 위험했지만 미쿨로프는 비틀거리지 않았다. 수도사는 사방에 후드득 떨어지는 빗방울에서 신들의 음성을 들었고, 공기 중에서 점점 커지는 에너지의 울림과 땅의 젖은 나무껍질과 잎들의 냄새에서 신들을 느낄 수 있었다. 신들이 경고를 보내오고 있었다. 모든 것은 결국 그들의 창조주에게 돌아가게 되어 있는데, 이곳으로 다가오는 죽음을 휘두르는 자들은 세계의 자연스런 일부가 아니었다. 그들은 질서와 빛을 파괴해 신들의 노여움을 샀다.

며칠 전 계시에서 티리엘이 얼굴 없는 검은 장포를 입은 사람으로 변하던 영상이 다시 떠올랐다. 그것은 뭘 의미할까? 이에 대해 명상을 해야겠다고 생각했지만, 지금은 절벽으로 돌아가 재빨리 다른 사람들을 불러 모아야 했다. 함께 머리를 맞대고 여기서 싸울 것인지, 이번에는 물러났다가 다음에 더 좋은 시기를 노릴 것인지 결정해야 했다.

그때 얼핏 숲에서 뭔가 커다랗고 검은 형체가 움직이는 게 보였다.

호라드림과 나르는 무기를 손에 쥔 채 동굴 입구로 나와 폭풍의 흐릿한 회색빛 안으로 들어섰다. 하늘이 검게 변했고, 구름은 머리 위로 낮게 깔렸으며, 얼굴로 들이치던 빗줄기는 순식간에 옷을 흠뻑 적셨다.

티리엘을 선두로 다른 사람들이 뒤를 바짝 따랐다. 티리엘은 더 잘 보려고 빗속에서 눈을 깜박이며 혹시 빈터에 위험이 있는지 살폈다. 동굴 안에서 확연히 깨달은 사실이 있지 않았던가! 인간의 생명이 귀하다는 사실을 잊어선 안 되었다. 성역과 성역에 거주하는 인간을 보호하는 일을 천상을 보호하는 일만큼이나 중요하게 생각해야 했다. 호라드림이 이 모든 것의 열쇠를 쥐고 있었다. 티리엘에겐 호라드림이 이곳을 안전하게 빠져나가 임무를 완수하도록 만들 책임이 있었다.

절대 실패해선 안 된다. 티리엘은 속으로 굳게 결심했다. *데커드 케인과 레아는 빛을 섬기며 성역을 구하려다 목숨을 잃었다. 그들을 저버리거나 목적을 잊어서는 안 된다.*

어둠 속에서 어떤 형체가 나타났다. 티리엘은 엘드루인을 뽑아들었다가 그것이 수도사의 유연한 몸임을 알아차렸다.

"이곳에 브람웰의 주민들을 잡아가던 생물들이 있어요."

미쿨로프가 말했다.

"숲에서 움직이는 한 놈을 봤고 다른 놈들의 소리도 들었는데, 움직임이 너무 빨라 추적이 쉽지 않습니다."

"환영들."

나직이 말하는 나르의 표정이 창백했다. 나르는 길고 예리한 칼날에 자카룸의 교리를 새겨 넣은 아름다운 검을 갖고 있었다.

미쿨로프가 숲이 끊기는 지점을 가리켰다.

"저쪽에 다른 녀석들이 있어요. 어둠의 육신과 광전사들이 있고, 나무들 사이에 더 많은 것들이 숨어 있어요."

그 말에 응답이라도 하듯 지축을 뒤흔드는 굉음과 함께 거대한 광전사가 나무들을 잡아 찢으며 빈터에 나타났다. 지금까지 티리엘이 본 놈들 중에 몸집이 가장 컸다.

그 뒤로 한 놈 그리고 다른 놈이 모습을 드러냈는데, 둘 다 첫 번째 광전사만큼 덩치가 컸다. 맨 앞에 있던 광전사가 포효하며 엄청난 힘으로 땅에 쇠메를 내리치자 무시무시한 충격을 신호로 다른 생물들이 희미한 빛과 내리붓는 빗줄기 속으로 따라 들어왔다. 그들 뒤로 어둠의 육신들이 잘려진 몸뚱이 아래로 꿈틀대는 내장을 내려뜨린 채 공중을 맴돌았다.

거미처럼 생긴 사람만 한 짐승 몇 마리가 송곳니를 딱딱대며 털이 수북한 긴 다리로 지표식물들 사이를 미끄러지듯 다가왔다. 다면체로 구성된 눈들이 엘드루인의 빛에 반짝거리더니 걸음을 멈추고 앞발을 들어 공기 중에 떠도는 냄새를 맡았다. 빈터의 나른 쪽에서는 인간의 피부를 기워 만든 듯한 기괴하고 흉측한 비계덩이들이 피로 물든 뭉툭한 손목에서 진물을 질질 흘리며 비척비척 걸어왔다. 주위에서 그들의 다리를 이리저리 피해 살금살금 빛 속으로 다가오던 지옥개들이 사원 입구에 모여 있는 호라드림을 보자 이내 으르렁댔다.

티리엘은 몰려드는 생물들을 바라보며 점점 공포가 커지는 것을 느꼈다. 상상도 못한 일이 벌어지고 있었다. 이런 식으로 함께 움직이는 짐승들이 아니었다. 그들은 뭔가에 의해 이쪽으로 내몰린 듯 조직적으로 행동하고 있었다.

생물들이 이곳을 어떻게 찾아온 것이며, 또 목적은 무엇이란 말인가?

더 이상 그 문제를 생각할 겨를이 없었다. 맨 앞에 있던 광전사가 으르렁대며 쇠메를 높이 쳐들더니 가인버의 골을 부숴버릴 기세로 달려들었다. 야만용사는 옆으로 가볍게 피한 뒤 한 손으로 전투 도끼를 휘둘러 짐승의 어깨에 박아 넣었다. 광전사가 울부짖으며 도끼를 팩 뿌리치자 검은 피가 가인버의 가슴으로 쏟아졌다. 순간 그녀가 빙글 돌아 다시 휘두른 도끼날이 짐승의 쇠메에 부딪히자 빗줄기 사이로 불꽃이 튀었다.

"멀리 떨어져!"

제이콥이 소리쳤다. 비계덩이 언데드들이 덩치에 어울리지 않는 빠른 속도로 비척대며 다가왔던 것이다. 자일이 바람을 향해 주문을 외자 동굴 계단에 흩어져 있던 뼈들이 일어났고, 그의 손짓에 따라 돌진하는 창으로 변해 흉측한 생물 두 마리의 몸을 수십 군데 관통했다. 녀석들은 몸을 부들부들 떨다 폭발하면서 사방으로 시체 구더기를 날렸다. 제이콥이 장화에 기어오르는 구더기들을 짓밟고 눈 먼 머리를 검으로 난도질하자 녹색 점액이 빗물에 섞여 미끄럽고 질척거리는 진창을 만들었다.

빈터의 한쪽에서 거미들이 쉭쉭 소리를 내며 종종걸음으로 다가왔는데, 그들이 뚝뚝 흘리는 독은 산처럼 바닥에 닿자 지글거렸다.

공격하려고 들어 올린 앞다리를 티리엘이 자르자, 거미는 애처롭게 울부짖으며 다리를 흔들어 주위에 끈적끈적한 액체를 흩뿌렸다. 티리엘은 액체를 피해 뒤로 물러서며 거미의 넓은 배에 엘드루인을 찔러 넣었고, 내장이 숲 바닥으로 쏟아졌다.

숲 속에는 더 소름끼치는 생물들이 있었다. 벌어지는 일들을 바라보는 티리엘의 가슴이 철렁 내려앉았다. 이것은 트리스트럼에서 벌였던 것보다 훨씬 위험한 전투였다. 하지만 호라드림은 열심히 싸웠다. 샤나르는 자주색 에너지 번개를 방사해 가까이 다가온 지옥개들의 살을 불태웠다. 수도사는 치명적인 독을 피해가며 거대한 거미들과 싸우는 토마스와 쿨렌을 측면에서 보호했는데, 그들 뒤로 광전사 하나가 공격해오고 있었다. 나르는 굉장한 힘으로 검을 휘둘러 지옥개들을 반토막내면서 용감히 싸웠다.

처음으로 티리엘의 가슴에 그들에 대한 자부심이 차올랐다. 그들은 이제 함께 싸우기 시작했다. 어쩌면 그들에게 승산이 있을 수도 있었다.

나무들 사이에서 뭔가가 획 지나갔다. 검은 형체는 티리엘이 미처 확인하기도 전에 순식간에 사라졌다. 고개를 돌리니 또 다른 형체가 거대한 박쥐처럼 절벽면 위로 떠올라 있다가 역시 사라졌다. 계속해서 더 많은 검은 형체가 흘끗 보였다가 그가 고개를 돌리자마자 사라지기를 반복했다.

"정체를 밝혀라!"

나르가 비통한 목소리로 울부짖었다. 거구의 남자는 가격할 목표물을 찾아 이리저리 몸을 돌렸다. 거센 빗줄기 때문에 그것들을 추적하는 일이 더 어려워지자 혼란과 공포가 더욱 커졌다. 나르는 몸을 홱 돌며 피로 물든 검을 휘두르다 하마터면 티리엘의 팔을 자를 뻔했고, 그 후 비틀대며 진창에 무릎을 꿇었다.

대천사가 다가오는 어둠의 육신을 향해 뒤를 돌아본 순간, 빈터에 섬광이 번쩍하더니 주위의 나뭇가지들을 불살랐다. 모든 것은 백색으로 뒤덮였고, 영원할 것 같은 공허한 적막감이 주위를 감쌌다. 티리엘은 팔을 들어 얼굴을 보호하면서 세찬 빗줄기 속에서 더 자세히 보려고 눈을 깜박였다.

티리엘의 눈앞에 점이 떠올랐다.

빈터의 나무들이 시작되는 지점 너머로 차원문이 열렸다.

나무들 뒤에서 시카라이가 나타났다. 천사 파괴자는 빈터를 쓱 훑어보더니 치명적인 공격을 가할 무기로 티리엘을 겨눴다.

18장

시카라이

강력한 천사가 빈터를 지나 곧장 날아오는 동안 파괴자의 커다란 황금 양날검이 휘잉 소리를 냈다. 시카라이의 오라는 선명한 핏방울처럼 붉게 빛났고, 꿈틀대는 혀를 닮은 에너지 날개들은 번쩍이는 번개처럼 빗속에서 탁탁거렸다. 갑옷으로 둘러싸인 거대한 무형의 몸체가 넘치는 힘으로 빠지직거렸다. 시카라이는 완전한 집중력으로 목표물을 정확히 겨냥했다.

임페리우스가 성역에 미칠 영향을 생각지 않고 티리엘을 추격하려고 파괴자를 보낸 것일까? 이런 존재를 절대 본 적 없는 세계인 성역에? 혹시 의회가 다른 방법을 찾기로 결정하고 이 일을 승낙한 것일까?

티리엘이 시카라이를 막지 못한다면 호라드림은 모두 짐승처럼 도륙당한 뒤 산중의 버려진 장소에 영원히 잠들게 될 것이고, 그들의 임무는 시작도 전에 종말을 맞게 될 게 확실했다.

티리엘은 시카라이들을 거의 다 알고 있었다. 그 자신이 정의의 대천사로서 무수히 많은 시카라이를 직접 훈련시켜왔기 때문이다. 하지만 이자는 낯설었고, 그 점이 마음에 걸렸다. 이자가 가지고 있을지 모르는 어떤 특성이나 기질도, 이용할 수 있는 어떤 약점도 알 수 없었다. 시카라이는 패배를 모르는 무적의 전사로, 이쪽에 특별히 유리한 점이 없다면 전투는 해보나마나 질 게 뻔했다.

한때는 이자 같은 시카라이 앞에서 전투 기술을 가르치기도 했다. 티리엘은 생각했다. 하지만 지금의 난 필멸자이다. 내 육체로는 절대 이런 자를 상대할 수 없다.

그러나 티리엘은 여전히 자신의 검을 능숙하게 다뤘고 기지를 무기로 활용할 줄 알았다.

티리엘은 빈터를 살펴보았다. 뒤쪽을 흘긋 보니 검은 생물 하나가 날개를 여분의 다리 삼아 깎아지른 절벽면을 거미처럼 총총거리며 올라간 뒤, 빗속으로 몸을 날려 하늘로 날아오르고 있었다. 새로운 한기가 티리엘을 엄습했다. 빛을 혐오하는 저 생물은 느닷없이 나타난 정체불명의 공포였지만 어딘지 모르게 친숙한 데가 있었다. 빈터 너머로 더 많은 생물들이 나무 그늘 사이로 휙휙 스쳐지나갔다. 그러나 그들은 일정한 거리를 유지한 채 공격에는 가담하지 않았다. 티리엘은 가슴이 철렁 내려앉는 것을 느끼며 그들이 혹시 시카라이에게 움직일 공간을 만들어주려는 것은 아닐까 생각했다.

샤나르가 파괴자를 향해 호를 그리는 눈부신 에너지를 방사했지만, 자주색 에너지는 그의 갑옷에 거의 아무런 타격도 입히지 못했다. 티리엘을 덮치는 시카라이의 날개들이 탁탁 소리를 내며 꿈틀거렸다. 가인버가 시카라이의 앞을 막아섰지만 단 한 번의 무시무시한 타격을 받고 인형처럼 멀리 내던져졌다. 야만용사는 빈터를 반이나 날아가 쿵 소리를 내며 진창에 맥없이 쓰러졌다.

샤나르가 울부짖으며 친구에게로 달려가 옆에 무릎을 꿇고 앉아 에너지 섬광으로 지옥개들의 접근을 막았다. 티리엘은 더는 두 사람을 볼 수 없었는데, 그들 쪽으로 더 많은 생물들이 몰려들었기 때문이다. 동시에 티리엘의 앞을 시카라이가 막아섰다.

전사는 티리엘의 목을 떨어뜨리려는 확실한 의도로 검을 휘둘렀다. 티리엘은 엘드루인을 들어 공격을 막았고, 두 개의 무기가 충돌하자 엄청난 빛이 폭발했다. 티리엘을 거의 쓰러트릴 만한 충격으로, 그의 근육들은 경직된 채 부들부들 떨렸고 두 팔은 어깨에서 떨어질 것만 같았다. 옆으로 비틀대며 가까스로 버티고 선 티리엘의 방어를 피해 시카라이가 엘드루인을 두 동강낼 수 있는 각도로 두 번째 검을 휘둘렀다.

엘드루인은 충격을 견뎌냈다. 티리엘이 방어 자세를 취해 공격을 막아내며 시카라이의 검이 자신의 검을 비껴가게 하는 동안, 엘드루인은 강렬한 빛을 뿜어냈다. 하지만 티리엘은 굉장한 충격으로 손에서 검을 떨어뜨릴 뻔했다. 파괴자의 속도와 힘은 믿기 어려울 정도였다. 시카라이는 이미 또 한 번 공격할 준비가 되어 있었다. 티리엘은 간신히 공격을 피한 뒤 재빨리 반격에 나섰지만, 어림없는 시도였다. *이런 식으로는 절대 그를 이길 수 없어.* 생각할 시간이 필요했다.

점점 더 세차게 내리붓는 빗줄기에 땅이 미끄럽고 부드러워져 있었다. 티리엘은 방법을 찾아 오른쪽을 돌아보았다. 흉측한 괴물 하나가 비척비척 다가오고 있었는데, 기워진 피부 위로 벌레와 기생충이 기어 다녔고 부풀어 오른 배는 안에 든 시체 벌레들이 꼼지락댈 때마다 꿀렁거렸다. 티리엘은 생물의 배를 길게 가른 뒤 옆으로 훌쩍 비켜섰다. 놈은 몸을 부들부들 떨며 목이 막힌 듯한 소리를 내더니 폭발하면서 사방에 액체와 벌레를 흩뿌렸다.

생물의 내용물이 시카라이의 가슴에 후드득 떨어졌다. 더 많은 벌레들이 진창에서 꿈틀대다 시카라이의 갑옷에 들러붙었고, 투모 위에서도 꼼지락댔다. 벌레들이 스펀지처럼 시카라이의 에너지를 흡수하며 커졌다. 시카라이는 곧 벌레들을 쓸어버렸지만 그 정도만 해도 속도를 늦추기에는 충분했다.

어둠의 육신들이 뿔이 달린 머리를 홱 젖히고 까닥거리며 빈터로 몰려들었다. 그들은 갈고리 모양의 사지를 부들부들 떨었고, 내장은 진흙 위에 질질 끌렸다. 티리엘은 그들 뒤로 슬쩍 몸을 피해 귀한 시간을 좀 더 벌었다. 시카라이는 힘과 공포로 상대를 제압하는 폭력적인 기술에 능했다. 그러나 검술은 방어와 민첩성과 기술 역시 요구되었다. 다른 사람들이 도우러 올 때까지 살아남을 수 있도록 자신에게 그런 요소들이 충분하길 바랄 뿐이었다. 그들의 유일한 희망은 하나로 합심해 싸우는 데 있었다.

파괴자는 단 한 번 무시무시한 가격으로 가까이 있던 어둠의 육신을 반으로 갈랐다. 괴물의 잔해가 검붉은 빛을 뿜으며 격렬히 꿈틀대더니 안에 있던 악마가 울부짖으며 바람결에 풀려나왔다. 티리엘은 나무들 사이로 검은 날개를 가진 더 많은 환영들을 보았다. 그들은 지옥개 몇 마리가 슬금슬금 물러나려하자 그 앞을 막아서며 다시 돌아가게 하고 있었다. 문득 또 다른 생각이 들었다. 애초에 악마들을 빈터로 몰고 온 것은 어쩌면 환영들이 아닐까? 그렇다면 자신이 모르는 뭔가 교활하고 사악한 목적이 있다는 얘기였다.

티리엘은 어둠의 육신의 꿈틀대는 잔해 너머로 다시 한 번 자신에게 달려드는 시카라이에게 정신을 집중했다. 티리엘은 치명적인 공격을 피해 충분한 거리를 확보하면서 팔을 가볍고 빠르게 놀려 파괴자의 검을 막았다. 하지만 티리엘은 지쳐가고 있었고, 시카라이는 자신의 무기로 무자비한 공격을 끝없이 이어나갔다. 티리엘은 빈터의 생물들을 방패 삼아 계속 공격을 피하다가 미세한 허점이 보이자마자 돌진해 엘드루인을 휘둘렀지만, 그의 공격은 적에게 별 타격을 주지 못한 채 분노의 으르렁 소리만 끌어냈다.

티리엘은 빈터에 있는 다른 사람들을 둘러보았다. 미쿨로프가 쏜살같이 달려와 주먹을 날리고 강력한 에너지 충격파를 방사했다. 하지만 시카라이는 잠깐의 지체도 없이 마치 성가신 벌레라도 되는 양 미쿨로프를 후려쳤다.

미쿨로프는 상처 없이 뒤로 훌쩍 물러났다. 거대한 거미와 사투를 벌이던 토마스와 쿨렌이 광전사의 목에 단검을 찔러 넣고 있는 강령술사를 소리쳐 불렀다. 자일이 바람을 향해 뭔가를 중얼거리자 수많은 뼈들이 바람에 날려 와 시카라이의 주변에 떨어졌다. 뼈들은 시카라이를 둘러싸고 재빨리 벽을 쌓기 시작하더니 이내 더 많은 뼈들이 쌓이면서 파괴자의 모습을 폭 감쌌다. 잠시 후 시카라이의 검이 어마어마한 파괴력으로 뼈의 장벽을 산산조각 냈고, 뼈들은 힘없이 땅에 떨어졌다.

티리엘은 희망을 잃기 시작했다. 하지만 상황을 유리하게 반전시킨 사람은 가인버였다.

놀랍게도 야만용사는 다시 일어났다. 가인버가 시카라이와 티리엘이 전투를 벌이는 곳으로 달려가는 동안 오라가 그녀를 에워싸며 빗속에서 은은히 빛났다. 오라는 정의로운 분노와 더해져 가인버를 일으켜 세우고 앞으로 나아가게 했다. 파괴자는 목표에 집중하느라 가인버가 다가오는 것을 몰랐다. 야만용사가 전투 도끼를 들어 올려 승리의 함성과 함께 아래로 내리꽂았다.

흐릿한 빛 속에 광채를 발하는 도끼날이 시카라이의 날개인 빛의 가닥을 세 개나 어깨 부위에서 깨끗이 잘라냈다.

파괴자는 고통과 경악이 가득한 괴성을 내질렀다. 시카라이가 가인버를 홱 돌아보는 순간 티리엘에게 공격의 기회가 왔다.

대천사는 시카라이의 오른팔 갑옷 관절의 약한 부분을 겨냥하며 돌진했다. 엘드루인의 칼날이 살과 피 대신 천사를 구성하는 빛 에너지를 가르며 살짝 아래로 내려갔다. 엘드루인이 눈부신 빛을 뿜어냈고, 파괴자는 다시 울부짖으며 진흙 속에 무기를 떨어뜨렸다. 티리엘은 손이 불에 덴 듯 뜨거웠지만 칼날을 놓지 않고 있다가 분노한 시카라이가 사방에서 공격해오는 적을 확인하느라 갑자기 몸을 홱 돌리는 순간을 노려 파괴자의 타격 범위에서 벗어나 저만치 물러났다. 무기를 놓쳤지만 시카라이는 여전히 매우 위험한 적이었다.

시카라이의 갑옷에서 마치 피처럼 붉은빛이 쏟아지자 제이콥이 재빨리 달려나가 파괴자의 검을 가로챘다.

티리엘은 제이콥이 이를 악물면서도 무기를 놓지 않고 똑바로 서서 허공에 대고 휘두르는 모습을 지켜보았다.

"덤벼라!"

제이콥이 목에 핏대를 세우며 외쳤다. 그리고 빗속을 하강하며 휙 스치는 환영들을 찾아 주위를 두리번거렸다. 살이 타들어가며 연기가 피어오르고 머리칼이 쭈뼛쭈뼛 서기 시작하는데도 물러서지 않았다.

"용기 있으면 *나와 보라고!*"

시카라이가 또 다시 포효하더니 뒤로 물러나 나무들 사이로 사라졌고, 남아 있던 다른 짐승들도 후퇴하기 시작했다. 검은 날개의 환영들이 철수하자 절벽면과 그 아래 계곡에서 신음 같은 소리가 메아리쳤다. 그들은 애초에 존재하지 않았던 것처럼 푸르스름한 회색빛 구름 속으로 자취를 감췄다.

티리엘은 기진맥진했다. 온몸의 근육이 후들거리고 금방이라도 쓰러질 것 같았다. 발밑의 진창을 내려다보니 빛을 잃은 시카라이의 잘린 날개 몇 가닥에 섞여든 회색의 가는 실이 피부의 정맥처럼 확연히 드러났다. 날개 가닥들은 곧 검어지더니 유리로 변했고 작은 조각들로 부서져 사라졌다.

19장

거룩한 파괴자

"많이 아픈가요?"

제이콥은 입을 일자로 다물고 얼굴은 오래된 양피지처럼 누렇게 뜬 채 계속 땀을 흘렸다. 하지만 눈빛은 강했다. 제이콥과 시선이 마주친 티리엘은 그의 눈빛에서 전에 없이 차분하고 고요한 기운을 느꼈다.

"더 심한 부상도 당했는걸요. 곧 회복될 겁니다."

브람웰에서 온 치유자 이달키는 이제 막 제이콥의 손에 오크리 나무 수액과 거미줄 연고를 바른 붕대를 감아준 참이었다. 이달키는 상처에 대고 뭔가를 조용히 읊조렸지만 티리엘은 그게 어떤 효과를 발휘하는지 알 수 없었다. 제이콥의 손은 물집이 심하게 잡히고 피부가 벗겨지고 있었다. 강령술사가 치유의 마법을 쓰자고 제안했지만 가인버는 그가 제이콥 근처에 얼씬도 못하게 했다.

인간은 시카라이의 검을 감당할 수 없지. 티리엘은 속으로 생각했다. 하지만 제이콥은 끔찍한 고통에도 불구하고 천사 파괴자 앞에서 그 검을 휘둘렀다. 제이콥의 용감한 행동이 그들 모두를 구한 것이나 마찬가지였다.

"나르 사령관이 기다리고 있습니다."

강령술사는 소박한 집의 문간에 서서 허리에 손을 얹고 있었다. 티리엘이 잠깐 그의 눈을 응시하자 자일이 가볍게 고개를 끄덕였다. *다 됐군.*

"느낄 수 있었어요."

제이콥이 누구에게랄 것도 없이 중얼거렸다.

"검의 기운이 내 몸을 훑고 지나가자…… 다시 한 번 삶의 환희를 느꼈죠."

티리엘은 한 손을 제이콥의 어깨에 올린 뒤 굽혔던 무릎을 펴고 자리에서 일어섰다. 아직은 제이콥이 지도자가 될 희망이, 그들의 임무가 성공할 희망이 남아 있다고 티리엘은 믿었다.

"곧 돌아올 테니 그동안 좀 쉬고 있어요."

작업장에서는 불길이 치솟고 있었다. 나르는 풀무질을 하면서 앞에 높인 연장과 물건들을 빠른 속도로 능숙하게 다뤘다. 사방에 불꽃이 튀었고 에너지가 휘감아 돌다 흩어졌다. 문가 탁자에 앉아 숨겨진 사원에서 가져온 유물들을 조사하는 토마스와 쿨렌의 얼굴에 붉은빛과 주홍 빛이 어른거렸다.

티리엘이 들어서자 쿨렌이 흥분으로 달아오르고 열기 때문에 환해진 얼굴로 쳐다보았다.

"아카라트가 직접 쓴 두루마리 원본이에요!"

"성전사들이 대단히 관심을 가질 만한 물건이군요. 성전사들을 몇 명 만난 적이 있는데, 그들의 목적은 자카룸의 영광을 되살리는 것이었죠."

티리엘이 말했다.

"아카라트로 하여금 자카룸 교단을 창시하게 했던 계시에 관한 기록이 있어요."

쿨렌이 계속해서 말했다.

"데커드 케인의 짐작이 옳았어요. 여기에 적힌 내용을 보니 아카라트의 계시는 천사로부터 받은 메시지가 아니라 울디시안의 희생에 대한 우주적 울림이었던 게 틀림없어요. 하지만 그것만이 아니에요."

쿨렌이 더 최근의 서책을 집어 들었다.

"이 책의 기록에 의하면 이 유물들은 코르시크에 의해 동굴에 안전하게 보관되었다가 그가 야만용사들에게 당한 직후 사라졌어요."

"라키스의 아들 말인가요?"

나르의 망치질 소리가 울려 퍼지는 가운데 티리엘이 쿨렌의 손에서 서책을 가져갔다. 서책에는 휘갈겨 쓴 글씨가 가득했고, 각 페이지마다 메모가 잔뜩 적혀 있었다. 최근에 티리엘은 케인과 레아가 남긴 문헌들을 수집해 정리한 적이 있는데, 그러한 지식을 하나로 꿰는 일은 정리보다 훨씬 더 어려웠다. 쿨렌이 그것을 전부 어떻게 해독하는지 티리엘로서는 짐작도 할 수 없었다.

쿨렌이 고개를 끄덕였다.

"코르시크의 일지에 따르면 그의 아버지는 숨겨진 도시라고도 할 수 있는 네팔렘의 초기 은신처를 찾는 데 집착했던 것 같아요. 코르시크도 그 일에 동참했고요. 코르시크는 우리가 산에서 보았던 그 장소를 발견하고는 네팔렘들이 위험에 처했을 때 숨어들던 전초기지라고 확신했어요. 코르시크는 다시 돌아올 걸 염두에 두고 비제레이 마법사를 시켜 뼈 악마를 붙잡아 그곳을 지키게 했죠. 그는 이러한 기지가 성역 곳곳에 존재할 거라고 생각했어요. 하지만 네팔렘의 도시이자 그들의 작전기지는 고대의 네팔렘 다이데사가 서쪽 어딘가에 건축한 게 틀림없다고 믿었습니다. 그곳은 서부원정지가 세워진 지역 근처로, 라키스가 사망하자 코르시크 일행은 그의 시신을 그곳에 묻었지요."

"라키스의 잊힌 무덤."

"맞아요."

토마스를 흘끗 보며 고개를 끄덕이는 쿨렌의 얼굴에 흥분한 표정이 역력했다.

"우린 그곳이 서부원정지의 성곽 외벽에서 상당히 떨어진 장소에 있지만, 그곳까지 이어지는 터널이 서부원정지 바로 아래에 있을 거라고 확신해요. 터널 입구는 성스러운 기사단 교회 지하에 있을 가능성이 높아요. 여기 손으로 그린 지도들을 보세요. 하지만 입구는 수백 년 전에 만들어진 마법으로 보호되어 있어서 진정한 네팔렘만이 그 문을 열 열쇠를 갖게 될 거예요."

"서부원정지로 떠난다면 벌집을 쑤시는 일이 될 거요."

나르가 불쑥 끼어들었다. 그들의 얘기를 듣고 있던 나르의 얼굴이 열기에 번질거렸다.

"지금은 성스러운 기사단 교회를 기사단이 장악하고 있지만, 기사들이 더는 수수방관하지 않을 거요. 왕은 그들에 대한 대대적인 척결을 명령할 것이오. 서부원정지 시민들은 그들에게 어떤 위험이 닥칠지 전혀 모르고 있소."

"우린 내일 떠납니다. 나르 사령관, 당신이 동행한다면 큰 힘이 될 거예요."

티리엘이 말했다. 그러나 나르는 고개를 저었다.

"난 이곳을 떠날 수 없소. 토리온 장군이 다시 서부원정지 기사들을 이끌어달라고 요청할 때까지 내 의무는 이곳 브람웰에 있소. 하지만 기사들이 당신들을 신뢰할 수 있게 전언을 보내줄 수는 있소."

나르는 다시 탁자로 향하더니 손을 닦고 나서 두꺼운 천으로 싼 꾸러미를 가져왔다. 그는 방금 전까지 한 일로 굉장히 많은 기력을 소진한 듯 몸을 천천히 움직였다.

"부탁한 일을 마쳤소. 엄청난 기술을 가진 필멸자만이 이걸 휘두를 수 있을 것이오. 손을 보긴 했지만 그래도 이걸 다루려면 굉장한 힘이 필요할 거요."

티리엘이 꾸러미를 받아들었다. 아직 따뜻했다. 두꺼운 천 아래로 예리하고 치명적인 칼날이 느껴졌다. 천을 살짝 들춰 시카라이의 검, 거룩한 파괴자의 칼자루를 확인했다. 나르는 칼자루를 철선과 가죽으로 두른 뒤 그 위에 인장을 찍었고, 휘두르기 편하도록 칼날의 기운을 진정시켜 놓았다. 그런데도 칼날은 여전히 에너지로 진동했다.

"아주 훌륭합니다. 모든 호의에 감사드립니다, 나르 사령관."

"서부원정지의 내 아들에게 이 표식을 보여주시오."

나르가 인장을 가리키며 말했다.

"나르의 가문을 가리키는 표식이니, 아들은 이길 내가 민들었고 당신들이 내 축복을 받았다는 사실을 알게 될 것이오."

잠깐 동안 나르의 눈빛에 고통스런 표정이 스쳤다. 그의 얼굴은 초췌했고 볼은 움푹 꺼진 채 창백했다.

"많은 사람들이 죽었소. 당신들이 이 일을 막고자 무슨 일을 할지 모르지만…… 더 빨리 움직여야 할 거요."

그러고는 돌아서서 노인처럼 다리를 절뚝이며 작업장을 나갔다. 나르의 넓은 어깨가 마치 무거운 짐을 얹은 듯 기울어져 있었다.

티리엘은 그들이 찾은 일지와 유물들에 관해 세세한 논쟁을 벌이는 쿨렌과 토마스를 남겨두고 밖의 어스름 속으로 나왔다. 나르의 모습은 어디에도 보이지 않았다. 티리엘은 나르에게 부탁한 일에 대해 죄책감을 느꼈다. 천사의 칼날을 개조하는 일은 굉장한 기술과 에너지를 요할 뿐만 아니라 극도로 위험한 일이기도 했다.

하지만 티리엘의 판단이 옳다면 결과는 그러한 희생을 감수할 만했다.

어둠이 더 짙어지며 서부원정지 만에서 시린 바람이 불어오자 티리엘은 장포 자락을 단단히 여몄다. 나르가 개조한 무기는 여전히 온기를 품고 있었다. 티리엘은 사령관에게 이 검을 제이콥을 위해 특별히 개조해달라고 부탁했다. 검은 제이콥이 내면의 힘을 강화시키는 데 구심점이 되어줄 것이다. 하지만 그들 앞에 놓인 도전들은 그보다 훨씬 극복하기 힘든 일이 될 터였다. 그들은 네팔렘의 요새를 찾는 일에 그 어느 때보다 진전을 보였지만, 요새를 찾은 다음은 어떨까? 그들은 잊힌 도시에 도착하고 나서부터 진짜 시험에 직면하게 될 것이다. 그들은 천상을 상대하고 천사 군대와 맞서는 여덟 명의 필멸자가 되어야 했다.

그만큼이나마 성공한다는 *가정 하에*. 그들 중 누구도 산에서 일어난 일에 대해 별다른 말을 하지 않았다. 하지만 티리엘은 임페리우스와 시카라이가 여기서 멈추지 않으리라는 사실을 잘 알았다. 파괴자는 다시 돌아올 것이고, 그때는 이번처럼 기습 공격을 당하진 않을 것이다. 티리엘은 작업장 뒤 조용한 장소를 향해 걸어가며 생각했다. 진짜 문제는 시카라이와 악마 떼가 애초에 어떻게 그들의 위치를 알았는가 하는 점이었다. 트리스트럼을 떠났을 때부터 추적 당한 것일까? 환영들이 그들을 뒤따라왔던 것일까? 그들과 영혼석은 대체 무슨 관계인 것일까?

검은 날개의 생물들이 제이콥에게 남긴 주름진 상처가 떠올랐다. *그에게 표식이 찍혔지……*.

나르의 사유지 경계면에 있는 나무들 사이로 미풍이 불며 바스락대는 소리가 들렸다. 그 너머로 울창한 산림이 산을 이뤘고 그 너머에 서부원정지가 있었다. 서쪽으로 여러 날 강행군을 해야 갈 수 있는 거리였고, 그 사이 숲 속에 무엇이 숨겨져 있을지 아무도 몰랐다. 티리엘은 미세하게 떨리는 손으로 천에 싼 무기를 바닥에 내려놓고 장포의 안주머니에서 찰라드아르를 꺼냈다. 다른 사람들로부터 멀찍이 떨어졌기 때문에 나르의 작업장이나 집에서 누군가 나오더라도 그를 볼 순 없을 터였다. 잠은 나중에 자도 되었다. 내부에서 기이하면서도 친숙한 욕망이 일었다. 성배는 티리엘에게 만족감과 지식을 주고 그동안 그를 짓눌러왔던 부담을 덜어줄 것이다.

하지만 티리엘은 찰라드아르의 바닥을 응시한 뒤 그러한 안도감을 얻을 수 없었다. 대신 이제껏 경험해보지 못한 깊은 절망이 그를 휩쓸었다. 빛의 날실로 형성된 거미줄이 그를 휘감고 육체를 관통하며 그들에게 닥칠 진실을 보여주었다. 티리엘은 그들이 공포를, 폭력과 상실의 고통을 이기지 못하고 한 사람씩 죽어가는 모습을 똑똑히 보았다. 분노가 그의 내부로 향했다. 티리엘은 자신의 약점과 실패를 적나라하게 보았다. 그는 천사도 인간도 아니었지만 자부심과 무모함, 욕망과 슬픔, 뛰는 심장으로 인한 약함까지, 두 존재가 가질 수 있는 모든 함정에 취약했다. 사랑은 지명석인 결함이었고, 타인에 대한 애정은 지신의 종말을 불러오는 장애였다.

티리엘은 데커드 케인이 위안을 찾아 손을 뻗었지만 아무것도 찾지 못한 채 트리스트럼에 있는 집의 거친 마룻널에 쓰러져 죽어가는 모습을 보았다. 대악마에게 희생된 레아는 온몸이 뒤틀리고 갈기갈기 찢기자 고통스런 비명을 질렀다. 나르 사령관은 진이 빠진 채 죽은 듯 바닥에 쓰러져 있고, 산 채로 구워진 제이콥의 육신은 뼛속부터 지글지글 끓었다. 티리엘은 쿨렌의 목 잘린 몸통이 부들부들 떨다가 피가 흥건한 바닥에 쓰러지는 모습을 보았다.

가장 끔찍한 것은 결국 그들 모두를 기다리는 건 공허이며, 필멸자의 껍데기가 먼지가 되어 사라진 뒤 남는 건 허무와 망각뿐이라는 인식이었다.

티리엘은 온몸에 경련이 일고 시간이 존재를 멈춘 듯 고통이 끝없이 계속되는 걸 느끼며 소리 없는 비명을 질렀다. 그는 희미하게, 마치 다음 행동을 결정하기 위해 냉정한 눈으로 자신을 지켜보는 또 다른 존재를 느꼈다.

한참 뒤 티리엘은 화들짝 놀라며 의식을 되찾았다. 그는 완전히 어두워진 숲 속에 있었다. 주위의 나무가 얼굴 없는 거인처럼 거대하게 서 있고 빽빽한 나뭇가지 사이로 희미한 달빛이 쏟아지고 있었다. 시린 공기에 살갗이 따끔거렸다.

숨을 쉴 때마다 온몸에 통증이 밀려왔다. 두 손으로 성배를 움켜쥐고 있는데, 손가락에 경련이 일고 양 어깨가 얼음덩이 같았다. 티리엘은 방향감각을 잃은 채 주위를 둘러보았다. 얼마나 오래 의식을 잃었던 것일까? 다른 건 잊고 찰라드아르를 통해 자신을 지켜보던 존재만 기억에 남았다.

가까운 어둠 속에서 움직임이 감지되었다.

티리엘은 성배를 다시 장포 안에 넣은 뒤 칼자루에 손을 가져갔다. 뭔가가 움직이며 나뭇가지를 스치는 듯한 소리가 나무 사이로 희미하게 들렸다. 티리엘은 뒤를 돌아보았다가 자신을 스치고 사라지는 검은 형체를 보았다.

환영들인가? 티리엘은 숨을 죽인 채 가만히 기다렸지만 더는 아무것도 나타나지 않았다. 달빛이 점점 환해지면서 숲 주변의 풍경이 눈에 들어왔고, 그가 여기로 올라오면서 만들었을 게 분명한 길이 보였다. 어쩌면 성배의 잔상을 실재로 착각한 것인지도 몰랐다. 곧 나르의 작업장 뒤편이 보였다. 시카라이의 검이 담긴 꾸러미는 그가 놓아둔 자리에 그대로 있었다.

숲에서 일어나 꾸러미를 집어 드는데 어둠 속에서 미쿨로프가 모습을 드러냈다.

"밖에 혼자 있으면 안 됩니다. 이런 숲 속에서는 누구라도 실종될 수 있어요."

수도사는 잠시 티리엘의 얼굴을 살폈다.

"고민이 있군요. 당신의 내부에서 굉장한 싸움이 벌어지고 있고 당신은 해답을 찾고 있네요. 하지만 해답은 이런 곳에 있지 않아요."

티리엘의 내면에서 대단히 방어적인 감정이 일어났다. 수도사는 성배의 존재를 알고 있었던 것일까? 오늘 밤 그는 숲에서 뭘 목격했을까? 티리엘이 나무 그늘 속에서 보았던 움직임은 미쿨로프였을까?

"섣불리 판단하지 마세요. 당신은 내가 어떤 문제들에 직면했는지 아무것도 모릅니다."

티리엘이 대답했다.

"나는 판단하지 않습니다. 나는 천사에서 인간이 되는 것이 무엇을 뜻하며, 성역과 천상의 미래를 위해 어떤 것이 옳은 일인지를 선택해야 하는 부담감을 이해하는 척하지 않습니다. 그러나 당신이 진실을 추구한다면, 어떤 선택을 하든 그것은 당신 자신의 선택이어야 합니다. 신들이 내게 그것을 보여주었습니다."

"그들은 당신의 신들이지 내 신들이 아니요."

티리엘이 말했다. 그러자 미쿨로프가 순순히 고개를 끄덕였다.

"우리는 그들을 다르게 지칭할 수 있어요. 하지만 그들이 주는 충고는 똑같습니다. 난 당신의 마음이 순수하고 의도가 고결하다는 걸 믿습니다. 그렇지 않다면 지금 이곳에 있지 않았겠지요. 하지만 지금은 우리 모두를 위협하는 위험한 세력이 활동하고 있고, 그들은 우리의 계획을 방해하고자 어떤 수단도 마다하지 않을 것입니다. 그중 일부는 우리가 인지할 수 있는 것들이죠. 하지만 다른 것들은……."

미쿨로프는 어깨를 으쓱했다.

"이미 너무 늦을 때까지 우리가 인지하지 못하는 것들일 수도 있어요."

티리엘은 손을 움직이진 않았지만 내면에서 분노가 끓어올라 분출되려고 했다. 수도사는 오늘 밤 티리엘을 몰래 염탐해서는 안 되었다. 그의 걱정은 쓸데없는 것이었다. 찰라드아르는 티리엘이 무엇을 해야 하는지 결정하는 데 도움이 되도록 이미 존재하는 현상들을 보여줄 뿐이었다. 지도자로서 어려운 선택을 앞두고 마음을 단단하게 해주는 것, 그것이 성배의 목적이었다.

수백만 명을 살리고자 당신이 사랑하는 몇 명을 희생시킬 수도 있다.

세상의 이치가 그러했고, 그건 티리엘이 노력한다고 바뀌는 게 아니었다.

"내일 아침 서부원정지로 출발할 겁니다. 파괴자는 그렇게 빨리는 아니겠지만 어쨌든 회복할 것이고, 또 임페리우스가 다른 자들을 보낼 수도 있어요. 내가 교대할 사람을 보낼 때까지 계속 경계를 서주세요."

티리엘은 수도사의 대답을 기다리지 않았다. 그는 수도사의 옆을 지나쳐 작업장을 돌아 나르의 자택 쪽으로 걸음을 옮기며 마음에서 모든 의심을 떨쳐냈다. 일은 계획대로 진행될 것이다. 가인버는 난생 처음 내면에 잠들어 있던 네팔렘의 힘을 일깨웠고 곧 다른 사람들도 그리될 것이다. 티리엘은 오늘 밤 제이콥에게 시카라이의 검을 선물할 것이고, 그들은 적이 다시 몰려들기 전에 내일 새벽 브람웰을 떠나 서부원정지를 향해 강행군을 이어갈 것이다.

지금 중요한 것은 네팜렘의 잊힌 요새를 찾는 일과 은빛 도시의 침공을 준비하는 일이었다. 무엇보다도 임페리우스와 앙기리스 의회가 그들이 오고 있다는 사실을 몰라야 했다.

미쿨로프는 대천사가 가는 모습을 바라보았다. 대천사의 마음은 무겁고 생각은 갈등을 일으키고 있었다. 수도사는 티리엘이 굉장한 힘과 아름다움을 가진 물건을 들고 최면에 걸린 듯 숲 속으로 들어가는 모습을 보았다. 용도는 알 수 없지만 겉모습만 봐서는 성역이 아닌 천상의 물건인 듯했다. 그러나 미쿨로프는 그 물건이 발산하는 끔찍한 위험을 감지할 수 있었다. 대천사의 내면에서 두 세계의 갈등이 심해지고 있었다. 미쿨로프는 그것이 그들을 죽음으로 내몰 수 있음을 잘 알았다.

제 말을 들어주십시오.

수도사가 신들에게 조용히 말했다.

제게 빛과 평화로 나아가는 길을 보여주십시오.

미쿨로프는 눈을 감았다. 공기가 부드럽게 얼굴을 간지럽히고 숲의 소나무 가지들이 귓속말을 했다. 혀에서 소금 맛이 느껴졌다. 그러다 갑자기 모든 것이 침묵했다. 미쿨로프는 신들이 자신에게 말을 건네려는 걸 느꼈지만 뭔가가 그들을 막아서고 있었다. 어떤 장벽 같은 것이 소리를 죽이고 빛을 어둠으로, 불을 얼음으로 바꿔놓으며 영원한 잠을 가져오고 있었다.

수도사는 그것의 정체를 확인하려고 눈을 떴다. 미쿨로프의 마음이 영상들 속을 떠다니며 비상했다. 하늘에서 달이 자취를 감췄다. 나무들은 세상을 삼켜서 그를 홀로 어디에도 발붙이지 못하고 떠돌게 만든 검은 공허 속으로 사라졌다. 미쿨로프의 영혼이 육체에서 이탈했다. 그리고 바람이 그를 높이 들어 올리는 것을 느끼며 하늘로 붕 떠올랐다. 사령관의 사유지가 저 아래로 멀어지며,

땅에 쓰러진 어떤 사람 주위로 사람들이 조각상처럼 몰려들어 구슬피 우는 소리가 늘렸다. 그것은 축 늘어신 사신의 모습이었다. 비굴로프는 환영들이 마침내 조용한 검은 날개로 그를 붙잡아 어둠 속으로 데려가는 동안, 천사의 무리가 죽음을 몰고 지상으로 내려가는 모습을 보았다.

20장

드높은 천상

시카라이는 차려 자세를 취한 채 온몸을 휩쓸고 있을 게 분명한 어떤 고통의 흔적도 내보이지 않았다. 파괴자의 팔은 옆구리에 힘없이 늘어져 있고 날개의 일부는 어깨 부위에서 잘려 있었다. 강력한 전사는 자부심과 훈련으로 어떤 고통도 내비치지 않고 있었지만 벨제엘은 그의 상처가 치유되려면 얼마간의 시간이 걸리리라는 사실을 알 수 있었다.

벨제엘은 이미 시카라이로부터 전투에 관한 보고를 들은 터였다. 티리엘의 무리는 고생 끝에 수천 년 동안 천상과 지옥으로부터 숨겨져왔던 고대 네팔렘의 은신처를 찾아냈다. 게다가 정찰병들이 시카라이에게 알려준 정보에 따르면, 그들은 아직 알 수 없는 이유로 더 크고 비밀스런 네팔렘의 요새를 찾는 중이라고 했다.

어떻게 보잘것없는 인간 무리가 악마 군대와 천사 파괴자에 용감히 맞서고, 그것도 모자라 그냥 버티는 정도가 아니라 이 정도의 피해를 입힐 수 있단 말인가? 그리고 그들이 검은 영혼석을 뒤쫓는 최종 목적은 무엇이란 말인가?

그들은 감히 자신들이 성공하리라고는 생각하지 못할 터였다. 벨제엘은 시카라이의 날개를 바라보았다. *여자 야만용사가 도끼로 한 일이었다.* 어떤 인간의 무기도 천사의 날개를 구성하는 에너지를 뚫을 수 없었다. 오히려 살짝 스치기만 해도 인간은 불타버리는 게 당연했다.

벨제엘은 그게 놀랐고, 그것이 뭘 의미하는 생각해보지 않을 수 없었다. 먼 옛날 단 한 명의 네팔렘 전사가 루미나레이가 방어에 실패한 수정 회랑에서 대악마를 물리친 적이 있었다. 그러나 벨제엘은 항상 그 일을 인간 종족을 뛰어넘는, 육체에 혼혈의 피가 흘러 모든 인간보다 훨씬 더 위대해진 한 인간이 가져온 기적이라고 생각해왔다.

그러나 지금은 자신의 생각을 조정해야 할 필요를 느꼈다. 새로운 호라드림을 결성한 티리엘은 벨제엘이 생각했던 것보다 더 영리했다. 티리엘은 자신이 수백 년 전에 했던 것과 똑같은 일을 하고 있었다. 어쩌면 이 인간들을 상대하려면 더 공격적이고 용의주도한 접근이 필요할는지 모른다.

"넌 날 실망시켰다."

벨제엘이 말했다.

"넌 무기까지 잃었다. 시카라이는 절대 자신의 검을 떨어뜨리지 않는다. 수호자가 이 일을 절대 가볍게 여기지 않을 것이다."

"죄송합니다, 주인님."

시카라이는 그가 겪고 있을 고통을 조금도 내색하지 않은 채 여전히 깊고 강한 목소리로 대답했다.

"다시는 이런 일이 없을 겁니다."

"당연히 그래야지."

벨제엘은 분통을 터트리지 않으려고 애썼다. 파괴자는 이번에 기습을 당했다. 그것 말고는 달리 설명할 길이 없었다. 벨제엘은 지금 당장 루미나레이를 총동원해 공격할까도 생각했다. 하지만 혼자서 내릴 수 있는 결정이 아니었다. 의회는 그동안 벨제엘의 활약에도 불구하고 아직 그러한 결정에 동의할 준비가 안 되어 있었다. 임페리우스는 성역의 운명에 대한 최종 결정이 내려지기 전까지 군대가 움직이는 일을 허락하지 않을 터였다.

아직은 영혼석이 자신의 일을 하도록 시간을 벌어줄 필요가 있었다.

아니, 시카라이와 지상에 있는 그들의 지원군만으로도 충분했다. 이번 실패는 벨제엘이 잘만 생각하면 유리하게 이용할 여지가 있었다. 티리엘의 집단은 뭔가 중요한 것을 찾는 중이었다. 그들은 이미 벨제엘이 동맹을 맺은 성역의 무리보다 유능함을 증명해보였다.

벨제엘은 네팔렘 요새에 관해 더 많은 정보를 얻어서 수호자에게 알려줘야 했다. 어쩌면 거기에 그들이 이용할 수 있는 뭔가가 있을지 몰랐다. 어쩌면 인간들은, 벨제엘에게 참을성과 영리함만 있다면, 그를 네팔렘의 요새로 곧장 인도해줄지도 모른다.

이번 일은 벨제엘이 쉬운 승리를 확신한 나머지 맹목적으로 뛰어든 감이 있었다. 그들의 약점을 이용할 필요가 있었다. 인간들이 서로를 아끼는 특징은 그대로 그들의 약점으로 작용했다. 먼저 그들에 관해 더 많이 알아야 했다. 그 다음 분열을 일으킬 여지가 있는지 그들의 동맹을 이해할 필요가 있었다.

벨제엘은 여전히 부동자세로 있는 전사를 유심히 살펴보았다. 이것이 전사가 가져온 최선의 결과였다. 이제 시카라이는 원한을 품고 있었다.

"산에서 그들이 뭘 하고 있었는지 다시 자세히 보고해 봐."

벨제엘이 말했다.

"하나도 빼놓지 말고 전부. 그들의 발자국과 호흡, 그들이 네팔렘의 은신처에서 가져온 유물들까지 모조리 알아야겠어. 그런 다음 상처를 치유하고 다시 그들과 대적할 준비를 하도록. 이번엔 절대 실패해선 안 돼."

순간 시카라이의 힘이 불같이 솟으며 분노의 빛이 번쩍거렸지만, 규율과 훈련이 그 기세를 잠재웠다.

"그들은 자신들이 한 짓을 후회하게 될 겁니다. 약속드립니다."

벨제엘은 고개를 끄덕였다. 그는 할 일이 많았다. 임페리우스가 기다리고 있었고, 다른 이들에게도 소식을 전해야 했다. 특히 이번 실패를 달가워하지 않을 존재가 있었다. 하지만 벨제엘은 여전히 인간들이 아무리 뛰어난 능력을 가졌다 하더라고 그들을 상대로 오래 비디진 못하리리고 자신했다. 그리고 만에 하나 티리엘이 벨제엘이 생각했던 것보다 훨씬 더 강력하다는 사실이 증명되더라도, 그를 공격할 다른 방법이 있었다. 그건 티리엘이 전혀 예상하지 못한 방법이 될 것이다.

벨제엘은 상관에게 보고할 준비를 하고, 거의 받을 게 확실한 비난을 각오했다. 비난 받는 시간은 길지 않을 것이고, 벨제엘은 곧 훨씬 더 좋은 소식을 보고하게 될 터였다.

그러면 성역의 모든 것이 불길에 휩싸일 것이다.

21장

성스러운 기사단 교회

호라드림은 다음 며칠 간 인적이 드문 길을 골라, 밤에는 보초를 세우고 짧게 눈만 붙이는 식으로 이동을 계속했다. 자일은 은폐의 주문을 써서 발소리를 죽이고 눈에 띄지 않게 형체도 가렸다. 그들을 괴롭히던 환영들은 자취를 감췄고, 시카라이도 다시 나타나지 않았다.

제이콥은 샤나르의 곁에서 걸으며 파괴자의 검을 항상 허리에 차고 있었다. 티리엘은 나르 사령관의 집을 떠나기 전에 제이콥에게 검을 선물했다. 검은 제이콥이 너무 오래 잊고 있던 힘과 용기를 되찾아주었다. 제이콥은 다시 온전한 사람이 된 듯 느끼기 시작했고, 심지어 가인버와 강령술사 사이의 서부원정지만큼이나 넓고 위험한 틈을 메워 주려고까지 했다. 야만용사는 산에서의 전투 이후 달라진 것 같았다. 일종의 각성이 일어났고, 가인버의 내면에서 어떤 힘이 휘감아 도는 듯했다.

마침내 호라드림은 서부원정지 도시의 외곽에 도착했다. 그들은 사람들의 관심을 끌지 않으려고 조심하면서 점점 늘어나는 인파 속에 섞여 들었다. 보초병과 궁수들이 배치돼 경계가 삼엄한 인상적인 성문 주위를 거대한 석벽들이 둘러싸고 있었다.

서부원정지는 브람웰과는 다르게 매우 번창했고, 끝없이 이어진 언덕들 위로 성벽과 석조 건물이 줄지어 들어선 훨씬 큰 도시였다.

성문에는 이빨을 드러낸 늑대의 친숙한 문양이 그려진 진홍색 깃발이 바람에 부딪히며 탁탁 소리를 내고 있었다. 호라드림은 가축이 끄는 물건을 실은 수레들과 걸어가는 사람들에 뒤섞여 문을 통과했다. 제이콥은 찐 고기와 향신료, 땀, 부패한 쓰레기, 동물 냄새, 진창이 뒤섞인 도시의 냄새를 맡을 수 있었다. 칼데움의 교역 천막 주변 지역이 떠올랐다. 사람들은 서로 밀쳤고, 물건을 팔려고 목청껏 소리를 질렀으며, 가격을 두고 다퉜다. 활기와 흥분이 폭력의 낮은 기류와 섞여 있었다.

길에는 자갈을 두껍게 깐 뒤 노새의 똥과 오줌을 흡수하도록 짚을 뿌려 놓았다. 시장 어디에나 물건을 파는 임시 천막이 빼곡히 들어섰고, 향신료 무역상과 고급 직물을 파는 상인들은 행인들을 붙잡느라 여념이 없었다. 그들의 운명을 봐주겠다고 나선 한 늙은 여자는 좀처럼 물러서지 않으려 했다. 노파는 관절염 때문에 비틀어진 손가락으로 제이콥의 망토를 움켜쥐었다. 그러나 제이콥이 뿌리치자, 그에게 침을 뱉고 그들이 지나가는 동안 욕설을 퍼부었다.

도시는 시끄럽고 사람들로 붐볐다. 그래서 그들은 갑옷을 입은 남자가 바로 앞에 다가올 때까지 보지 못했다.

갑자기 사람들이 스르륵 길을 열더니 남자가 앞으로 걸어왔다. 쇠로 된 그의 창끝이 돌바닥에 부딪히며 소리를 냈다. 주위 사람들은 마침 재미난 구경거리라도 생겼다는 듯이 그들에게 시선을 고정한 채 한발 뒤로 물러났다. 가슴보호갑과 검을 착용한 남자가 덥수룩한 수염 위로 눈을 반짝였다.

"이곳에 온 목적을 밝히시오."

"로라스 나르를 만나러 왔습니다. 브람웰에 있는 그의 아버지로부터 소식을 가져왔습니다."

티리엘이 말했다.

일행을 바라보는 남자의 눈이 가늘어졌다.

"로라스란 사람은 모르오. 하지만 이들은 여기서 환영받지 못할 거요."

남자가 창으로 샤나르와 자일을 가리키며 말했다.

"마법사와 강령술사는 빛의 도시에 어울리지 않소."

"그렇다면 우리를 성스러운 기사단 교회로 안내해주십시오. 그곳에도 용무가 있습니다."

티리엘이 말했다.

"무슨 용무요?"

"놀런이라는 분을 만나려고 합니다."

"그분이 왜 당신들을 만나야 하지?"

"우리는 성스러운 전사들로, 그분의 대의에 어떻게든 힘을 보태고 싶습니다."

그러자 남자는 태도를 바꾸고 몸의 긴장을 살짝 누그러뜨렸다. 그가 주위의 사람들을 둘러보았다. 아무도 그와 눈을 마주치려 하지 않았다.

"그렇다면 깨달음을 찾아온 거군. 내가 그리로 데려다주겠소. 그분의 호감을 사는 게 좋을 거요."

기사단원이다. 제이콥이 허리에 찬 무기 쪽으로 천천히 손을 움직였다.

"동료들과 묵을 곳이 필요합니다. 근처에 여관이 있습니까?"

티리엘이 물었다.

"무는 개 여관이 있소."

남자는 제이콥을 흘긋 보더니 다시 티리엘에게 시선을 돌렸다.

"모퉁이를 돌면 바로요. 거기서 자는 좀도둑들 때문에 빈대가 득실대겠지만 방은 있을 거요."

티리엘이 제이콥을 돌아보며 말했다.

"그리로 가세요. 다른 사람들도 데리고. 쿨렌과 토마스와 나도 곧 그리로 갈게요."

남자는 그들을 이끌고 거대한 석조 건물과 회랑과 골목들, 검은 물과 쓰레기가 천천히 흐르는 배수로를 지나 천천히 길을 걸었다. 거지들이 그늘 속에서 몸을 웅크리고 있는 구석진 골목과 상점들의 문간에서 계속 악취가 풍겨왔다.

그들이 도시의 중심부를 향해 완만한 비탈을 계속 오르는 동안, 건물들은 더욱 커지고 화려해졌다. 건물들은 작은 탑과 길쭉한 창문, 궁륭, 부벽, 지붕 위에 앉아 거리의 사람들을 내려다보는 괴물 석상들로 치장되어 있었다. 장터에는 더 많은 사람들이 모여 있었고, 기사단원이 그들을 헤치며 나아가는 동안 서로들 밀치고 야단이었다.

티리엘은 그곳에 이르기 한참 전부터 오래된 대성당의 모습을 어렴풋이 보았다. 대성당 건물은 근처 건물들 너머로 무시무시한 돌 괴물처럼 우뚝 솟아 있었는데, 뾰족한 작은 탑과 색유리창이 내부로부터 빛을 발하는 듯했다. 쿨렌의 설명에 의하면 대성당은 자카룸 교단을 위해 지어진 뒤 수백 년을 이곳에 있었다. 그러다가 서부원정지 기사들이 들어와 이곳을 사용했고, 이후 그들은 왕과 서부원정지 경계를 보호하는 일에 집중하는 더 세속적인 분파로 변형되었다.

"듣기로는 기사들이 대성당을 여전히 자기들 것으로 여긴다고 합니다."

쿨렌이 앞서 성큼성큼 걷는 남자의 등을 흘깃 보며 속삭였다.

"기사단원이 이곳을 장악했다면 두 집단 사이에 갈등이 있을 게 분명해요."

대성당에 도착하자 어두운 표정의 남자 몇 명이 그들을 맞이했다. 경비병들은 신경이 곤두서 있었다. 그들을 안내한 기사단원이 다른 기사단원들에게 몸짓까지 하며 한참을 설명하더니 찌푸린 얼굴로 티리엘 일행을 돌아보았다.

"그분은 다른 업무로 바쁘다고 하오. 안에서 기다리는 게 좋겠소."

그들은 중앙의 벽감을 지나, 전체가 돌로 지어졌고 바닥에는 거미줄 모양의 가는 선들이 새겨진 거대한 실내 예배당으로 안내되었다. 왼쪽에 놓인 엄청나게 큰 조각품을 지나자 촛불이 가물거리는 짧은 계단이 나왔다. 남자 몇 명이 모여 얘기를 나누다 호라드림이 지나가자 입을 다물었다. 그들은 나무 신도석을 지나고 높은 제단을 빙 돌아 다른 복도로 들어섰다.

안내하던 남자가 그들을 작은 대기실로 들여보내기 직전, 티리엘은 복도 저쪽 끝에 빗장이 걸려 있고 무장한 두 명의 병사가 지키고 있는 또 다른 문을 눈여겨보았다. 안내하던 남자는 대기실에 그들만 남겨둔 채 문을 닫았다.

벽에 푸른 명주실로 짠 걸개가 걸려 있었다. 쿨렌이 걸개 끝을 들추자 돌벽에 조각된 자카룸의 문장이 나타났다. 길쭉한 은 촛대걸이에 꽂힌 촛불들이 실내를 밝혀주고 있었다.

토마스가 서성이기 시작했다.

"일이 너무 쉽게 풀려요. 뭔가 불안해요. 그들이 왜 무기부터 점검하지 않고 우릴 이곳에 들여보냈을까요?"

티리엘 역시 같은 생각이었다. 그들은 어쩌면 곧장 함정으로 걸어 들어온 것인지도 몰랐다. 하지만 네팔렘의 잊힌 도시가 대성당의 지하에 있었다. 그곳에 가기 위해 기사단원들을 통과해야 한다면, 그렇게 해야 했다.

서부원정지 시민들은 그들에게 어떤 위험이 닥칠지 전혀 모르고 있소. 왕은 그들에 대한 대대적인 척결을 명령할 것이오. 나르 사령관은 그렇게 말했다.

정화는 생각보다 일찍 찾아올지도 모른다.

티리엘의 생각은 다가오는 발소리에 중단되었다. 문이 활짝 열리며 불그레한 혈색의 남자가 살짝 숨을 헐떡이며 들어왔다. 중간 정도 되는 키에 몸이 마른 남자는 얼핏 이런 단체를 이끌기에 어울리지 않아 보였다. 그는 허리에 푸른 띠를 둘렀지만 기사단원의 갑옷은 입고 있지 않았다. 하지만 그의 눈빛은 얼음장처럼 차가웠고, 뒤따라 들어온 병사들의 확실한 존경을 받고 있었다. 병사들은 고개를 숙여 인사한 뒤 밖으로 나갔다.

"놀런이라고 하오. 서부원정지 기사단을 이끌고 있소. 여기엔 무슨 일로 왔소?"

"우리는 칼데움에서 왔습니다."

티리엘은 놀런이 내민 손을 잡았고, 그가 손에 힘을 주는 것을 느꼈다.

"최근에 칼데움에서 벌어진 사태에 대한 얘기를 들으셨는지 모르겠지만, 진실은 잘 모르실 겁니다. 시민들에 대한 황궁 경비대의 반란은 사람들이 아닌 악마들의 부추김에 의한 것이었습니다. 우리는 그곳의 어둠과 맞서 싸웠고 누구도 보지 못한 끔찍한 공포를 목격했습니다. 그와 같은 일이 서부원정지에서도 일어나지 않을까 우려됩니다."

"그게 우리와 무슨 상관이 있소?"

"우리는 때가 되면 필요한 일을 할 만큼 훈련이 잘 돼 있는 강력한 집단에 합류하고자 합니다. 그 일이 왕을 배신하는 일이더라도 말이죠."

놀런의 눈빛이 가늘어졌다.

"우리는 어둠을 몰아내고 빛에 봉사하는 일에 전념하는 평화로운 기사단이오."

"우리 역시 그렇습니다. 그러나 가끔은…… 어려운 선택을 해야 하는 때도 있습니다."

티리엘이 말했다.

놀런은 한동안 티리엘을 유심히 바라보았다. 그때 문이 열리며 건장한 남자가 들어왔다.

"주인님, 준비가 되면 알려 달라고 하신……"

"지금은 아니야. 스테판과 카미르에게 밖에서 대기하라고 해."

젊은 남자는 고개를 꾸벅 숙이고 재빨리 문을 닫고 나갔다.

"정말 어려운 선택이지."

놀런이 말했다.

"내 짐작이 옳다면 당신들도 곧 그러한 선택을 하게 될 것이오. 하지만 기사단은 성스러운 임무를 부여받았고, 사람들에게 그러한 메시지를 전파하려고 노력하고 있소. 우리는 어둠에 물든 죄인들을 정화시키는 작업을 하지. 그들은 우리를 통해 죄를 씻고 깨끗하고 순수한 빛의 자녀로 다시 태어나는 거요. 그쪽에서 먼저 건드리지 않는 한 우린 자카룸이나 기사들, 혹은 유스티니안 왕과 어떤 문제도 불거지지 않길 바라오."

"그렇다면 우리가 잘못 찾아온 것 같습니다."

"내 생각은 이렇소. 난 당신들을 기사단에 대한 정보를 캐내려고 왕이 보낸 첩자들이라고 생각하오. 심지어 기사단에 침투하려는 것일 수도 있고. 기사들은 우릴 그들에게 위협적인 존재라고 생각해 제거하려고 호시탐탐 기회를 노리고 있거든."

"우리는 전혀 모르는 얘기입니다."

티리엘이 놀런의 시선을 똑바로 마주하며 말했다.

"아니면 자카룸이 여전히 배후에서 이 일을 조종하는 건지도 모르지. 그들은 사람들이 생각하는 것보다 이 도시에 더 많은 영향력을 계속 행사하고 있소."

놀런이 어깨를 으쓱했다.

"뭐 상관없소. 나는 오직 기사단장의 명령에만 따르니까. 사실을 말하자면 가끔은 그의 명령조차 따르지 않을 때가 있소. 내 병사들은 우리의 임무를 이해하고 필요하다면 목숨도 바칠 각오가 되어 있지. 여기 두 사람도 그렇소."

놀런은 문을 열고 꼿꼿이 차려 자세를 하고 있는 두 병사를 보여주었다.

"그들은 내 명령을 기다리고 있소. 한 치의 실수도 없이 우린 서부원정지와 그 주변 지역에서 악을 정화하고 사람들에게 빛을 가져다주기 위해 필요한 모든 일을 할 것이오."

방 안에 한참 동안 정적이 감돌았다. 티리엘은 기사단원들이 무기를 빼들지 않을까 기다렸다. 하지만 기사단원들은 움직이지 않았다. 놀런이 마침내 미소를 지었다.

"당신들이 할 일이 있소. 가서 왕께 우리는 우리의 임무를 평화롭게 수행하길 원하며, 서부원정지 사람들 한 사람 한 사람에게 믿음을 전파하는 일을 계속할 거라고 전하시오. 그렇지만 우린 절대 어떤 위협에도 겁먹지 않을 것이오. 만일 기사들이 우릴 없애려 든다면, 그들은 그 결과에 깜짝 놀라게 될 것이오. 우리는 시민들의 지지를 받고 있소. 성스러운 기사단 교회는 본래 자카룸에 의해 창설됐지만 지금은 기사단원의 교회이고 앞으로도 계속 그럴 것이오."

놀런이 말했다.

"우리가 왕을 안다면 그렇게 전하겠소."

티리엘이 말했다.

놀런은 이를 드러내고 싱긋 웃었다.

"잘도 빠져나가는군, 응? 당신들은 원하는 게 있지. 하지만 여기선 절대 얻지 못할 것이오."

놀런은 병사에게 고개를 까딱한 뒤 옆으로 비켜섰다.

"가도 좋소. 가서 유스티니안 왕에게 내 말을 전하시오. 내가 당신들이라면 이곳에 더는 어물대지 않을 것이오."

티리엘이 놀런에게 다가가자 경비병 둘이 창을 움켜쥐며 긴장했다. 놀런이 살짝 뒷걸음질 쳤고, 차가운 표정이 순간 흔들렸다.

"우린 다시 만나게 될 겁니다."

티리엘은 그 말을 끝으로 작은 남자의 곁을 떠났고, 토마스와 쿨렌이 그 뒤를 따랐다. 복도 끝에 있는 문은 여전히 빗장이 걸린 채 무장한 병사 두 명이 지키고 있었다.

그들이 오래된 자카룸 대성당을 나오는 동안, 티리엘은 확실하진 않지만 그들의 발아래 어디선가 희미하게 새어나오는 비명 소리를 들은 것 같았다.

제이콥은 무는 개 여관에 지저분한 방 세 개를 구한 뒤, 로라스 나르에게 소식을 전할 방법을 찾아 나섰다. 길에서 만난 경비병 하나가 로라스를 알고 있어서 일은 어렵지 않게 풀렸다. 경비병은 브람웰에 있는 로라스의 아버지로부터 급한 전갈을 가져왔다는 말을 듣더니 곧 젊은 기사를 데려오겠다고 약속했다.

경비병은 그들에게 여관 1층에 있는 술집에서 기다리라고 말했다. 수도사와 강령술사는 각자 밖으로 나갔다. 가인버는 자일이 나가는 걸 보고 안심하는 것 같았다. 그들은 불안한 휴전에 들어가 있었는데, 네팔렘의 사원에서 보여준 자일의 활약에도 불구하고 그에 대한 가인버의 의견은 바뀌지 않았다. 제이콥은 그 얘기를 꺼내는 걸 주저했다. 자일은 그들에게 여러모로 유용한 존재지만, 강령술사라는 종족에 대한 가인버의 불신은 수심이 깊고 위험한 물길과 같아 제이콥이 선뜻 건너기가 어려웠다.

제이콥은 샤나르, 가인버와 함께 술집의 구석진 탁자에 자리를 잡았다. 그들은 양고기와 빵, 벌꿀 술을 주문한 뒤 서부원정지 주민들의 대화에 귀를 기울였다. 술을 마시고 흥겨운 와중에도 저변에 묵직한 긴장감이 감돌면서 사람들이 이상하게 사라진다는 소문이 화제가 되었다. 가까운 탁자에 있던 한 남자가 왕의 경비대에 맞서는 반란이 일어날 거라고 하자 주위에 있던 사람들이 말도 안 되는 소리라고 일축했다. 다들 세 명의 기사가 알 수 없는 가해자들에게 목이 잘린 채 발견된 이후 야간 통행금지령이 내려진 것에 불만들이었다.

"나르 사령관의 말이 옳았어. 서부원정지에 어둠의 세력이 있어."

샤나르가 말했다. 제이콥을 바라보던 그녀의 눈에 이상한 빛이 반짝했다.

"예전의 그 잘난 척하던 습관이 슬슬 돌아오는 것 같은데, 아니야?"

샤나르는 가인버를 흘긋 보더니 아름다운 입술에 야릇한 미소를 지었다.

"조심해, 잘못했다간 야만용사가 당신을 그녀의 동굴로 데려갈지 몰라."

가인버가 얼굴을 붉히며 시선을 돌렸다.

"나한테 동굴이 어디 있어. 그리고 그와 뭔 일이 있었던 건 내가 아니라 너잖아."

제이콥은 샤나르의 말이 옳다고 생각했다. 확실히 전과는 다르게 느끼고 있었다. 엘드루인이 정의로운 일을 할 수 있게 그에게 힘과 용기를 주었을 때와 비슷한 느낌이었다. 하지만 트리스트럼에 있었을 때와는 변화가 있었다. 제이콥은 어깨에 난 주름진 상처를 만져보았다. 환영들이 정말 그들을 따라 도시에 들어온 것일까? 아니면 원래 이곳에 있었던 것일까?

제이콥의 생각은 경비병이 그들을 향해 다가오면서 끊겼다. 그는 기사 갑옷을 입은 젊은 남자를 가리키며 로라스 나르라고 소개했다. 금발에 푸른 눈을 가진 젊은이는 턱 부분과 넓은 이마를 제외하고 사령관과 별로 닮은 구석이 없었다.

"아버지로부터 소식을 가져왔다고요? 그런데 그 말을 어떻게 믿습니까? 낯선 사람들을 믿기에 매우 위험한 시절이라서요."

제이콥이 다른 사람들에게 신비한 칼날을 보이지 않으려고 조심하며 칼집에서 검을 조금 빼내 가죽에 찍힌 표식을 보여주었다.

"그가 내게 이 검을 만들어줬습니다. 앉아 목이라도 축이면서 우리가 앞으로 어떻게 협력할 수 있을지 얘기해봅시다."

"당신들은 누구십니까?"

"우리는 호라드림입니다. 아주 중요한 임무를 수행하고 있지요. 성역의 운명이 달린 일이고, 시간이 아주 촉박합니다."

로라스는 잠시 머뭇거리더니 경비병을 돌려보내고 자리에 앉았다. 제이콥은 주위의 사람들이 다시 그들의 대화로 돌아갈 때까지 기다렸다. 로라스가 벌꿀 술을 주문했다. 벌꿀 술이 나오자 젊은이는 벌컥벌컥 들이켰고, 제이콥은 서부 원정지에 닥친 일에 대해 그의 아버지가 해준 말을 그대로 들려주었다.

"지난 몇 주간 아버지에게 군대를 이끌고 이곳으로 와 달라고 브람웰로 여러 차례 사람을 보냈지요. 그런데 아무도 돌아오지 않았어요."

"그들은 아마 도중에 살해당했을 겁니다."

"기사단이 점점 대담해지고 있는 건 사실이에요. 하지만 왕의 경비병들을 해치는 건……."

로라스가 어깨를 으쓱했다. 그러고는 머뭇거리며 말했다.

"아무리 그들이라도 그런 뻔뻔한 짓은 저지르지 못할 겁니다. 도시에서 주민들이 사라지고 있고, 소름끼치는 것들을 봤다는 소문이 돌고 있어요."

제이콥은 다른 사람들이 엿듣지 못하게 목소리를 낮춘 뒤 그들이 브람웰에서 보았던 것들을 얘기해주었다. 로라스의 눈이 천천히 커졌고, 잊힌 사원에 산처럼 쌓인 시체들에 대한 얘기를 들으면서는 분노와 경악의 표정으로 바뀌었다.

"여기서 들리는 소문도 비슷해요."

로라스는 잠시 주위를 둘러본 다음 숨죽여 말했다. 아무도 그들에게 관심을 두지 않는 것 같았다.

"기사들의 조직 내부에서는 이처럼 기이한 생물들이 나타나는 일과 기사단이 어떻게든 관련이 있을 거라고 보고 있습니다. 사람들이 묘사하는 괴물들이 이 세상 것들이 아닌 듯하지만요. 왕은 분노하고 있고, 토리온 장군은 그동안 참을 만큼 참았지요. 아버지에게 병사들을 이끌고 이곳으로 와 달라고 요청해야 합니다. 벌써 늦었는지도 모르겠습니다."

"어쩌면 우리가 도울 수 있을 것 같군요. 우리 일행이 지금 성스러운 기사단 교회에 가 있어요."

"일행이 더 있습니까?"

로라스의 눈빛과 목소리가 예리해졌다.

"얼마나 더 있죠? 그리고 그들이 대성당엔 왜 간 겁니까?"

"이를테면 상황을 파악하고 기사단 병력의 약점을 알아보려는 거지요."

샤나르가 대답했다.

"대성당 안에 우리가 찾는 게 있을지 모르는데 대놓고 물어볼 순 없으니까."

제이콥은 젊은이가 의심을 품을 거라고 예상했지만, 로라스는 그들이 얘기하는 동안 주의 깊게 듣고 간간히 질문하는 등 사려 깊고 무척 열정적인 모습을 보였다. 로라스는 서부원정지 최고의 스승늘에게 교육을 받았는데, 스승늘 중에 고대의 결사단에 관한 전설을 잘 알고 있던 사람으로부터 호라드림의 역사를 배웠다고 했다. 로라스는 항상 호라드림의 전사들에게 매료되었다고 했다.

"어렸을 때 곧잘 호라드림의 영웅 흉내를 내며 놀았지요. 목검으로 괴물들과 싸우며 말이에요. 정말 오래된 얘기 같군요."

"아직 늦지 않았어요."

갑작스런 목소리에 제이콥이 고개를 들었다. 티리엘이 그들을 내려다보며 서 있었고, 옆에 쿨렌과 토마스도 있었다.

"대성당 지하로 내려가는 문 중에 빗장이 걸린 채 경비병들이 지키는 곳이 있어요. 그 뒤에 뭐가 있는지 알아내야 합니다."

티리엘이 말했다. 그러자 로라스가 말했다.

"내가 도움이 될 수도 있을 것 같습니다."

일행은 좀 더 은밀한 대화를 나누기 위해 숙소로 돌아왔다. 도시에 황혼이 질 무렵, 그들은 작은 방 하나에 간이침대를 끌어다 놓고 그 위에 둘러앉았다. 여관 안의 취객들과 음탕한 손님들의 고함 소리가 벽을 통해 들려왔다. 제이콥은 만약 기사단이 도둑들과 악당들로 신병을 모집한다면 이곳, 무는 개 여관부터 뒤져야 할 거라고 생각했다. 하지만 여관의 시끌시끌한 분위기는 호라드림이 사람들 눈에 띄지 않는 데 도움이 되었고, 아무도 그들에게 질문을 하거나 귀찮게 굴지 않았다.

제이콥은 싸우고 싶어 몸이 근질거렸다. 손가락이 저릿했고, 옆구리에 닿은 검의 느낌이 따뜻했다. 샤나르가 닿을 듯 가까이 앉아 있었다. 곁눈질로 샤나르를 보며 그녀가 몸을 밀착해오는 상상을 하자 과거의 일이 떠올랐다. 그들이 함께 불타는 지옥의 역병 악마들과 침을 질질 흘리는 괴물들을 물리치고 난 뒤 뜨거운 밤을 보내던 그 시절로 돌아간 것만 같았다.

로라스는 서부원정지의 상황을 자세히 설명했다. 그는 기사단이 비록 자카룸 교단의 한 분파이긴 하지만, 그동안 기사단의 부흥은 서부원정지 기사들에게 위협이 되어왔다고 말했다.

"전직 기사들 중에는 기사단에 합류한 사람들도 있지만 대부분은 서부원정지 기사단의 활동을 믿지 않고 있습니다. 특히 놀런이 지배한 이후로는 더더욱 그래요. 최근에 우리는 왕에게 반대해 반란을 일으킬 계획이 담긴 편지를 입수했죠. 토리온 장군은 더 늦기 전에 기사단을 공격해 위험을 제거하기로 결정했습니다."

"우린 다시 대성당 안으로 들어가야 합니다."

쿨렌이 말했다.

"성당 안 지하는 아주 깊습니다. 우린 기사단원들이 그곳에서 몰래 가장 끔찍한 일을 저지르고 있다고 의심하고 있어요."

로라스가 말했다.

"당신들은 강력한 마법사와 전사들입니다. 빗장이 걸린 문 뒤에서 뭔가를 찾으려 하고 있죠. 우리가 도울 수 있을 것 같습니다."

"놀런은 우리를 그들의 활동에 침투시키려고 기사들이 보낸 첩자라고 생각하더군요. 별로 틀리지 않은 생각일 겁니다."

티리엘이 말했다.

"대성당의 수비에 몇 군데 약점이 보이더군요. 예배당이 굉장히 큰 데, 밖에서는 안을 거의 들여다볼 수 없더군요. 그들은 안으로 들어가는 주요 입구 하나만 방어하면 되지만, 우리가 그곳에 몰래 접근할 수만 있다면 그들을 순식간에 제압할 수 있을 겁니다."

문이 열리며 미쿨로프와 강령술사가 들어왔다.

"이곳 서부원정지에 정말 어둠의 세력이 있어요."

자일이 나싸고싸 말했다.

"우리 둘 다 그것을 느꼈죠. 환영들은 여전히 가까이에 있어요."

제이콥은 피부가 이상하게 따끔거리는 듯하다가 어깨에 난 상처가 부드럽게 고동치는 걸 느꼈다.

"나도 느껴요."

무심코 내뱉은 말에 다른 사람들이 제이콥을 쳐다보았다. 제이콥은 고동치기 시작한 어깨를 손으로 문질렀다. 그리고 말했다.

"시간을 더 낭비해선 안 될 것 같아요."

"오늘 밤 토리온 장군이 이번 기습 작전을 설명하기 위해 바너드 사령관과 고위 지휘관들을 소집했습니다. 장군은 날 절대적으로 신뢰하니 내가 여러분의 도움을 받아들이도록 장군을 설득할 수 있습니다."

로라스가 말했다.

"내가 함께 가는 게 좋을 것 같소."

자일이 말했다. 그러자 로라스는 미심쩍은 표정을 지었다.

"죄송하지만 장군은…… 사실 기사들 전체가…… 당신 같은 부류를 별로……"

"그럴지도 모르지. 하지만 토리온 장군은 이번에는 귀를 기울일 걸."

자일의 주머니 속에서 해골이 끼어들었다. 자일이 해골을 꺼내자 가인버가 낮게 투덜거렸다. 젊은 기사는 숨을 헉 들이키며 혐오감에 자기도 모르게 얼굴을 찡그렸다. 험바트가 짧게 웃으며 말했다.

"너무 놀라지 말게나, 젊은이. 그냥 뼈다귀 몇 개일 뿐이야. 토리온 장군과 자일과 나는 전에 함께 일을 한 적이 있지. 네사르도 가문에 남은 하인들도 보증해줄 거야."

자일이 고개를 끄덕였다.

"험바트의 말이 옳아요. 장군은 강령술사를 믿지 않을지 모르지만, 내 의도가 명예롭다는 건 알고 있습니다."

"좋습니다."

로라스가 여전히 경계하는 눈빛으로 해골을 바라보며 말했다.

"저런 게 있다는 걸 들은 적이 있고 역사책으로도 배웠지만, 한 번도 직접……."

"난 자네 즐거우라고 전시된 물건이 아니야. 그만 쳐다보게, 젊은이! 내가 비록 죽긴 했지만 부끄러움은 느낀다고."

"미안합니다."

로라스가 사과하며 희미하게 빛나는 해골로부터 얼른 눈길을 돌렸다.

"그만 가봐야 할 것 같습니다. 시간이 별로 없어요."

"브람웰로 사람을 보내 지원군을 요청하는 게 좋을 것 같습니다. 그리고 게아쿨에 있는 호라드림의 형제들에게도 사람을 보내 서부원정지로 와달라고 요청하세요."

토마스가 말했다.

"사람들의 눈에 띄어 도중에 붙잡히지 않도록 기사가 아닌 일반인들을 보내세요. 네팔렘의 요새가 이곳에 있고 근처에 환영들이 있다면, 가능한 빨리 최대한 많은 병력을 끌어모아야 할 거예요."

22장

기사단 급습

기사들이 성스러운 기사단 교회를 급습하기 두 시간 전, 티리엘은 궁전 밖에 위치한 회합실에서 장군과 임시 사령관을 처음 만나 인사를 나눴다. 장군은 덩치가 꽤 컸고, 노년기에 접어들어서도 탄탄한 몸을 유지하고 있었다. 머리는 벗겨지고 잘생긴 얼굴은 세월의 풍파에 거칠어졌지만, 희미하게 상처가 남은 뺨과 길고 구부러진 코, 깔끔하게 면도된 흰 수염 위로 서늘한 푸른 눈빛은 여전히 매서웠다.

바너드 사령관은 반대로 키가 작고 훨씬 덜 인상적이었는데, 둘이 함께 있을 때면 늘 장군의 결정에 따랐다. 티리엘은 사령관의 부하들에게 만일 선택권이 있다면 그들은 나르 사령관이 브람웰에서 돌아와 그들을 지휘하는 쪽을 더 선호할 것 같다고 생각했다.

자일이 이미 두 사람에게 그들의 이야기를 들려주었고, 티리엘은 성스러운 기사단 교회에서 그들이 본 것을 간략히 설명한 터였다. 토리온 장군은 호라드림이 공격에 가담하는 것을 허락할 만큼 강령술사를 신뢰하는 듯 보였다. 그는 수년 전에 강령술사가 거미 악마 아스트로가를 처치하는 것을 보았기 때문에 자일의 능력을 익히 알고 있었다. 자일과 같은 자는 대단히 귀중한 자원이어서 단 몇 명만 있어도 불리한 전세를 충분히 뒤바꿀 수 있었다.

서부원정지 기사들의 군대는 새벽 일찍 대성당 인근에 결집해 있었다. 달은 거의 구름에 가렸고 거리는 사람 하나 없이 적막했지만 토리온 장군과 바너드 사령관은 엄격한 군율을 유지하며 신중하게 움직였다. 병사들은 죽은 듯 고요했고 전략적 위치에 배치된 파수꾼들이 혹시 있을지 모를 기사단의 첩자를 철저히 경계했다.

완전 무장을 한 토리온 장군의 풍채는 훨씬 더 인상적이었고 늑대 머리 모양의 투모가 희미한 달빛에 은은히 빛났다. 쓰레기의 시큼한 냄새가 시궁창의 유독한 거품처럼 부유했다. 지금은 호롱불들이 모두 꺼지고 안방의 촛불들도 꺼진 채 사람들이 이불 속에서 잠들어 있을 때였다. 토리온 장군은 바너드 사령관에게 군사를 이끌고 가서 대성당의 뒤쪽을 지키라고 지시했다. 그사이 그는 정면을 공략하기로 했다.

"우린 압도적인 군사력으로 과감히 진격할 것이다."

토리온 장군이 말했다.

"접전은 가능한 한 최소화할 것이다. 서부원정지의 시민들은 아침에 깨어나서 밤새 무슨 일이 있었는지 몰라야 한다. 하지만 실수하지 마라. 기사단원들 중 누구도 결백하지 않으며, 그들은 기회만 있다면 주저 없이 너희를 죽일 것이다. 아는 얼굴들도 있을 것이다. 그들이 너희의 형제나 이웃이더라도 그들은 더 이상 너희가 아는 그들이 아니다. 그들은 살해 훈련을 받은 자들로, 이 도시를 상대로 상상을 초월하는 끔찍한 계획을 세워두었다. 오늘 우리의 선제공격은······."

대성당 근처 어딘가에서 적막을 가르는 비명 소리가 나더니 곧 칼이 맞부딪히는 소리가 들렸다. 누군가 발각된 모양으로 경계수위가 높아졌다.

토리온 장군이 바너드 사령관을 향해 큰소리로 명령했다.

"가라, 어서!"

사령관이 앞으로 돌진하는 사이 로라스가 티리엘의 옆에서 멈칫했다.

"안으로 진입하기 위해 할 수 있는 일을 하세요. 지금이 기회입니다."

로라스는 나직이 말한 뒤 자신의 병사들을 이끌고 앞으로 뛰어갔다. 칼이 부딪히는 소리가 적막한 거리에 울려 퍼지는 가운데 사람들의 고함 소리와 심하게 부상당한 사람들의 고통스런 절규가 뒤섞였다.

"내가 일행을 안으로 들여보낼 수 있습니다. 간단한 주문이에요."

자일이 티리엘의 옆에서 말했다. 그러자 티리엘이 고개를 끄덕였다.

"어서 서둘러요."

자일이 불러온 주문이 근처의 기사단원들에게 내려앉으며 소리를 죽이고 빛을 흐렸다. 고요와 어둠의 구체가 그들을 뒤덮었다. 호라드림은 대성당 입구 근처에 있던 세 명의 기사단원을 지나쳐 곧장 달려갔다. 아무도 그들이 지나가는 것을 보거나 듣지 못했다. 다른 기사단원들은 광장의 벽 위 높은 곳에 주둔한 채 사정거리 안에 들어오는 기사들에게 화살을 날릴 준비를 마쳤다. *누군가 정보를 흘린 게 틀림없다.* 티리엘은 속으로 생각했다. 하지만 적들은 맹인이나 마찬가지였다. 강령술사의 주문 덕분에 호라드림은 아무런 제지를 받지 않고 광장을 가로질러 대성당 정문까지 다가갈 수 있었다.

문제는 안으로 들어가는 일이었다. 정문은 당연히 굳게 닫혀 있었다. 경첩을 부수고 난입할 수도 있지만, 그렇게 되면 치열한 싸움이 불가피했다. 게다가 높은 곳에 있는 궁수들은 일단 시력이 돌아온 뒤에는 그들에게 위협이 될 수 있었다. 주문은 호라드림을 잠깐 숨겨줄 수는 있지만 그들이 다치는 것까지 막아주진 못했다.

티리엘은 첫 번째 계단 앞에서 손을 들어 일행을 멈춰 세웠다.

"특별한 저주가 효과가 있을 거야."

해골이 주머니 속에서 소리쳤다.

"검은 양 사건을 기억하나, 친구?"

자일이 고개를 끄덕였다. 강령술사가 뭔가를 중얼거리며 한동안 정신을 집중하자 안에서 깜짝 놀라는 듯한 비명 소리와 함께 싸우는 소리가 들렸다. 잠시 후 뭔가가 바닥에 떨어져 박살나는 소리가 들리더니, 문이 활짝 열리며 안에서 남자 하나가 비틀거리며 튀어나왔다. 그는 비명을 지르며 양손으로 얼굴을 쥐어뜯었는데, 얼굴에 못이 수두룩하게 박힌 채 피를 철철 흘리고 있었다. 기사단 경비병은 미친 사람처럼 다시 비명을 지르며 악마에 관해 횡설수설하더니, 갑자기 몸을 돌려 보이지 않는 공격자를 향해 팔을 휘저었다. 그러고는 넓은 석조 계단을 굴러 티리엘의 발밑에 푹 고꾸라졌다.

호라드림은 지체 없이 열린 문을 향해 계단을 뛰어올라갔다. 갑옷을 입은 덩치 큰 남자가 손을 내저으며 비틀비틀 걸어 나왔다. 그날 낮에 놀런과 만나는 동안 밖에서 차려 자세를 하고 기다렸던 경비병 중 한 명이었다. 티리엘은 엘드루인으로 경비병의 목을 벤 뒤 죽어가는 그를 옆으로 밀쳐내며 약간의 가책을 느꼈다. 토리온 장군은 이들이 고문을 받아 자신이 정의의 편에 선 것으로 믿게 되었다고 말했다. 그러나 놀런은 호라드림의 목을 베라고 명령하면서 조금도 주저할 인물이 아니었다. 그리고 그들이 지금 행동에 나서지 않는다면 훨씬 더 많은 살육이 일어날 게 뻔했다. *이 일이 실패했을 때의 결과를 생각해야 한다. 두 사람의 목숨은 훨씬 더 많은 사람들의 목숨을 살릴 것이다……*.

그들은 그대로 달려 대기실 안으로 들어갔다. 티리엘은 엘드루인을 재빨리 칼집에 꽂았다. 자일의 주문은 더 많은 기사단원들을 지나쳐 달려가는 동안에도 효력을 유지했다. 기사단원들은 침입자들이 그들 한가운데를 지나가는 데도 전혀 보지 못하는 것 같았다. 다행이었다. 기사단원들과 여기서 맞붙을 수도 있지만, 그들의 목표는 가능한 빨리 복도 끝에 있는 빗장이 걸린 문 앞에 도착하는 것이었다.

티리엘은 일행을 이끌고 예배당을 통과했다. 기사단원들이 큰소리로 명령을 내리며 북적대는 중앙을 피해 벽에 바짝 붙어 이동했다. 놀런의 모습은 어디에도 없었다. 티리엘은 놀런을 만났던 작은 대기실을 지나 복도 끝으로 향했다. 복도 끝에 있는 문은 두 명의 기사단원이 여전히 무기를 든 채 지키고 있었다. 자일의 마법이 효력을 다해가고 있었다. 티리엘은 남자들의 눈이 점점 커지는 것을 보았다. 남자 한 명이 앞으로 달려들었다.

제이콥이 거룩한 파괴자로 그를 상대했다.

검은 눈부신 빛을 발하며 기사단원의 창에 부딪히더니, 창을 박살내고 내처 남자의 가슴까지 내려와 그를 깨끗이 두 동강 냈다. 경비병의 조각난 몸이 고꾸라지면서 끔찍한 상처에서 피가 솟구쳤다. 놀라 비명을 지르는 다른 경비병을 제이콥이 다시 한 번 굉장한 힘으로 내려쳐 목을 떨어뜨렸다.

예배당 안에서 달려오는 발자국 소리와 함께 더 많은 고함 소리가 들려왔다. 토마스가 죽은 경비병의 몸에서 열쇠 꾸러미를 빼내 문에 걸어둔 쇠막대의 무거운 걸쇠를 여는 동안, 샤나르와 가인버가 기사단원들의 주의를 분산시키기 위해 뒤로 돌아섰다. 샤나르의 마법이 파지직하는 소리와 함께 살아나며 손끝에서 에너지가 물결처럼 흘러나왔다.

문이 활짝 열리며 돌계단이 나타났다. 표면이 거친 벽에 걸린 호롱불들이 빛을 발하고 있었다. 티리엘이 나머지 일행을 이끌고 대성당 지하의 동굴 같은 공간으로 들어서는 동안, 저 아래서 비명 소리가 메아리쳤다.

계단은 길쭉한 방으로 이어졌다. 벽돌로 지은 반원형 천장에 여러 개의 지지대가 그 위의 거대한 구조물들의 무게를 떠받치고 있었다. 금속 걸이에 고정된 횃불들의 불빛이 그들의 얼굴에 일렁이는 그림자를 만들었다. 안으로 더 들어가자 방의 양쪽에 쇠창살로 만든 문들이 나타났다. 감방에는 죄수들이 들어 있었다. 몇몇 죄수들이 쇠창살로 다가와 풀어달라고 소리치는 동안 다른 죄수들은 어둠 속에 꼼짝도 않고 있었다. 그들 쪽으로 고개를 돌린 사람들의 얼굴은 심하게 두들겨 맞고 멍든 자국이 나 있었고, 몇몇은 몸이 송장처럼 말라 있었다.

방에 있던 기사단원 몇 명이 호라드림을 발견하고 달려들었지만, 그들은 전혀 상대가 되지 않았다. 미쿨로프가 가까운 세 명을 간단히 제압했다. 미쿨로프는 그들이 휘두르는 창을 어렵지 않게 피하면서 주먹과 발로 강력한 공격을 가해 기절시켰다. 나머지 두 명은 무기를 땅에 떨어뜨린 채 무릎을 꿇고 살려달라고 애원했다. 토마스가 열린 감방을 발견했는데, 마른 핏자국이 여기저기 있고 벽에는 쇠고랑이 달려 있었다. 토마스는 경비병들을 안으로 들여보낸 뒤 문을 꽝 닫았다.

그들이 있는 곳은 고문실이었다.

티리엘은 고리에 피가 엉겨 붙은, 팔다리를 비트는 고문대와 삐죽삐죽한 이빨처럼 못이 튀어나온 쇠 단두대, 손가락 고문기구와 칼날들을 둘러보았다. 이곳은 빛과 정의가 있을 곳도, 어둠과 싸우는 평화로운 기사단이 있을 곳도 못 되었다. 놀런은 반드시 이 일에 대한 대가를 치를 것이다.

샤나르와 가인버가 나타나며 계단에서 소동이 일었다. 두 사람은 엄청난 숫자로 압도하려는 듯 물밀 듯 밀려드는 기사단원들과 격렬히 싸우며 순식간에 계단을 내려왔다.

"저들을 막읍시다."

티리엘은 토마스와 미쿨로프를 향해 그렇게 말한 다음 쿨렌을 바라보았다.

"이 방 너머에 무엇이 있는지 찾아보세요!"

쿨렌은 심장이 벌떡벌떡 뛰고 자신의 숨소리가 귀에 크게 울리는 것을 느꼈다. 달려가는 동안 머릿속에서 흩뿌려진 핏자국의 영상이 계속 재생되고 상처 입은 자들의 비명 소리가 뒤따라왔다.

꼭 필요할 때면 싸우긴 하지만 그는 전사가 아니었다. 폭력은 그에게 늘 공포로 다가왔다. 쿨렌은 어머니의 말씀처럼 폭력과는 어울리지 않았다. 그가 다른 소년에게 맞고 오거나 친구들이 목검을 가지고 놀며 전사가 되는 꿈을 꿀 때 혼자서 놀거나 하면 어머니는 늘 그렇게 밀씀하셨다. 이버지는 그런 그를 이해하지 못했지만 어머니는 늘 너그럽게 감싸주었다. *넌 예민한 영혼이란다, 쿨렌.* 어머니는 그의 머리를 쓰다듬으며 그렇게 말씀하시곤 했다. *네 세계에는 책들이 가득하고, 넌 지식에 목말라 있지. 절대 잊지 말거라. 언젠가는 그 지식이 우리 모두를 구원하게 될 거야.*

쿨렌은 어머니에게 절대 잊지 않겠다고 약속했다. 그가 열두 살 때 어머니는 동생을 낳다가 합병증으로 세상을 떠나고 말았다. 쿨렌은 어머니를 자랑스럽게 해드리겠다고 결심했다. 그때 그는 어머니의 다리 사이에 흥건히 고인 피를 보았고, 그 기억은 지금까지 잊히지 않았다. 애초에 쿨렌을 호라드림으로 이끌었던 것이 바로 어머니와의 약속과 지적 호기심이었다. 그리고 바로 그 점 때문에 쿨렌은 데커드 케인을 닮고 싶을 만큼 좋아하게 되었다.

쿨렌은 풀어달라고 애원하는 죄수들을 애써 외면하면서 서둘러 커다란 방을 통과했다. 그리고 그들이 찾은 유물들과 코르시크의 일지, 이곳을 가리키는 모든 신호들을 떠올렸다. 네팔렘의 요새로 이어지는 입구는 대성당의 지하 어딘가에 있는 게 분명했다. 그 점은 자신할 수 있었다.

천장이 둥근 공간은 돌로 만든 아치형의 복도를 따라 다른 방으로 이어졌다. 마지막 횃불이 방 안쪽까지 비추지 못하자 쿨렌은 벽에서 횃불을 떼어 내 손에 들고 나아갔다.

훨씬 더 오래된 방이었다. 낮은 천장은 그 위에 있는 길거리의 무게에 짓눌려 금방이라도 무너질 것처럼 보였다. 과거에 이 방이 어떤 용도로 쓰였는지 모르지만, 모든 것을 뒤덮은 먼지가 그대로인 걸 봐서는 한동안 이곳에 아무도 오지 않은 게 확실했다.

쿨렌은 횃불을 휘둘러 방 안 구석구석을 밝혔다. 저 멀리 끝에 오래된 쇠살대가 보였다. 물방울이 떨어지는 소리가 들렸다. 거기에 하수도가 있는 듯 눈이 매울 정도로 독한 악취가 풍겨왔다. 하지만 쿨렌의 관심을 사로잡는 것은 따로 있었다. 오른쪽 벽을 따라 작은 판, 혹은 문이 돌벽에 박혀 있었다. 사람이 일상적으로 드나드는 문이 아니라 수리나 정비를 위해 낸 문 같았다. 문은 그가 허리를 숙이고 들어가야 할 만큼 높이가 낮았다.

쿨렌은 횃불을 좀 더 가까이 가져갔다. 문은 일종의 금속으로 만들어진 듯했는데, 아무리 봐도 사람이 만든 것 같지 않았다. 표면은 완벽하게 매끄러웠고 아무런 표시도 없었다. 손잡이도 없고 문을 열 수 있는 신호 같은 것도 없었다. 문을 톡톡 두드렸지만 아무런 소리도 나지 않았다. 금속이 소리를 먹은 듯했다. 문은 산처럼 단단히 버티고 서서 꿈쩍도 하지 않았다. 쿨렌은 손끝으로 표면을 만지다가 어떤 무늬가 도드라지게 나타나는 걸 보고 화들짝 놀랐다. 문이 일렁이더니 한가운데 일자로 이상한 구멍이 난 원이 나타났다.

웬일인지 원과 구멍이 낯익었다.

쿨렌은 바닥에 난 커다란 틈에 횃불을 꽂은 뒤 배낭을 뒤져 코르시크의 일지를 찾았다. 페이지를 넘길수록 심장은 점점 더 가파르게 뛰었다. 여기 있다. 일지의 거의 끝부분, 여백에 휘갈겨 쓴 메모가 가득한 페이지에 라키스의 아들이 대충 그려놓은 그림이 있었다. 한가운데 길게 구멍이 나 있는 원이었다.

쿨렌은 가장 잘 보일 때까지 안경을 코끝으로 내린 다음, 페이지를 뚫어지게 바라보았다. 필체는 거의 알아볼 수 없었지만 한 부분이 눈에 들어왔다.

다오릴은 안에서 시작돼 밖으로 치솟은 불길에 타죽었다. 하지만 우리는 지금 문 밖에 있다. 나는 수많은 실패 끝에 귀중한 가르침을 얻었다. 신성한 네팔렘만이 문을 열 열쇠를 가질 수 있다는 가르침.

바닥에 앉은 쿨렌의 머리가 빠르게 회전했다. 문은 어떤 식으로든 보호되어 있는 것 같았다. 그 점은 확실했다. 코르시크가 어떻게든 안에 들어갔던 것도 확실했다. 열쇠는 네팔렘이 사용할 수 있는 힘과 관련이 있는 듯했다. 어쩌면 샤나르나 자일이라면 안으로 들어가는 방법을 찾을 수 있을지 몰랐다. 하지만 네팔렘 전사가 아닌 쿨렌이 보호의 주문을 깰 가능성은 없어 보였다.

아치형 복도와 빈 방에 고함 소리와 무기가 부딪히는 소리가 메아리쳤다. 전투하는 사람들이 점점 가까워지고 있었다. 쿨렌은 다시 한 번 일지를 스르륵 넘기며 가늘고 긴 필체들을 미친 듯이 훑었다. *여기에 뭔가가 더 있을 거야. 핵심 구절이나 어떤 주문 같은……*. 하지만 아무것도 없었다. 그림 뒤의 마지막 페이지들은 텅 비어 있었다.

모든 걸 다시 생각하고 문제를 다른 각도에서 접근할 필요가 있었다. 어쩌면 문을 여는 열쇠는 어떤 특별한 기술이나 주문이 아닐 수도 있었다.

어쩌면 열쇠는 물리적인 것인지도 몰랐다.

어떤 생각이 벼락처럼 스쳤다. 쿨렌은 떨리는 손가락으로 다시 배낭을 뒤적여 산속 네팔렘의 사원에서 발견한 고대의 단검을 꺼냈다. 넓적하고 뭉툭하며 무딘 칼날이며 끝이 뾰족하지 않고 평평한 모양새가 확실히 이상했다. 사실 전혀 무기 같아 보이지 않았다.

열쇠.

쿨렌은 보석이 박힌 칼자루를 잡았다. 이상한 물건의 깊은 내부에서 힘이 낮게 진동하는 것을 느낀 순간, 살아있는 생물이 부드러운 이빨로 무는 것처럼 온기가 손을 타고 팔로 흐르면서 문이 거기에 동조해 낮게 진동했다. 왠지 모르게 단검을 쥔 촉감이 익숙했다. 쿨렌의 머릿속으로 영상들이 쏟아져 들어오기 시작했다. 새벽부터 해질녘까지 밭에 나가 일했던 농부이자 책만 파는 아들에게 실망한 나머지 그에게 늘 무관심하고 냉담했던 아버지. 그에 대한 사랑으로 가득한 어머니의 얼굴. 어릴 적 그토록 많은 시간을 보냈던 도서관. 이러한 기억들은 한 번도 경험하지 못했지만 마치 경험한 것처럼 뚜렷이 인식하는 순간들로 녹아들었다. 쿨렌의 기억들은 살고 사랑하고 싸우고 죽어간 사람들의 눈을 통해 바라본 수백만 개의 순간들을 공유하면서 직접 경험한 적 없지만 마치 경험한 것처럼 인식하게 되었다. 영상들은 점점 더 빨리 흘러들어 한데 섞이며 그의 정신을 파고들었다. 쿨렌은 자신이 호라드림에 관한 두꺼운 서책들에서 배웠던 고대인들, 아직 성역이 다 형성되지 않았을 때 이 땅 위를 걸었던 네팔렘의 이야기를 실제로 체험하기 시작했다.

쿨렌은 평평한 칼날을 문의 구멍에 집어넣었다. 칼날이 안으로 쑥 들어가며 딸깍 소리를 내자 오른쪽으로 원과 함께 돌렸다.

쿨렌은 엄청난 힘이 몸을 관통하는 바람에 하마터면 쓰러질 뻔했다. 쿨렌은 에너지가 쌓여가는 동안 그 힘을 견뎠는데, 마치 정화의 불길이 그를 완전히 태워 재로 만들려는 것 같았다. 에너지는 쿨렌의 내부 깊은 곳에서 흐르기 시작한 에너지와 만나 매순간 더 강해지다가, 마침내 다른 것들을 모두 밀쳐내고 밖으로 뿜어져 나오며 그의 사지에 힘을 불어넣었다. 쿨렌은 자신이 울부짖은 것 같았지만 확실하지 않았다. 세상이 어두워졌다가 다음 순간 모든 걸 삼키는 눈부신 섬광으로 폭발했다. 그리고 서서히 부드럽고 일정한 윙윙거림으로 변해 쿨렌의 영혼을 빛으로 가득 채웠다.

쿨렌은 지금까지 한 번도 느껴보지 못한 평화와 힘을 느끼며 의식을 되찾았다. 여전히 구멍에 열쇠를 꽂은 채였지만 이제 문은 조금 열려 있었다.

쿨렌이 열쇠를 부드럽게 빼내자 문이 소리 없이 활짝 열렸고, 어둠을 향해 내려가는 계단이 나타났다.

23장

잊힌 도시

기사단원들은 샤나르와 가인버를 추격하며 순식간에 지하로 내려왔다. 하지만 처음에 공세로 보였던 움직임은 위층에서 밀려드는 군대와 격렬한 전투가 벌어지면서 후퇴로 변해갔다. 기사들은 정문을 돌파해 대성당을 점령했는데, 전투는 아주 치열했다. 기사단은 뒤에서는 호라드림의 공격을 받고 전면에서는 기사들에게 포위를 당해 수적으로 열세에 처했다. 그들은 지하로 내려가 저항하기로 결심했다.

하지만 호라드림은 그들의 저항이 오래가도록 놔두지 않았다. 샤나르의 지팡이가 눈부신 불꽃을 피워내며 적들에게 불 번개를 내렸고, 가인버의 도끼는 피로 물들었다. 놀런은 병사들에게 큰소리로 명령을 내리면서 자신의 앞을 막아서게 했다.

"그들이 더 이상 저 교활한 자를 보호하지 못하게 해야 할 것입니다!"

티리엘이 덩치가 가장 큰 기사단원의 뒤에 숨은 놀런을 가리키며 외치자, 미쿨로프가 무수한 창들을 뚫고 달려 나가 기사단원들을 다치게 하지 않으면서 최대한 많은 병사들을 무장해제했다. 하지만 대부분의 기사단원들은 항복하지 않은 채 맨손으로 싸우려 들었다. 놀런이 무기를 버리고 기사단원들에게 항복하라고 명령할 때까지 십여 명의 병사가 더 목숨을 잃었다.

기사들이 남은 기사단원들을 포위하고 재빨리 무장해제를 시켰는데, 기사단의 지도자는 마지막에 비겁한 모습을 보였다. 코를 훌쩍이던 작은 남자는 티리엘이 다가가자 바닥에 무릎을 꿇었다. 놀런의 양손은 가인버에 의해 뒤로 묶인 상태였다.

"다시 만나게 될 줄 알았지. 전혀 다른 상황에서."

티리엘이 말했다.

"제발……."

놀런이 빌기 시작했다.

"내 영혼을 살려주시오……."

티리엘이 놀런의 옷을 움켜쥔 채 위로 들어 올렸다. 그리고 벽에 있는 고문기구들을 흘긋 쳐다보았다. 분노가 확 치밀며 놀런이 저지른 악행의 대가로 목을 뽑아버릴까 생각했다.

"그를 놓아주시오."

토리온 장군이 돌바닥을 가로질러 티리엘에게 다가오며 말했다.

"나 역시 놀런을 당장 죽이고 싶소. 하지만 그는 서부원정지의 시민들이 지켜보는 가운데 광장에서 교수형을 당해야 하오."

티리엘이 놀런을 바닥에 떨어뜨렸다.

"놀런을 다른 사람들과 함께 가둬라."

토리온 장군이 명령했다. 기사들은 기사단의 지도자를 경비병들이 갇혀 있는 감방에 집어넣었다. 얼굴에 상처를 입고 갑옷에 피가 묻은 로라스 나르가 앞으로 나와 토리온 장군의 옆에 섰다.

"장군님, 나쁜 소식이 있습니다. 바너드 사령관이 전투 중 사망했습니다."

로라스 나르의 말에 다른 기사들이 발을 끌며 소곤거렸다. 토리온 장군은 그들을 날카롭게 쏘아보았다.

"바너드 사령관은 고귀한 죽음을 맞이했다. 그에게 영웅의 장례식을 치러줄 것이다. 다른 사상자들은?"

"총 열한 명의 기사가 사망했습니다."

토리온 장군은 한숨을 내쉰 뒤 얼굴을 문질렀다. 갑자기 확 늙어버린 듯했다.

"아버지께 전갈을 보냈는가?"

"전령을 여러 명 보냈습니다. 최소한 한 명은 소식을 전했을 겁니다."

"잘 됐군. 이전 직책을 다시 맡아야 하는 지금, 이곳에선 그 어느 때보다 그가 필요하다."

토리온 장군이 다시 호라드림에게 몸을 돌렸다.

"성스러운 기사단 교회는 다시 주민들의 손에 돌아왔소. 대성당의 입구를 어떻게 통과했는지는 모르겠소. 틀림없이 흑마법을 썼겠지. 하지만 당신들의 도움이 없었다면 양측 모두 더 많은 사상자를 냈을 것이오."

토리온 장군은 자일을 가리키며 말했다.

"강령술사가 서부원정지 도시를 또 한 번 구했소. 우린 당신에게 큰 빚을 졌소."

"장군님, 한 말씀드려도 되겠습니까?"

로라스의 물음에 토리온 장군이 고개를 끄덕였다.

"호라드림 전사들은 이 방들 아래에 숨겨져 있을지 모르는, 그들에게 중요한 유물을 찾고 있습니다. 현 상황을 고려해 그들이 유물을 찾을 수 있도록 얼마간의 시간을 허락하는 게 어떻겠습니까?"

토리온 장군은 석연치 않은 기색이었다.

"이곳에 무엇이 있든 그것은 모두 주민들의 것이다. 그들이 고마운 건 사실이지만, 낯선 마법사들이 안내자도 없이 성소를 돌아다니게 할 수는 없다. 그들 중에 대천사가 있다고 해도 마찬가지다."

"제가 그들과 함께 가겠습니다, 장군님."

로라스가 티리엘을 흘긋 쳐다보며 덧붙였다.

"물론 그들이 받아준다면 말입니다."

티리엘이 고개를 끄덕였다.

"우리는 당신의 적이 아닙니다, 장군. 로라스가 동행해야만 마음이 놓인다면 그렇게 하시지요."

"좋소. 우리가 지상의 보안을 책임지고 대성당 밖에 경비병을 세워두겠소. 놀런은 그가 생각했던 것보다 주민들의 존경을 별로 받지 못했던 것 같지만, 그래도 경계를 철저히 하는 게 좋겠지. 오늘 밤 안으로 당신들의 비밀을 찾도록 하시오."

남은 기사단원들이 감방으로 들어가거나 기사들에게 이끌려 계단을 올라가는 동안, 호라드림들은 대성당의 지하로 더 깊이 내려갔다.

그들은 로라스 나르와 함께 커다란 방의 끝에 다다른 뒤, 아치형 복도를 지나 두 번째 방으로 들어갔다. 벽에 있는 열린 문 앞에 쿨렌이 깊은 생각에 잠긴 채 꼼짝도 않고 서 있었다. 토마스가 그의 어깨에 손을 얹자 작은 남자는 화들짝 놀라며 그들을 향해 눈을 껌벅였다.

"내가 숨겨진 입구를 찾았어요. 바로 여기예요."

쿨렌이 담담히 말했다.

다른 사람들이 열린 문 안을 들여다보았다. 저 아래 칠흑 같은 어둠 속으로 내려가는 계단이 있었고, 벽과 천장은 거친 돌로 만들어져 있었다. 버려진 공간의 먼지 냄새가 퍼지며 찬 공기가 그들의 살갗에 닿았다.

티리엘은 제이콥과 미쿨로프를 커다란 방으로 돌려보내 횃불을 더 가져오게 했다. 호라드림이 일렬로 나란히 계단을 내려갔다. 티리엘이 맨 앞에, 로라스가 맨 뒤에 섰다.

바람이 불지 않는데도 티리엘의 손에 들린 횃불이 깜박였다. 계단은 완만하게 꺾어지며 한동안 이어졌다. 마침내 티리엘이 패턴을 눈치 채기 시작했다. 오른쪽 벽의 얇게 살라진 듬이 같은 각도와 깊이로 잠시 후 다시 니티났고, 계단의 부서진 부분이 수십 걸음 뒤에 똑같이 반복되고 있었다.

티리엘은 걸음을 멈추고 햇불을 가까이 가져갔다. 먼지 위로 발자국들이 선명히 찍혀 있었다. 하지만 그들이 계단을 내려오기 시작할 때에는 분명히 발자국이 없었고, 우회해 내려올 수 있는 길도 없었다. 그런데 이 발자국들이 어떻게 나타난 것일까?

누군가 그의 팔을 잡았다.

"우린 계속 원을 돌고 있어요. 발자국은 우리들의 것이에요. 보세요."

쿨렌이 자신의 신발을 발자국 중 하나에 갖다 대자 꼭 들어맞았다.

"당신은 필멸자이지만 인간은 아니에요. 그리고 입구는 보호되어 있지요. 내가 앞장서겠습니다."

티리엘이 쿨렌에게 햇불을 건넸고, 쿨렌은 다음 꺾이는 곳을 돌아 계속 내려갔다. 그 즉시 계단이 직선으로 쭉 뻗으며 가팔랐던 경사가 평평해지고 벽이 더 넓어졌다. 잠시 후 계단이 끝나고 터널 입구가 나타났다.

티리엘은 쿨렌이 아니었다면 그들이 죽을 때까지 원을 돌았을지도 모른다고 생각했다. 그 일로 자신이 그들과 한 부류가 아니라는 사실만 선명히 부각되었다. 티리엘은 맨 끝에 있는 로라스의 자리로 갔다. 호라드림은 그들의 발소리를 흡수하는 고요하고 텅 빈 길을 따라 한참을 걸어, 자연적으로 형성된 듯한 지하 동굴을 통과했다. 다시 천장이 머리 위로 높이 솟은 거대한 동굴 앞에 이르는 동안, 햇불들이 주위의 벽을 비췄다. 앞으로 이어진 길이 비록 잘 닦여 있긴 했지만, 수백 년 혹은 그 이상 인간의 발길이 닿은 흔적은 보이지 않았다. 그들은 한두 번쯤 어디선가 물 같은 게 떨어지는 소리를 들었지만 볼 수는 없었다. 동굴은 끝없는 어둠 속으로 계속 이어졌다.

그들은 앞으로 계속 나아가면서 처음에는 소리를 낮춰 소곤거렸지만, 조금씩 저절로 침묵하게 되었다. 동굴의 규모는 그들의 소음이 그곳에 모여든 신들의 노여움을 살 수도 있다는 듯이 고요한 경의를 요구했다. 그들 주위로 묵직한 무게감이 공기를 채우는 듯했고 발밑에 날리는 먼지는 역사의 향기를 가져왔다.

쿨렌은 자신이 생각했던 것과는 완전히 다르다고 느꼈다. 최초의 네팔렘이 이곳에 있었던 흔적은 어디에도 없었다. 벽과 바닥의 모양으로 봤을 때 동굴은 수백 년 전에 거센 물살에 의해 깎여 형성된 것 같았다. 하지만 이상하게도 쿨렌은 자신이 수년 전 어린애의 모습으로 이곳에 살았던 것처럼 모든 게 변함없이 친숙하게 느껴졌다. 지하에 하나의 세계가 그들의 귀환을 기다리며 예전의 상태 그대로 놓여 있었다. 그의 귀환. 쿨렌은 생각했다. 열쇠가 무슨 변화를 일으킨 것일까. 마치 그가 전에 전체의 인생을 살았지만 이제야 그 사실을 깨닫게 된 것처럼, 쿨렌의 몸을 관통하며 그를 근본적으로 변화시킨 힘은 뭐란 말인가.

어느 순간 그들은 너무 깊어 횃불로는 바닥이 보이지 않는 틈을 가로지른 돌로 된 천연교에 이르렀다. 그들의 발자국 소리가 마치 보이지 않는 존재가 그들을 뒤쫓는 것처럼 메아리쳐 돌아왔다. 강령술사는 해골과 뭔가에 대해 나지막이 속삭인 뒤 쿨렌에게서 횃불을 받아들고 앞장서서 걷기 시작했다. 쿨렌과 토마스가 자일의 뒤를 바짝 따랐고, 그 뒤를 미쿨로프가 따랐다. 천연교는 폭이 좁아 일렬로 건너야 했는데, 다리 양쪽으로 끝이 보이지 않는 나락이 있었다. 그들이 지나갈 때마다 바닥의 자갈들이 재빨리 도망치는 작은 짐승들처럼 달그락대며 심연으로 떨어졌다.

마지막 한 명까지 다리를 건넜을 때 낮고 위협적인 우르릉 소리가 공간에 울려 퍼지며 바닥을 뒤흔들었다. 천연교가 쩍쩍 소리를 내며 갈라지더니 한가운데 긴 틈을 남기고 움직임을 멈췄다. 틈은 1미터 이상 되었다.

샤나르가 다리가 시작되는 지점에 서서 횃불을 내밀고 살펴보았다.

"이제 정말 앞으로 갈 수밖에 없겠네."

일행이 가물거리는 불빛 사이로 샤나르를 바라보자 그녀가 투덜댔다.

"여기서 나가는 다른 길이 있길 바라야겠어요. 안 그럼 우리 자신이 잊힌 도시의 일부가 될지 몰라요."

"건너 갈 방법을 찾아야겠지요."

쿨렌이 말했다. 하지만 샤나르가 다리 끝으로 더 나아가자 돌다리가 다시 움직일 것처럼 우르릉 소리를 냈다. 그녀는 훌쩍 안전한 곳으로 몸을 피했다. 계속 앞으로 나아가는 것 말고는 다른 방법이 없었다.

그들은 시간이 흐릿해지다 완전히 정지된 듯 느껴질 때까지 쉬지 않고 걸었다. 대략 한 시간 혹은 열 시간 쯤 지난 것 같았다. 쿨렌은 열쇠를 자물쇠에 밀어 넣던 순간처럼 자신이 다시 꿈같은 상태에 빠져드는 걸 느꼈다. 쿨렌의 몸 안에서 쉬려고 죽은 자들의 영혼이 찾아왔고, 강령술사도 뭔가를 느낀 듯 여러 번 뒤를 돌아 쿨렌을 날카롭게 쏘아보았다. 해골은 아무도 들을 수 없는 낮은 소리로 뭔가를 끊임없이 중얼거렸다.

돌다리를 건넌 지도 한참이 지났다. 길은 처음에는 서서히, 나중에는 가파른 경사를 이루며 내리막길이 되었다. 잠시 후 그들은 다시 동굴 입구에 다다랐다. 터널이 두 개로 갈라졌는데, 오른쪽 터널은 칠흑 같은 어둠을 향해 뻗은 완만한 오르막길이었다. 그러나 왼쪽 터널은 안으로 살짝 들어간 공간으로, 거기에 쿨렌이 숨을 죽일 만한 것이 있었다.

마치 완성된 상태로 벽에서 툭 튀어나온 것처럼 암벽에 남자의 조각상이 새겨져 있었다. 크기가 티리엘의 두 배만 한 조각상은 놀라울 정도로 실물처럼 보였다. 흘러내리는 장포는 깜박이는 횃불의 불빛에 펄럭이는 듯했고, 길고 구불구불한 머리칼은 어깨를 덮고 있었다. 바로 앞에 닥친 위험을 노려보는 듯 한껏 치켜뜬 눈만 아니라면, 강인한 턱과 반듯한 이마로 보아 잘생긴 얼굴이었을 게 틀림없었다.

"빛으로."

로라스가 숨죽이며 말했다.

"지금껏 한 번도…… 저런 게 실재할 거라고는 상상도 못했어요."

조각상의 팔 옆으로 가운데 길쭉한 구멍이 있는 원이 암벽에 새겨져 있었다.

쿨렌이 손가락으로 원을 만져보는 동안 강령술사가 횃불을 들었다. 문득 쿨렌은 이것이 그들 중에서도 특히 자신을 위한 것이라는 사실을 깨달았다. 그들의 유산과 운명을 상징하는 원은 거의 성역의 여명기에 시작되었다가 지금 그들이 이곳에 도착함으로써 완성되었다.

쿨렌은 배낭에서 화려하게 장식된 열쇠를 꺼내 구멍에 끼워 넣었다.

아까와 비슷하게 힘의 진동이 쿨렌을 빠르게 관통했다. 이번엔 준비가 되어 있었다. 쿨렌은 거의 즉각적으로 자신의 몸이 고대의 알려지지 않은 존재의 물음과 부름에 반응하는 걸 느꼈다.

깊고 구슬픈 바다짐승의 울음소리 같은 게 동굴 안에 울려 퍼졌다. 조각상이 고개를 돌리더니 새로 온 이들을 응시했다. 그의 시선이 티리엘에게 고정되었고, 돌의 눈은 대천사의 얼굴에서 꼼짝도 하지 않았다.

원이 빛을 발하면서 녹아들었고, 희미한 빛이 계속 뿜어져 나오면서 벽면 전체가 유리창처럼 투명해졌다. 벽의 반대쪽에는 두 개의 거대한 기둥, 오라는 듯두 팔을 벌린 여자 조각상 두 개가 더 있었다. 쿨렌은 앞으로 걸어 나가 물줄기를 지나치듯 희미하게 빛나는 문을 통과했다. 벽을 통과하는 순간 잠깐 전율을 느꼈다. 이제 그는 반대편에 혼자 있었다.

쿨렌이 뒤를 돌아보았다. 토마스가 벽을 통과했고, 그 뒤로 호라드림은 한 번에 한 사람씩, 마치 유령들이 죽은 자와 산 자의 세계를 가르는 장막을 통과하듯 차례로 벽을 통과했다.

마침내 모두가 벽 너머에 모여들었다. 마지막 사람이 통과하자 벽은 다시 원래의 모습으로 돌아갔다. 공간이 열렸고, 원이 완성되었다.

쿨렌은 뒤돌아 그들 앞에 펼쳐진 것들을 바라보았다.

그것은 자연적으로 생성된 동굴들과 확연히 달랐다. 그들이 들어선 새로운 공
간은 확실히 인간에 의해 만들어진 것이었다. 티리엘은 더 잘 보려고 횃불을 들
며 그렇게 생각했다. 거대한 방이었다. 그들이 서 있는 곳 앞으로 크기가 제각
각인 돌로 만든 바닥이 펼쳐졌다. 벽은 블록을 쌓아 대칭선을 형성했고, 움푹한
사각 틀과 벽감들로 장식되어 있었다. 정면의 맞은편에 어둠 속으로 내려가는
널찍한 계단이 있고, 양 옆으로 다시 기둥들이 죽 늘어서 있었다.

네팔렘의 잊힌 도시? 그들은 마침내 그곳을 찾은 것도 같았다. 하지만 티리
엘이 기대했던 것과는 상당히 달랐다. 희미하게 발산하던 빛이 잦아든 후 조각
상들은 다시 본래의 모습으로 돌아가는 듯했다. 입구는 일종의 마법으로 보호
되고 있는 게 분명했다. 쿨렌은 그 결계를 깨고 문을 통과했으며, 다른 이들까
지 통과하게 했다.

티리엘은 고요한 방을 걸어갔다. 필멸자이자 천사인 그가 이곳에 발을 들여
놓을 수 있다는 것은 보호의 주문이 더 이상 효력이 없다는 의미일까?

바닥을 가로질러 계단 앞까지 갔다. 아래 공간이 일종의 또 다른 방처럼 열렸
지만, 그곳 역시 나머지 동굴들과 마찬가지로 먼지가 쌓인 채 텅 비어 있었다.
계단 양쪽으로 돌그릇을 올린 짧은 기둥 두 개가 있었다. 티리엘이 그중 한 곳
에 횃불을 갖다 대자 푸른 불길이 확 타올랐다. 나머지 한 쪽에도 마저 불을 붙
이니 방 안에 기이하고 초자연적인 불빛이 가득했다. 이곳에 연료를 오랫동안
유지시키는 마법이 있는 게 확실하다고 티리엘은 생각했다.

그들은 더 많은 돌그릇에 불을 붙여가며 계단을 내려가 아래층을 탐색했다.
그 방에서 시작되는 복도는 더 많은 조용한 방들과 더 큰 공간들로 이어졌다.

바닥과 벽에 복잡한 무늬가 나타나는 공간들이 나타났는데, 수많은 벽감과 연단과 구조물들이 시간이 흐르면서 잊힌 어떤 목적을 품고 있는 듯했다. 이상하게 생긴 아치형 창문들은 어디로도 이어지지 않았고, 석조기둥들은 머리 위로 높이 올라간 천장을 떠받치고 있었다.

복도와 방들이 끝없이 나타났다. 하지만 모든 것이 텅 비었고 먼지로 뒤덮여 있었다. 여기에는 어떤 확실한 구원도, 그들의 목적을 도와줄 어떤 위대한 마법도 없었다. 잊힌 도시는 그들이 찾고자 했던 그런 곳이 아니었다. *한때는 위대한 힘을 품었을지 모르나 그곳을 창조한 이들로부터 오랫동안 버림받았던 장소였다. 목적을 잃은 도시.* 티리엘을 오랫동안 지탱해주었던 믿음이 흔들리기 시작했다. 티리엘은 지금까지 의구심에도 불구하고 이곳을 찾는다는 믿음을 잃지 않았다. 도적질이 발각될 경우 천상에서 몰려든 천사 군단으로부터 그들을 보호해줄 수 있으리라고 생각했기 때문이다. 이제는 그들의 임무가 확실히 실패할 거라는 생각뿐이었다. 호라드림은 더 강해졌고, 그들의 작은 조직은 이제 막 협력의 기미를 보이기 시작했다. 그래도 준비가 되려면 아직 멀었다. 은빛 도시에서 그들이 경험하게 될 일들을 준비시키려면 여전히 해야 할 일이 많았다. 그런데 그들이 성역에 돌아왔을 때 숨을 장소가 없다면 그게 다 무슨 소용이란 말인가!

헛고생이고, 그들 중 누구도 살아남을 수 없는 자살 임무였다.

티리엘은 그의 앞에 모여든 호라드림을 향해 몸을 돌렸다. 그들은 지친 기색으로 티리엘의 다음 지시를 기다렸다. 어떻게든 힘을 내 그들을 격려해야 했다. 절대 자신의 실망감이나 약점을 보여서는 안 되었다.

성배를 들여다보라. 그러면 모든 것이 다시 한 번 명확해질 것이다.

머릿속에서 목소리가 천둥처럼 울렸다. 티리엘은 장포의 안주머니 쪽으로 손을 뻗었다. 거기서 찰라드아르가 그를 부르고 있었다. 다른 사람들을 떠나 그 부름에 응답하고 싶은 강렬한 욕구가 전신을 휘감았다. 그에게 그들이 무엇이란 말인가! 다른 인간들처럼 그들에게도 언젠가 죽음이 찾아올 것이다. 그들의 목숨은 더 큰 계획 안에서는 아무것도 아니며 곧 잊힐 것이다. 이 지하 묘지 안에서 살다 죽어간 자들이 시간의 먼지에 잊힌 것처럼.

티리엘의 최면을 깨운 것은 미쿨로프였다. 그 뒤에 로라스가 바짝 서 있었다. 수도사는 다른 사람들이 자기들끼리 조용히 이야기를 나누는 동안 젊은이를 데리고 앞으로 걸어 나왔다. 미쿨로프가 양손을 꼭 맞잡은 채 서 있는 로라스를 가리켰다. 미쿨로프의 눈빛에는 아무런 표정이 없었다.

"로라스가 제게 뭔가를 알렸는데, 당신에게 직접 말하라고 일렀습니다."

로라스가 어깨를 으쓱하더니 조심스럽게 입을 열었다.

"벽을 통과하는 동안 동굴 입구의 조각상이 당신을 쭉 지켜봤습니다. 다른 사람들은 전혀 쳐다보지 않았고요."

"그리고 다른 건? 그냥 말해요. 아주 중요한 일입니다."

미쿨로프가 채근했다.

"당신이 들어올 때 두 여자 조각상도 당신의 행동을 계속 지켜보더군요. 내 생각엔 당신이…… 우리와 다르기 때문인 것 같습니다."

"그의 얘기는 당신이 필멸자라는 말입니다. 천사도 악마도 아닌."

미쿨로프가 말했다.

"하지만 인간 역시 아니죠. 어쩌면 이곳은 당신을 어떻게 분류해야 할지 모르는 것일 수도 있어요."

수도사가 더 가까이 다가왔다.

"잊힌 도시에서 마법이 효력을 발휘하고 있다는 뜻입니다. 보호의 주문이 여전히 이곳을 지키고 있고, 수호자들은 당신을 어떻게 처리해야 할지 판단 중이라는 얘기죠. 최소한 지금까지는 당신을 위협으로 여기지 않는 것 같아요."

티리엘의 머릿속에서 속삭이던 목소리가 잠잠해졌다. 티리엘은 천상의 임페리우스를, 그와 의회실에서 충돌했던 일과 스스로 날개를 떼어 낸 일을, 그 뒤에 일어난 모든 일을 떠올렸다. 형제들의 분노, 아우리엘의 실망과 슬픔. 수정 회랑에서 천사가 탄생했을 때, 그가 무기력하게 지켜보는 가운데 빛노래의 오염된 회색 줄들이 그녀의 날개에 섞여들던 모습이 떠올랐다. 지금 이 순간에도 천상의 받침대 위에 놓인 검은 영혼석은 점점 더 커지는 자신의 그림자 안으로 들어오는 모든 것을 어둠과 파괴로 변화시키고 있었다.

티리엘은 이제 필멸자였다. 티리엘의 삶은 영원히 바뀌었고, 그가 불가피한 죽음을 향해 천천히 다가가는 동안 육체는 갈수록 더 큰 아픔과 고통에 시달릴 것이다. 언젠가는 이 세상을 떠나겠지만, 수천 년 전에 그가 회랑에서 탄생한 순간부터 계속 알고 지냈던 천사들과 천상은 그의 죽음을 알지 못할 터였다. 티리엘은 죽어가면서 자신이 인간이라는 사실에 위안 받지도 못할 터였다. 티리엘의 눈앞에서 죽어갈 이들은 그의 형제들이 아니라 낯선 이들일 뿐이었다.

하지만 그러한 사실이 의무를 저버리고, 시시각각 다가오는 어둠과 타락에 눈 감아 버릴 핑계가 될 순 없었다. 임페리우스는 결단을 내렸다. 그는 인간을 자신의 비열한 본능을 극복할 수 없는 열등한 존재로 판단했다. 인간이 약하고 위험하므로 반드시 파멸되어야 한다고 믿었다. 임페리우스는 천상 그 자체인 앙기리스 의회가 자신의 주장에 동의할 때까지 절대 물러서지 않을 것이다.

그러한 일에 저항하기를 거부하는 것은 의회의 의지를 거부하는 것보다 훨씬 큰 죄가 될 터였다.

"이브고로드 수도사들이 즐겨하는 말 중에 이런 말이 있지요. '시작이 없다면 끝도 없다.' 우린 어디선가 시작을 해야 하고 이곳 역시…….""

미쿨로프는 그들 앞의 텅 빈 공간을 가리켰다.

"전혀 부족함이 없습니다. 여전히 당신의 갈등이 느껴집니다. 그럴 만한 이유가 있겠지요. 하지만 당신이 지니고 다니는 물건은 결코 해답이 될 수 없습니다. 당신은 우릴 이곳까지 데려왔고, 이제 와서 돌아갈 순 없습니다."

티리엘은 뭔가를 말하려고 입을 열었지만 아무 말도 할 수 없었다. 그는 문득 자신이 무슨 말을 해야 할지 모른다는 사실을 깨달았다. 두 사람은 약간의 거리를 둔 채 서서 서로를 응시했다. 수도사는 차분하고 참을성 있는 눈길로 티리엘에게 질문을 던지는 것처럼 보였다.

어느 쪽을 선택하겠습니까?

"정말 먼지투성이네."

마침내 샤나르가 정적을 깨고 말했다.

"청소부를 해고시켜야겠는걸."

샤나르의 농담에 제이콥만 숨죽여 쿡쿡 웃을 뿐 다른 사람들은 더 굳게 입을 다물었다. 토마스는 낮은 벽에 걸터앉아 양손에 고개를 묻고 있었다. 가인버는 여전히 횃불을 들고 있는 강령술사와 멀찌감치 떨어져 있었다. 심지어 험바트마저 이상하게 조용했다.

"이곳은 오래전에 버려졌어요."

쿨렌의 통통한 얼굴은 창백했고, 어깨는 패배감에 축 쳐져 있었다. 그에게 활기를 주었던 새로운 에너지는 사라지고 어느새 의기소침해 있었다.

"우리가 이용할 만한 게 아무것도 없는 것 같아요. 이제 뭘 어떻게 해야 하죠?"

"긴 여정이었습니다."

티리엘은 해야 할 말에 집중하며 잠깐 숨을 골랐다.

"하지만 우리의 최종 목적지는 이곳이 아닙니다."

티리엘은 로라스와 미쿨로프 옆을 지나 일행의 한가운데로 가서 쿨렌을 향해 말했다.

"이 지하 묘지에 관해 우리가 아는 사실을 다시 설명해주세요."

쿨렌이 눈을 빠르게 깜박이더니 침을 꿀꺽 삼켰다.

"고대 문헌에 이곳에 관한 언급이 그리 많지는 않아요."

그는 할 일이 생겨 힘이 나는 듯 주위 사람들을 돌아보며 천천히 말하기 시작했다.

"전설에 따르면 네팔렘의 잊힌 도시는 원래 굉장히 강력한 주문이나 어떤 에너지로 그들을 보호해주는 평화와 안식의 공간이었다고 해요. 다이데사라는 건축가가 이곳을 건설했죠. 코르시크의 일지를 보면, 라키스는 나름의 연구를 통해 역시 같은 이야기들을 발견한 뒤 그러한 전설을 사실로 믿었다고 합니다. 라키스가 자신의 무덤으로 이곳을 선택한 이유죠. 그는 지하 묘지가 제공해줄 거라고 믿었던 힘과 보호를 추구했어요."

티리엘이 고개를 끄덕였다.

"천사들은 이곳이 존재해온 오랜 세월 동안 이런 곳이 있었는지 전혀 몰랐습니다. 불타는 지옥 역시 이곳을 발견하지는 못한 것 같고요. 뭔가 짚이는 게 없습니까?"

"이곳을 지키는 힘은 성역 자체의 탄생과 연결되어 있고, 물리적 차원과 무형적 차원에서 서로 영향을 주고받는 것 같아요. 하지만 세계석의 파괴는 이곳의 힘을 약화시키지 못한 듯해요. 어쩌면 이곳은 심지어 자신만의 영역에 따로 존재하고 있고, 우리가 그 두 세계에 놓인 다리를 건넌 것인지도 모르겠습니다."

"그렇다면 우리가 이곳으로 건너온 일로 인해 다른 이들에게도 다리가 열리거나 하는 어떤 변화가 생길 수도 있을까요?"

티리엘이 물었다. 그러자 쿨렌은 천천히 고개를 저었다.

"이곳을 지키는 힘은 네팔렘과 연결되어 있어요. 네팔렘 가운데 한 명이 문을 열 수 있고, 문은 곧 닫히게 되죠."

쿨렌은 호라드림을 차례로 보았다.

"우리들 중 한 명이에요. 나는 이 열쇠로 문을 열었습니다. 열쇠는 그동안 내가 직감적으로 느껴왔던, 내면에서 소용돌이치는 뭔가를 깨웠죠."

"과거에 당신들은 전부 자신들 안에 있는 힘을 깨우는 법을 알고 있었어요."

티리엘이 말했다.

"당신들은 모두 네팔렘입니다. 그것은 몸속 혈관을 타고 흐르는 피에 의해 주어진 당신들의 생득권이자 본질입니다. 이 방들의 형태는 그 에너지와 교신하도록 만들어졌습니다. 당신들이 자신의 힘을 제어하는 법을 배울 수 있도록 초점을 제공하고, 힘을 증폭시키는 데 알맞은 음을 만들어내는 역할을 합니다. 수정 회랑이 천상을 위해 노래를 만들어내는 것과 같은 이치죠. 하지만 우린 무덤을 찾아야 합니다. 라키스는 힘이 가장 강력한 중앙을 선택했을 거예요. 라키스의 무덤은 우리의 작전기지이자 회수해온 영혼석을 영원히 묻을 장소가 될 겁니다."

"회수해왔을 때 얘기죠. 아직 단정 짓기엔 일러요."

샤나르가 투덜거렸다. 마법사의 퉁명스러운 말은 잔인할 정도로 진실에 가까웠다.

로라스가 큰소리로 말하기 시작했다. 젊은이는 불안한 듯 이 사람 저 사람의 얼굴로 시선을 옮겼다.

"난 당신들을 잘 모르지만 호라드림에 대해서라면 잘 알고 있습니다. 우리 집안은 위대한 호라드림의 마술사 탈 라샤와 제레드 케인과 함께 대악마들과 전투를 벌인 기사들의 후예로 알려져 있죠. 내가 어렸을 때 삼촌인 아들레릭은 미친 레오릭 왕과 싸웠던 서부원정지 군대의 군인이었습니다. 아들레릭 삼촌은 심지어 트리스트럼에서 데커드 케인을 한 번 만나기도 했고, 자신의 눈으로 직접 악마들을 보기도 했지요."

로라스는 용기를 내려는 듯 잠시 말을 멈췄다.

"난 당신들이 추구하는 대의를 믿습니다. 당신들 편에 서서 싸워 역사의 일부가 되고 호라드림의 가치를 배우고 싶습니다."

"훌륭해, 꼬마. 아주 감동적인 얘기였어."

샤나르가 말했다.

"하지만 제대로 된 훈련도 받지 않고 불타는 지옥이나 천상의 루미나레이와 맞서 싸우는 일은 절대 명예로운 일이 아니야. 그건 그냥 자살 행위라고."

"난 꼬마가 아닙니다. 바너드 사령관이 사망했으니 이제 내 아버지 나르 사령관의 휘하에 있는 기사 중위죠. 그리고 난 마법에 어떤 재능이 있다는 얘길 들었습니다. 어쩌면……."

로라스가 말했다.

"우린 이미 그에게 많은 도움을 받았어요. 기사들의 협력을 이끌어내는데 로라스가 도움이 될 거예요."

토마스가 대화에 끼어들었다.

티리엘은 이처럼 중요한 시기에 그들에게 또 다른 약점이 될지도 모르는 사람을 끌어들이는 게 잘하는 일인지 확신이 서지 않았다. 로라스는 앞으로 어떤 일이 닥칠지 전혀 모르고 있었고, 또 위험한 순간에 그가 어떻게 행동할지 아무도 몰랐다. 하지만 일행은 토마스의 말에 고개를 끄덕였다. 최소한 지금은 젊은 이를 이미 받아들인 듯한 분위기였다.

그들에게 성공할 수 있는 실낱같은 가능성이 있다면, 해야 할 일은 많았다. 그들은 기사들의 지원을 활용할 수 있을 터였다. 이제 본격적으로 계획을 세우고 훈련을 시작할 시기였다. 그들은 닥쳐올 일들에 대비해 스스로를 준비시켜야 했다. 드높은 천상은 육체와 정신을 가리지 않고 인간이 거의 극복해낼 수 없는 위험한 도전들을 해올 게 분명했다. 그들은 자신들의 한계를 시험받게 될 터였다. 그러니 살아남기 위해 네팔렘의 힘을 정확히 제어하는 법을 배우고, 그들에게 닥칠 공포와 경이를 물리쳐야 했다.

가장 큰 걱정은 티리엘의 계획이 샤나르가 자신의 독특한 능력을 지금까지와는 전혀 다른 방식으로 사용하는 법을 터득하느냐에 달렸다는 점이다. 샤나르의 실패는 그들에게 확실한 죽음을 의미할 터였다. 더구나 티리엘은 아직 그녀를 신뢰해도 좋은지 확신이 서지 않았다.

티리엘은 성배가 다시 자신을 잡아끄는 걸 느꼈지만 호라드림 앞에서 티를 낼 수 없었다.

"좋습니다. 로라스는 우리 호라드림 결사단의 견습생으로서 서부원정지 기사들과의 동맹을 책임지게 될 것입니다."

티리엘은 잠시 말을 멈추고 그들의 눈을 한 사람씩 차례로 응시했다. 그들의 눈빛에서 그는 다시 한 번 힘과 확신을 얻을 수 있었다.

"라키스의 무덤을 찾아야 합니다. 무덤은 이곳, 우리의 발아래 어딘가에 있는 게 확실합니다."

곧 알게 된 사실이지만 수색은 별로 오래 걸리지 않았다.

처음에 대천사는 돌그릇에 푸른 불길을 일으켰고 횃불에도 불을 붙이며 걸어 나갔다. 불빛을 받아 폐허에 스며든 기이한 빛이 한층 더 도드라졌다. 그러다 마침내 그들은 불길이 이미 활활 타오르고 있는 새로운 공간으로 들어섰다.

쿨렌은 그들이 고대의 뭔가를 깨운 것 같다고 생각했다. 마치 살아있는 생물이 거대한 손으로 그를 움켜쥐는 것처럼, 주위의 공기가 그의 어깨를 무겁게 누르며 폐를 쥐어짜는 듯했다.

지하 깊은 곳에서 그들은 아치형 입구가 있는 둥근 방에 다다랐다. 그들 바로 앞에 깊은 협곡을 잇는 돌다리가 있었다. 돌다리는 일종의 제단인 듯한 연단으로 이어졌다가 계속 뻗어나가 다른 쪽 절벽의 아치형 입구로 이어졌다. 그 뒤로 어둠이 보였다.

"라키스의 무덤."

쿨렌이 숨죽인 목소리로 말했다.

"믿을 수가 없군."

그곳은 서부원정지의 옛 왕이 잠들어 있는 곳으로, 코르시크의 일지에 그려진 거친 그림과 형태가 똑같았다. 제단은 석관 모양을 하고 있었다. 자카룸의 사제들이 엄숙한 매장 절차에 따라 이 방으로 시신을 들여오는 모습과 방 안의 정적 속에서 수세대에 걸쳐 누워 있었을 라키스의 뼈를 생각하니, 여기까지 오는 동안 무수히 많은 뼈들을 보아온 쿨렌이지만 오싹한 한기가 느껴졌다.

늦은 시각이었지만 그들은 새로운 활력을 느꼈고, 자신들이 발견한 것들에 대한 흥분으로 피로감은 눈 녹듯 사라졌다. 샤나르가 손가락으로 제단의 모서리를 쓸었다.

"내가 상상했던 영원히 평화로운 안식처랑은 다르네."

말은 그렇게 했지만 다가오는 제이콥을 바라보는 샤나르의 눈빛은 환히 빛나고 있었다. 살며시 기대오는 그녀의 부드러운 피부가 제이콥의 손을 가볍게 스쳤다.

그날 밤, 호라드림은 더 이상 할 수 있는 일이 없었다. 그들을 들뜨게 했던 새로운 활력은 빠르게 사라지고 그 자리에 다시 피로감이 찾아들었다. 그들은 다시 자신들 앞에 놓인 현실로 돌아왔다. 호라드림은 지상을 향해 텅 비고 조용한 통로들을 되돌아 나와, 희미하게 빛나는 벽을 통과했다. 마지막 사람이 통과하자마자 빛이 사라지면서 동굴벽은 흔적 없이 다시 매끄러워졌다. 떠나는 그들 뒤로 돌 조각상의 차갑고 생기 없는 눈이 다시 한 번 티리엘을 뒤쫓았다.

예상했던 그대로야. 쿨렌은 속으로 생각했다. *보호막이 여전히 효력을 발휘하고 있어.* 그 사실은 앞으로 닥칠 일들을 잘 아는 그에게 작은 위안이 되었다.

그들은 어디로 이어지는지 확인하기 위해 다른 쪽 터널로 들어섰다. 놀랍게도 터널은 지상까지 곧장 이어져 있었다. 그들은 도시에서 한참 떨어진 곳에 위치한 기대한 늪 기장자리에 자연적으로 형성된 바위와 세심하게 만들어놓은 입구를 통해 밖으로 나왔다. 오랜 세월 동안 잊힌 고대 사원의 폐허로밖에는 보이지 않는 곳이었다. 결국 돌다리를 건너는 모험을 하지 않아도 되었으니 그들의 행운은 계속되었던 셈이다.

멀리 서부원정지의 높은 첨탑들이 떠오르는 햇빛에 반짝거렸다. 유황과 진흙 냄새가 강하게 코를 자극했고, 개구리와 다른 늪지 생물들의 울음소리가 이른 새벽의 고요를 깨우고 있었다.

"완벽한 은신처예요."

토마스가 말했다.

"이 늪 아래에 뭔가가 있을 거라고는 아무도 생각하지 못했을 거예요."

정말이었다. 쿨렌이 그들이 나온 곳 주변을 돌아보니 온통 잡초들 사이로 부스러진 돌들만 굴러다녔다. 설사 누군가 지하 묘지에 이르렀다 하더라도, 그들은 결코 네팔렘의 은신처로 들어가는 데 필요한 숨겨진 열쇠 구멍과 결계가 쳐진 벽을 찾아낼 수 없을 터였다. 쿨렌이 이곳을 도시가 아니라 첫 번째 성역 안에 숨겨진 두 번째 성역으로 생각하기 시작한 것도 그 때문이었다. 이곳은 성역이 세계석에 의해 천상과 지옥으로부터 보호받은 것처럼 보호받고 있었다.

물론 그러한 보호는 오래 지속되지 않았다. 악마들은 천사들과 마찬가지로 성역을 침입할 방법을 찾아냈다. 성역은 타락했고 무고한 자들은 오래전에 사라졌다. 그들이 영혼석을 이곳에 가져다 놓았을 때 이곳이라고 다를 수 있을까?

늪의 탁한 물에서 구슬픈 울음소리가 터져 나와 숲 속에 메아리쳤다. 죽은 자의 울음처럼 소름끼치는 소리였다. 어떤 새나 다른 동물의 소리인 듯한데, 늪지의 가장 깊은 곳을 돌아 서부원정지를 향해 나아가는 그들의 기분을 큰소리로 알리는 것 같았다.

쿨렌은 그들이 너무 지쳤지만 꿈에 볼 것들이 두려워 그날 밤에는 거의 잠을 이루지 못할 거라고 생각했다.

24장

폭풍 전야의 고요

그들은 로라스의 안내로 무사히 무는 개 여관으로 돌아올 수 있었다. 쿨렌의 걱정과는 달리 그들은 그날 하루 종일 죽은 듯이 잠에 빠져들었다. 그날 밤 그들이 잠에서 깼을 때 아래층의 술집에서는 기사들의 시끌벅적한 축하 잔치가 한창이었다. 술을 잔뜩 마시고 한껏 기분이 좋아진 기사들이 호라드림을 환대했다. 포위 공격 때 보여준 그들의 활약이 이미 파다하게 퍼진 터라 기사들은 상당한 호기심을 보였다. 다만 마법사와 흑마법을 안 좋게 보는 사람들이 자일을 흘끔거리며 투덜거리기도 했다.

호라드림은 불안감 속에서도 얼마간 음식과 음료를 먹었지만, 가까이 있을지 모르는 환영들 때문에 계속 긴장하고 있던 강령술사는 그러지 못했다. 자일은 소음에서 물러나 편하게 말할 수 있는 문 근처에서 미쿨로프에게 그 얘기를 털어놓았다. 자일은 균형의 혼란, 그에게 많은 사람의 중얼거림처럼 감지되는 오래전 세상을 떠난 자들의 불안에 대해 이야기했다.

그런 뒤 자일은 곧바로 거리로 사라졌다. 수도사는 평소 같으면 그를 따라갔을 테지만 지금은 다른 할 일이 있었다. 제이콥과 샤나르는 탁자에 함께 앉아 있었다. 머리를 맞대고 뭔가를 소곤대는 모습이 꽤 친밀해보였다. 가인버는 그들과 멀찍이 떨어져 서 있었는데, 어디가 아픈 듯 고통스런 표정이었다. 미쿨로프는 애정 문제에 관해서는 별로 아는 바가 없었지만, 두 친구를 바라보는 표정에서 가인버가 제이콥에게 애정을 느끼고 있다는 사실을 알 수 있었다. 그것이 야만용사의 마음을 칼로 찢어놓고 있는 것 같았다.

보통은 무심히 지나칠 일이었지만, 이번 일의 경우 그러한 갈등은 그들의 임무에 직접적인 영향을 미칠 수도 있었다. 미쿨로프는 그들을 더 주의 깊게 살펴봐야겠다고 생각했다. 그리고 티리엘도 이 사실을 아는 게 좋겠다고 최종 결론을 내렸다.

하지만 미쿨로프가 대천사를 찾아 나섰을 때, 대천사는 어디에도 없었다.

티리엘은 호롱불의 따듯한 불빛과 시끌벅적한 소음을 뒤로한 채 무는 개 여관을 슬쩍 빠져나와 도시의 어두운 거리로 나섰다.

성배의 조언을 들을 시간이었다. 그동안 너무 오래 기다려왔다. 호라드림이 천상을 급습할 준비를 하지 않고 술집에서 귀중한 시간을 허비하고 있는 마당에 그가 이러는 게 무슨 문제란 말인가! 이번 계획에 대한 책임은 티리엘에게 있었고, 그는 찰라드아르의 지혜가 필요했다. 특히 기만 작전에 대한 샤나르의 역할과 이번 일에 실오라기만큼이나마 성공 가능성이 있는지 알아봐야 했다.

그날 저녁 티리엘은 온몸의 근육이 타들어가는 듯한 통증을 느끼며 잠에서 깨어났다. 발걸음을 옮기고 숨을 내쉴 때마다 뜨거운 쇠가 가슴을 긋는 것만 같았다. 피부는 성배에 대한 갈망으로 저릿저릿했고, 손가락은 그것을 쥐고 싶은 열망으로 부들부들 떨렸다. 성배의 바닥으로 침잠해 들어갈 때마다 티리엘은 다시 천사가 된 듯한 기분을 느꼈다. 그러나 한편으로는 마지막으로 봤을 때 성배가 가져다준 공포와 절망과 상실감도 기억했다.

찰라드아르가 그에게 무슨 짓을 하고 있는 것일까? 그것이 인간의 뼈와 살에 어떤 영향을 미치는 것일까? 성배는 필멸자를 위한 물건이 절대 아니었다.

하지만 갈망이 너무 강렬했다.

여관 바로 밖에는 사람들이 너무 많았다. 티리엘에게는 저녁 무렵 도시의 소음이 너무 버거웠다. 티리엘은 한참을 걸어 서부원정지에서 아직 가보지 못한 지역으로 들어섰다. 그는 길에서 떨어진 장소를 발견했다. 허물어져가는 칙칙한 건물 옆에 한때는 물줄기를 내뿜었지만 지금은 바짝 말라 금이 간 분수가 있었다. 누더기를 걸친 채 웅크리고 앉아 뭔가를 중얼거리던 한 남자가 안뜰로 들어서는 티리엘을 보더니 자리에서 일어나 비틀거리며 사라졌다. 그의 뒤로 벌꿀 술 냄새가 확 풍겼다.

찰라드아르를 꺼내 성배의 바닥을 들여다보자마자 안도의 물결이 쑤시던 뼈들의 고통을 완화시켜주었다. 티리엘의 정신은 깨지고 금이 간 표석 위로 고꾸라진 육체를 벗어나 표류하다가 노래하는 빛과 감정의 줄들 속으로 솟구쳤다. 거의 즉시 자신을 지켜보는 자의 존재가 느껴졌지만 이번에는 부러운 친숙함과 함께였다. *이곳이 바로 네가 있을 곳이다.* 그러나 티리엘은 여전히 다른 목소리를 완전히 외면할 수 없었다. 그것은 내면에서 흘러나오는 목소리로, 지금 그가 하는 일이 종말을 가져올 수 있다고 경고하고 있었다.

그 말에 응답이라도 하듯 티리엘이 연결돼 있는 웅덩이가 변하기 시작하더니 뒤엉킨 거적 같은 빛이 그를 숨 막히게 에워쌌다. 사방에서 속삭임이 들려오는 가운데 피해망상과 두려움, 분노가 모든 것을 압도했다.

어둠과 타락의 느낌이 점점 강해졌다. 대천사들이 그에게 맞서 모여들고 있었다. 임페리우스는 티리엘과 호라드림을 파괴하고자 시카라이를 보냈다. 임페리우스가 또다시 그런 일을 시도할 것은 불 보듯 뻔했다. 의회는 티리엘을 너무 쉽게 찾아냈다. 주변에 배신자가 있었던 것일까? 그렇다면 그 배신자가 티리엘이 계획한 대담한 기만 작전의 성공 가능성을 잘라버리는 건 아닐까?

수도사는 그동안 티리엘을 주의 깊게 지켜봐왔다. 숲 속에서 그를 염탐했고, 언제나 은밀히 감시하지 않았던가. 어쩌면 배신자는 미쿨로프일지 모른다. 수도사가 환영들을 이끌며 여기까지 따라오게 했던 것이다. 아니면 환영의 손길이 닿았고 지금도 어깨에 표식이 있는 제이콥인지도 모른다. 아니면 빛과 어둠의 균형에 대해 너무 많은 것을 알고 있는 듯하고, 환영 그 자체인 듯 언제나 그늘에 가려진 채 곁에 머물던 강령술사일지도 모른다.

그러나 티리엘이 일단 영혼석을 성역으로 가져오고 나면, 그런 건 아무 문제도 안 될 터였다. 지금까지 그는 시간을 낭비해왔다. 예전에 더 큰 선을 위해 많은 사람들의 목숨이 희생되었던 것처럼 이번 싸움을 하다 많은 사람들이 목숨을 잃을 것이다. 영혼석에 의한 드높은 천상의 타락이 점점 더 빠른 속도로 진행되고 있었다. 티리엘은 무슨 일이 있어도 이번 임무를 성공시켜야 했다.

얼마나 시간이 흘렀을까. 몸을 웅크린 채 부서진 분수에 기대고 있던 티리엘의 의식이 돌아왔다. 보름달 주위를 빠르게 스치는 구름이 텅 빈 안뜰에 일렁이는 그림자를 드리우고 있었다.

티리엘은 입술이 갈라지고 목이 말랐다. 일어서는데 기력이 다해 사지가 후들거렸다.

찰라드아르는 저만치 옆에 떨어져 있었다. 잠든 사이 누군가 성배를 훔쳐갈 수도 있었다는 생각이 들자 순간 머릿속이 하얘졌다. 성배는 그의 것이었고, 오직 그만의 것이었다. 성배의 바닥을 들여다보고 나서 멀쩡한 정신으로 돌아올 수 있는 사람은 그밖에 없었다. 성배의 통찰력은 계속 그에게 속해야 했다.

성배를 주워 다시 안주머니에 넣자 안도감이 밀려들었다. 티리엘은 혹시 지켜보는 자가 없는지 안뜰의 구석구석을 살폈다. 아무런 움직임도 없었다. 한참 뒤 티리엘은 그의 것이고 그만의 것인, 탐욕으로 소용돌이치는 어둠을 가득 품은 채 무는 개 여관을 향해 느릿느릿 걸음을 옮기기 시작했다.

제 3 부

네팔렘의 부활

25장

혼돈의 황무지

지혜의 대천사는 돌과 먼지가 날리고 갈라진 땅이 끝없이 펼쳐진 평원에 서 있었다. 그의 팔은 가시로 둘러싸여 움직일 수 없었고, 가시가 살을 파고들어 뜨거운 피가 계속 옆으로 흘러내렸다. 필멸자가 된 대천사는 알몸인 채 축 늘어져 흰빛과 대리석의 푸르스름한 빛으로 변해가는 육신을 덜덜 떨고 있었다.

천사들이 대천사와 제단에 누워 있는 아이의 주위를 둘러쌌다.

제단에 누운 사람은 나이를 가늠하기 힘들었지만 소년이 확실했다. 소년의 손목과 발목은 검은색 바위 위에 쐐기로 박혀 옴짝달싹할 수 없었고, 피가 빠져나가면서 몸이 석고상처럼 하얗게 변해 있었다. 소년은 인간이고 아는 얼굴이었지만, 티리엘은 소년이 왜 거기에 있는지 이해할 수 없었다.

대천사는 주변을 둘러보며 미동 없이 조용하고 차갑게 서 있는 천사의 무리를 자세히 살폈다. 소년의 마지막을 지켜보기 위해 모여든 처형단의 숫자가 두 배로 늘었다. 무리 너머로 먼지 속에 부서져 내린 지혜의 웅덩이를 볼 수 있었다. 이곳은 천상이면서 천상이 아니었고, 이방인의 눈에 비친 한때는 친숙했던 세계였다.

무언가가 앞으로 밀치는 바람에 대천사는 비틀대다 하마터면 넘어질 뻔했다. 돌아보니 임페리우스가 바로 뒤에 서 있었다. 용기의 대천사는 온통 피에 젖어 있었다. 임페리우스가 무기를 들어보였다. 모두들 티리엘이 소년에게 무슨 일이 있었는지 알기를 바랐다.

제단 아래 갈라진 땅의 틈새로 검은 덩굴손이 뻗어 나왔다. 덩굴손이 검은 바위 옆을 미끄러지듯 타고 올라와 빛나는 제단을 감싸더니 핏빛으로 환하게 고동쳤다. 덩굴손이 소년을 칭칭 감으며 몸을 관통하자 소년이 눈을 떴다.

소년에게는 어딘가 친근감이 느껴졌다. 티리엘은 움직일 때마다 가시에 몸이 찔렸지만 더 가까이 다가갔다. 알몸으로 서 있는 자신을 쳐다보는 천사들의 시선이 느껴졌다. 대천사는 제이콥의 얼굴을 내려다보았다. 검은 덩굴 줄기가 꿈틀대며 목구멍으로 넘어가는 동안 제이콥의 눈은 고통으로 커지고 입은 마치 비명이라도 지를 것처럼 크게 벌어졌다. 제이콥이 고통 속에서 몸을 활처럼 젖히자 티리엘을 옥죄고 있던 굴레가 떨어져나가 돌 속으로 사라졌다. 아래를 내려다보니 피범벅인 자신의 손에 망치와 쐐기가 들려 있었다. 티리엘이 쐐기를 들어 제이콥의 가슴을 내리쳤다.

다시 쳐다보았을 때는 제이콥의 얼굴이 변해 있었고, 대천사는 자신의 것과 똑같은 눈을 들여다보고 있었다.

티리엘은 온몸이 땀에 젖은 채 짚으로 만든 침대에서 일어나 똑바로 앉았다. 서부원정지의 아침이 밝으며 희미한 회색빛이 창을 통해 방 안으로 들어왔다. 꿈에서 본 내용이 거미줄처럼 달라붙었다. 어린 제이콥이 검은 제단 위에 누워 있는 모습과 제단에 비친 자신의 얼굴이 복잡하게 얽히면서 머리가 아파왔다.

죽음은 검은 날개를 달고 누구에게나 찾아온다.

이른 새벽의 고요 속에서 티리엘은 스스로 배신하게 될까봐 두려웠다. 그리고 이들을 환한 빛 속으로 이끌 수 있을 만큼 충분히 강하지 못할까봐 걱정했다. 호라드림은 이번 주에도 준비를 이어가며 성역의 경계를 넘어가는 여정 중 가장 중요한 순간을 맞이했다. 티리엘은 그들에게 앞으로 맞게 될 몇몇 위험들을 설명했지만, 직접 경험해볼 필요가 있었다. 그것이 유일한 방법인데다 시간도 부족했기 때문이다.

이제 되돌아가기에는 너무 멀리 와버렸다.

티리엘은 방 안에 있는 다른 이들을 쳐다보았다. 쿨렌과 토마스는 평온하게 잠들어 있었지만 수도사의 침대는 비어 있었다. 무는 개 여관에 방을 얻은 후 매일 아침 볼 수 있는 풍경이었다. 수도사 미쿨로프는 잠이 많아 보이지 않았는데, 나갔다 와서는 항상 평온하고 안정되며 상쾌한 모습을 유지했다.

티리엘은 기운을 내며 어두운 생각과 부담감을 떨쳐버렸다. 그러고는 조용히 옷을 입고 다른 사람들을 깨웠다. 새벽어둠이 완전히 걷히면서 구름 사이로 밝은 빛줄기가 쏟아져 나와 도시를 더욱 선명한 흑백으로 갈라놓았다.

미쿨로프가 도시의 성벽 위에 올라서자 해가 뜨면서 서부원정지에 환한 빛을 쏟아냈다. 새벽이 오면서 새로운 기운과 삶이 다시 시작되고 있었다. 살갗을 어루만지는 부드러운 바람 속에서 신들의 숨결이 느껴졌다. 햇살은 온기를 가득 머금었다. 오늘 아침에는 아무런 계시가 없어 이 같은 고요함이 무엇을 뜻하는지 궁금했지만 의문을 품지 않았다. 때가 되면 신들이 알려줄 거라고 믿었다.

수도사는 조금씩 손을 옮겨가며 성벽을 넘었다. 몸의 근육을 활용해 미끄러운 돌벽을 재빨리 내려갔다. 매우 은밀히게 움직여서 도시 경비병들도, 거리를 걷는 시민들도 전혀 눈치 채지 못했다.

미쿨라프는 티리엘에게 제이콥과 샤나르, 가인버가 걱정된다는 얘기를 했다. 당시 대천사는 그의 말을 듣고 있긴 했지만 정신은 다른 데에 있는 것처럼 보였다. 코앞에 다가온 드높은 천상에 대한 공격 때문만은 아닌 것 같았다. 검은 영혼석을 훔치자는 티리엘의 계획은 놀라운 것이었지만 성공 가능성은 극히 낮아보였고 앞으로 상황이 나아질 것처럼 보이지도 않았다.

티리엘은 며칠 전 그늘이 다시 지하 묘지에 모였을 때 땅에 그림까지 그려가며 계획을 설명했다. 중요한 것은 시간이었다. 그들은 천상의 영역과 각각의 영역이 서로 어떻게 연결되어 있는지를 잘 알아야 했다. 각각의 영역에는 고유한 위험이 도사리고 있었다. 살아남기 위해선 아름다운 것이 종종 추하고 무섭게 변한다는 사실을 깨달아야 했다. 천사들은 그들의 친구도 보호자도 아니었다. 심지어 불타는 지옥의 존재들보다 더 위험할 수도 있는데, 눈이 부실 정도로 밝은 빛과 웅장함 뒤에 숨어서 갑자기 공격해올 수도 있기 때문이다.

아침을 맞이한 도시가 깨어나자, 미쿨로프는 앞으로 무슨 일이 벌어질지 모른 채 일터로 향하는 서부원정지의 시민들을 지나쳐 재빨리 거리를 통과했다. 수도사가 걱정하는 것은 티리엘의 정신이었다. 대천사는 갈등하고 있었는데, 그가 가지고 다니는 물건과 어떤 관계가 있는 듯했다. 수도사는 그것이 대단한 힘을 지녔지만 간담을 서늘하게 할 만한 어둠을 가져오는 물건임을 감지했다. 제이콥과 두 여자 사이의 갈등, 강령술사에 대한 가인버의 불신은 계속되었고, 그들 앞에는 엄청난 위험이 도사리고 있었다.

미쿨로프는 티리엘의 마음속에 뭔가 다른 게 더 있다고 생각했지만, 대천사가 진실을 숨기고자 한다면 알아낼 방도는 없었다. 그러나 한 가지는 확실했다. 함께 힘을 합하면 성공할 가능성이 있다는 것이다. 그러나 집중력을 잃고 서로에 대한 신뢰를 저버리고, 성공을 믿는 지도자마저 없다면 검은 영혼석을 훔쳐내기는 어려울 터였다.

티리엘은 호라드림을 데리고 늪을 지나 다시 무덤으로 들어갔다. 통로에는 기이하고 거대한 얼굴 조각들이 새겨져 있고 소리가 울렸다. 뼈가 가득 든 구덩이도 보였다. 마치 고대의 네팔렘들을 시체의 살이 모두 썩어 없어질 때까지 그대로 방치해둔 것 같았다. 바닥은 아름다운 석조로 되어 있고, 종종 특별한 목적을 위한 문양도 보였다. 하지만 시간이 지나면서 모두 잊힌 듯했다. 어떤 곳은 바닥이 무너져 들쭉날쭉한 구멍이 보였고, 구멍을 통해 아래층까지 보일 정도였다.

제이콥은 샤나르 곁으로 다가갔다. 샤나르에게서 나는 밝고 깨끗한 냄새가 갑자기 욕정을 불러일으켰다. 얼굴을 붉힐 정도로 강한 감정이었다. 순간 모든 감각이 고조되는 것 같았다. 최근에 샤나르는 미묘한 신호를 보내왔는데 어느 때는 따뜻했다가 다음 순간 바로 차가워져 제이콥의 머릿속을 어지럽혔다. 제이콥은 가인버가 시기한다는 사실을 잘 알았지만, 그에 대한 감정 때문인지 아니면 단순히 소외감을 느껴서인지 이유는 확실하지 않았다.

"오늘 밤에 첫 번째 시도가 있을 것입니다."

티리엘은 다시 무덤을 찾은 후 말했다.

"그러나 그 전에 할 말이 있습니다. 당신들은 임무를 수행하는 과정에서 극심한 감정과 정신적 스트레스를 겪게 될 것입니다. 또한 힘들고 긴 고난도 맞게 될 겁니다. 우리 중 일부 아니면 모두가 다치거나 목숨을 잃을 수도 있습니다."

그는 주위의 모든 사람들을 둘러보았다.

"더 늦기 전에 지금 떠날 수 있는 기회를 한 번 더 주겠습니다. 이 시간 이후로 다시 돌아갈 길은 없습니다."

제이콥은 주위를 살펴보았다. 아무도 움직이지 않았다. 다만 샤나르가 불안해하는 것이 느껴졌고, 토마스의 얼굴이 창백해지며 이마에 땀이 맺히는 게 보였다.

티리엘은 사람들을 꿰뚫어 보듯 오랫동안 쳐다보았다.

"좋습니다."

마침내 대천사가 입을 열었다.

"우리는 여기까지 함께 왔고, 앞으로 맞게 될 엄청난 도전을 위해 힘을 길러

왔습니다. 소규모 전투와 성공을 통해 자신감도 얻었습니다. 그러나 천상은 당신들이 지금까지 겪었던 곳과는 선혀 다르다는 짐을 알아야 합니다. 나는 오늘 밤 당신들 중 두 명에게 앞으로 부딪히게 될 것을 조금 보여주려고 합니다."

티리엘은 사람들을 더 작은 무리로 나누었다. 토마스와 쿨렌, 가인버, 미쿨로프는 방에 남아 영혼석 근처까지 갈 세부 계획을 가다듬었다. 그들은 그곳까지 가는 길과 그 안에 놓인 방해물을 좀 더 정확하게 인지하며 가능한 빠르고 효율적으로 천상의 통로를 찾아가는 방법을 숙지했다. 쿨렌이 천상의 영역을 상세하게 그린 그림을 보여주자 티리엘이 몇 가지 작은 실수를 지적했다. 쿨렌의 지식과 두뇌, 토마스의 전투 기술, 미쿨로프와 가인버의 전투력과 잠행 기술은 앞으로 닥칠 상황을 해결하는 데 도움을 주고, 다른 사람들을 목적지로 인도할 것이다.

자일은 사람들이 오지 않는 근처 조용한 공간에서 혼자 일하며 영혼석을 어떻게 옮길지 고민했다. 영혼석에 들어 있는 거대한 힘을 잠시라도 제어할 수 있는 가방부터 만들기 시작했다. 죽은 자들의 영역이 영혼석의 타락한 힘의 일부를 흡수하는데 도움이 될 것이며, 강령술사는 자신의 모든 능력을 동원해 다른 이들의 안전을 책임져야 할 것이다.

티리엘이 말했다.

"제이콥과 샤나르는 날 따라오세요. 당신들은 최초로 황무지를 만나게 될 겁니다."

티리엘은 두 사람을 데리고 다른 이들과 멀찌감치 떨어진 곳으로 향했다. 그곳은 네팔렘의 횃불이 푸른빛을 내며 방 안을 환히 밝히고 있었다. 수 세기 전에 혼돈의 요새는 지옥과 천상에서 성역을 공격하기 위한 집결지로 사용했던 곳이다. 그리고 티리엘은 세계석 주변에 혼돈의 요새 건설을 도왔다. 그러나 지금은 차원문을 통해 갈 수 없는 황폐한 곳이 되고 말았다.

하지만 혼돈계의 끝자락에 있는 혼탁한 땅인 황무지를 통하면 접근할 수 있었다.

"여기는 설명이 불가능한 곳입니다. 황무지는 창조의 중심과 같은 곳으로 끊임없이 이동하고 변합니다. 오늘 보고 겪은 것이 내일과는 완전히 다를 수 있습니다. 어떤 진실도, 실체도 존재하지 않습니다. 전혀 말이 되지 않는 상황을 듣거나 느낄 수 있고, 준비가 안 된 사람은 영원히 길을 잃을 수도 있습니다. 바다 속 깊이 던져졌다고 상상해보세요. 한 줄기의 빛도 들어오지 않고 오직 물결의 움직임에 따라 몸이 이동할 뿐입니다. 위험천만하고 천사들조차도 자주 길을 잃는 곳입니다."

티리엘이 설명했다.

샤나르는 제이콥을 흘긋 본 뒤 불안한 듯 발길을 옮겼다. 티리엘은 품 안에서 작은 물건 하나를 꺼내 바닥에 내려놓았다. 곧이어 물건 주변에 기호를 그린 후 제이콥이 이해할 수 없는 이상한 주문을 외우기 시작했다. 강렬한 빛을 뿜어내며 차원문이 열리더니 빠른 속도로 확장되었고, 희미하게 빛나는 빛의 단면이 되었다.

"내가 먼저 갈게요."

제이콥이 먼저 발을 들여놓으려고 했지만 티리엘이 제지했다.

"모두 함께 가야 합니다."

사나르는 제이콥의 손을 꽉 잡았다. 차원문을 통과할 때 치직거리는 에너지가 그들을 감쌌다. 제이콥은 곧바로 방향감각을 잃었다. 몸의 속박에서 벗어나 하늘로 붕 떠올랐고, 몸의 모든 감각이 분리된 것 같았으며, 머릿속은 위험을 알리는 신호로 가득했다. 갑자기 현기증이 일더니 참기 힘든 두려움과 공포가 밀려왔다. 바람 속에 흩날리는 죽음과 순수함의 끝없는 소용돌이처럼 공허감이 몰려왔다. 소리 없는 분노가 자신의 본질까지 삼켜버리는 것 같았다.

해야 할 일을 해라, 가능한 빨리.

바로 옆에 살아 계신 것처럼 아버지의 목소리가 크고 선명하게 들렸다. 아버지의 목소리는 아직 길을 찾아 헤매는 어린 소년에게 온 세계처럼 매우 강렬하게 울렸다.

영광에 대한 기쁨이나 욕망은 제쳐 둬라. 네가 해내야 할 임무만 생각해야 한다.

제이콥은 강력한 의지의 힘을 통해 아버지의 가르침을 기억해냈다. 분노 없는 정의의 중요성, 이성적인 논쟁과 판단, 유혈 사태는 최후의 수단으로 남겨두어야 한다는 가르침이 떠올랐다. 제이콥은 사정없이 몸이 흔들리는 상황 속에서 정신을 모으려고 애썼다. 희미하지만 조금씩 몸의 감각이 되살아나기 시작했다. 온몸이 차갑고 아팠으며, 귓가에 물소리가 들리는 듯했고, 자신의 손을 꼭 잡는 샤나르의 감촉이 느껴졌다.

샤나르가 부르는 소리가 들렸다. 제이콥은 그녀의 목소리를 쫓아갔지만 갑자기 얼음처럼 차가운 수벽 사이로 끌려들어가 일종의 현실과 마주했다. 두 사람은 사방으로 뻗어나가는 커다란 돌로 된 평지에 서 있었고, 회색의 지평선이 끊임없이 이어졌다. 샤나르가 제이콥을 지켜보고 있었다. 그녀의 형체가 나타났다 사라지면서 윤곽이 흐릿해졌다가 다시 또렷해졌다. 마치 흐릿한 연기 사이로 환각이 보이는 듯했다.

"혼돈계의 외부 한계선은 변형을 경험한 네팔렘들이 헤쳐 나가기에 더욱 힘듭니다."

갑자기 티리엘이 모습을 드러내며 말했다. 마치 물속에서 말하는 것처럼 목소리가 낮게 들렸다.

"감정을 조절해야 자신의 힘을 발휘할 수 있습니다. 그리고 잠긴 힘을 풀어내는 열쇠는 또한 당신에게 최대 약점으로 작용합니다."

마치 제이콥의 정신에서 나온 듯한 샤나르의 목소리가 들렸다.

"감정이란 게 정말 복잡하군요. 난 포기해야겠어요."

"농담 뒤로 숨어버리는군요. 당신이 가진 능력은 지금도 대단하지만 어쩌면 그 이상일지 모릅니다. 저항하지 말고 감정을 다루는 방법을 배워야 합니다. 두려움을 이겨내고 당신이 가진 자연적인 힘을 강화해야 합니다. 샤나르, 당신은 이번 계획에서 가장 중요한 역할을 하게 될 겁니다. 동시에 가장 힘든 일이기도 하지요. 지금까지 그 어떤 사람도 한 적이 없는 일을 해야 합니다."

티리엘이 칼을 뽑아 들었다. 희미한 불빛 속에서 마치 횃불처럼 타오른 엘드루인이 티리엘이 손을 바꾸어 휘두를 때마다 윙 소리를 냈다. 샤나르가 가쁜 숨을 내쉬며 제이콥과 맞잡은 손에 힘을 주었다.

칼에서 나오는 공명은 고통스러울 정도로 아름다웠다.

"칼에서 나오는 노래를 아는군요. 예전에도 들은 적이 있을 겁니다."

티리엘이 말했다.

"몇 년 전에 날 동굴로 부른 적이 있어요. 난 부름에 응했고…… 거기서 당신을 만났죠."

샤나르가 다시 제이콥을 쳐다보더니 맞잡은 손가락에 힘을 주었다가 다시 놓았다.

"그렇다면 이제 대답해야 할 때가 됐습니다."

티리엘이 다시 한 번 칼을 휘두르자 칼의 노래가 황무지에 울려 퍼졌다. 제이콥의 눈에 눈물이 맺혔다. 도저히 설명할 수 없는 뭔가가 있었고, 성역에서는 만들 수 없는 노래였다. 그러나 제이콥은 잘 알고 있었다. 엘드루인은 오랫동안 제이콥이 몸에 지니고 다닌 무기였고, 자신의 일부가 되었던 검이었다. 제이콥은 좀 더 듣고 싶었다.

"칼에게 대답하세요, 샤나르."

티리엘의 목소리가 좀 더 명령조로 바뀌었다.

"노래가 당신 안으로 들어가 흐르도록 하세요. 회랑에서 나오는 천사의 공명

273

은 모든 사물을 타고 흐를 수 있고 인간과 천사의 형태를 띨 수 있습니다. 당신은…… 모든 인간 중에 그것을 가장 잘 알고 이해하고 있습니다. 이제 그것을 그대로 반영해야 합니다."

샤나르는 눈을 감았다. 그녀의 입에서 낮은 신음소리가 나왔다. 따끔거리는 느낌이 손가락을 통해 제이콥에게 전해졌다. 그리고 진동이 시작되었다. 처음에는 약했으나 점점 커졌다. 곧이어 고통이 찾아오자 제이콥이 잡고 있던 손을 놓았다. 빙글빙글 돌면서 샤나르로부터 떨어져 안개 속으로 날아갔다. 잡아주는 끈 하나 없이 멀어졌다. 제이콥은 소리가 나는 쪽으로 다시 돌아가려고 노력했지만, 이제 소리는 각각 다른 곳에서 두 개가 들려오고 있었다. 손을 대면 사라져버리는 유령의 소용돌이 속에서 제이콥은 왔던 곳으로 되돌아가려고 애를 썼다. 그때 안개 속에서 어떤 형체가 나타났다. 천사와 같은 존재가 날개를 펼치고 칼을 따라 소리를 내고 있었다. 그러나 천사는 아니었다.

샤나르였다.

마법사가 팔을 벌리고 머리를 뒤로 젖혔다. 샤나르의 손끝에서 천사의 날개처럼 탁탁 소리를 내며 에너지가 솟아났고, 그녀에게서 칼의 공명과 똑같은 노래가 흘러나왔다.

제이콥은 안개를 뚫고 성큼 다가오는 티리엘을 보았다. 머리 위에는 엘드루인이 있었다.

"천상은 당신이 보고 싶어 하지 않는 것들을 보여줄 겁니다. 살아남으려면 의심을 품거나 주저해서는 안 됩니다."

일말의 경고도 없이 티리엘이 쉬익 소리를 내며 샤나르의 목에 칼을 가져갔다.

제이콥은 미처 자신이 무슨 일을 했는지 알기도 전에 거룩한 파괴자를 꺼내 순식간에 공격을 막아냈다. 묘하게 빛나는 안개 속에서 불꽃이 튀었고, 티리엘의 형체가 유리가 녹듯 물결치며 광활하고 끝없이 펼쳐진 평원 속으로 사라졌다.

　두 사람은 남겨진 채 울부짖는 바람의 소리를 들으며 서 있었다. 샤나르가 몸을 떨었다. 제이콥은 마치 자신의 칼날이 아버지의 뜨거운 살 속으로 미끄러져 들어가는 것처럼 느끼며 시간을 통과해 다시 제자리로 돌아왔다. 엘드루인은 제이콥을 정의의 수단으로 만들어 그가 한 행동에 대한 고통과 죄책감을 없애주었다. 그러나 그러한 기억은 소리 없이 찾아오는 질병처럼 작년부터 다시 제이콥을 괴롭히기 시작했고, 그로 하여금 모든 것에 대한 믿음을 잃게 만들었다.

　더는 아니야. 제이콥은 생각했다. 자신을 위해 만들어진 무기가 그에게 다시 힘과 자신감을 되찾아주었다. 그리고 오래전 전염병이 그를 악마와 광기로 뒤섞여놓기 전에 아버지가 그랬던 것처럼, 제이콥에게 또 다시 정의의 수단이 될 수 있는 힘을 주었다.

　그러나 여전히 무언가가 제이콥을 괴롭혔다. 어딘가 잘못된 게 있었다.

　갑자기 잡념이 사라졌다. 누군가 그들을 보고 있었다. 제이콥은 두개골을 뚫고 들어오는 칼날처럼 그것을 느꼈다. 제이콥은 다시 주변을 둘러싼 안개 속을 조사했다. 그러나 아무것도 보이지 않았다. 샤나르가 다시 눈에 들어왔다. 제이콥은 뒤쪽으로 빛나는 차원문이 나타난 걸 보았다. 아침 햇살에 악몽이 사라지듯 모든 감정이 씻겨 내려갔다.

　다시 차원문을 통과하는데 어깨에 난 상처가 욱신거렸고, 피부 깊숙이 물음표가 새겨졌다.

26장

늪지에서의 공격

성스러운 기사단 교회와의 전투가 끝난 후 얼마쯤 지나자 게아 쿨에서 그들의 형제들이 도착했다. 그중 열두 명은 로라스가 보낸 전령을 받고 온 이들이었다. 기대했던 것보다 도착한 인원이 적었다. 새로 도착한 이들은 호라드림이 이상한 상황에서 사라졌으며 병사들을 모두 잃었다고 말했다. 남은 사람들은 적들이 어둠 속에 숨어 있다가 막상 대적하려고 하면 이내 사라져버렸다고 소식을 전했다. 호라드림은 실종자들에 대해 아무런 단서를 찾을 수 없었고, 도서관과 유물 보존을 위해 두고 온 몇 명을 제외하고 남은 인원은 열두 명이 전부였다.

토마스와 쿨렌, 미쿨로프는 그 소식을 듣고 심각해졌다. 몇몇 형제들과 잘 아는 사이였기 때문이다. 그들의 실종은 확실히 브람웰의 주민들이 실종되는 것과 닮아 있었다. 하지만 멀리 떨어져 있는 지금은 그들을 위해 해줄 수 있는 일이 없었다. 궁금한 것이 많았지만 게아 쿨에서 온 형제들은 더 이상 해줄 말이 없었다.

그래도 새로 도착한 호라드림이 빈자리를 채워나갔다. 제이콥은 이들이 앞으로 맞게 될 미래에 대해 아무것도 모르고, 천상의 군대에 맞설 때 도움이 되지 못할 거라고 생각했다. 그러나 이들의 임무는 차원문을 통과하는 게 아니라 성역에 머물면서 다른 사람들이 자리를 비운 사이 생길지 모를 공격을 대비하는 거였다.

제이콥은 가까운 주변에 적이 있다고 확신했다. 목 근처의 아문 상처에서 맥이 뛰는 게 느껴졌다. 마치 어둠의 날개를 지닌 무언가가 살을 태우고 지나가듯 황무지를 통과한 후부터 맥박이 빨라지는 것 같았다. 트리스트럼에서의 밤은 이미 오래전 일이고 제이콥도 많이 변했지만, 그날 밤 느꼈던 감각은 늘 그를 쫓아다녔다.

환영들이 때를 기다리며 그의 주변을 맴돌고 있었다. 그러나 제이콥은 그 이유를 알 수 없었다.

그들은 준비에 더 박차를 가했다.

티리엘은 나머지 사람들을 데리고 황무지로 갔다. 각자 두려워하는 유령들을 끌어내 한계점까지 몰아붙이면서 그들의 용기와 능력을 시험했다. 따라서 모두들 경험을 이야기할 때 각자 다른 이야기를 했다. 어떤 사람들은 비명 소리와 신음 소리와 이상한 소리들이 그들을 공격하는 가운데 어둠 속을 떠다녔고, 다른 사람들은 여러 가지 모양과 색깔은 봤지만 아무 소리도 듣지 못했다.

텅 빈 평원에 서 있는 미쿨로프 앞에는 조금씩 산과 밀림의 형태가 나타나기 시작했다. 이브고로드 암살자들이 두꺼운 나뭇잎 사이로 몰래 다가와 영혼까지 꿰뚫을 것 같은 시선으로 그를 쳐다보았다. 미쿨로프는 아무것으로도 몸을 가리지 못한 채 앞으로 기어갔다. 갑자기 밀림이 불타는 지옥의 거친 동굴로 변하며 악마들이 나타났다. 쿨렌은 검은 탑에서 떨어졌다. 땅에서 언데드들이 일어나 쿨렌을 땅속으로 끌고 갔다. 가인버는 분노의 역병에 걸린 동족들과 마주했고, 형제자매들이 피의 바다에 빠져 익사하는 모습을 지켜보았다.

모두들 환영을 떨쳐버리기 위해 열심히 싸웠고, 불러일으켜진 감정들에 휘말리지 않기 위해 마음을 단단히 먹었다.

"당신들의 능력은 모두 하나의 근원에서 나옵니다."

티리엘이 그들에게 말했다.

"당신들 중에 이미 원소들을 부리고, 마법과 주문을 사용하고, 성역에서 악마를 베어버릴 수 있는 힘을 보여준 사람들은 네팔렘의 힘을 어떻게 사용하는지 이미 알고 있습니다. 그리고 기회가 주어지면 훨씬 더 많은 능력을 발휘할 수도 있습니다. 마음속에서 감정이 허물어지고 피가 솟구치면서 새로운 경지에 도달해봤을 겁니다. 그 힘을 활용하고 조절하도록 하세요. 천상의 영역에서는 그 힘이 당신들에게 불리하게 작용할 수 있습니다."

티리엘은 샤나르를 좀 더 혹독하게 훈련시켰다. 샤나르가 천사의 공명을 최대한 비슷하게 흉내 낼 수 있게 능력을 집중시켰다. 그녀는 황무지에 처음 갔을 때 티리엘이 가한 갑작스러운 공격에 대해 아직 감정이 완전히 풀리지 않은 상태였다. 티리엘은 자신의 공격이 실제로 전혀 위험하지 않았고, 샤나르가 아닌 제이콥을 겨냥한 공격이었다고 설명했다. 제이콥은 다시 한 번 자신의 직감을 믿어야 했고, 거기서부터 출발해야 했다.

로라스 나르는 모든 것을 경이로운 눈으로 지켜보며 호라드림과 기사들 사이의 연락관 역할을 능숙하게 했다. 그들에게 필요한 양식을 전달했고 사건이 발생할 때마다 모든 내용을 기록했다. 또한 배움에 목말라했고, 공식적인 훈련이 끝난 후에는 미쿨로프와 함께 일하면서 원소들을 다루는데 뛰어난 재능을 보이기도 했다. 젊은 기사와 수도사는 빠르게 유대관계를 형성했다. 미쿨로프는 인내심을 갖고 로라스의 호기심과 폭넓은 열정을 끝없이 받아주었다.

브람웰에서 온 나르 사령관은 서부원정지에 있는 대장간에서 밤낮으로 일하며 쓰러질 때까지 자신을 몰아붙였다. 마침내 자일의 가방이 완성되었다. 강령술사의 설명에 따르면 영혼석에 가방을 가져가면 영혼석을 담을 수 있을 정도로 가방이 커지지만, 주문이 사라지기 전까지 단 몇 분 동안만 그들을 보호해줄 수 있다고 했다.

드디어 계획을 실행으로 옮길 때가 되었다.

공격 전날 밤, 티리엘은 짚으로 만든 침대에 누웠지만 잠을 이룰 수 없었다. 머릿속에서 생각이 꼬리를 물고 이어졌다. 머릿속으로 이런저런 계획을 세워보고 만약 일이 잘못되었을 때 어떻게 해야 할지 떠올렸다. 티리엘은 긴 시간 동안 형제자매들과의 고통스러운 결별과 인간 육체의 결함을 겪으며 지금에 이르게 되었다.

지혜의 대천사는 의회에서 만난 후 형제가 했던 말을 떠올렸다. *또 다시 인간 편에 서기로 했지. 만약 의회가 성역을 파괴하고 천상의 위협을 영원히 제거하기로 결정한다면, 당신은 인간 세계에 남아 그들과 함께 멸망할 것인가?*

티리엘은 임페리우스가 틀렸다고 생각했다. 이것은 어느 하나를 선택하는 문제가 아니었다. 티리엘은 호라드림을 이끌고 가 사랑하는 두 세계를 모두 구하려고 노력할 터였다. 수 세기 전 울디시안의 희생이 떠올랐다. 아무리 시간이 지나도 바래지 않는 기억이었다. 티리엘이 구원을 향한 인간의 잠재력을 깨닫기 시작한 순간이기도 했다. 어떤 역경이 몰려와도 인간이 지닌 선함은 어둠을 이겨낼 터였다.

지금 티리엘은 그 사실에 의지했다. 티리엘과 사람들은 그 어느 때보다 준비가 잘되어 있었고, 앞으로 다가올 유혹과 공포를 이겨내고 비상해야 했다. 인간이 위대한 건 사실이었다. 하지만 티리엘은 마음 한편으로 졸툰 쿨레를 기억해 냈다. 쿨레는 최초로 호라드림을 만들었지만 어둠의 힘에 타락하고 말았다. 검은 영혼석은 쿨레의 창조물이었다.

쿨레도 인간이었다.

티리엘도 유혹을 벗어날 수 없었다. 그는 서부원정지의 날이 밝기까지 더 이상 기다릴 수 없었다. 티리엘은 실패자처럼 느끼며 성배를 꺼내 심연으로 빠져들고 말았다.

그들은 날이 밝기 전에 도시를 빠져나와 출발했다. 기사들이 이미 출발 일정을 통보했기에 도시 경비병들은 커다란 망토를 걸친 사람들이 거리를 가로질러 가는 모습을 보고도 경보를 울리지 않았다. 토리온 장군은 그들의 통행을 흔쾌히 허락했다. 그러나 호라드림은 하루 일과를 시작하는 상점 주인들과 심부름하는 소년들 등 서부원정지의 시민들과 마주치고 싶지 않았다. 그들은 성스러운 기사단 교회와 다시 건널 수 없을 정도로 망가진 지하 다리를 피해 늪지대를 건너 지하 묘지로 갔다.

호라드림이 입은 커다란 망토는 두툼한 형체를 잘 감춰줬다. 나르 사령관은 맡은 임무를 훌륭히 해냈지만, 엄청난 속도로 능숙하게 장비를 만들어내다가 하마터면 죽을 뻔했다. 한편 이처럼 빈틈없는 위장이 미쿨로프한테는 무겁고 생소했다. 그동안 수도사로서 가벼운 옷차림과 자유로운 움직임에 익숙해져 있었기 때문이다. 하지만 실제 임무를 맡아 전장에 서면 어떤 느낌이 들지 궁금했다.

"그동안 제 능력을 충분히 보여줬는데도 정말 저를 데려가지 않을 생각이십니까?"

위험한 지역을 지나기 위해 한 줄로 나란히 걸으면서 로라스가 낮은 목소리로 물었다. 티리엘을 선두로 모두 서른 명이 한 줄로 걸어가고 있었다. 로라스는 그들과 동행해 지하 묘지 입구를 지킬 기사들을 선발했다. 그보다 약간 앞서 걷고 있던 미쿨로프는 천상을 침략하는 조직에 합류하고 싶다는 로라스의 간청을 흘려들었다. 로라스는 아직 준비가 안 되어 있었고, 미쿨로프에게는 다른 걱정거리가 있었다.

미쿨로프는 그들을 잠식해 들어오는 어둠의 느낌이 마음에 들지 않았다. 그들은 횃불 없이 달빛에 의지해 늪의 무성한 덤불과 잡초로 덮인 진창을 피해 걸었다. 오늘 밤 만물에 존재하는 신들이 위험을 알리고 있었다.

호라드림이 느끼는 긴장은 늪의 가장자리를 걸어가면서 더욱 고조되었다.

로라스가 다시 뭔가를 말하려는 순간 미쿨로프가 말했다.

"쉿, 무슨 소리가……"

갑자기 왼쪽에서 커다란 검은 형체가 스르륵 나타났다.

너무 빨라 미처 대응할 시간이 없었다. 생물은 창 같은 날개들을 펼치고 거미처럼 총총거리며 다가와 순식간에 게아 쿨에서 온 기사 한 명을 잔인하고 치명적으로 방법으로 공격했다.

기사의 목에 구멍이 뚫렸다.

피가 솟구치며 쏟아지는 소리가 났고, 공격을 가한 형체는 사냥꾼이 먹잇감을 채가듯 기사를 데리고 어둠 속으로 사라졌다.

단 몇 초 만에 일어난 공격이라 대부분의 호라드림은 제대로 보지도 못했다. 하지만 바로 뒤에 있었던 미쿨로프는 소리를 질러 다른 이들에게 경고한 뒤, 재빨리 생물이 사라진 곳을 향해 달려갔다.

미쿨로프가 탁한 물이 고인 웅덩이 주변을 지나는데 다른 사람들의 비명 소리가 들려왔다. 티리엘이 큰소리로 명령을 내리고 있었다. 또 다른 검은 형체가 악마처럼 나타나 날카로운 발톱으로 기사 한 명을 잡아챘다. 생물은 유연하고 무시무시한 힘으로 간단히 망토를 찢고 버터를 가르듯 남자의 몸을 갈랐다. 나무 사이로 끌려가는 몸이 보였고, 늪지대의 풀숲 위로 뜨거운 피와 함께 내장이 쏟아졌다.

매복이었다. 미쿨로프는 어둠 속을 주시하며 잠시 멈춰 섰다. 그러나 부드럽게 흔들리는 풀과 나무 말고는 아무것도 보이지 않았다. 신들의 소리도 들리지 않았다. 검은 생물이나 그들이 데려간 기사들의 모습도 보이지 않았다.

일행이 있는 쪽으로 돌아서는데, 샤나르의 손에서 탁탁거리는 소리와 함께 빛이 터져 나와 사람들의 머리 위를 비쳤다. 잠시 환해지며 주변이 그대로 드러났다. 사방에서 움직임이 감지되었다. 검은 형체들이 빛을 피해 달아나며 어지러울 정도로 핵핵 움직였다. 환영들이었다. 셀 수 없을 정도로 많았다. 미쿨로프의 눈에도 환영의 수는 너무 많았다.

사람들이 비명을 질렀다.

다른 한 명이 나무 사이로 끌려갔고, 다시 또 한 명이 끌려갔다. 아무도 반격할 기회를 잡지 못했다. 학살은 무자비했고 환영들의 움직임은 너무 빨랐다. 원래 있었던 여덟 명은 다른 사람들보다 훨씬 더 준비가 잘되어 있어서 생물들의 공격을 잘 막아냈지만, 새로 합류한 호라드림과 서부원정지 기사들은 이처럼 막강한 세력에 속수무책으로 당할 수밖에 없었다.

미쿨로프가 다시 공격이 일어난 장소로 돌아왔을 때, 근처에서 갑자기 눈부신 빛이 터지며 차원문을 통해 시카라이가 나타났다. 그는 위풍당당하게 전투복을 입고 완전히 회복한 상태로 위엄을 과시했다. 파괴자는 잠시 늪지를 살펴보다가 엘드루인을 들고 있는 티리엘에게 시선을 고정했다. 시카라이가 분노의 함성을 내지르며 곧장 전쟁터로 뛰어들었다.

티리엘은 검은 날개를 가진 생물들이 사람들을 계속 잡아채가자 속으로 자신을 원망했다. 뭔가가 그를 사로잡았고 거기서 벗어날 수가 없었다. 머릿속이 솜으로 가득했고 몸의 움직임이 현저히 느려졌다. 미리 대비했어야 하지만 티리엘은 잡념에 빠지고 말았다. 물론 환영들은 몸을 숨기고 그들이 다가오기를 기다리고 있었다. 미리 다 계획된 일이었을 것이다. 이제 호라드림은 목적지를 바로 눈앞에 두고 위기에 처하고 말았다.

"모습을 드러내시오!"

티리엘이 소리쳤다. 샤나르가 쏟아내는 빛 아래 호라드림이 망토를 벗었다. 그 아래 티리엘이 그린 상세한 그림을 바탕으로 나르 사령관이 제작한 루미나레이 갑옷 복제품이 나타났다. 복제품이지만 너무 뛰어나 티리엘도 진짜와 구분하기 힘들 정도였다. 적어도 멀리서 볼 때는 그랬다. 천상에서 천사들이 자세히 관찰하면 들통이 나겠지만 얼마간의 시간은 벌 수 있을 터였다.

차원문을 통과하기 전까지는 계획을 드러내고 싶지 않았지만, 자유롭게 움직이는 게 급선무였다. 그렇지 않으면 모두 학살당하고 말 것이다.

"어서 가요!"

티리엘이 사람들에게 소리쳤다.

"사람들을 입구로 데려가요, 제이콥! 환영들이 벽을 통과해 뒤쫓지는 못 할 테니!"

기사들이 어둠 속을 빠르게 스치는 검은 형체들을 향해 활시위를 당겼다. 제이콥이 호라드림과 로라스 나르를 이끌고 웃자란 잡초들을 통과하는 동안, 토마스와 쿨렌이 뒤쪽을 방어했다. 미쿨로프는 환영들이 더는 사람들을 채가지 못하게 그들을 빙 둘러 보호했다. 샤나르의 치직거리는 에너지 번개가 사람들의 머리 위로 환영들이 가까이 오지 못하게 막았다.

티리엘은 사람들이 지하 묘지로 연결되는 입구에 도착한 것을 확인한 후 시카라이를 돌아보았다.

대천사는 원래 전장에서 주눅 드는 편이 아닌데 오늘 나타난 파괴자는 무시무시했다. 시카라이는 전보다 더 커졌고, 강력한 붉은빛을 내뿜었다. 손에 든 새로운 양날검에서는 피를 솟구치게 하는 노래가 나왔다.

시카라이는 조금의 망설임도 없이 돌진해왔고, 티리엘은 엘드루인을 들어 검을 부서트릴 것 같은 파괴자의 공격을 가까스로 막았다.

티리엘은 비틀거리며 뒷걸음질 쳤다. 여전히 어둠 속에 도사리고 있는 위험이 느껴졌다. 또 다시 공격이 이어졌고, 다시 또 공격이 반복되었다. 파괴자는 티리엘에 대한 공격을 멈추지 않았고, 티리엘은 매번 칼날이 자신을 베기 직전에야 겨우 몸을 피했다. 그러나 티리엘의 봄에서는 급격하게 힘이 빠져나갔고, 이번에는 몸을 숨길 방패물도 적을 교란시킬 다른 방법도 없었다. 티리엘은 혼자였다.

시카라이는 날개를 펼치며 소리를 질렀다. 치직거리는 눈부신 붉은 빛에 티리엘은 하마터면 눈이 멀 뻔했다. 그는 미친 듯이 눈을 깜빡이며 눈앞에서 반짝이는 점들을 없애고 다음 공격이 어디로 이어질지 파악하려고 애썼다. 티리엘은 뒤쪽 늪지에 발목이 빠지면서 드러눕고 말았다. 파괴자의 칼날이 티리엘의 가슴을 내리쳤다. 무자비한 공격으로 갑옷이 잘려나갔고 가슴에 상처가 났다. 하지만 이때 파괴자의 칼이 철보다 강한 뭔가와 부딪히는 소리가 났다. 성배였다.

고통이 엄습해왔다. 누워 있는 자신을 향해 시카라이가 칼을 휘두르자 티리엘은 몸을 굴려 빠져나왔다. 그러나 다음 공격을 피할 방도는 없었다. 하늘이 이른 새벽의 부드러운 빛으로 밝아오기 시작했다. 파괴자는 다시 한 번 무기를 높이 들고 위험에 그대로 노출된 티리엘을 내려다보며 승리를 확신하듯 잠시 서 있었다.

이렇게 끝난다는 말인가? 티리엘은 힘없이 생각에 잠겼다. 상처에서 피가 솟구쳤다. *버려진 땅의 진창 속에서 제대로 시작도 하기 전에 죽는단 말인가?*

시카라이가 칼을 내리치자 달처럼 창백한 얼굴을 한 날렵하고 어두운 형체가 티리엘 쪽으로 빠르게 다가왔다. 자일이었다. 강령술사는 티리엘의 몸 위로 눈부신 주황색 섬광을 쏘아 검을 막았다. 칼날이 빗나가자 시카라이가 또 다시 고함을 질렀다. 이번에는 정말 격분한 상태였다.

자일은 황급히 도망쳤고, 시카라이는 돌아서서 그를 쫓기 시작했다. 티리엘은 겨우 다시 일어났지만 지하 묘지 입구로 절뚝거리며 걸을 때마다 타는 듯한 고통이 가슴에 전해졌다. 시카라이가 다가오는 소리가 들렸지만, 이제 거의 다왔다. 몇 발자국만 더 가면…….

　세상이 희미해지기 시작했다. 환영들은 사방을 휩쓸고 다녔고 이른 새벽 빛 속에서 검은 형체를 분간하기란 거의 불가능했다. 티리엘의 팔은 납처럼 무거웠고 초인적인 노력을 기울여야 겨우 한 걸음씩 움직일 수 있었다. 쓰러지기 직전, 바람의 숨결을 타듯 누군가 그를 높이 들어 올려 터널로 옮겼다. 터널은 아주 깊숙한 곳으로 이어졌다.

27장

지하 묘지

제이콥은 로라스 나르와 입구에서 헤어졌다. 로라스는 입구를 지켰고 제이콥은 다른 사람들을 이끌고 흐릿한 터널을 통과했다. 아무도 말이 없었다. 모두 침울한 표정이었고, 적의 급습에 충격을 받았다. 제이콥은 동료를 몇 명이나 잃었는지 알지 못했다. 살아남은 것이 기적이었다.

티리엘은 혼자 파괴자에 맞서 싸우고 있었다. 제이콥은 하마터면 되돌아갈 뻔했다. 그러나 그가 맡은 임무는 다른 사람들을 안전하게 보호하는 일이었다. 위험해지면 로라스가 경고를 보낼 터였다. 갑자기 분노가 밀려왔지만 재빨리 감정을 추슬렀다. 절대 아버지가 좋아할 만한 모습은 아닐 것이라는 생각이 들었다. *분노가 최고의 공격이라는 생각은 버려라.*

"강령술사는 어디 있지?"

정적 속에서 가인버의 목소리가 울려 퍼졌다. 가인버는 숨을 힘들게 몰아쉬었다. 제이콥은 어둠 속을 돌아보았지만 자일의 모습은 보이지 않았다. 쿨렌은 이미 열쇠를 끼워 문을 열고 다른 사람들을 들여보냈다.

"트리스트럼에서부터 쭉 강령술사 욕이더니, *이제야* 걱정이 되나봐?"

샤나르가 빈정대듯 말했다.

"그가 가방을 갖고 있잖아. 가방이 없다면 영혼석을 옮길 수 없으니까."

야만용사가 대꾸했다.

잠시 후 굽은 모퉁이를 지나 다가오는 두 형체가 보였다. 자일이 티리엘의 허리를 감싸 부축한 채 걸어오고 있었다. 대천사의 머리는 아래로 쳐져 있었고, 갑옷은 잘려나갔고, 가슴에는 피가 잔뜩 묻어 있었다.

미쿨로프가 급히 뛰어가 함께 부축했다. 이때 어디선가 고함 소리가 들렸다. 시카라이가 가까이 온 것이다. 그가 이미 터널까지 들어왔는지는 알 수 없었다. 만약 그렇다면 로라스가 막아주기를 바랄 수밖에 없었다. 제이콥은 모든 사람들이 벽을 통과하고 나면 너무 늦기 전에 재빨리 입구를 닫아야 했다.

자일과 미쿨로프는 대천사를 부축한 채 희미하게 빛나는 벽을 통과했다. 제이콥은 샤나르와 가인버가 통과할 때까지 기다렸다가 마지막으로 터널을 돌아본 후 사람들을 뒤쫓아 갔다.

안으로 들어온 후 사람들은 큰 방의 돌바닥에 티리엘을 눕혔다. 아래로 내려가는 계단이 바로 앞에 보였다. 횃불에서 나오는 푸르스름한 불빛 아래 사람들의 걱정스런 얼굴이 나타났다. 강령술사는 몸을 숙여 대천사를 살펴본 후 조심스럽게 칼에 베인 갑옷을 벗겼다. 그러자 20센티미터 정도의 끔찍한 상처가 드러났다.

상처에서 피가 흘렀다. 자일은 재빨리 가방에서 약병들과 꾸러미를 꺼내 티리엘의 가슴에 뭔가를 뿌린 후 낮게 주문을 외우기 시작했다. 잠시 후 장갑을 낀 손을 상처 위로 가져가 흔들며 눈을 감았다. 자일의 얼굴이 잿빛으로 변했다. 그가 손을 치우자 상처가 스스로 아물었고, 티리엘의 가슴에는 벌레가 기어가는 듯한 하얀 상처가 남았다.

마침내 강령술사가 머리를 흔들며 진이 빠진 얼굴로 입을 열었다.

"치명적인 공격으로부터 무언가가 그를 보호해줬어요. 갑옷보다 더 강력한 물건이에요."

강령술사는 특이한 금속처럼 빛나는 물건을 살짝 만져보았다.

"하지만 피를 너무 많이 흘렸어요. 내 마법으로는 상처를 치료하고 얼마간의 힘을 되찾아줄 수 있지만 그 이상은 힘들어요."

"일으켜 세워주시오."

티리엘이 말했다. 눈은 떴지만 고통 때문에 목소리가 갈라졌다. 하지만 목소리에서 단호함이 묻어났다. 티리엘은 자일의 손을 밀쳐낸 후 금속성의 물건을 갑옷 깊숙이 집어넣었다. 그리고는 다른 사람들의 도움을 받아 일어섰다. 통증 때문에 움찔했지만 이내 스스로를 추스르고 앞에 모인 침울한 표정의 호라드림을 돌아보았다.

"우리가 매복을 피해 달아났으니 시카라이는 분명 경보를 울려 대비할 것입니다. 이번 임무의 승패는 눈에 띄지 않고 천상에 침투하는 데 달렸습니다. 용기의 전당에서 새로운 천사 승천식이 곧 진행될 예정이에요. 시간이 없습니다."

티리엘이 말했다.

"하지만 지금은 몸이 너무 약해졌어요. 싸울 수 있는 상태가 아니에요."

샤나르가 말했다.

"나는 죽지 않습니다. 우리 모두 계속 앞으로 나가야 합니다. 이번이 유일한 기회입니다."

"자일 님, 저들도 우리에게 생긴 작은 문제를 알아야 하지 않을까요?"

험바트가 말했다. 다른 사람들이 서로 불안한 표정으로 쳐다보았다.

"가방에 문제가 생겼습니다. 파괴자의 날카로운 공격을 막을 때 가방을 썼거든요. 가방의 마법으로 파괴자의 공격은 막아냈지만 대신 힘이 많이 사라졌습니다. 앞으로 얼마나 오래 힘이 지속될 수 있을지 모르지만 완전히 사라지기 전에 영혼석을 성역에 갖다놓기는 힘들 것 같습니다."

자일의 얼굴이 조금씩 원래의 빛을 되찾고 있었다. 그러자 티리엘이 말했다.

"그렇다면 영혼석을 옮길 때 상당한 위험이 있을 거예요. 영혼석이 지닌 파괴력은 예측 불가능한 방법으로 당신에게 영향을 줄 겁니다."

"나는 신 트리스트럼에서 임무를 받아들였습니다. 뒤따르는 위험도 잘 알고 있습니다."

티리엘은 자일의 얼굴을 유심히 바라본 다음 고개를 끄덕였다.

"좋습니다."

"천상의 영역에서 마법을 사용하게 되면 예상치 못한 어떤 결과가 나타날지도 몰라요. 대천사의 피와 상처는 금방 눈에 띌 거예요. 가방에 생긴 문제도요. 그러니까……."

쿨렌의 말에 티리엘은 이를 꽉 깨물며 다시 한 번 얼굴을 찡그렸다.

"내게 쉽게 대항하지는 못할 겁니다. 나는 아직 대천사이고, 그 점을 천상의 존재들도 기억하고 있을 테니까요. 모두 움직여야 합니다. 다른 대안이 없습니다. 나를 따르세요."

28장

용기의 전당

천상에서는 승천식을 위해 천사들이 모이기 시작했다.

용기의 전당 안은 여기저기 옮겨 다니며 웅성대는 수많은 형체들로 가득했다. 아우리엘과 이테리엘은 임페리우스의 방에 있었다. 세 사람은 이제 곧 밖으로 나가 새로운 천사를 환영하고 그를 루미나레이와 회랑의 수호자로 받아들일 것이다.

벨제엘은 어둠 속에서 전당을 내려다보았다. 연단에 서 있어 연회장의 모습을 한눈에 볼 수 있었다. 보통 천사가 죽으면 죽은 천사를 대신해 회랑에서 새로운 천사가 태어나곤 한다. 새로 태어난 천사는 죽은 천사와 완전히 똑같지는 않지만 동일한 천상의 화신이 되어 기존의 대천사를 모시게 된다. 이것이 천상의 방식이었다. 하지만 천사가 변형을 거치게 될 경우는 달랐다. 세계석의 파괴이후 티리엘의 경우가 그랬다. 이는 지금껏 선례가 없는 일이었다.

벨제엘은 과거의 전통에 찬사를 보내는 형제자매들의 맹목성이 역겨웠다. 물론 그도 자신의 안건을 내세울 때 필요하다고 생각되면 명예와 전통을 중시했다. 하지만 명예와 전통은 일을 진척시킬 때 도움보다는 방해가 될 때가 훨씬 많았다.

성역의 운명만 보아도 그랬다. 앙기리스 의회는 인간의 손에 맡길 경우 수주,

수개월, 심지어 수십 년까지 걸리는 문제를 직접 논의할 수 있었다. 인간에게 맡기면 그 긴 시간 동안 역병 같은 전염병을 퍼뜨리고 영원한 분쟁에서 지옥이 유리하도록 영향을 끼칠 수 있었다. 벨제엘과 수호자는 더 이상 기다릴 여유가 없었다. 그들은 검은 영혼석 하나로 충분하기를 기대했지만 이제는 좀 더 강압적으로 나서야 할 때가 되었다. 목적을 달성하기 위해 무엇이든 사용할 생각이었다.

티리엘의 방해와 상관없이 영혼석은 인간의 작품이며, 이제 인간을 실패로 몰아넣는 역할을 할 것이다.

일종의 인과응보인 셈이다.

아래에서 웅성거리는 소리가 점점 더 높아졌다. 모두들 연회장으로 이어지는 회랑 입구를 바라보며 임페리우스의 성대한 등장을 기다렸다. 그러나 극적인 등장에 능한 임페리우스는 마지막 순간까지 방에서 움직이지 않고 기다릴 터였다.

벨제엘에게 기다리는 일은 문제가 아니었다. 대신 뭔가 다른 낌새가 감지됐다. 주변에 이상한 기운이 감돌았고, 뭔가 중요한 일이 곧 일어날 것 같은 느낌이 들었다. 용기의 전당에 속할 새로운 천사와 관계된 일은 아니었다.

시카라이는 어디 있는 거지?

벨제엘은 연회장에서 눈길을 돌렸다. 불안감이 점점 커졌다. 성역으로 파괴자를 돌려보낸 후 시간이 꽤 지났기 때문이다. 티리엘과 인간의 무리를 상대하는 데 이렇게 오랜 시간이 걸릴 리 없었다. 벨제엘이 보낸 정찰병은 티리엘 무리를 오랫동안 연구하고 멀리서 지켜봐왔다. 그래서 그들의 강점과 약점, 논쟁과 인간관계의 허점까지 파악했다. 심지어 그중 한 명에게 낙인을 찍어 다른 동료들이 그의 영혼에 의지해 추격을 계속할 수 있게 했다.

벨제엘의 예상대로 인간들은 그들을 곧장 네팔렘의 요새로 인도했다. 수호자는 계획이 변경될 경우에 요새가 쓸모 있을 것이라 생각했다. 현재 요새는 인간에게만 접근을 허락했지만, 수호자가 벌써 방법을 찾고 있었다. 머지않아 요 새를 손에 넣게 될 터였다.

나머지는 쉬웠다. 정찰병들은 티리엘과 사람들이 언제, 어디로 이동할지 정 확하게 알고 있었다. 매복을 통한 대량학살은 당연한 결과였다. 시카라이는 어 떠한 경우에도 이처럼 작은 무리 때문에 곤란을 겪을 자가 아니었다. 하지만 벨 제엘은 빨리 승리를 확인하고 자신의 전사들이 행한 대학살에 대해 자세한 보 고를 받고 싶었다.

바로 그때 벨제엘의 전용 발코니 위 어둠 속에서 인기척이 났다. 잠시 후 시 카라이가 앞으로 걸어 나왔다. 옆에 찬 칼끝에 옅은 피가 묻어 있었다.

벨제엘은 부하에 대한 자부심이 솟았다. 그만큼 파괴자를 잘 훈련시켰고 싸 움의 기술에 필요한 모든 장점을 부여했다. 예전에도 그랬듯이 다시 한 번 시카 라이가 완벽한 무기라고 생각했다.

하지만 파괴자의 입에서 나온 말은 분위기를 완전히 바꿔놓았다.

"티리엘이 도망쳤습니다, 주인님. 지시하신 대로 늪에서 그들을 기다렸지만 잡기 전에 먼저 은신처로 들어가 버렸습니다."

승리감에 도취되었던 벨제엘은 순식간에 분노에 휩싸였다. 당장이라도 자신 의 무기로 시카라이를 베고 싶었지만 문득 궁금해졌다. 어떻게 시카라이 같은 최고의 병사를 순식간에 무찔렀지?

벨제엘의 오라가 크게 진동했다가 곧 잦아들었다.

"말해 봐."

목소리에서 나오는 으르렁거림이 위협적으로 들렸다.

"티리엘에게 치명적인 상처를 입혔습니다. 그는 피를 많이 흘렸습니다. 그런 데 한 인간이 마법을 건 물체를 제게 사용했습니다. 제 힘을 약화시킨 후 지하 묘지로 달아났습니다."

"어떤 물체였지?"

"모르겠습니다. 하지만 전혀 예상치 못한 힘으로 저의 공격을 받아냈습니다."

주저하는 듯 말하는 시카라이의 목소리가 조금 달라져 있었다. 확신이 없는 것일까? 그럴 리가 없다.

"보이지 않는 힘 때문에 잠깐 동안 움직일 수 없었습니다. 다시 몸이 풀렸을 때는 모두 사라지고 없었습니다. 인간들을 쫓아 터널 아래까지 갔지만 찾지 못했습니다."

"도시로 간 것이다. 잊힌 네팔렘의 요새가 그들을 보호한 것이다."

벨제엘은 분노를 억제하며 좀 더 득이 되는 방향이 무엇인지 고민했다. 그들은 함정에 빠졌고 조만간 다시 모습을 드러낼 터였다. 벨제엘은 지하 묘지로 통하는 두 번째 입구를 알았고, 그의 정찰병들이 그곳 늪에 주둔하고 있었다.

티리엘의 계획이 무엇이든지 반드시 실패할 것이다. 벨제엘은 이를 확신했다…….

"드릴 말씀이 더 있습니다, 주인님. 병사들이 그들의 대화를 몰래 엿들었고, 제이콥이라는 남자를 통해 많은 것을 알아냈습니다."

"뭐지? 시카라이? 어서 말해 봐. 그렇지 않으면 네 비참한 인생도 끝날 테니까."

시카라이의 입에서 나온 말은 벨제엘을 멈칫하게 만들었다.

"그 자가 이곳 천상으로 오고 있는 게 확실합니다. 그들은 주인님에게서 영혼석을 훔쳐낼 계획을 갖고 있습니다."

지혜의 웅덩이로 가는 길은 조용하고 한적했다. 벨제엘은 입구 기둥 아래 생긴 그늘을 빠져나왔지만 아직도 분노가 가시지 않았다. 어찌 그렇게 몰랐단 말이지? 벨제엘은 티리엘이 천상으로 올 거라고 예상했지만, 이렇게 빠를 거라고는 생각지 못했다. 그리고 시카라이가 그 전에 티리엘과 그의 무리를 모두 죽일 거라고 생각했다.

벨제엘은 혼자임을 확인한 후 자갈이 깔린 돌길을 가로질러 서둘러 지혜의 샘으로 다가갔다. 한 때 찰라드아르가 놓여 있던 구멍이 텅 빈 소켓처럼 자신을 노려보았다. 시간이 별로 없었다. 임페리우스와 대천사들이 승천식을 위해 기다리고 있었다. 하지만 수호자를 즉시 만나야 했다.

천상은 대악마의 공격 이후 달라졌다. 이 점은 아무도 반박할 수 없지만, 사실 변화는 그 이전부터 시작되었다. 지혜의 웅덩이도 그 과정에서 피해를 입었다. 한때 따뜻하고 평화로운 곳이었으나 지금은 차가운 죽음의 공간으로 변해 있었다.

하지만 지혜의 웅덩이에도 생명은 존재했다. 다만 깨우는 방법을 알아야 했다.

벨제엘은 샘에 도착한 후 말라버린 웅덩이를 응시했다. 지혜의 웅덩이를 비추는 선명한 빛은 모든 것을 황량하게 밝혔다. 주위의 모습이 온통 흑백으로 비쳤다. 벨제엘은 인내심을 갖고 오랫동안 기다리다 마침내 웅덩이 위로 팔을 올린 후 입을 열었다. 무거운 공기가 그의 목소리를 거의 집어삼키다시피 했다. 처음에는 아무 일도 없었지만 잠시 후 밑에서 쏴 하는 소리가 나기 시작했다. 그리고 점점 소리가 커졌다. 웅덩이 바닥부터 소용돌이치며 반짝이는 빛이 차오르기 시작했고, 셀 수 없을 정도로 많은 줄로 이어진 다양한 색상의 그물망이 보였다. 마치 액체처럼 넘실댔다.

벨제엘은 그대로 빨려 들어갈 것 같은 광경에 몸을 떨었다. 공포와 기대가 동시에 느껴졌다. 이전에도 경험한 적이 있지만 매번 같은 느낌을 받았다. 마치 회랑에서 자신이 태어나던 순간 같았다. 무엇이든 가능할 것 같은 느낌과 혼란이 중첩되고 에너지가 팽창하면서 마치 불사신이 된 것 같은 느낌이었다. 지혜는 모든 관계에 대한 이해에서 나왔다. 세상만물은 서로 보이지 않는 망으로 연결되며 자신의 망아래 놓인 세계를 잘 관리해야 했다. 결국 아는 것이 힘이었고, 이러한 힘은 매우 위험해질 수 있었다.

번쩍이는 빛 사이로 하나의 형체가 나타났다.

처음에는 실 가닥 사이의 검은 점처럼 보였다. 마치 매듭 하나가 중간에 생겨난 듯했다. 하지만 형체는 벨제엘 앞의 웅덩이를 거의 메울 정도로 커졌다. 끊임없이 움직이는 다른 실들과 달리 이 형체는 고정된 자세로 오싹한 어둠을 만들었다. 이때 샘을 가로지르며 그림자가 떠올랐다. 두건을 쓴 검은색의 얼굴과 그 안에 텅 빈 구멍이 나타났다.

수호자였다.

느리게 쉭쉭거리는 소리가 앞으로 퍼졌다.

"그가 오고 있습니다, 주인님. 시카라이와 성역에 있는 정찰병들이 확인했습니다."

벨제엘의 목소리에는 열의가 고스란히 묻어났다. 수치스럽긴 했지만 어쩔 수 없었다.

"그래."

수호자가 대답했다.

"물론 티리엘은 점점 더 절박한 상황을 맞게 될 것입니다. 필멸자가 얼굴을 드러내는 즉시 처치하겠습니다."

벨제엘은 갑자기 확신이 사라지는 듯했다. 뭔가 엄청난 실수를 한 걸까? 수호자의 목소리는 분명하지 않았고, 평소보다 더욱 의중을 파악하기 어려웠다.

"계획이 바뀌었다."

수호자가 한동안 침묵했다. 벨제엘은 기다리는 수밖에 없었다. 때가 되면 수호자가 다시 말을 이을 것이다. 마침내 수호자가 움직이며, 느리게 쉬익거리는 소리를 냈다.

"티리엘의 시도는 우리에게 기회가 된다."

"잘…… 이해가 안 됩니다."

"현재 영혼석의 작동 속도는 너무 느리다. 그리고 성역의 사람들은 취약한 상태지. 티리엘과 호라드림이 영혼석을 가저가게 하라. 우리는 훨씬 큰 것을 얻을 테니까."

두건 속 수호자의 얼굴이 요동치더니 이내 사라졌다. 벨제엘은 악몽과 공포가 뒤섞인 그물망 속으로 빙글빙글 굴러 들어갔다. 그는 티리엘과 호라드림이 천상에서 영혼석을 가져가다 이내 다시 빼앗기는 환영을 보였다. 티리엘은 공포에 휩싸인 채 낭자한 피와 불길 속에 있었다. 주위에서 인간의 비명 소리가 교향곡처럼 들려왔고, 수호자는 능숙한 손길로 모든 것을 지휘했다. 살을 뜯고 뼈를 쳐내 소리를 냈다. 성역은 파괴되고 부서져 아우성이었다. 마지막에는 텅 빈 우주의 죽음과 같은 적막만 남았다.

벨제엘은 잠시 동안 그물망 안을 떠다니며 무엇을 해야 할지 이해했다. 한 번에 하나씩 수호자의 도움을 받아 실을 연결해갔다. 벨제엘이 다시 제자리로 돌아오자 지혜의 웅덩이는 원래의 고요함을 되찾았다. 샘도 다시 생명을 잃었고, 수호자의 자취도 사라졌다. 하지만 수호자는 벨제엘에게 성역의 최후를 비롯한 여러 가지를 보여주었고, 승리에 대한 자신감도 심어주었다. 비록 지금까지는 티리엘이 자신이나 시카라이보다 더 선전했지만 전쟁은 아직 끝나지 않았다. 사실 이제 겨우 시작되었다. 벨제엘은 현재의 상황을 유리하게 이끌기 위해 무엇이 필요한지 정확히 알았다. 그러나 앞으로의 일정은 정교하게 짤 필요가 있었고, 시간이 부족했다.

29장

드높은 천상

제이콥이 가장 먼저 차원문으로 들어갔다.

가능한 모든 상황과 반응에 대비했다고 생각했지만 처음부터 예상 밖이었다. 육체적인 고통과 뼈를 잡아 뜯는 것 같은 아픔이 전해졌고 근처 어딘가에서 거친 폭포가 떨어지는 것 같았다.

제이콥은 발아래서 심하게 흔들리는 세상을 피하고자 두 눈을 질끈 감았기 때문에 균형을 잡기 힘들었다. 하지만 앞으로 눈을 떠 바라보게 될 주변에 비하면 아무것도 아니었다.

제이콥은 빛과 소리로 이루어진 광대한 평야의 끝자락에 서 있었다. 빛이 두 눈을 파고들며 깨진 유리에서 반사되듯 번쩍거렸다. 하지만 빛에는 온기나 우호적인 느낌이 없었다. 주변은 건조하고 공기는 무겁고 아주 차가웠다. 이미 황무지를 통해 익숙해진 환경일 것이라고 생각했으나 아니었다. 귀는 솜으로 막은 듯 답답했고 갑자기 입이 바짝 말랐다. 혀로 입술을 핥으니 온통 갈라져 있었다. 목에서 흘러내린 땀에 등이 근질거렸다. 마침내 눈을 깜빡이자 눈꺼풀 아래에 사포 같은 모래 입자가 느껴졌다.

제이콥은 물안개 너머로 다른 사람들이 차원문을 통해 나오는 모습을 보았다. 모두 강렬한 빛 때문에 움찔하더니 이내 눈을 떠 주변을 둘러보았다. 제이콥은 말을 하려 했으나 목소리가 나오지 않았다. 모든 것이 보기보다 크고 압도적이었으며, 모든 감각이 열 배는 더 고조되었다. 세이콥은 도저히 견딜 수 없을 것 같았다.

그때 속삭이는 소리가 들려왔다.

처음에는 뭔가가 바위 위로 끌려가면서 쉬익대거나 근처에서 파충류가 미끄러지는 소리라고 생각했다. 제이콥은 눈을 가늘게 뜨고 주변을 좀 더 살폈다. 평원 위의 좁은 길은 부서진 자갈로 가득했고, 뒤죽박죽 섞여 있었다. 언젠가 물이 흘렀을 개울 바닥은 말라붙은 지 오래였다.

쉬익거리는 소리가 또 났다. 사방을 둘러보았지만 소리가 나는 곳을 찾을 수 없었다. 목에서 나는 소리 같았지만 전혀 모르는 말처럼 들렸다. 제이콥은 말라버린 개울로 모래 알갱이나 자갈이 구르면서 나는 소리라고 생각했다. 정체 모를 속삭임은 제이콥의 머릿속으로 들어와 정신을 흐릿하게 만들었다.

제이콥의 마음속에 여러 가지 감정이 생겨났다. 공포와 후회, 슬픔과 상실감이 몰려왔다. 이내 속삭임이 사라지고 빛이 합쳐지며 밝은 불꽃을 만들었다. 제이콥의 심장 소리와 박자를 맞추는 듯했다.

주변에서 빛이 반사되며 반짝였다. 제이콥은 어쩔 수 없는 힘에 이끌려 가까이 다가갔고, 해답을 찾으려고 했다. 빛이 반짝인 곳은 수은 연못으로, 주변에는 매끄러운 대리석이 깔려 있었다. 제이콥의 몸에는 전율이 흘렀고 속삭임이 다시 커졌다. 과거의 사람들, 오래전에 죽어서도 잊히지 않는 이들의 목소리였다. 제이콥은 상실감을 느꼈고, 마치 칼에 찔린 상처가 열리면서 피가 흘러 붉은 개울을 이루고 굶주린 돌 속으로 스며드는 것 같았다.

빛이 반사되는 면을 쳐다보자 죽음이 보였다.

죽음의 얼굴은 자주색과 회색의 연골 뼈 뭉치처럼 보였다. 눈은 없고 대신 텅 빈 구멍만 있었다. 턱은 가죽처럼 아래로 쭉 늘어뜨린 형태였다.

제이콥은 공포를 느꼈고 움찔해하며 주변을 돌아보았다. 해골과 흰 뼈가 푸르스름한 빛을 내며 사방에 널려 있고 텅 빈 눈들이 맥없이 쳐다보고 있었다. 맑은 모래 속에 반쯤 묻힌 턱도 보였다. 친구와 사랑했던 이들의 육체는 차갑고 텅 빈 껍질로 변해버렸다.

이건 아니야······.

샤나르가 차가운 공기를 뚫고 다가왔다. 그녀의 형체는 신기루처럼 보였다. 마치 멀리서 소리를 낮춰 웅얼거리듯 말하면서 점점 가까이 다가왔다. 그러고는 두 손으로 제이콥의 얼굴을 잡았다.

샤나르의 입맞춤은 강렬하고 충격적이었다. 제이콥은 다시 제자리를 찾았다. 환영들은 사라졌다. 입맞춤이 끝나고 마침내 샤나르가 놓아주자 제이콥은 다시 현실로 돌아와 집중할 수 있었다.

"정신을 놓치마. 공명 때문에 네 자신을 잃을 수도 있어."

샤나르가 잠시 제이콥의 눈을 보며 속삭였다. 그녀의 얼굴이 바로 옆에 있었다.

제이콥은 고개를 끄덕이며 목소리를 내려고 노력했다. 샤나르는 제이콥의 얼굴에서 손을 뗐지만 시선은 그대로 유지했다.

"난 살아있어."

제이콥이 말했다. 아직도 입술은 키스 때문에 화끈거리고 목구멍은 모래를 삼킨 것 같았다. 샤나르가 제이콥을 다시 제자리로 데려왔다. 이제 빛은 견딜 만했고 속삭임도 잦아들었다. 발아래 땅은 다시 안정을 되찾았다.

그들은 커다란 방에 서 있었다. 마치 폭포가 둥근 강가로 떨어지듯 바닥에는 사방에서 부서져 내린 반짝이는 뼈 조각으로 가득했다. 휘어져 형태가 바뀐 뼈가 바닥을 채웠다. 제이콥은 해골을 보며 수 세기 동안 마모되어 둥글어진 대리석 덩어리 같다고 생각했다. 위에는 아치형 천장을 떠받치도록 웅대하고 복잡하게 조각된 기둥이 서 있었다. 이곳의 공기는 움직임이 없었다. 제이콥은 오랫동안 이런 상태였을 거라고 생각했다. 묘지이자 버려진 장소였다.

근처의 분수는 제이콥이 모르는 재질로 만들어졌다. 분수 구멍을 통해 물이 샘솟으며 한때는 멋진 모습을 연출했을 것이다. 하지만 역시 오랫동안 사용한 흔적이 없었다. 바닥은 마르고 텅 빈 상태였다. 마름돌의 움푹 팬 곳을 보니 예전에는 뭔가 들어 있었던 것 같았다. 자물쇠에 꽂힌 열쇠처럼 뭔가가 그곳에 꽂혀 있다가 사라진 듯했다.

제이콥은 뒤돌아 다른 사람들에게 갔다. 가인버는 제이콥의 위쪽 어딘가를 보고 서 있었는데, 얼굴에 눈물이 흘렀다. 잠시 눈이 마주쳤지만 가인버는 이내 눈길을 피했다. 제이콥은 가인버의 표정을 읽을 수 없었고, 그녀가 수은 거울을 응시하고 있었는지 확신하지 못했다. 혹시 키스 때문일까? 아니면 환영을 통해 자신의 죽음을 마주했던 걸까?

사람들이 모이자 샤나르는 부드럽게 가인버에게 말을 걸었다. 티리엘은 맨 마지막으로 차원문을 통과했다. 그는 안색이 창백했고 갑옷도 찢겨 있었다. 평소 강인해보이던 티리엘의 얼굴에 고통이 깃들어 있었다. 티리엘의 힘이 없다면 그들이 무엇을 할 수 있을까? 제이콥은 죽음의 벽 너머 거대한 세상에 대항하는 자신이 너무 작고 초라하게 느껴졌다. 한 순간에 자신을 무너뜨릴 수 있는 강력한 천사 군단과 싸워야 했기 때문이다.

이제 당신이 다른 사람들을 이끌어야 합니다.

제이콥의 머릿속으로 티리엘의 목소리가 들렸다. 하지만 제이콥은 자신이 없었다.

아직 준비가 되지 않았다.

이번만은 아직.

티리엘은 제이콥의 얼굴에서 불안한 표정을 보았다. 앞으로 더 많은 일이 닥칠 것이다. 지혜의 웅덩이는 강력했지만, 숨 막힐 듯 아름다운 희망의 정원과 정의의 재판정의 장엄함, 용기의 전당에서 나오는 강력한 힘과 경치에 비하면 아무것도 아니었다. 그리고 이들은 어두운 면도 가지고 있었다. 티리엘이 원하든 원하지 않든 어둠은 찾아와 티리엘과 사람들의 신념을 시험할 것이다.

티리엘은 뼛속까지 기진맥진했고 온몸이 아팠다. 가슴에 난 상처는 감각이 없어질 정도로 욱신거렸다. 무릎부터 찌릿한 통증이 다리를 타고 내려와 걷는 것 자체가 곤욕이었다. 숨을 쉴 때마다 죽음에 대한 날카로운 기억이 되살아났다. 마치 형제자매들로부터 떨어져 홀로 딴 세계에 온 듯했다. 불멸과 필멸, 빛과 육신 등 그의 모든 것을 거부하는 세계에 놓인 것 같았다. 그저 누워서 잠들고 싶은 생각뿐이었다. 잠들 수 없다면 성배로부터 조언을 얻고 싶었다. *지혜, 통찰력, 해답들…….*

수도사 미쿨로프가 티리엘의 팔을 가볍게 잡았다. 미쿨로프만 혼자 주변에 거의 동요하지 않는 것처럼 보였다.

"빠르게 움직여야 합니다."

미쿨로프가 말했다. 다른 사람들은 쳐다만 보고 있었다. 티리엘의 손은 이미 갑옷 속에 숨겨진 주머니까지 갔다. 티리엘은 무의식적으로 찰라드아르를 꺼내 사람들 앞에 내밀 뻔했다.

티리엘은 손을 다시 밑으로 내렸다. 성배는 바닥이 보이지 않는 구멍 같았다. 티리엘은 성배 안으로 굴러 떨어져 정신을 잃고 천상은 불길에 휩싸일 것이다. 하지만 여전히 티리엘은 성배를 원했고, 성배가 지닌 어둠과 망각을 갈구했다.

"이제 우리의 가치를 증명할 때입니다. 내 예상이 맞는다면 우리는 루미나레이가 승천식에 참석했을 때 온 겁니다. 샤나르의 마법이 우리를 가려주는 동안 가능한 빨리 움직여 그들 무리에 섞여야 합니다. 자기들 영역에서 감히 배반이 일어날 거라고는 의심하지 않을 겁니다. 제이콥, 우리를 희망의 정원으로 안내하고 거기서 정의의 재판정으로 갑시다. 그곳에는 보초를 서는 몇 안 되는 천사들만 남아 있을 거예요. 대천사들은 임페리우스와 용기의 전당에 모여 의식을 준비할 겁니다. 따라서 엄격한 조사를 받지 않는다는 이점이 있습니다. 모든 것이 수월하게 진행되면 무엇이 잘못 되었는지 그들이 알아채기 전에 의회실에 발을 들여놓을 수 있을 겁니다."

제이콥이 고개를 끄덕였다. 그의 얼굴은 창백했고 이마에 달라붙은 앞머리가 축축했다. 제이콥의 눈에는 어떠한 해답도 보이지 않았고, 자신의 내부에서 어떤 힘을 끌어내야 하는지도 알 수 없었다. 티리엘은 마법사 쪽으로 돌아섰다. 이제 샤나르가 모든 능력을 발휘해야 할 때였다. 그녀의 특별한 능력에 모든 게 달려 있었다.

샤나르는 차분해지려는 듯 깊이 숨을 들이셨다. 마침내 두 팔을 올리자 놀라운 에너지가 뻗어 나왔다. 샤나르의 에너지는 천상의 빛과 겨루다 그 빛을 모두 흡수했다. 사람들은 치직거리는 열로 만든 거품 방울 속으로 들어갔고, 샤나르의 마법이 깊은 내면에서 손가락을 타고 영롱한 색과 함께 흘러나왔다.

나르 사령관이 만든 루미나레이 갑옷이 빛을 내기 시작하면서 호라드림은 영광스러운 빛으로 가려졌다. 사람들의 형체가 점점 커지고 자세도 더욱 웅장해졌다. 그들로부터 나오는 천사의 공명은 천상의 위엄과 같아질 때까지 높아졌다.

드디어 샤나르의 마법이 끝나자 거품 방울의 크기가 줄어들었다. 하지만 모든 사람에게 날개가 생겼다.

30장

천상의 경비병

제이콥을 선두로 호라드림은 일렬로 지혜의 웅덩이에 나타났다. 웅덩이의 바깥뜰은 텅 비어 있었다. 돌이 깔린 큰길은 제이콥이 지금까지 본 어떤 길보다 열 배는 더 넓고 맑게 빛났다. 길옆에는 살아있는 구조물들이 늘어서 있었다. 빛으로 만든 나뭇가지가 흔들렸지만 바람의 흔적은 찾아볼 수 없었다. 나뭇가지들이 섬세하게 흔들리면서 음악이 흘러나왔다. 음악을 듣는 제이콥의 눈에 눈물이 맺혔다. 티리엘이 말한 *회랑의 노래*였다. 사람의 마음을 사로잡는 노래였다.

가장 높은 나무 위로 은빛 도시의 거대한 첨탑이 솟아 있었고, 그 높이에 현기증이 날 정도였다. 마치 꿈을 꾸고 있는 것 같았다. 세부 모습 하나하나가 너무 선명해 모든 감각이 열 배는 증폭된 듯했고, 차원이 다른 현실감이 느껴졌다. 다리가 떨리기 시작했지만 애써 진정시켰다. 제이콥은 숨을 들이쉰 다음 정신을 집중했다. 앞으로 걸어 나가는 것만 생각했다.

정신을 놓지 마. 공명 때문에 네 자신을 잃을 수도 있어. 샤나르의 키스가 아직도 입술에 머무는 듯했다. 그녀의 부드러운 감촉이 다시 정신을 차리게 도와주었다.

제이콥은 다시 한 번 뒤를 돌아보았다. 샤나르의 능력은 매우 놀라웠다. 한 무리의 루미나레이가 대형을 이루며 걸어오는데 날개가 파도처럼 일렁였다. 천사의 노래가 경이롭게 울려 퍼졌다. 그들의 몸은 황금 갑옷 아래 순수한 빛으로 만들어졌고, 두건을 쓴 것처럼 보였다. 티리엘은 샤나르가 최대한의 능력을 발휘하면 멀리 있는 천사를 속이는 건 가능하지만 가까이서는 힘들 거라고 명확히 말했다. 이번 계획은 눈에 띄지 않고 의회실로 가는 데 달려 있었다. 샤나르가 만들어낸 모습은 여전히 감탄스러웠다. 지금까지 그 어떤 인간도 천사의 노래를 흉내 내지 못했고 심지어 이해조차 못 했기 때문이다.

제이콥은 마치 잠든 늑대 무리를 조심스럽게 피해가는 사슴이 된 것 같았다. 사전에 고려하지 못한 점도 많고 계획이 잘못될 가능성도 컸다. 영혼석에 다가간다 하더라도 그들이 과연 살아서 차원문까지 다시 올 수 있을까?

제이콥은 주위를 살펴보았다. 나무 하나가 이상했다. 나무를 휘감은 얇은 회색 줄이 다른 줄과 뒤엉켜 가장 굵은 나뭇가지를 타고 꼭대기까지 올라가 있었다. 그리고 왼쪽에도 빛줄기들 속에 섞인 채 올라온 회색 줄이 보였다. 제이콥은 오싹해졌다. 검은 영혼석이 이미 천상에 오염된 기운을 퍼뜨리고 있었다.

제이콥은 그들이 너무 늦게 온 게 아니기를 바랐다.

루미나레이 하나가 조금 떨어진 돌길 위에 나타났다. 그는 특별히 주위에 신경 쓰지 않는 것 같았다. 그러나 제이콥은 재빨리 오른쪽으로 방향을 틀어 길에서 벗어나 나무 사이로 일행을 이끌었다. 어느 정도 몸을 가릴 수 있었기 때문이다.

뒤쪽에서 누군가 오는 소리가 들렸다.

제이콥 일행은 나무를 앞뒤 보호막으로 삼아 좁은 공간에 숨었다. 잠시 정지한 후 다른 사람들과 함께 가만히 기다렸다. 루미나레이가 지나갈 때까지 움직이는 건 위험했다.

이때 이들이 주고받는 대화가 들렸다.

"자네, 늦었군. 벨제엘이 보면 불같이 화를 낼 거야."

상대방이 뭐라고 대답했으나 제이콥에게는 잘 들리지 않았다.

"나와 같이 가면 될 걸세. 수호자를 한 명 더 데리고 가서 길리스를 용기의 전당까지 호위해오라는 지시를 받았거든. 길리스는 이미 회랑과 정원을 지나 도서관에서 마지막 준비를 하고 있다네."

먼저 말을 걸었던 루미나레이의 목소리였다.

두 번째 루미나레이가 무슨 말인가를 더 했고, 그들 쪽으로 가까이 오자 목소리가 더욱 선명하게 들렸다.

"……정원을 가로질러 가면 용기의 전당에 좀 더 빨리 도착할 수 있어."

"그에게 딱 걸릴 걸. 그러지 말고 나와 함께 가세. 벨제엘이 눈치 채지 못할 거야."

루미나레이들이 멀어지는 소리가 들리자 마침내 제이콥은 참았던 숨을 내뱉으며 안도했다. 지도가 맞는다면 정원은 나무 반대편에 있었다. 루미나레이가 만약 이쪽으로 갔더라면…….

그러나 그들은 다른 방향으로 갔다. 호라드림의 운은 아직까지 괜찮았다.

반짝이는 나뭇가지의 빛과 소리가 제이콥 일행의 머리 위로 둥그렇게 구부러져 내려왔고, 음악은 마음을 어루만지는 부드럽고 따뜻한 손 같았다. 맥박과 음악이 일치하며 마음을 어루만졌다. 제이콥은 일행을 이끌고 정원으로 가기 전에 사람들의 수를 세어보았다. 한 명이 모자랐다. 이번에는 좀 더 천천히, 다시 한 번 세었지만 여전히 자신을 포함해 일곱 명뿐이었다.

누군가 없어졌다.

제이콥은 깜짝 놀랐다.

강령술사가 사라졌다.

검은 영혼석을 천상에서 옮길 수 있는 유일한 수단인 가방도 함께 사라졌다.

31장

운명의 도서관

자일은 길 반대쪽으로 몸을 숨겼다. 두 번째 루미나레이가 오른편에서 너무 빠르고 가깝게 다가오는 바람에 일행과 헤어지고 말았다. 강령술사는 다른 사람들과 떨어진 채 넓은 길의 왼편으로 들어가 훨씬 더 듬성듬성한 나무 사이에 몸을 숨겨야 했다. 이후 상황을 주시하며 루미나레이들이 이야기를 나누는 동안 최대한 움직임을 자제했다. 길을 건너면 그대로 노출되기 때문에 위험을 무릅쓸 수 없었다. 대화를 마친 수호자들이 길을 따라 올라가자 안전하게 길을 건너 일행을 찾았다. 하지만 사람들은 이미 가고 없었다.

자일은 두 가지 방안을 생각했다. 우선 일행을 쫓아가는 것이다. 하지만 그들이 어디까지 갔는지, 얼마나 빨리 이동했는지 정확히 알 수 없었고 자신이 주의를 끌게 되면 나머지 일행이 노출될 수 있었다. 아니면 혼자서 길을 찾아가는 것이다. 혼자 이동한다면 나무에 몸을 숨기면서 좀 더 자유롭게 정원 주변까지 갈 수 있을 것이다. 그리고 나머지 일행을 발견한다면 임무 성공을 위한 두 번째 기회를 얻게 될 것이다.

사실 자일은 언제나 혼자가 더 편했다.

갑옷 아래로 험바트가 화를 내는 것이 느껴졌지만 다행히도 소리를 내지는 않았다. 자일은 이번 일로 목숨을 잃게 될 가능성이 컸다. 하지만 다른 대안이 없었다. 만약 이것이 운명이라면 받아들여야 했다.

하지만 가방만은 무사히 의회실로 가져가 영혼석을 옮겨야 한다.

죽는 건 두렵지 않지만, 무슨 일이 있더라도 임무를 완수해야 했다. 빛과 어둠의 균형은 유지되어야 한다. 예전에 강령술사 카립두스와 일대일로 싸웠던 때가 떠올랐다. 당시 카립두스는 빛의 힘이 너무 강해졌으니 악마 아스트로가를 통해 어둠을 몰고 와야 한다고 믿었다. 물론 카립두스가 잘못된 길을 택하긴 했지만, 그가 내세운 원리 자체는 정확했다. 라트마의 사제는 무엇보다 *균형을 유지하는* 일을 중시해야 했다.

자일은 항상 빛의 편에서 싸워왔지만 마음 깊은 곳에는 천사들이 너무 강해진다면 어떤 일이 벌어질까 의문이 남아 있었다. 그때는 천사들과 싸워야 할까?

이제 자일은 해답을 찾았다. 성역도 균형을 이루는데 중요한 부분이었다. 만약 성역이 파괴되고 드높은 천상이 지옥을 지배한다면 균형이 깨지고 대혼란이 시작될 것이다. 100만 명의 영혼이 도륙되면서 균형은 영원히 무너질 것이다.

이대로 내버려둘 수는 없었다.

자일은 넓은 길의 가장자리를 따라 나무에 몸을 숨기며 은빛 도시를 향해 갔다. 여러 가지 생각이 들기 시작했다. 샤나르와 멀리 떨어졌기 때문에 앞으로 얼마나 오랫동안 그녀의 마법이 지속될 지 알 수 없었다. 지금은 착시 마법으로 몸이 보이지 않지만 어느 순간 완전히 노출될지 예측하기 어려웠다.

별로 도움이 되는 생각은 아니었다.

나뭇가지 사이로 두 루미나레이의 모습이 보였다. 수호자들은 환한 빛을 내는 석조로 된 거대한 아치형 입구를 지나고 있었다. 그들이 나누는 대화가 들렸다. 호기심에 이끌려 자일은 그들의 대화를 듣기 위해 최대한 속도를 냈다.

"승천식에서 호위를 담당하는 건 정말 명예로운 일이야. 벨제엘을 만날 수도 있고, 운이 좋으면 용기의 대천사까지 직접 볼 수 있을지 몰라. 우리한테 자주

오는 기회는 아니지."

첫 번째 수호자가 말했다.

"직접 본 적은 없지만 듣기로는 길리스가 아름답다고 하더군. 길리스가 탄생할 때 난 심판의 무대에서 보초를 서고 있었어. 혼자서 말이야. 두 번째 시험을 통과하지 못해 벌을 받아야 했거든."

두 번째 수호자가 말했다.

"아름답지. 근데 그녀한테는 뭔가 이상한 게 느껴져. 도서관에 도착하면 자네도 내가 한 말을 이해할 수 있을 걸세……."

첫 번째 수호자가 대답했다.

기둥이 늘어선 전당으로 루미나레이들이 사라지면서 목소리도 희미해졌다. 자일은 은폐 막으로 사용할 나무가 사라지자 우선 멈춰 섰다. 입구와 전당으로 가려면 10미터 정도의 트인 공간을 건너야 했다. 그곳에는 아직 아무도 없었다.

"잘못된 행동이야. 그렇게 하면 들키고 말거야. 임무를 생각하라고."

험바트가 투덜거렸다.

그러나 자일은 이미 모습을 드러낸 후 과감하게 입구를 지나 시원한 내부로 들어갔다.

우선 기둥 뒤에 몸을 숨기고 주위를 살폈다. 눈앞에 펼쳐진 모습은 먼저 느꼈던 경이로움을 뛰어넘었다. 하늘 높이 솟은 부벽이 전당 오른쪽으로 끝없이 서 있고, 정원이 내려다보이며, 거대한 기둥이 주위를 둘러싸고 있었다. 기둥은 살아 움직이는 것 같은 섬세한 조각으로 채워졌고, 빛을 받아 크리스털처럼 빛났다.

자일은 기둥들 사이로 걸어가기 시작했다. 거대한 전당의 가장자리를 따라가며 가능한 한 빛을 피했다. 공기를 타고 흐르는 음악이 너무 아름다워 남기고 온 것들에 대한 아픔이 되살아났다. *살렌.* 그녀의 얼굴이 선명하게 떠올랐다. 풍부한 감정이 담긴 아름다운 두 눈이 왜 자신을 버렸느냐고 묻는 것 같았다.

라트마의 사제로서 자일을 삶이 가장 적절한 길로 자신을 이끌어줄 거라고, 때가 되면 생이 끝날 거라고 믿어왔다. 그러나 이제는 운명에 의문이 들었다. 혹시 자신이 따라야 할 여정에서 벗어난 게 아닌가 하는 생각이 들었다. 눈앞에 부모님의 모습이 보였다. 활활 불타오르는 뱃머리에 서서 자일에게 도움을 요청하고 있었다. 부모님의 죽음은 그의 잘못이었다. 그가 불을 냈던 것이다. 어쩌면 바로 그 순간 운명이 자일을 버렸는지도 모른다. 만약 모든 게 착각이었다면 어찌할 것인가? 자일은 성역의 수호자 트락울을 위해 일생을 바쳤고, 라트마가 균형을 유지하기 위해 변형되었다고 진심으로 믿었다. 위대한 용은 인간의 과거와 현재, 미래를 말하는 별자리로서 오랜 시간 동안 인내했으며, 모든 미래는 균형 덕분에 존재했다. 빛과 어둠, 천상과 지옥, 둘 사이에서 균형추 역할을 하는 성역, 반드시 유지해야 하는 균형. 하지만 이 모든 게 라트마 최초의 사제를 가르친 누군가의 광기와 환각에서 나온 거짓말이라면? 그가 공허한 미래를 운에 맡긴 채 사제들을 두고 떠난 거라면?

자일은 이런 생각이 들자 화들짝 놀랐다. 지금까지 트락울의 존재나 라트마에서 멘델른, 울디시안 형제로 이어진 임무와 최초의 강령술사 사제들로의 진정한 변형에 대해 의심해본 적이 없었다. 균형은 그 무엇보다 중요하며 반드시 지켜져야 했다. 그것이 지금 자일이 목숨을 걸고 여기에 있는 이유였다. 그러나 지금, 강령술사는 자신이 이제껏 윗사람의 가르침에 거의 의문을 품지 않았고, 트락울이 최초의 미치광이 네팔렘에게서 나온 허구일지도 모른다는 생각을 한 번도 해본 적 없다는 사실이 믿기지 않았다. 그의 부모님은 제정신이 아닌 그자를 성역의 종말과 그 이후까지 따랐던 셈이었다.

라트마의 가르침이 진실이라는 걸 알잖아. 자일의 머릿속에서 작지만 진지한 목소리가 들렸다. *네가 가진 힘이 바로 그 증거야. 그 힘 덕분에 네가 다른 영역을 들여다볼 수 있고 죽은 자를 불러내며 모든 것에서 균형을 느낄 수 있지.* 자일이 불러내 해골에 묶어둔 험바트의 영혼이 그동안 배운 모든 것과 모든 믿

음이 가능하다는 사실을 증명해주고 있었다. 하지만 그를 기만한 우주적인 농담의 장막이 걷히자 모든 게 거짓처럼 느껴졌다. 자일의 인생은 망상에서 비롯된 목적을 추구하려는 끝없는 방랑일 뿐이었다.

자일은 음악이 좀 더 깊고 복잡한 배경음으로 바뀌었다는 사실을 천천히 깨달았다. 어깨에 묵직한 무게감이 느껴졌다. 강령술사는 깜짝 놀라며 정신을 차렸다. 무엇에 씌었던 걸까? 자기도 모르는 새 한참을 걸어 나와 있었다. 수호자들이 다시 시야에 들어왔다. 다행히 그들은 아직 뒤돌아보지 않았다.

수호자들은 거대한 문 밖에서 걸음을 멈췄다. 자일은 용기를 내서 가능한 가까이 조심스럽게 다가간 뒤 근처 기둥에 숨어 상황을 주시했다. 자신이 너무 작고 보잘것없으며 세상에 떠 있는 먼지처럼 느껴졌다. 지금처럼 도움이 필요한 순간에 트락울은 어디에 있지? 그의 믿음은 어디 있지?

천사가 문을 열어 루미나레이들을 맞았다. 천사는 갑옷을 입지 않은 평범한 여자처럼 보였다. 흘러내리듯 몸에 두른 망토는 자연스러운 몸의 곡선을 따라 빛이 났다. 그녀의 목소리는 악보에 맞추어 완벽한 하모니를 냈고, 마치 태양을 보고 있는 것 같은 느낌을 줬다.

"무슨 일입니까?"

천사가 물었다.

"소임을 받아 길리스를 빛까지 호위하기 위해 왔습니다."

첫 번째 루미나레이가 대답했다.

"그녀가 기다리고 있습니다. 도서관 문을 열어 드릴게요."

운명의 도서관이다. 자일의 가슴이 두근거리기 시작했다. 물론 강령술사는 가까이 다가가면서 도서관의 영향을 온몸으로 받았다. 티리엘이 경고했던 대로 숙명이 상실로, 운명이 우연으로 변했던 것이다. 드높은 천상은 인간이 이해하지 못하는 방식으로 영향을 미칠 수 있다.

수호자들이 천사를 지나 빛나는 방으로 들어갔다. 자일은 계속 따라갈까 생각했지만 천사가 자리를 뜨지 않았다. 천사가 그를 보게 될 텐데, 샤나르의 환영으로 속이기에는 거리가 너무 가까웠다.

아래를 내려다보니 자신의 손을 덮었던 흰색 불꽃이 깜빡거렸다.

샤나르의 마법이 사라지고 있었다. 자일에게는 시간이 많지 않았다.

32장

희망의 정원

제이콥은 놀라서 주위를 살펴보았다. 그들은 나무를 은폐물로 삼아 무사히 도착했고, 바로 눈앞에 펼쳐진 풍경에 입을 다물지 못했다. 지금까지 본 어떤 것과도 비교되지 않을 정도로 정원이 끝없이 펼쳐져 있었다.

희망의 정원이었다.

무엇과도, 심지어 꿈에서조차 이와 비교할 만한 광경을 본 적 없었다.

땅 위에는 온통 다채로운 빛의 꽃잎들이 달린 꽃들로 가득했다. 정원은 끊임없이 변화하는 꽃들로 살아 움직였다. 한 무리의 꽃들이 밝게 타올랐다가 사그라지면, 이내 다른 꽃들이 다양한 빛깔을 내뿜으며 그 자리에서 피어났다. 화단에서는 반짝이는 크리스털 관목이 싹을 틔운 뒤 구불구불하고 뒤틀린 줄기들을 뻗었고, 빛과 소리를 뿜어내는 살아있는 분수를 형성했다. 빛나는 웅덩이는 분수대를 감싼 채 희미하게 일렁거리는 빛의 커튼과 크리스털 가루를 흩날리며 보석으로 만든 배수조처럼 반짝였다.

숨이 멎을 것 같았다. 제이콥은 하늘을 나는 듯한 황홀감을 느꼈다. 음악은 지친 몸에 에너지를 불어넣어 제이콥을 가볍게 자유롭게 만들었다. 이처럼 정원이 제이콥의 몸을 어루만지고 사랑과 평화의 메시지를 속삭이자 거미줄처럼 달라붙어 있던 모든 어두운 꿈과 과거의 비극, 부모님의 죽음, 목적과 자신감을 잃어버렸던 기억이 사라졌다. 이제 더 이상 혼자가 아니며, 두 번 다시 그렇게 되지 않을 것이다. 어디를 가고 무엇을 하든 이곳과 함께할 것이다. 낙원과 함께……

"이곳에는 엄청난 위험이 도사리고 있습니다. 조심하지 않으면 당신이 보고 느끼는 아름다움에 영원히 갇히게 됩니다. 희망이 사라지고 절망으로 변할 수 있다는 점을 명심하세요. 그리고 당신이 여기에 온 이유를 기억하세요. 절대로 경험하기 위해 온 게 아니라는 걸 잊지 마세요."

티리엘이 조용히 말했다.

제이콥은 몸을 떨며 자신을 추슬렀다. 하지만 조금 전에 느꼈던 만족감은 그대로 남았다.

희망의 정원에는 다른 이들도 있었다.

천사들이 조용히 미끄러지듯 움직이는 모습이 멀리서 보였다. 꽃 사이에 있는 의자에 앉아 꼼짝도 않는 천사들이 있는가 하면 마치 수 세기 동안 그곳에 있었던 것처럼 빛의 웅덩이를 응시하는 이들도 있었다. 갑옷을 입은 천사는 하나도 없었고 모두 아침 안개를 연상시키는 색깔의 장포를 입었다. 천사들은 성역에서는 상상도 할 수 없는 완벽한 형태의 아름다움과 우아함을 갖추고 있었다.

하지만 그들 중 아무도 호라드림을 알아보거나 의식하지 못하는 듯했다. 천사들의 눈에 그들은 승천식을 향해 가는 천사 군단처럼 보였기 때문이다. 샤나르의 마법이 아직 통하고 있었다.

"가방은 어쩌지?"

제이콥은 가인버의 목소리라고 생각했지만 확신하긴 어려웠다. 마법은 심지어 그에게도 통해서 눈앞에 보이는 것은 부드럽게 날개를 흔드는 루미나레이뿐이었다.

"자일은 의회실로 찾아올 거예요. 만약 못 온다면 우리가 맨손으로 영혼석을 옮겨야 합니다."

티리엘이 말했다.

누구도 말하지 않았다. 보호 장비 없이 영혼석을 옮기는 일은 고통스럽고 끔찍한 죽음으로 이어진다는 사실을 모두 알고 있었다. 하지만 제이콥은 이런 생각에 별로 영향을 받지 않았다. 부드러운 음악과 평화로운 주변 환경 때문에 고통이 수그러들었기 때문이다.

화단과 나무처럼 생긴 생물체, 웅덩이 주위로 크리스털 조각이 뿌려진 길이 나 있었다. 저 멀리 반짝이는 공기 속으로 정의의 재판정을 상징하는 두꺼운 벽과 높이 솟은 첨탑이 보였다.

제이콥은 일행을 이끌고 살아있는 빛줄기들이 늘어진 구불구불한 길을 따라갔다. 크리스털처럼 자란 키 큰 생명체를 지날 때 빛줄기 하나가 제이콥의 머리를 스쳤다. 따뜻한 기운이 온몸에 퍼지면서 헉 하는 소리가 크게 새어 나왔다. 갑자기 소년 시절 자신의 모습이 생생하고 선명하게 떠올랐다. 스탈브레이크가 분노의 역병으로 뒤덮이기 전, 부모님과 평화롭게 살던 때의 모습이었다. 성주였던 아버지는 차분하고 침착한 성품으로 누구나 신뢰할 만한 사람이었다. 절대 충동적인 행동을 하지 않았고, 분쟁이 생기면 판결을 내리기 전에 항상 양측의 의견을 주의 깊게 들었다. 아버지 덕분에 도시 성곽은 튼튼하고 안전했다.

또 다른 빛줄기가 어깨를 스치자 이번에는 온몸에 전율이 흘렀다. 아버지의 모습이 갑자기 어두워지고 피범벅으로 변했다. 제이콥은 출구가 보이지 않는 시간과 공간의 거미줄에 갇히고 말았다. 그는 과거에서 벗어날 수 없었고, 가족을 파괴한 분노의 역병은 훨씬 더 깊고 타락한 힘을 나타내는 징후일 뿐이었다. 그 힘은 아무리 멀리 도망쳐도 피할 수 없는 자신의 나약함이었다.

이번에는 뭔가가 살짝 볼을 스쳤다. 시체의 무기력하고 서늘한 손가락이 닿는 느낌이었다. 스탈브레이크 성벽에 교수형을 당한 사람들의 시체가 걸렸고, 텅 빈 거리에 아버지의 웃음소리가 울려 퍼졌다. 새빨간 룬을 든 야만인 무리가 살기등등한 눈빛으로 도시 성벽으로 물밀 듯 쳐들어오는 모습이 보였다. 성벽이 무너지고 악마들이 도시를 점령했다.

아무도 그들을 막지 못했고, 광기와 유혈 사태가 끝없이 이어졌다. 주민들은 한 명씩 도륙되었다.

사방에 회색 거미줄이 쳐져 있었다. 거미줄은 빛의 나무에 드리워져 흔들렸고, 숨 막히는 담요처럼 화단을 두껍게 뒤덮고 있었다. 거미줄을 타고 뚱뚱하고 털이 많은 거미들이 내려왔다. 거미의 눈이 웅덩이의 빛을 받아 반짝였고 송곳니에서 액체가 뚝뚝 떨어졌다. 제이콥은 뒤를 흘끗 보았다. 진실을 말하는 웅덩이가 마음속 공포를 여실히 보여주었다. 제이콥의 옆에 절단된 샤나르의 시체가 보였다. 구원의 희망도, 이곳을 넘어 바라볼 수 있는 미래도 없었다. 숨 막히는 거미줄 속에서 그만 길을 잃고 말았다.

제이콥이 비명을 질렀다.

제이콥의 비명 소리는 도끼로 유리를 깨듯 고요한 정원의 아름다움을 흔들었다. 평화롭게 산책하거나 조용히 앉아서 사색을 즐기던 천사들이 갑자기 고개를 돌려 쳐다보자 호라드림은 제자리에 멈춰 섰다. 원래 천사는 육체적인 질병은 없지만 부상과 스트레스를 겪고 종종 치유와 평화의 중심을 찾기 위해 정원에 들어오곤 했다. 따라서 방해 받는 걸 결코 좋아하지 않았다.

티리엘은 조용히 자신을 저주했다. 이제 정원을 가로질러 반 이상 온 상태였다. 그런데 제이콥이 위협에 반응하듯 공중에 걸려 있던 빛줄기에 놀라고 만 것이다. 티리엘은 이런 일이 발생할지도 모른다는 걸 미리 예상했다. 특히 이 지점에서 말이다. 희망에 대한 약속은 자신의 내면을 바라볼 준비가 안 된 사람을 빠른 속도로 불행하게 만들 수 있었다.

잘못된 건 또 있었다. 티리엘은 좀 더 자세히 들여다보았다. 제이콥이 서 있는 곳 주변의 나뭇가지에 회색빛의 가느다란 덩굴손이 뻗어 있었다. 너무 섬세해 거의 눈에 보이지 않을 정도였다. 마치 정원의 밝고 아름다운 빛을 가로질러 아주 가느다란 금이 가 있는 것 같았다. 그러나 끔찍한 질병처럼 뻗어 있는 타락의 손길이었다.

영혼석은 이곳에 있다.

심각하게 타락한 상황을 보는 티리엘의 마음이 서늘해졌다. 드높은 천상은 이미 훼손되었고, 검은 영혼석이 제거된 후 어느 정도의 시간이 지나야 정상으로 돌아올 수 있을지 가늠하기 어려웠다.

그러나 이보다 먼저 걱정해야 할 문제가 생겨났다. 유령의 모습이 서서히 사라지듯 샤나르의 착시 마법이 약해지기 시작했다. 호라드림의 모습이 조금씩 드러났다.

몇몇 천사가 정원을 가로질러 그들을 향해 다가오기 시작했다. 그들은 수호자가 아니지만 얼마든지 경고를 울릴 수 있었다. 티리엘 일행이 루미나레이가 오기 전에 의회실로 가지 못한다면, 희망이 없었다.

"당신은…… 당신은 반역자로 기소 당했습니다. 임페리우스는 누구든 당신을 보면 수호자에게 알리라고 지시했지요."

여자 천사가 가까이 다가와 말했다. 그녀의 오라가 부드럽게 요동쳤고 양 날개가 너울거렸다.

"무슨 말을 들었는지 모르지만 잘못된 것이다. 나는 성역에서 비밀 임무를 수행 중이었다. 자세한 사항은 네 알 바가 아니다."

"저는……."

잠시 혼란에 빠진 천사는 다른 사람들을 보더니 흠칫 놀랐다.

"저들의 노래는……. 저들은 루미나레이가 아니잖아요!"

잠시 혼란에 빠진 천사는 주위를 둘러보며 흠칫 놀란 기색이었다.

제이콥은 휘청거리며 뒷걸음치다가 웅덩이 가장자리에 다리를 부딪쳤고, 불안한 자세로 몸의 균형을 유지하려고 버둥대다가 빛의 웅덩이로 나자빠지고 말았다.

제이콥이 물속으로 가라앉자 연못의 표면이 다양한 색상의 단면으로 부서지며 출렁였다. 깊지는 않았지만 제이콥은 빛이 몸을 덮자 몸부림을 치면서 다시 비명을 질렀다. 티리엘은 제이콥이 누구에게 주먹을 흔들어대는지 알 수 없었다. 샤나르가 앞으로 나와 제이콥의 팔을 잡고 끌어내리려고 애쓰는 동안 점점 더 많은 천사들이 모여들었다. 제이콥의 저항에도 샤나르는 그를 일으켜 세운 뒤 몸을 덮고 있는 갑옷을 붙잡았다.

또 다른 천사가 충격과 경악에 찬 소리를 질렀고 그 소리는 빠르게 퍼져나갔다. 그리고 호라드림에게 점점 더 가까이 다가왔다.

제이콥의 날개가 사라졌다.

이제 마법의 힘이 빠른 속도로 없어졌다. 본래의 모습이 드러나자 대혼란이 가속화되었다. 곧 진짜 루미나레이의 공격을 받게 될 터였다.

티리엘이 즉각 결정을 내렸다.

"도망치시오!"

33장

전쟁의 시작

자일은 기둥 뒤로 바짝 몸을 숨겼다. 다년간의 경험으로 이제는 숨는 데 아주 익숙했다. 하지만 여기 숨는 건 단기적인 해결책밖에 되지 않았다. 앞으로 어마어마한 일이 닥칠 것이다. 머잖아 샤나르의 마법이 완전히 사라질 것이기 때문이다.

잠시 후 거대한 문이 다시 활짝 열리더니 두 명의 루미나레이가 밖으로 나왔다. 그들은 복도에 있는 천사에게 고개를 숙인 뒤 옆으로 물러서 차려 자세를 취한 채 꼿꼿이 섰다.

도서관에서 새로운 천사가 모습을 드러냈다.

자일도 길리스의 아름다움을 인정하지 않을 수 없었다. 그녀의 오라는 화창한 봄날의 아침 햇살처럼 눈부시고 화사했다. 복잡한 주름 장식으로 화려함을 더한 빛나는 황금색 장포가 부드러운 곡선으로 길리스의 날씬한 몸을 감쌌다. 그녀의 뒤에서 공중으로 피어오른 넓은 날개는 끝으로 갈수록 가늘어지더니 이내 긴 꼬리를 남겼고, 물결을 이루며 펄럭이는 모양이 당장이라도 날아오를 것만 같았다.

그러나 자일은 복도로 걸어 나가는 길리스의 모습에서 뭔가 이상한 점을 발견했다. 마치 그림자가 달라붙은 것처럼 날개 끝이 검게 물들어 있었다.

"운명은 최후의 조언자입니다. 당신을 회랑의 수호자들에게 인도하겠습니다. 그들은 용기의 군대에 속해 쓰러져 죽는 날까지 용맹의 화신을 섬기겠다는 맹세를 하는 승천식에서 당신을 도와줄 것입니다. 준비되었습니까?"

문 앞에 서 있는 천사가 물었다.

"그렇습니다."

길리스가 대답했다.

"좋습니다."

천사가 옆으로 물러섰다.

"당신의 운명을 받아들이고 평화를 찾기 바랍니다."

천사가 다시 문 안으로 들어갔고, 사라졌다. 루미나레이들은 양옆에서 길리스를 호위하며 앞으로 걸어갔다. 자일은 기둥에 몸을 숨기면서 최대한 가까이 따라 붙었다. 아직까지는 운이 좋았다. 수호자들이 천천히 도서관에서 멀어지며 소리가 울려 퍼지는 복도를 걸어 나가는 동안, 경고를 알리는 외침이나 어떤 즉각적인 반응도 없었다.

그들은 루미나레이 군대가 있는 용기의 전당으로 곧장 걸어갔다.

루미나레이들과 길리스는 말없이 거대하고 텅 빈 통로가 보이는 교차로를 지나 오른쪽으로 꺾어졌다. 저 멀리 앞쪽으로 안뜰이 하늘과 맞닿아 있었다. 아치형 입구를 통해 초원에 반짝이는 보석을 뿌려놓은 듯한 넓고 아름다운 정원이 보였다.

자일은 충격을 받아 잠시 멈췄다. 가짜 날개가 사라진 호라드림이 하늘을 나는 천사들에게 쫓겨 달아나고 있었다.

루미나레이들도 그들을 보았다. 수호자 하나가 놀라서 탄성을 지르고 통로를 가로질러 오더니 자일이 숨어 있는 곳 바로 앞에 섰다.

자일은 칼집에서 뼈 단도를 조심스럽게 뺐다. 울퉁불퉁한 모양의 단도는 위대한 용 트락울이 강령술사들에게 부여한 마법이 깃들어 있었다. 강령술사들은 죽은 자들의 영적 에너지에 의존했다. 자일은 지금까지 수차례 다양한 방법으로 단도를 사용했지만, 천상에서 단도의 힘을 불러내려고 한 적은 한 번도 없어서 어떠한 결과가 벌어질지 알 수 없었다.

이제 그 결과를 확인할 때였다.

"거기."

수호자가 갑자기 걸음을 멈추더니 자일이 웅크리고 있는 어둠 속을 노려보며 외쳤다. 그가 루미나레이 검을 꺼내자 날카로운 칼날에서 눈부신 빛이 쏟아졌다. 자일은 움찔하며 놀랐다.

"당신도 저들과 한 패지?"

자일은 완전히 노출되었다. 숨을 수 있다는 희망 사라졌다. 강령술사는 낮은 목소리로 재빨리 주문을 외웠다. 평소처럼 돌바닥에 룬문자를 만들기엔 시간이 촉박했고 영혼을 불러내도 효과가 있을 것 같진 않았다. 대신 다른 방법이 떠올랐다.

트락울, 위대한 용이시여. 제 간청을 들어주소서…….

자일은 마음속으로 기도했다.

수호자가 칼을 휘두르자 자일이 뼈 단도를 들어 올렸다. 단도가 성스러운 칼날과 부딪치면서 둘 사이에 강력한 힘과 빛이 터져 나왔다. 자일은 다리가 휘청거리는 걸 느꼈다. 칼날이 살을 파고들며 엄청난 통증이 밀려왔지만 꾹 참고 몸을 가누었다.

루미나레이의 칼날은 치명적인 공격을 계속 이어가진 못했다. 작은 뼈 단도가 공격을 막아냈기 때문이다. 수호자는 잠시 당황한 듯하더니 이내 다시 칼을 휘둘렀다. 자일은 공격을 막아내며 정원 쪽으로 뒷걸음질 쳤다. 루미나레이는 계속해서 다가왔고 자일은 급격하게 힘이 떨어지는 걸 느꼈다. 강력한 공격을 받아내느라 온몸의 근육이 과도하게 긴장한 채 부들부들 떨렸다. 두 번째 수호자가 통로에서 지르는 고함 소리가 들렸지만 고개를 돌릴 수 없었다. 조금이라도 방심하면 곧바로 죽을 수 있는 상황이었기 때문이다.

자일은 지금까지 방어에만 집중했다. 경비병이 휘두르는 공격을 막아내는 일만으로도 벅찼다. 언제라도 두 번째 수호자가 공격에 가세할 수 있었고, 그렇게 되면 살아남을 실낱같은 희망도 완전히 사라질 터였다. 도망갈 생각이라면 한시라도 빨리 도망가야 했다.

그러나 트락울은 응답이 없고 죽은 자들의 영혼도 이곳에는 없었다. 어떤 도움의 손길도 바랄 수 없었다. 혼자 힘으로 살아남아야 했다.

그때 누군가의 얼굴이 눈앞에 나타났다. 완전한 형체를 갖추자 살렌이라는 것을 알 수 있었다. 그러나 순식간에 사라졌다. 검은 날개를 단 생물들에게 끌려가던 살렌은 어두운 밤하늘로 휙 사라졌다. 자일은 낯선 슬픔을 느끼며, 눈앞에서 죽은 자들의 세계에서 불려 온 살렌의 연약한 형체가 깜박이는 모습을 바라보았다. 자일은 그녀를 사랑했다. 그는 이런 감정을 없애도록 훈련받았지만 어쩔 수 없었다. 어쩌면 그래서 자일이 인간인지도 모른다.

경비병은 빈틈이 보이자 공격을 해왔다. 자일은 마지막 순간에 단도를 들어올렸다. 구불구불한 뼈 단도에 의지를 실어 뱀처럼 가슴속에 휘감겨 있던 에너지를 소환했다. 그리고 네팔렘에 관해, 그들의 정맥을 타고 흐르는 천사와 악마의 피에 관해 티리엘이 해준 이야기를 떠올렸다. 자일은 스스로가 굉장한 무기라는 사실을 깨달았고, 이제 그 힘을 이용할 때가 왔다고 판단했다.

칼날이 단도를 내려치자 귀가 먹먹해질 정도의 파열음과 함께 에너지가 폭발했다. 자일은 에너지를 피하는 대신 몇 가지 권능의 말을 크게 외쳤다. 그 즉시 루미나레이의 모든 에너지가 단도 안으로 빨려들기 시작했다. 단도는 마치 피를 빠는 악마처럼 루미나레이의 정수를 빨아들였고, 빛 에너지를 끝없이 흡수했다.

강렬한 빛을 뿜어내는 단도에게 몸에 걸친 갑옷만 남기고 모든 걸 빼앗긴 루미나레이가 돌바닥에 쓰러졌다. 자일은 두 번째 수호자가 다가오자 그의 가슴에 응축된 에너지를 방사했다. 수호자는 통로 바깥으로 날아가 멀리 있는 벽에 부딪친 뒤 바닥에 떨어져 꼼짝도 하지 않았다.

자일은 몸이 얼얼했지만 여전히 자신의 몸속에 거세게 흐르는 정수를 느꼈다. 새로운 천사 길리스는 가까운 거리에 있었지만 아무런 행동도 하지 않았다.

"나도 죽일 생각인가요?"

길리스가 물었다. 목소리에는 호기심이 묻어났고 표정으로 보아 조금 당황한 듯했지만 다른 의도는 없어 보였다.

"난 무기가 없어요. 하지만 당신은 더 이상 앞으로 나갈 수 없을 거예요."

"우리는 여기에 당신들 모두를 죽이러 온 게 아니라 구하려고 온 겁니다."

"그렇다면 정말로 실수를 한 거네요."

장포 아래서 길리스의 몸이 점점 커지며 부풀어 올랐다. 어둠이 점점 거세게 소용돌이치기 시작했고, 그녀의 날개는 더 이상 순수가 아니라 악에 물든 에너지를 내뿜으며 탁탁거렸다. 마치 빛의 껍질을 벗고 그 안에 감춰둔 검은 속을 드러내는 것 같았다.

자일은 균형이 흔들리는 걸 느꼈다. 절대 있어서는 안 될 혐오스러운 존재였다. 강령술사는 반사적으로 단도에 흡수됐던 모든 에너지를 모아 길리스의 중심을 향해 방사했다.

길리스의 입에서 분노가 실린 끔찍한 비명이 터져 나왔다. 자일의 단도 주위로 검은 어둠이 몰려들었다. 자일은 이를 꽉 물며 두 손으로 단도를 단단히 붙잡았다. 그러자 어둠이 얼음장 같은 손가락으로 그를 만지는 게 느껴졌다. 마침내 영원할 것 같은 순간이 지나고 어둠이 물러갔다. 이제 자일은 혼자 남았다.

34장

치명적인 만남

티리엘은 토마스와 쿨렌을 쫓아 정원으로 내려갔다. 다른 사람들은 정의의 재판정을 상징하는 거대한 기둥에 거의 도착했지만, 쿨렌은 헉헉거리다 뒤쳐졌고 토마스는 그런 쿨렌을 기다리느라 속도를 줄여야 했다. 그래서 앞서 간 일행과는 대략 15미터 정도로 간격이 벌어졌다.

티리엘은 숨을 쉴 때마다 폐가 타들어가는 듯했고 심장은 사정없이 쿵쾅거렸다. 온 세상이 눈앞에서 빙빙 도는 것 같았다. 보통 때 같으면 다른 사람들보다 더 빨리 달렸겠지만 가슴의 상처와 피를 너무 많이 흘린 탓에 몸이 극도로 약해져 있었다.

티리엘은 다시 뒤를 돌아보았다. 바로 뒤에서 날아오는 천사에게 잡히기 일보직전이었다. 천사의 손에 사악해 보이는 곡선의 칼이 들려 있었고, 칼날의 끝 부분이 하얗게 빛났다. 티리엘은 자신의 길을 꺼내 호라드림에게 시간을 벌어주려 했다. 그러나 마음속으로는 모두 부질없는 행동이라는 사실을 알았다. 다른 무리의 천사들도 방향을 바꾸어 쫓아왔기 때문에 수적으로 너무나 열세였다.

여기까지인 것 같았다. 날개를 잃고 필멸자가 되어 성역에 내려가기로 한 순간부터 시작되었던 여정이 결국 여기서 끝나는 모양이다. 티리엘은 직접 인간이 되어 천상과 인간을 하나로 묶고, 서로의 강점과 약점을 나눠 어둠의 세력에 대항해 영속적인 평화와 지속적인 연합을 형성하고 싶었다. 천사와 인간이 모든 것을 지배하는 세상을 꿈꿨다. 그러나 지금은 어리석은 생각처럼 보였다. 성배도 그를 저버렸고, 지혜를 요청했으나 얻은 것은 절망뿐이었다.

티리엘은 어쩌면 끝이 아닐 수도 있다고 생각했다. 찰라드아르를 통해 이미 자신의 죽음을 보았기 때문이다. 어차피 죽음은 피할 수 없다면 싸우다가 명예롭게 죽고 싶었다.

그런데 뒤를 돌아보자 양손에 무언가를 쥔 쿨렌이 결연한 자세로 정원 통로에 서 있었다. 바로 네팔렘의 열쇠였다. 그 뒤에는 토마스가 칼을 든 채 서 있었다. 쿨렌의 얼굴에는 단호한 의지가 엿보였다. 쿨렌이 두 눈을 감았다.

열쇠로부터 강력한 힘이 터져 나왔다. 호라드림을 보호할 수 있는 밝은 빛이 치직거리며 사방으로 퍼져 나갔다. 번개처럼 퍼진 빛은 하나의 띠를 이루고 오른쪽에서 공격하는 천사를 막아냈다. 마치 거친 파도가 작은 배를 집어삼키듯 쓸어버렸다. 쿨렌이 열쇠에서 두 번째 빛을 쏘았다. 이번에는 티리엘의 어깨 바로 위에서 시작하여 그를 뒤쫓던 천사를 6미터나 떨어진 화단으로 날려 보냈다.

내가 쿨렌을 과소평가했군. 티리엘은 생각했다. 이런 생각을 하니 다시 힘이 솟았다. 그러나 더 많은 천사들이 쫓아오고 있었다. 나머지 호라드림은 정의의 재판정에 도착해 안으로 사라졌다. 하지만 티리엘의 마음은 편치 않았다. 그곳에서 더 많은 루미나레이를 만나게 될 것이기 때문이다.

완벽하게 무장한 한 무리의 루미나레이가 정원 바깥쪽과 연결된 아치형 입구에 나타났다. 그들은 맹렬한 기세로 호라드림을 뒤쫓았다. 바로 뒤에는 시카라이가 있었다. 파괴자는 복수심에 불타는 신처럼 루미나레이 사이를 날아다녔다. 밝은 빛 속에서 파괴자가 손에 든 무기는 환하게 빛났다. 쿨렌은 시카라이를 향해 돌아선 후 열쇠를 통해 새로운 에너지를 쏘려고 했다. 하지만 쿨렌의 자신감이 흔들리는 틈을 타 거대한 전사는 쉽게 공격을 피했다.

시카라이가 다가오자 토마스가 쿨렌 앞을 막아섰다. 티리엘이 도와주려고 했으나 한발 늦었다. 이미 파괴자의 공격을 받아 토마스는 칼이 산산조각 났고, 무릎을 꿇었다.

토마스는 시카라이의 공격을 피하려는 듯 한쪽 팔을 들어 올렸지만 두 번째 공격에서 팔목 바로 위 팔뚝이 잘려나갔다. 잘린 부위에서 피가 솟구쳤고, 사정없이 화단으로 튀었다. 토마스의 입에서 외마디소리가 났고, 이가 갈리는 아픔이 느껴졌다. 하지만 그것도 잠시, 또 다시 놀라운 상황이 벌어졌다.

시카라이의 공격이 다시 이어졌다. 이번 공격은 토마스의 몸을 거의 반으로 가르다시피 했다.

토마스는 앞으로 꼬꾸라졌고 땅에 닿기도 전에 목숨을 잃고 말았다. 흘러나온 피가 주변의 크리스털을 온통 붉은색으로 물들였다.

쿨렌은 친구의 시신 옆에 털썩 주저않았다. 시카라이가 또 다른 공격을 준비했다. 그때 뭔가 엄청난 힘이 뒤에서 티리엘을 공격했다. 살포시 어둠이 내리면서 티리엘은 더 이상 아무것도 느낄 수 없었다.

35장

정의의 재판정

미쿨로프는 높이 솟은 기둥 뒤에 숨은 채 잠시 멈춰 섰다. 조금 더 서늘하긴 했지만 희망의 정원과 비교해 웅장함은 거의 비슷했다. 새로 만나는 모든 공간이 경이로움 그 자체였다. 이브고로드에 있는 수도원이 거인의 손안에 든 장난감처럼 느껴질 정도였고, 커다랗고 위풍당당한 입구만으로도 위협적이었다. 정의의 재판정에서 행해지는 일 자체가 존경과 엄숙함을 불러일으켰다.

이곳에서는 신들의 목소리가 들리지 않았다. 미쿨로프는 차원문을 통해 완전히 다른 세계로 온 것이다. 자신이 모르는 다른 법칙과 이상한 주인이 다스리는 새로운 곳이었다.

미쿨로프는 혼자였다.

제이콥과 샤나르, 가인버가 정원의 끝을 향해 달려갈 때 미쿨로프는 걸음을 멈춰 다시 돌아왔다. 뒤쳐진 토마스와 쿨렌, 티리엘을 돕기 위해서였다. 그러나 중간에 여섯 명의 천사가 무기를 휘두르며 수도사를 맞았고, 다시 돌아섰을 때는 앞에도 몇몇이 기다리고 있었다. 그래서 화단을 가로지르고 거대한 두 그루의 빛나무 사이를 지나 왼쪽으로 조금 떨어진 곳에 있는 열린 입구를 향해 뛰었다. 다른 일행은 이미 정의의 재판정 안으로 들어간 뒤였다.

정원 안을 들여다본 미쿨로프는 간담이 서늘했다. 토마스와 쿨렌, 티리엘이 시카라이가 이끄는 루미나레이 수호자들에 사로잡혀 있었다. 거대한 전사 시카라이는 호라드림을 향해 허리케인처럼 몰아쳤다. 쿨렌은 시카라이를 막으려고 나섰고, 토마스는 그런 쿨렌을 보호하기 위해 옆으로 밀친 뒤 칼을 내밀었다. 그러나 토마스의 칼은 산산조각 났다. 그리고…….

수도사는 육체와 정신의 고통을 느끼지 않기 위해 오랫동안 스스로를 단련시켜왔다. 나락으로 떨어졌을 때에는 신들의 도움을 받았고, 약해졌을 때에도 도움을 받아 다시 일어서곤 했다. 장로는 악마의 얼굴을 한 채 평온함을 설교했고, 수도사는 약점을 보이지 않고 임무를 수행했다. 그렇게 수 년간의 단련을 통해 미쿨로프의 피부는 단단해졌고, 무기나 발톱도 뚫지 못할 정도로 강인해졌다.

그러나 지금 눈앞에 펼쳐진 광경은 마치 상처처럼 그를 헤집었다. 미쿨로프는 볼을 꽉 물면서 터져 나오는 비명을 참았다. 칼이 비집고 들면서 토마스의 배를 갈랐고 진홍색의 피가 솟구치면서 땅을 적시는 광경을 봤다.

갑자기 브람웰로 가는 길에 보았던 환영이 떠올랐다. 천상의 문 안에 갇힌 후 티리엘이 두건을 쓴 얼굴 없는 낯선 형체로 변했고, 토마스는 사람들 앞에서 티리엘의 칼에 참수 당했지…….

점점 더 많은 루미나레이 전사들이 정원으로 들어왔다. 티리엘과 쿨렌은 정신을 차릴 수 없었다. 쿨렌은 병사들의 빛나는 칼과 갑옷 아래 무릎을 꿇었고, 대천사는 뒤로 쓰러졌다.

그들이 쓰러졌다. 미쿨로프의 몸 안의 모든 세포가 당장 돌아가 무슨 수를 써서라도 복수하라고 소리를 질렀다. 하지만 부질없는 짓이었다. 절대로 혼자서는 그 많은 전사를 물리칠 수 없기 때문이다.

수도사는 바닥에 주저앉았다. 마음속 균형이 흔들렸다. 앞에 있는 기둥이 구부러지면서 툭 불거져 나오는 것 같았고, 그림자도 더 길어 보였다. 어둠 속에서 이상한 형체가 기어 나왔다. 그런데 그들의 복장이 오싹할 정도로 낯익었다. 장로들이 나를 죽이기 위해 보낸 이브고로드 암살자들이었다. 미쿨로프는 명령에 불복하여 하늘 수도원을 영원히 떠났기 때문에 사형선고를 받은 거나 마찬가지였다. 암살자들이 성역 끝자락과 그 너머까지 쫓아왔다.

눈앞에 보이던 형체는 이내 루미나레이 전사들로 바뀌었고, 그들은 정의의 재판정으로 통하는 거대한 방의 벽을 지키기 위해 전열을 재정비했다. 미쿨로프는 마음속에 내려앉은 안개를 없애려는 듯 머리를 흔들었다. 당연히 이브고로드 암살자들이 이곳 천상에 올 리 없었다. 하지만 바로 눈앞에 보이는 위협은 실재였다.

미쿨로프는 몇 년 전 게아 쿨에서의 전투를 떠올렸다. 당시 악마 군단이 점점 가까이 다가왔고 피할 가능성은 거의 없었다. 그는 자신도 몰랐던 내부의 힘을 불러냈고, 에너지를 중심에 모은 후 작은 태양처럼 밖으로 쏘았다. 그 결과 적들을 섬멸했고, 발아래 땅이 흔들리며 벌어졌다.

자신의 타고난 힘을 알게 된 최초의 경험이었다. 미쿨로프는 네팔렘의 용사가 되면 자신이 가진 힘의 진정한 원천을 이용할 수 있을 거라는 사실을 깨달았다.

해야만 하는 일을 할 수 있도록 힘을 주소서. 검은 영혼석을 가져오지 못한다면 동료들의 죽음이 무의미해질 것이다. 미쿨로프는 제이콥과 샤나르, 가인버가 의회실로 무사히 도착하기만 바랐다. 그들에게 주의가 쏠리지 않도록 해야 했고, 어떠한 대가를 치르더라도 임무를 완수해야 했다.

미쿨로프는 눈을 감았다. 그리고 자신의 내부에서 뭔가를 만들어냈다. 모든 것을 잿더미로 만들어버릴 불이었다. 바위에 부딪치는 파도와 산을 강타하는 폭우, 나무를 통째로 뽑아버리는 허리케인, 회오리를 치며 주변의 모든 것을 앗아가는 대폭풍이 보였다. 모든 사물에 존재하는 신들의 힘을 끌어와 하나로 모았다. 점점 힘이 커지면서 마치 속박을 벗어나려는 악마처럼 타오르기 시작했지만 미쿨로프는 더욱 깊고 강한 힘이 되도록 이를 악물고 견뎠다.

미쿨로프를 발견한 루미나레이 전사가 소리를 질러 다른 루미나레이들에게 알렸다. 이들이 날아오르자 미쿨로프는 어둠 속에서 나와 깊은 숨을 들이마신 후 양손을 크게 맞부딪쳤다. 그리고 마침내 속에 가둬 두었던 야수를 내보냈다.

제이콥은 샤나르와 가인버를 데리고 가능한 빠르고 조용하게 정의의 재판정 안에 있는 후미진 곳으로 갔다.

그는 조심스럽게 넓은 기둥 사이를 지나 좀 더 시원하고 천장이 덮인 공간으로 들어왔다. 금방이라도 천사들이 밀어닥칠 것 같았다. 그저 천사들이 호라드림은 재판정으로 가지 않고 넓은 회랑을 따라갔다고 생각하기만 바랐다. 티리엘이 해준 말에 따르면 이곳은 비어 있을 터였다. 새로운 정의의 대천사가 아직 임명되지 않고 천사들은 모두 승천식에 갔기 때문이다. 그리고 지도를 봐도 정확히 반대 방향이었다. 이제 앙기리스 의회실로 가는 통로만 찾으면 되었다.

거대한 문 위에 엘드루인 복제품이 빛을 발하며 걸려 있었다. 원래 크기보다 열 배는 더 컸고, 특이한 종류의 금속이 광택을 내뿜었다. 정의의 상징이자 안에 들어오는 모든 이들을 겸손하게 만드는 검이었다.

하지만 이곳 너머에서 발견한 것에 비하면 아무것도 아니었다.

다음 방은 텅 비어 있었다. 아니, 그렇게 보였다. 중앙의 무대를 중심으로 3면이 좌석으로 둘러싸여 마치 원형 극장처럼 보였다. 거대한 석조 연단과 크리스털로 덮인 무대, 반대쪽에 놓인 좌석, 바닥부터 천장까지 우아한 필체의 커다란 글자가 적힌 벽면이 나타났다. 티리엘이 해준 말에 따르면 천상의 법을 적은 법령의 벽이 틀림없었다. 돌에 조각된 법령은 수천 년 간 지켜져왔다.

그러나 무대를 독차지한 것은 조각상이었다. 장포를 입은 남녀 천사가 좌석을 내려다보고 있었다. 그들은 팔을 뻗어 피고가 서는 자리를 가리켰고, 나선형의 석조 기둥은 천장까지 이어졌다. 수많은 형체가 기둥에서 기어 나왔고 악마와 고통에 시달리는 천사가 울부짖었다. 그리고 유죄판결과 형을 선고받은 자는 그대로 얼어붙은 듯 조각되어 자신이 저지른 죄와 함께 영원히 갇혔다. 그들은 거대한 조각상을 향해 자비를 간구했다.

"온통 어둠뿐이야."

가인버가 속삭였다. 조각상을 바라보는 야만용사의 얼굴색이 창백했고, 입이 떡 벌어졌다. 옆에 선 샤나르의 표정도 비슷했다. 볼을 타고 눈물이 흘렀고, 한동안 아무 말도 하지 않았다. 제이콥은 가인버가 무슨 말을 하는지 알았다. 이곳은 끔찍한 행위와 용서받을 수 없는 죄로 가득했고, 심판의 무대를 거쳐 간 이들의 혼령이 벽 속에 사로잡혀 있는 것 같았다. 무거운 침묵이 그들을 짓눌렀다. 제이콥은 수 세기 동안 이곳에서 열린 재판과 위엄을 잃지 않고 자신의 죄를 마주한 천사들, 비명을 지르며 발 밑 어딘가에 존재하는 감옥으로 끌려간 이들을 상상했다.

죄에 대한 자비는 결코 찾아볼 수 없었을 것이다. 만약 호라드림이 사로잡혀 여기까지 끌려온다면 엄청난 고통을 맞보게 될 터였다.

제이콥은 전율했다. 지금까지 저지른 자신의 모든 잘못 때문에 희망의 정원에서 오늘과 같은 일이 일어난 것만 같았다. 제이콥은 나르 사령관이 만들어준 무기를 넣은 칼집을 만져보았다. 숨겨놓은 칼집 안에는 시카라이의 칼이 들어 있었다. 조금 전 빛나무 덩굴이 닿아 정신을 못 차렸을 때 잃어버린 줄로만 알았다. 제이콥은 칼을 꺼내 환하게 빛나는 양날의 검을 쳐다보았다. 손에 담긴 칼의 무게가 마음을 가라앉혔다.

정원에서의 실패가 계속 생각났다. 제이콥은 티리엘의 기대대로 모든 일을 잘해내고 싶었지만 첫 번째 난관부터 실패하고 말았다. 아이처럼 넘어진 채 과거 환영에 사로잡혀 도와달라고 소리쳤던 것이다. 호라드림은 뿔뿔이 흩어졌고, 일부는 죽었을지도 모른다. 그리고 임무의 성공 가능성도 희박해졌다.

용서해주세요. 제이콥은 조용히 기도했다. 지금 자신이 정의의 심장부에 엉망이 된 모습으로 서 있다는 사실이 아이러니했다. 아버지와 친구들, 자신이 속한 전 세계를 실망시켰고 사랑하는 여자를 영락없는 죽음의 길로 인도했다.

이런 생각이 들자 순간 간단한 진리가 떠올랐다. *맞아, 나는 샤나르를 사랑해.* 물론 그랬다. 언제나 사랑했다. 그동안 복잡한 상황 때문에 거부했지만 진실은 숨길 수 없었다. 지혜의 웅덩이에서 나눴던 샤나르와의 키스는 여전히 그의 입술을 뜨겁게 했고, 그녀의 향기는 아직도 선명했다. 곧 죽음을 맞이할 것이라는 생각은 그의 감정을 더욱 확실하게 했다.

제이콥은 샤나르를 흘끗 쳐다보았다. 사랑스러운 얼굴과 농담으로 숨기려는 연약함이 보였고, 애써 무심한 듯 행동하며 본 모습을 감추고 있었다. 샤나르의 뛰어난 능력 덕분에 여기까지 올 수 있었다. 이런 생각을 하자 마음속에 불길이 점점 더 타올랐고, 마지막 순간을 명예롭게 맞이해야겠다는 결심이 섰다.

제이콥이 샤나르의 손을 잡자 밖에서 쿵하는 소리가 낮게 들려왔고 바닥이 흔들렸다. 제이콥은 비틀거리다 다시 중심을 잡은 뒤 넘어지는 샤나르를 부축했다. 천둥처럼 우르릉거리는 소리가 휩쓸고 지나갔다.

그 순간 제이콥은 왜 수도사가 생각났는지 모르지만 미쿨로프가 이번 폭발을 일으켰다는 느낌이 들었다. 루미나레이들의 관심을 돌리는 데 성공한 것이었다. 제이콥은 수도사가 만든 방해 작전을 통해 의회실로 향하는 통로가 비기만을 바랐다.

재판정 너머로 소리가 들렸다. 누군가 오고 있었다.

빨리 어딘가로 숨어야 했다. 제이콥은 샤나르와 가인버를 데리고 무대를 내려와 바닥에 있는 좌석 쪽으로 갔다. 석조 기둥 아래에 몸을 숨기고 위를 쳐다보니 기둥이 처음 보았을 때보다 훨씬 더 커 보였다. 기둥에 새겨진 천사와 악마도 제이콥보다 세 배는 더 컸다. 재빨리 조각상 사이에 섰다. 샤나르와 가인버도 똑같이 했다. 유죄판결을 받은 천사와 악마가 양쪽에서 손을 뻗어 영원히 붙잡아둘 것 같았고, 얼음장 같이 차가운 포옹으로 질식시킬 것만 같았다.

잠시 후 연단 너머 입구에서 쾅 소리가 나며 문이 열리고 네 명의 루미나레이 전사가 무기를 든 채 재판정으로 늘어왔다. 그들은 주저 없이 재판정을 통과해 반대쪽 문으로 나갔다. 제이콥은 더 이상 따라오는 수호자가 없는지 잠시 기다렸다가 좁은 공간에서 나와 두 여자를 데리고 계단을 올랐다. 수호자들은 연단 뒤쪽 문을 조금 열어놓고 떠났다. 제이콥은 가능한 소리를 내지 않고 문으로 다가가 틈새로 내다보았다.

재판정을 벗어나는 또 다른 통로가 보였다. 텅 빈 상태였고, 매복을 위해 숨어 있는 루미나레이 전사도 눈에 띄지 않았다.

제이콥은 샤나르와 가인버를 데리고 정의의 재판정을 나와 앙기리스 의회실로 향했다. 검은 영혼석이 있는 곳이었다. 영혼석은 흑단 속에 비밀을 깊이 숨긴 채 조용히 그들을 기다리고 있을 터였다.

36장

드높은 천상의 지하 감옥

티리엘은 고통 때문에 두개골이 갈라지는 듯했다. 날카로운 대못이 관자놀이를 통과하면서 욱신거리는 통증으로 변했다. 머릿속에서는 여러 장면이 계속 섞이면서 꿈을 꾸는 것만 같았다. 시카라이가 맹렬하게 빛나는 칼날을 들고 연이어 공격했다. 지친 사람들은 불길 속에 타들어갔고 도망갈 방법이 없었다. 고통스럽게 죽어가는 사람들의 비명 소리가 높아질수록 살이 타는 냄새도 더욱 진동했다. 레아가 도와달라고 손을 뻗었으나 티리엘은 팔을 움직일 수 없었다. 레아의 뒤에는 깊은 슬픔과 회한을 담은 얼굴로 데커드 케인이 서 있었다. 케인의 수염에 피가 흥건했다.

티리엘은 눈을 떴다. 눈앞이 깜깜했으나 몸을 세워 앉으려고 했다. 하지만 또다시 고통이 엄습했다. 티리엘은 눈을 깜빡이며 시야를 확보하고 주변을 살폈다. 한눈에 상황이 파악되었다. 그가 있는 곳은 감옥이었다. 팔과 다리에 채워진 족쇄는 뒤쪽 돌벽에 연결되어 있었다. 팔을 뻗어 뒷머리를 만져보았다. 손에 끈적이는 피가 잔뜩 묻어났다.

갑자기 토할 것만 같았다. 눈을 감은 뒤 심호흡을 하고 다시 눈을 떴다.

반대쪽에는 쿨렌이 고꾸라진 채 벽에 기대어 앉아 있었다. 족쇄가 채워졌고 핏자국이 흥건한 머리를 가슴에 박고 있었다. 몸을 움직이지도, 숨을 쉬지도 않는 것 같았다.

티리엘은 몸을 추스르고 다시 앉았다. 이번에는 좀 더 천천히 몸을 움직였다. 찌를 듯한 고통이 조금 가라앉자 족쇄가 허용하는 데까지 움직일 수 있었다. 그를 묶은 끈은 원래 천사한테 사용하는 것으로, 진동을 통해 천사의 공명을 중화시키는 역할을 했다. 맨살에 닿아 윙윙거리는 느낌이 났다.

주위의 벽을 살펴보니 악마의 체액으로 얼룩져 있었다. 죽음의 냄새가 진동했다. 어두운 곳에서 뭔가가 움직였다. 흉측한 몸뚱이가 어둠 속에서 미끄러지듯 굴렀고, 사악한 두 눈이 새빨갛게 번뜩였다. 마치 불타는 지옥 구덩이에서 노려보는 것 같았다. 악마가 티리엘을 묶은 끈을 당길 때마다 쇠사슬이 덜거덕거렸다. 순수한 빛의 고리가 달린 은색 끈은 그들의 몸을 관통하고 있었다. 이윽고 악마가 신음하며 모습을 드러냈다. 입술 없는 입들이 온몸을 뒤덮었는데, 낚아 올린 물고기처럼 입을 벌리고 있어 안에 난 뾰족한 이빨들이 다 보였다. 몸에 있는 모든 구멍에서 지방이 흘러나왔고, 작은 팔은 늘어져 있었다.

반대쪽 구석에서 또 다른 형체가 쉬익 하는 소리와 으르렁거리는 소리를 내며 움직였다. 똬리를 튼 뱀처럼 조용히 공격을 준비하는 사악한 악마였다. 임페리우스와 루미나레이가 잡아들인 지옥의 하수인이었다. 이들은 다른 죄수를 위협하거나 때로 가까이 접근해 갈기갈기 찢어놓기도 했다.

여기는 음악도, 환한 빛도, 빛나는 크리스털도 없었다. 티리엘과 쿨렌은 유죄판결을 받은 이들을 영원히 묶어두는 드높은 천상의 지하 감옥 주먹 속에 갇혀 있었다. 액체가 뚝뚝 떨어지는 돌로 조각된 모든 감방은 세상 어디에도 가둘 수 없는 생명체를 위해 지어졌다. 악마의 고문실에는 뼈에서 가죽을 벗겨낸 뒤 두꺼운 살을 얇게 썰 수 있도록 칼이 놓여 있었다. 천사를 벽에 못 박아둘 용도로 만든 방도 있었다. 바닥이 보이지 않는 우물 안은 차가운 소금물로 가득했는데, 악마를 목까지 잠기게 처넣은 후 더 이상 움직이지 못할 때까지 허우적거리게 했다. 끄집어낸 후 똑같은 과정을 계속 반복했다. 감방으로 연결된 모든 통로는 미로처럼 얽혀 있어서 아무도 탈출하지 못했다. 바닥에 놓인 미라의 잔해는 이곳에서 방황하다 어둠 속에서 죽어간 이들의 흔적이었다.

"쿨렌."

티리엘이 속삭였다. 목구멍은 불에 타는 것 같았고 입술은 말라서 갈라졌다. 사슬을 부드럽게 당기면서 팽팽해질 때까지 몸을 움직였다. 단순한 철로 만든 평범한 쇠사슬과는 달랐다. 주먹에 수감된 가장 강력한 천사를 막기 위해 만들었기 때문에 인간의 힘으로는 도저히 끊을 수 없었다.

쿨렌은 몸을 조금 움직이다 신음 소리를 냈다. 티리엘은 쿨렌의 몸에서 눈에 띄는 상처는 찾지 못했다. 다른 사람의 피가 묻은 것 같았다. 토마스의 피였다. 갑자기 정원에서 벌어진 일이 떠올랐다. 토마스가 상처를 입고 무방비 상태로 무릎을 꿇자 시카라이가 잔인하게 그를 난도질했다. 토마스의 몸에서 솟아나온 피가 주변의 크리스털 조각들을 물들였다.

분노가 치밀어 올라 사슬을 좀 더 세게 잡아당겼다. 누군가 자신을 여기에 가두고 엘드루인을 가져갔다. 찰라드아르까지 사라진 걸 알자 더욱 고통스러웠다.

낮게 삐걱거리는 소리가 들리자 다시 가까스로 정신을 차릴 수 있었다. 감방의 문틈 사이로 빛이 보였고, 잠시 후 시카라이가 들어왔다.

"날 풀어라."

티리엘이 말했으나 목소리가 갈라지고 소리가 작아 전혀 명령으로 들리지 않았다.

시카라이는 대답이 없었다. 그저 기다리기만 했다. 잠시 후 누군가가 들어왔다.

벨제엘이 문으로 들어오더니 시카라이 옆에 섰다. 뭔가를 들고 있었지만 어둠에 가려 티리엘은 볼 수 없었다.

"새장 속에 갇힌 불구가 되셨군. 얼마 전에 내가 장담하지 않았던가? 당신이 자발적으로 여기로 돌아올 거라고. 하지만 확신은 없었지. 그렇게 하기에는 당신이 너무 겁쟁이라고 생각했거든. 그런데 내가 예상했던 것보다 더 빨리 왔군. 그것도 친구들까지 데리고 말이다."

벨제엘이 말했다.

"사슬을 풀어라. 내가 얼마나 겁쟁이인지 보여주지."

티리엘이 조용히 말했다. 그러자 벨제엘이 낄낄거렸다.

"아니. 필멸자인 당신을 피 흘리게 만드는 게 더 재밌을 것 같은데. 역겹군. 의회가 최종 회의에서 당신의 대천사 지위에 대해 논의한 걸 알고 있나? 다들 당신을 어떻게 불러야 할 지 난감해했지. 아마도 배신자가 맞겠지. 당신은 재판을 받을 거야. 물론 그때까지 살 수 있다면 말이다. 사형을 받을 만큼 죄질이 무겁거든. 내가 직접 좀 더 앞당겨 정의를 실현하면 모두의 시간을 아껴줄 수 있겠지."

"누구나 언젠가는 죽는다."

"인간은 물론 그렇지. 여기서도 당신의 악취가 나는군. 당신은 성역의 쓰레기들 편에 섰고 이제 그들의 운명을 겪게 될 것이다."

"임페리우스는 영혼석이 자신에게 어떤 영향을 미칠지 모르고 있다."

티리엘이 말했다. 점점 부관의 책략에 지쳐갔다.

"너희들 모두에게도 영향을 미치고 있다! 타락과 어둠이 점점 가까이 오는 게 보이지 않느냐? 곧 드높은 천상은 나락으로 떨어지고 불타는 지옥이 그 자리를 차지하게 될 것이다."

"임페리우스는 당신의 견해에 관심이 없다."

"그를 데려와라. 무슨 말이든 내게 직접 말하라고 하라."

"임페리우스를? 그가 왜 당신을 보러 올까? 지금 승천식 때문에 매우 바쁘시다. 그리고 이렇게 쓸데없는 일로 귀찮게 해드릴 생각도 없다."

벨제엘은 다시 낄낄거렸다.

"일이 어떻게 진행되는지 전혀 모르고 있군. 똑똑한 편은 아니군? 필멸자가 되고 나서 머릿속이 어떻게 된 것 같군."

벨제엘의 말에 티리엘은 등골이 오싹해졌다.

"임페리우스는 내가 여기 있는 걸 모르고 있구나. 내 형제가 아니라면 파괴자와 함께 이번 일을 꾸민 게 누구지? 누가 우리를 뒤쫓은 거지?"

"그건 당신이 신경 쓸 바가 아니다. 당신은 네팔렘의 요새를 찾고 문을 여는 중요한 역할을 했다. 이제 당신 친구들이 임무를 완료할 때다. 하지만 당신은 그들과 함께하지 못할 거다."

벨제엘은 손에 들고 있던 것을 빛에 비추더니 티리엘의 발치에 던졌다. 지혜의 성배가 땅에 부딪치며 굴러 발아래 멈췄다. 억제하려고 해도 가슴속에서 성배를 갈구하는 게 느껴졌다. 티리엘은 몸을 떨었다.

"당신을 가까이서 지켜봤는데, 성배의 노예가 되어 지혜의 웅덩이에 다시 가기 위해서라면 무엇이든 할 것 같더군. 하지만 걱정 하지 마시오. 여기서 그리 오래 살아남을 것 같지 않으니까. 안타깝게도 친구와 함께 탈옥하려다 처형당할 것 같은데."

티리엘은 벨제엘이 먼저 말한 이야기에 신경이 쓰이기 시작했다. 그리고 점점 오싹해졌다. 듣고 싶지 않았지만 벨제엘이 한 얘기에는 말이 되는 부분이 있었다. 당신은 중요한 역할을 했다…… . 이제 당신 친구들이 임무를 완료할 때다. 지하 묘지를 찾고 주변에 도사리고 있는 환영에 대해 알고 그늘을 삼지하는 데 사용한 시간들…… . 새로운 트리스트럼에서의 밤, 술집에서 손님을 죽이고 제이콥을 발견한 날. 그때 호라드림을 칠 수 있었는데 그러지 않았다. 또한 산에서 싸우면서 나무 사이와 골짜기 위를 지날 때도 공격하지 않았다. 왜지?

"무슨 말이냐? 임무를 완료하다니?"

티리엘은 가까스로 암울한 미소를 지었다.

"임페리우스와 의회에는 당신과 당신 친구, 시카라이가 죽인 사람만 여기에 영혼석을 훔치러 들어왔다고 보고할 작정이다. 당신의 실패한 계획도 꼭 알려주지. 당신은 그들의 주의를 돌리기에 완벽하니까."

"네가 원하는 게 영혼석이구나. 우리를 이용해 그걸 훔치려는 계획이고."

이제 이해가 됐다. 처음에는 벨제엘도 영혼석이 의회에 영향을 끼쳐 성역을 파괴하도록 압박하게 되기를 바랐다. 하지만 의회가 빨리 움직이지 않을 걸 알자 다른 방법이 필요했다.

"대천사들이 네가 한 일을 알면 사형에 처할 것이다!"

"아마 그럴 테지. 나를 찾을 수 있다면 말이다. 물론 그때쯤이면 모든 게 다 잘 해결되었을 테고. 난 그들이 닿을 수 없는 곳에 있을 거다. 하지만 내가 죽는다면 어쩔 수 없지. 인류의 종말을 위해 치러야 할 작은 대가일 뿐이니까. 당신이 환영이라고 부르는 우리 정찰병들은 아주 잘 훈련되었거든. 지저분한 일도 능숙하게 해치울 거다."

티리엘은 정신이 혼미해졌다. 어쩌면 이렇게까지 당할 수 있을까? 그동안 왜 아무것도 보지 못했을까? 찰라드아르의 역할은 진실을 숨기는 게 아니라 보여주는 것 아니었던가.

티리엘은 발치에 놓인 성배를 쳐다보았다. 지금까지 일어난 모든 일에도 불구하고 성배를 갈구하는 마음은 억제하기 힘들었다. 여전히 성배의 심연 속으로 들어가 자신을 잊고 망각 속에서 평화를 찾고 싶다는 마음이 간절했다.

"넌 나머지 호라드림이 어디에 있는지 모르고 있어. 우리가 모두 몇 명인지, 아직 살아있는지 전혀 모르고 있어."

"하지만 어디로 가고 있는지는 알지. 당신이 영혼석을 찾으라고 보냈잖아. 내가 이미 의회실을 지키는 수호자들을 모두 딴 데로 보내놨지. 나머지 루미나레이는 모두 승천식에 간 상태고. 당신 쪽 사람들이 영혼석을 갖고 성역으로 내려가기만 기다렸다가 다시 빼앗기만 하면 되지. 일단 우리가 뒤쫓기로 결심하면 아무도 빠져나갈 수 없다는 걸 잘 알지 않나."

"너희는 지하 묘지에 들어갈 수 없다. 거기엔 보호막이 쳐져 있다."

티리엘이 말했다.

"그만. 중요한 일이 얼마나 많은데 그런 사소한 걱정을 하나."

벨제엘은 벽에 기대어 누워 있는 쿨렌 쪽으로 걸어가면서 부드럽게 말했다.

"당신은 아직도 이해를 못하는군. 영혼석의 힘은 굉장해. 어둠에서 만들어졌지만 그냥 버리기에는 원래의 목적이 너무 특별하단 말이야."

약한 진동이 일어나면서 벽과 천장이 조금 흔들렸다. 벨제엘이 시카라이를 돌아봤다.

"뭐지?"

"모르겠습니다, 주인님. 알아보겠습니다."

"아니. 상관없어. 임페리우스는 자기 방에 따로 있어. 이제 보고할 시간이 됐군. 물론 우리 쪽 얘기를 알려야지. 네가 뭘 해야 하는지 알고 있지? 가 보도록 해라."

벨제엘이 말했다.

파괴자는 고개를 한 번 끄덕이더니 사라졌다. 벨제엘은 몸을 숙여 쿨렌의 목을 잡고 바닥에서 반쯤 들어 올렸다. 그러고는 티리엘을 돌아보았다.

"본보기를 보여주겠다. 우리 힘이 얼마나 강한지 알 수 있을 거요."

티리엘은 사슬에 묶인 채 몸부림쳤고, 구석에 있던 악마들이 포악하게 소리를 내며 붉은 눈을 빛낸 채 입을 열었다가 닫았다. 티리엘이 말했다.

"그를 죽이지 마라. 죄 없는 사람이다."

벨제엘이 어둠 속에서 말했다.

"오, 전혀 그렇게 보이지 않는데. 하지만 내가 죽이진 않을 거다. 당신이 죽일 테니까."

37장

루미나레이

강령술사는 어둠과 빛 사이로 빠져나갔다. 정원의 아치형 입구를 통해 새어나온 빛이 통로까지 비추고 있었다. 하지만 어둠을 완전히 걷어내지는 못했다.

어쩌면 빛은 마음속에만 존재하는지도 모른다.

토마스가 쓰러지고 시카라이가 티리엘과 쿨렌을 정의의 재판정으로 끌고 가는 모습을 보았기 때문이다. 쿵하는 폭발음을 들었지만 미쿨로프가 일으킨 일이라고 짐작할 뿐이었다. 수도사가 살아남았는지는 알 길이 없었다. 그리고 제이콥과 샤나르, 가인버도 보지 못했다.

자일은 다른 사람들이 모두 죽고 이제 자신과 험바트만 남았다고 생각했다.

혼자 몸으로 적과 대항해야 했다.

강령술사는 용기의 전당을 맴돌면서 입구에 선 수호자들을 몰래 통과한 후 대강당을 지났다. 눈앞에 펼쳐진 광경을 보자 등골이 오싹했다. 거대한 연회장은 서로 들떠서 웅성거리는 루미나레이들로 가득했고, 모두 새로운 천사가 나타나기만을 기다렸다. 이제 자일이 한 일이 발각되는 건 시간문제였다. 그때까지 이들로부터 멀리 떨어져 앙기리스 의회실에 도착할 수 있기를 바랐다.

폭발이 일어났을 때 수호자들은 혼란스러워 했고, 일부는 소리를 지르며 정원으로 향하는 문으로 갔고, 나머지는 남아서 지도자를 찾았다. 그러나 자일은 계속 숨어 있었고, 몰래 기어 나와 다시 혼자가 되었다. 통로는 끝이 보이지 않을 정도로 길게 느껴졌다. 바깥보다 어두웠기 때문에 중간 중간에 횃불을 달아 천장을 비추도록 했다. 벽에는 각양각색의 악마의 얼굴이 걸려 있었고, 거대한 칼과 창, 못이 달린 쇠사슬, 쇠막대기 등 무기류가 즐비했다. 그리고 빛줄기로 만든 걸개그림이 걸린 안마당이 나타났다. 수백 년에 걸친 천상과 지옥의 대격전을 묘사한 그림이 움직였다. 악마의 배를 가르고, 날아다니는 천사가 재앙을 몰고 와 하늘이 어두워지고, 땅이 갈라지면서 악마가 태어나는 모습이 그대로 보였다. 지옥 깊은 곳에서 대천사와 충돌한 대악마가 서로 공격하는 장면도 보였다. 그리고 밤하늘의 별자리처럼 불을 뿜어내는 용도 보였다.

방을 하나씩 지날 때마다 자신이 좀 더 강해지고 누구든 이길 수 있을 것 같은 자신감이 생겼다. 어둠도 점점 걷혔다. 자신이 유일하게 남은 호라드림일지라도 문제될 게 없었다. 아직 의회실로 가서 루미나레이를 물리치고 영혼석을 훔칠 수 있는 기회가 있었다. 완수하기로 맹세한 임무를 달성할 수 있을 것이다. 만약 발각된다면 죽을 때까지 싸워 가능한 많은 목숨을 앗아갈 계획이다. 이미 수호자들과 길리스를 죽이지 않았던가. 더 죽이지 못할 이유가 없지 않은가?

자일은 어쩌면 영혼석에 대해 잊어버려야 할지도 모른다고 생각했다. 영혼석보다 전쟁 자체가 더 중요할지도 모른다. 그들을 쫓아온 파괴자는 루미나레이였고, 결국 임페리우스가 보냈을 가능성이 컸다. 파괴자는 환영들과 협력해 공격하는 것 같았다.

살렌을 죽인 것도 환영들이었다.

자신에게 일어난 모든 일에 대천사들의 책임이 있다는 게 확실해졌다. 이제 그들은 죽어 마땅한 존재들이었다.

"집어넣어. 발각되고 싶은 거야?"

험바트가 투덜거렸다.

"조용히 해, 험바트. 지금 내가 무슨 일을 하고 있는지 아니까."

자일은 자신이 단검을 꺼냈다는 사실을 깨달았다.

"모두 불리질 수 있을 것 같아? 이봐, 여기는 사람 마음을 갖고 노는 곳이야. 어리석은 짓은 하지 마. 균형만 생각해. 그게 여기 온 이유잖아. 균형을 회복하러 왔지, 복수를 하러 온 게 아니잖아, 자일! 이건 자네 모습이 아니야."

강령술사는 낯선 감정이 엄습해오자 자제력을 잃지 않으려고 애썼다. 험바트의 말이 맞았다. 훈련한 것을 잊고 강력한 천상의 힘에 정신을 빼앗겼던 것이다. 하지만 조금 전 느꼈던 분노는 활활 타오르며 자일의 통제력을 앗아갔고, 금방 사그라질 것 같지 않았다.

눈앞에 넓은 공간이 펼쳐지면서 어딘가에서 소리가 들렸다. 자일은 으르렁거리고 희멀건 눈을 한 악마의 얼굴이 걸린 벽에 몸을 완전히 밀착시킨 후 천천히 앞으로 살금살금 움직였다. 회랑 안에서 소리를 내는 건 천사가 분명했다. 이제 자신도 몸을 드러내야 할 때가 온 것이다. 맨손으로 싸워야 한다는 생각에 심장이 마구 뛰었고 피가 요동쳤다. 대천사가 바로 앞에 있는 게 느껴졌고, 임페리우스일지도 모른다고 생각했다. *대천사도 피를 흘리는지 봐야겠어.*

"조심해. 친구, 제발……."

험바트가 말했다. 그러나 자일은 험바트의 말을 듣지 않고 매섭게 빛나는 단도를 꺼내 앞으로 뛰어나갔다.

자일이 마주한 이는 바로 스탈브레이크의 제이콥이었다.

미쿨로프는 깊은 물속을 헤엄쳐 건넜다. 하늘 수도원의 수도사들이 죽어가면서 지르던 비명이 머릿속에 맴돌았다. 당시 미쿨로프는 태양신처럼 위에서 내려다보고 있었다. 그는 암살자들이 가까이 다가오고 원숭이들이 빛과 소리로 된 높은 사다리를 타고 올라오는 모습을 지켜보면서 엄청난 힘을 방출했다. 강력한 파괴력을 지닌 미쿨로프의 힘은 마치 성냥개비처럼 수도원의 벽을 무너뜨렸고 사람들의 사지를 날려버렸다.

예배실에서는 장로들이 모여 책상다리를 하고 둥글게 앉아 신들께 기도를 올리고 있었다. 힘의 파장은 그들도 공중으로 띄웠고, 살과 뼈를 분리시켰다. 사지가 갈기갈기 찢겨나갔고, 결국에는 모든 게 하나로 뒤엉켜버렸다.

미쿨로프는 자신이 자란 곳이 높은 하늘 속으로 사라지는 모습을 지켜봤다. 가슴이 미어졌고 몸을 둘러싼 세포막이 하나씩 뜯겨나가는 것 같았다. 마지막에 남아 있던 심장마저도 천사들이 세상으로 내려오자 멈춰버린 듯했다. 순수한 빛의 칼이 아무것도 남지 않을 때까지 사람들을 베고 불태웠다. 남은 건 자욱한 연기뿐이었다.

미쿨로프는 머리가 지끈거렸지만 몸을 세워 앉았다. 주변의 조각 기둥에 탄 흔적이 역력했고 윤이 나는 돌바닥에는 얇은 금이 가 있었다. 남은 갑옷 파편만이 루미나레이 전사들의 존재를 말해주었다. 파편은 통로를 가로질러 사방에 널려 있었다. 파괴 현장을 보면서 자신이 한 일에 대한 경외감이 잠깐 들었지만 이내 슬픔이 밀려왔다. 천상에 해를 입히고 말았구나.

어쩔 수 없어 보였다. 그는 천사를 죽였다. 무엇을 의미하는 걸까?

미쿨로프가 먼저 공격하지 않았다면 천사들이 그와 친구들을 모두 죽였을 것이다. 하지만 이 점도 위안은 되지 못했다. 이브고로드 수도사는 자부심이나 수치심, 공포를 느껴서는 안 되었다. 성취감이나 대의, 무수한 신을 위한다는 이기심도 가져서는 안 되었다.

그러나 미쿨로프는 변했다. 그러니 그의 정체성도 변했을 것이다. 더는 이브고로드에서 온 단순한 수도사가 아니었다. 데커드 케인이라면 항상 스스로 지키기 힘든 이들을 도우라고 말했을 것이다. 성역의 운명이 미쿨로프의 손안에 놓여 있었다.

미쿨로프는 떼로 몰려오는 거대한 날개 소리를 들었다. 그는 자신이 만든 거대한 구덩이의 중심에 서서 숨을 몰아쉰 후 몸을 펴고 팔을 들어 올렸다. 사방에서 천사들이 몰려왔다. 수백 명 이상이었다. 여기저기서 들리던 천상의 공명이 갑자기 멈췄다.

"여기 있다! 그럴 수 있다면 와서 나를 잡아라!"

미쿨로프는 있는 힘껏 외쳤다.

그리고 뒤돌아 달리기 시작했다. 지금껏 이보다 더 빨리 달린 적은 없었다. 미쿨로프는 정의의 재판정과 앙기리스 의회실에서 멀리 떨어진 곳으로 천사 군단을 끌고 갔다.

38장

검은 영혼석

자일은 제이콥의 머리카락을 움켜잡고 단검으로 공격하려 했다. 눈이 초점을 잃고 너무 격렬하게 빛나고 있어서 제이콥은 잠깐 동안 자일이 정말 자신의 목을 그을지도 모른다고 생각했다.

가인버가 앞으로 뛰어나갔고, 도끼를 꺼내 강령술사에게 휘둘렀다. 자일은 가인버의 공격을 본능적으로 막아냈다. 두 무기가 부딪치면서 에너지와 불꽃이 튀었고, 보랏빛이 터져 나왔다. 가인버의 공격이 이어졌고, 이번에는 강령술사가 들고 있던 뼈 단도를 바닥으로 떨어뜨리는데 성공했다. 단도가 쩽그랑거리며 떨어졌다.

"잠깐! 어리석은 행동은 하지 마! 이건 실수야. 모르겠어? 자일은 너희들이 적인 줄 알았다고!"

가인버가 도끼를 들어 자일의 머리를 치려고 하자 험바트가 끼어들었다.

야만용사는 나직이 으르렁거리다 이내 가쁜 숨을 몰아쉬며 비명을 질렀다. 온몸이 떨며 혼자 몸부림치더니 도끼머리를 자기 쪽으로 돌려서 아래로 내려놓았다.

"미안해요."

자일은 손을 올리며 말했다.

"잠깐 동안 눈앞에 검은 날개를 단 환영과 절단된 살렌의 몸이 보였어요. 방심한 사이 통제력을 잃었거든요. 아마 이곳의 영향을 받은 것 같아요."

"그런 것 같아요. 다른 사람들은 어디 있습니까?"

제이콥이 목을 문지르며 물었다. 그러자 강령술사의 표정이 바뀌었다.

"티리엘과 쿨렌은 시카라이한테 잡혀 정의의 재판정으로 끌려갔어요. 토마스는⋯⋯. 토마스는 죽었어요."

안 돼. 제이콥은 머리를 가로 저었다. 믿을 수 없었다.

"어떻게?"

"시카라이가 공격했어요. 쿨렌이 용감하게 맞섰지만 너무 늦었지요. 티리엘도 뒤에서 습격당했고요."

"*거짓말! 뭔가 속임수일 거예요!*"

가인버가 말했다.

"제길, 여자들이란. 정말이라니까요."

험바트가 끼어들었다.

야만용사가 자일과 해골 쪽으로 다가갔지만 제이콥이 말렸다. 그가 떨리는 목소리를 가라앉히며 말했다.

"적들은 우리가 여기 있는 걸 금방 알아낼 거예요. 토마스는 우리가 계속 싸워나가길 원할 거고요."

제이콥이 자일에게 손을 뻗으며 말했다.

"가방을 주세요!"

자일은 고개를 저었다. 그의 눈동자가 또 다시 멍해졌다가 이내 초점을 되찾았다.

"안 돼요. 당신은 영혼석을 옮길 수 없어요."

"할 수 있어요. 그리고 할 거예요."

제이콥이 말했다. 자신의 단호한 목소리에 스스로도 놀랐다. 이렇게 해야 마음의 평화와 정의를 찾을 수 있을 것 같았다. 어떻게 해서든 마음을 잡아야 했다.

"강령술사, 이제 나한테 넘겨요."

자일이 허리에 묶어두었던 가방을 풀었다. 그가 제대로 풀어내지 못하자 제이콥이 옆에서 도왔다.

"제이콥, 가방에 걸었던 마법이 손상됐어. 네가 죽을지도 몰라."

샤나르가 말했다.

제이콥은 샤나르의 말을 무시하고 마법이 걸린 가방을 받아들었다. 자일은 바닥에 떨어진 단검을 집어 올렸다. 가방이 마치 심장처럼 고동치는 게 느껴졌다. 제이콥은 칼을 꺼냈다. 칼날에서 에너지가 튕겨져 나오는 것 같았다. 그는 의회실 입구로 들어서며 말했다.

"갑시다."

그들은 눈앞에 펼쳐진 아름다움에 압도당해 갑자기 멈춰 섰다. 높이 솟은 천장은 반구형이었고, 의회실에 일렬로 난 높고 좁은 창문들을 통해 빛이 들어왔다. 둥근 벽에는 물과 에너지의 움직임을 연상시키는 문양이 믿기 힘들 정도로 세밀하게 조각되어 있었다. 바닥은 유리나 크리스털로 만든 것처럼 보였다. 금색의 줄 문양이 중앙으로 뻗어 있었고, 다섯 개의 원이 하나의 별을 둘러쌌다. 그들이 찾는 영혼석은 받침대 위에 있었다.

대천사의 옥좌 아래에는 날개가 새겨져 있었다. 제이콥은 수호자들이 주둔해 있을 거라 예상했지만 아무도 보이지 않았다. 그는 무기를 도로 집어넣었다. 이곳은 아름답긴 했지만 어둠이 느껴졌다. 검은 영혼석은 불룩한 모양이었다. 그리고 깊고 붉은빛을 잔잔하게 내뿜으며 높은 받침대 위에 놓여 있었다.

영혼석은 우리가 여기 온 것을 알고 있다. 어떻게 아는지는 모르지만 이미 알

고 있다. 제이콥은 생각했다.

영혼석은 거의 사람 몸통만 한 크기로, 생각했던 것보다 훨씬 컸다. 제이콥은 조심스럽게 다가가 영혼석이 놓여 있는 받침대 주위를 돌았다. 위에서 내려오는 빛을 받아 고동치는 것 같았다. 이것은 자연계에 반하는 흉물스럽고 가증스러운 존재였다. 증오와 비참, 고통을 양분삼아 만들어졌고 사람의 손에서 탄생했다. 호라드림과 같은 사람이 만든 것이다. 이런 생각이 들자 제이콥은 겁이 났다. 하지만 영혼석은 상대방을 강하게 잡아끄는 힘과 최면을 걸 수 있는 힘을 지녔다.

이것이 바로 영혼석의 비밀이구나. 증오심은 매혹당하기 쉽고 걸려들기도 쉬운 법이다. 제이콥은 생각했다.

"만지지마."

샤나르가 말했다.

"걱정 마."

말은 그렇게 했지만 살이 근질거리는 것 같았다. 이것도 잠시, 다른 걱정이 떠올랐다.

"어떻게 옮기지?"

"영혼석을 넣을 수 있을 정도로 가방이 부풀어 오를 거예요. 이미 말했듯이 영혼석은 인간의 감정에 반응해 부풀어 올라요. 시카라이가 가방에 큰 상처를 내지 않았다면 가능할 겁니다."

자일이 설명했다.

제이콥의 심장박동이 빨라졌다. 영혼석의 고동과 박자를 맞추는 것 같았다. 바닥에 난 금색 문양에서 회색 줄이 뻗어 나와 벽으로 향하는 게 보였다. 회색 줄의 모체는 영혼석이었다. 희망의 정원에서 본 나무를 오염시킨 회색 줄이 생각났다. 회색 줄은 천사를 산 채로 잡아 가두는, 천상을 둘러싼 거미줄 같았다. 오싹한 혐오감이 다시 엄습해왔다. 마치 거미가 가득 든 통 안으로 들어가야 하는 것처럼 느껴져 안절부절못할 정도였다. 제이콥은 가능한 빨리 이곳을 벗어나고 싶었다.

하지만 우선 영혼석을 가방에 집어넣어야 했다.

제이콥은 가방을 벌렸지만 험바트보다 큰 것을 넣기에는 역부족이었다. 그는 주문을 읊기 시작했다. 손안에 있던 가방이 혼자 퍼덕거리며 굶주린 입처럼 팽창하기 시작했고, 제이콥의 목소리는 잦아들었다. 손을 놓자 가방은 영혼석을 향해 날아가 뱀이 턱을 벌려 먹잇감을 통째로 삼키듯 검은 광이 흐르는 영혼석 표면에 붙어 조금씩 집어삼키기 시작했다.

제이콥은 놀라서 친구들을 쳐다보았다. 가인버는 뒤로 물러서며 선조들의 성호를 그었고, 자일은 약간 휘청했지만 제자리를 지켰다. 샤나르는 뭔가를 중얼거렸다.

다시 가방을 돌아보자 매혹적이던 광경이 끝나갈 무렵에는 메스껍게 느껴졌다. 영혼석이 가방으로 미끄러지듯 빨려 들어가는 소리가 방을 가득 채웠다. 크기가 줄어든 영혼석은 가방에 딱 맞았고 붉은 빛도 사라졌다. 마침내 끝났다. 가방은 받침대 위에 조용히 놓여 있었고, 영혼석의 크기가 줄어들어 제이콥이 충분히 들 수 있었다.

"무겁지 않을 거예요. 하지만 가방에 걸린 주문이 어느 정도까지 보호해줄지 몰라요. 영혼석에 손이 닿으면 압도당할 겁니다. 빨리 움직여서 돌이킬 수 없는 상황이 오기 전에 차원문에 도착해야 해요."

강령술사가 온 힘을 기울이듯 천천히 말했다.

제이콥이 가방을 들어 살펴보았다. 안이 꽉 차 있었지만 자일의 말이 맞았다. 힘들이지 않고 들어 올릴 수 있었다. 그리고 약간 데인 것 같은 느낌이 들며 손이 따끔거렸다.

"옮길 수 있을 것 같아요. 하지만 먼저 가볼 데가 있어요."

"다른 데 들려서 갈 시간이 없어."

샤나르가 말했다.

"티리엘이라면 우리를 놔두고 가진 않을 거야."

제이콥이 말했다. 큰 소리로 내뱉기 전까지는 자신이 그렇게 믿는지 확신이 없었다. 그러나 지금은 그것이 진실이라는 걸 알았다. *그가 이번 임무에 대해 뭐라고 말했든 티리엘이라면 우리를 두고 가지 않았을 것이다. 정의는 단순한 의무를 넘어서는 것이다.*

"우리도 그를 두고 가진 않을 거야. 내 목숨이 붙어 있는 한."

39장

심판의 무대

찰라드아르가 티리엘을 사로잡았다.

지하 감옥 깊은 곳에서는 악마들이 자신의 몸을 묶은 사슬을 흔들며 군침을 흘리고 울부짖었다. 충동에 굶주린 악마는 당장이라도 사슬을 끊을 것만 같았다. 벨제엘은 쿨렌의 목에 칼날을 댄 채 티리엘이 성배를 쳐다보도록 강요했다.

티리엘은 끝없는 심연으로 빨려 들어갔다. 슬픔과 상실, 절망으로 둘러싸인 채 감정의 바다로 빠져들었다. 티리엘은 자신이 사랑했던 인간들이 죽음의 순간에 느낀 감정을 그대로 느꼈다. 그 순간 직접 죽어가는 인간이 되어 충격과 분노, 고통, 두려움 속에서 *스스로를 잃고* 결국 종말을 받아들였다. 모두 죽었고 아무것도 남지 않았다. 그들을 위해 애도해줄 이는 아무도 없었다.

죽음은 피할 수 없는 것이다. 모든 인간은 죽기 마련이고, 썩어 없어지며, 뼈는 먼지가 되어 생명의 근원으로 다시 돌아갈 것이다. 그러나 인간이 남긴 유산은 살아남을 것이다. 세상의 균형이 걸린 전쟁을 할 때는 가능한 모든 이점과 전략을 활용해야 했다. 과연 대의를 위해 싸우다 죽었다면 올바른 선택이었을까? 선과 악, 빛과 어둠의 기나긴 대결 속에서 죽어간 인간의 생명을 어떻게 평가할 수 있을까?

누군가 인간을 대신해 결정했다면 그 역시 정당화될 수 있을까? 아니면 단순한 살인 행위일까? 수천 년 간 계속된 대규모 전쟁을 종식시켰다면 집단 처형도 정당한 행위가 될 수 있을까?

낯선 느낌이 찾아왔다. 죽음 뒤에 나타날 공허함에 대한 반응이었다. 지금까지 임페리우스의 말이 모두 맞는 건 아닌지 의문이 들기 시작했다. 무엇보다도 빛은 반드시 어둠을 이겨야 했다. 티리엘은 끝없는 빛줄기 속을 떠다녔다. 그러다 머릿속이 환해졌다. 해답이 필요한 두 가지 질문이 떠올랐다. 첫째는 검은 영혼석으로 무엇을 할지였고, 둘째는 성역의 운명에 관한 내용이었다.

영혼석은 천상에 머무르며 증오와 고통을 퍼뜨렸다. 당연히 없애야 했다. 성역은 모든 약속에도 불구하고 천사들의 세계에 병충해와 같은 작용을 했다. 따라서 가장 안전하고 좋은 방법은 위협을 아예 제거하는 것이었다. 천사들한테 피해가 갈 정도로 병충해가 퍼지기 전에 완전히 불태워버리면 되었다.

티리엘은 자신이 얼마나 오랫동안 성배의 영향 아래 있었는지 몰랐다. 누군가 뺨을 때렸다. 처음에는 약했으나 나중에는 매우 셌다. 눈을 깜빡이자 흔들리던 시선이 초점을 찾았다. 벨제엘이 바로 앞에 서 있었다. 무기용 장갑을 낀 손등이 보였다. 티리엘이 눈을 뜨자 벨제엘이 뒤로 물러났다.

"좋아. 아직 포기할 때가 아니라고. 당신이 해야 할 일이 있어."

더 이상 지하 감옥이 아니었다. 티리엘이 묶인 곳은 눈물의 기둥이었다. 그곳의 조각상은 죄를 짓고 지옥에 떨어진 상태로 영원한 구원을 갈구했다.

"놀랄 만한 대역전 아닌가?"

시카라이한테 고개를 끄덕이며 벨제엘이 말했다. 시카라이는 부동자세로 흐트러짐 없이 옆에 서 있었다.

"당신은 정의의 대천사로 바로 이곳에 놓인 옥좌에 앉아 수많은 죄수들에게 판결을 내렸지. 오늘은 우리가 짧은 재판을 열어 판사와 배심원, 사형집행인의 역할을 할 거야. 우리가 얼마나 쉽게 당신을 조종할 수 있는지 보여주지."

"넌 아무것도 조종할 수 없다."

티리엘이 말했다. 그러나 거친 목소리 때문에 답변을 요구하는 명령조로는 들리지 않았다.

벨제엘이 옆으로 비켜서자 뒤에 서 있던 쿨렌이 보였다. 팔이 묶이고 입에 재갈이 물린 상태였다. 쿨렌은 눈을 깜빡이며 크게 떴으나 아무것도 보지 못했다.

"천상에 침입한 사람들을 구석에 몰아넣았다고 임페리우스에게 말해놨지. 그가 올 때쯤이면 당신이 친구를 죽이고 있을 거야. 그리고 내가 위험 요소를 영원히 제거하는 걸 보게 되겠지. 임페리우스는 적어도 그렇게 믿을 거야. 당신의 행동은 필멸자로서의 약점으로 보이게 되겠지. 살기 위해서 무방비 상태의 인간을 공격해야 할 테니 말이야. 임페리우스가 인간에 대한 사랑은 없을지라도 전쟁터에서의 명예는 소중히 여기거든. 그러니까 당신이 의회를 배신하고 친구를 죽이는 모습을 보면 내가 당신의 죄를 보자마자 사형에 처할 수밖에 없었다는 걸 이해하겠지."

"피에 굶주렸군, 벨제엘. 너도 영혼석의 노예가 되고 말았어. 지금 넌 실수하고 있다."

"전혀 그렇지 않아."

벨제엘은 쿨렌의 무릎을 꿇렸다.

"지금부터 내가 연출할 광경이 관심을 끌게 되면 나머지 당신 일행은 영혼석을 갖고 무사히 빠져나갈 수 있을 거야. 이미 영혼석을 확보한 상태니까. 임페리우스와 다른 이들이 당신들 말고도 천상에 들어온 사람들이 더 있다는 사실을 안다고 해도 그때는 너무 늦고 말거야."

"그렇겠지. 하지만 난 네가 짜놓은 역할을 하지 않을 것이다."

"왜지? 당신도 우리 생각이 맞는다는 걸 깨닫기 시작했잖아, 안 그런가? 찰라드아르도 진실을 말하지. 성역은 원래부터 존재해서는 안 되는 곳이야. 어리석은 이나리우스. 성역은 빛의 얼굴에 난 종기이자 불타는 지옥으로 향하는 출입구라고. 모든 어둠의 세력이 우리 세계로 들어오게 만들지. 그러니까 반드시 영원히 사라져야 해."

티리엘 스스로도 이러한 논리를 부정할 수는 없었다. 성역은 자체적인 생존을 위한 신권이 없었다. 원래 사악한 천사와 악마의 은신처로 만들어졌고, 인류의 탄생은 실수였다. 그러나 티리엘은 오래전 네팔렘 울리시안의 희생을 보면서 생각이 바뀌었고, 이타심과 명예, 정의를 위한 인간의 잠재력을 보았다. 그러나 지금껏 자신이 잘못 알아왔고 어둠을 향한 인간의 잠재력이 더 크다면 어떻게 될까? 필멸자로서 꿈에서 본 성역의 소멸이 악몽이 아니라 천상을 위해 반드시 필요한 일이라면? 그것이 지혜의 대천사로서 자신의 소임이라면? 자신이 아주 오랫동안 회피해온 진실이라면?

어떻게든 빛은 반드시 어둠을 이겨야 했다.

"다시 한 번 우리와 손을 잡는 거야, 티리엘. 이런 식으로 끝낼 필요는 없잖아. 영혼석을 가지고 함께 성역으로 가는 거야. 임페리우스와 의회는 시간만 끌 뿐이야. 우리가 힘을 합치면 그들을 압박해 결정을 내리게 할 수 있어. 영혼석은 성역에 두기에 너무 위험해. 천상은 인간의 세계를 파괴하고 위협을 제거할 거라 생각해. 만약 그렇게 결정하지 않아도 우리가 할 수 있지. 우리가 반드시 해야 해. 아직 당신에게는 빛의 수호자가 될 기회가 있어."

"수호자? 그게 네가 그들을 부르는 호칭이로군. 네게 명령을 내리는 자들이 그들 맞지?"

"우리가 수호자라고! 어리석은 이 같으니! 때가 되어 영혼석을 손에 넣으면 우리 스스로 드높은 천상의 진정한 구세주가 될 거라고."

"영혼석으로 뭘 할 생각이지?"

"그건 비밀이야. 하지만 굉장히 기쁜 일이라는 것만은 약속하지."

티리엘은 시선을 아래로 내렸다. 갑자기 팔을 묶고 있던 사슬이 풀리고 손안에 엘드루인이 나타났다. 티리엘은 쿨렌을 바라보았다. 쿨렌은 미동 없이 조용히 서 있었다. 얼굴에는 눈물이 말라 있고 상황 파악을 위해 눈만 움직이고 있었다.

점점 어둠이 강해지고 있었다. 티리엘은 천상에 어둠이 퍼지면 머지않아 성역에도 영향이 미치리라는 사실을 알았다. 모든 빛을 앗아갈 것이다. 마침내 인간은 어둠의 세력에 무너지고 타락에 물들고 말 것이다. 결국 인간의 모습 중 반은 악마였던 셈이다.

찰라드아르가 진실을 보여줬다. 성배가 티리엘을 불렀고 망각의 손짓이 보였다…….

"다른 호라드림은 어디 있지? 그렇지, 당신은 버림받았지. 인간이 그렇지 뭐. 자기들의 생존만 신경을 쓰거든. 이기심은 욕심을 부르고 결국 피를 부르지. 늘 그랬듯이 말이야."

벨제엘이 쿨렌을 향해 돌아섰다.

"이자를 죽이시오. 당신이 빛을 섬긴다는 의지를 보여줘."

티리엘은 고개를 저었다. 가슴속에 공허함이 느껴졌다. 티리엘은 손가락이 아플 때까지 칼을 세게 잡았다. 그동안 자신이 한 모든 일과 날개를 떼어낸 순간부터 시작된 자신의 선택이 모두 틀렸던 것이다. 천사와 인간은 절대로 평화롭게 공존할 수 없고 승리를 위해 극단적인 방안을 취하지 않는 한 어둠의 세력을 완전히 몰아낼 수 없었다.

마침내 엘드루인을 들어 올리자 벨제엘이 독려하는 말소리가 들렸다. 머릿속의 속삭임도 매순간 점점 커졌다. 티리엘은 아무 생각도 할 수 없었고, 보거나 느낄 수도 없었다. 마음속의 불협화음이 극도의 흥분상태로 변했다. 꿈에서 본 광경이 다시 떠올랐다. 불과 피로 물든 성역이 무너지는 모습이 보였다. 남녀노소를 망라한 인간의 울부짖음이 티리엘의 귓전에 가득했다.

용서해주시오.

쿨렌은 죽은 이의 눈을 통해 자신의 운명이 어떻게 펼쳐질지 보았다.

정신을 차리고 보니 또 다른 악몽이 눈앞에 보였다. 의식을 잃기 전 마지막 기억은 토마스의 최후였다. 시카라이의 칼에 몸이 두 동강 나기 전에 마치 도움을 구하려는 듯 손을 뻗던 모습이었다. 토마스가 반으로 잘리고 생명이 영원히 꺼지면서 두 눈이 초점을 잃고 희멀겋게 변하던 모습을 보았다.

그를 도울 수 없었어. 쿨렌은 생각했다. 노력했으나 실패했다. 이제 가장 친한 친구가 죽었다.

그때 갑자기 고통과 망각의 불꽃이 덮쳤다.

얼마나 오랫동안 의식을 잃었는지 알 수 없었다. 정신을 차려보니 악몽 속에서나 나올 것 같은 괴물과 수십 개의 굶주리고 일그러진 입이 달린 흉측한 생명체가 사슬에 묶인 채 어두운 벽 쪽에 있는 모습이 보였다. 역시 끈에 묶여 있는 티리엘이 보였다. 그의 얼굴에는 피가 묻어 있었다. 목소리가 들렸지만 무슨 말을 나누고 있는지 알아들을 수 없었다.

마침내 의식을 되찾자 시카라이가 쿨렌을 일으켜 세운 후 어디론가 끌고 갔다. 쿨렌의 팔은 뒤로 묶여 있었다. 지독한 두통이 찾아왔다. 주위를 둘러보니 천장을 향해 솟아 있는 거대한 조각 기둥과 앞에 늘어선 빈 좌석이 보였다. 심판의 무대였다. 벨제엘이 그의 운명을 결정할 것이다. 그러나 벨제엘은 쿨렌이 전혀 개의치 않는다는 사실은 모를 것이다. 쿨렌 자신은 이미 죽은 몸이었다. 이제 생명을 앗아가는 절차만 남았을 뿐이다.

쿨렌은 벨제엘이 악랄하게 손등으로 쳐 티리엘을 깨우는 모습을 보았다. 두 사람이 논의하는 걸 들었으나 내용을 이해하고 싶지 않았다. 티리엘이 자기 자신과 싸우다가 사슬이 풀리자 칼을 꺼내는 모습을 보았다.

그리고 마침내 티리엘이 칼을 내리쳤다. 벨제엘은 티리엘이 직접 쿨렌을 죽이기를 바랐다.

물론 티리엘은 그를 죽이지 않을 것이다. 그러나 대천사는 앞으로 걸어왔고 쿨렌의 목에 칼날을 갖다 댔다. *잠깐. 그럴 리 없다. 뭔가 잘못됐다.* 티리엘이 그를 배신할 리 없다. 하지만 칼날은 여전히 그의 목을 겨누었고, 살을 파고들면서 뜨거워졌다. 쿨렌은 피가 흘러내리는 것을 느꼈다. 마음속으로는 이미 죽은 몸이라고 생각했지만, 그 순간 잠들어 있던 뭔가가 다시 깨어나는 것 같았다.

"잠깐만."

소리를 지르려 했으나 이미 티리엘의 눈은 공허한 어둠뿐이었다.

사슬은 풀렸지만 아직도 묶여 있어. 쿨렌은 생각했다.

갑자기 근처에서 폭발음이 들렸다.

푸른색의 번개가 시카라이의 등에 내리 꽂히면서 그를 바닥으로 내동댕이 쳤다. 시카라이는 놀람과 고통으로 소리를 내지르며 문으로 뛰어갔다. 거기에는 샤나르와 가인버가 서 있었다. 샤나르는 계속 불을 쏘았고 가인버는 도끼를 든 채 밀고 들어왔다. 그 옆에 서 있던 제이콥은 이미 앞으로 뛰어나왔다. 그는 불타오르는 천사의 무기를 들고 있었다. 그리고 맨 뒤에는 강령술사가 서 있었다.

정의의 재판정은 혼란 속에 휩싸였다.

벨제엘이 무기를 꺼내는 걸 보자 쿨렌의 심장박동이 빨라졌다. 뒤를 돌아보니 티리엘이 엘드루인을 들어 올렸다. 쿨렌은 몸을 피하려 했지만 그럴 수 없었다. 다른 사람들이 티리엘을 저지하러 오기에는 너무 멀리 있었고, 이미 칼날은 소리를 내며 내려왔다.

그러나 칼날이 자른 건 쿨렌의 몸이 아니었다. 쿨렌의 팔을 묶고 있던 끈을 잘라 자유롭게 해줬다. 티리엘은 입에 물고 있던 재갈도 빼줬다.

대천사의 눈이 맑아졌다.

"미안하오. 내가 잠시 어리석었소."

대천사는 무릎을 꿇은 채 놀라서 무슨 일이 벌어졌는지도 모르는 쿨렌을 남겨두고 싸우러 나갔다. 자신이 살아났다는 사실에 놀란 것도 잠시, 쿨렌은 비장하게 복수의 칼을 갈았다.

호라드림의 등장으로 티리엘은 정신을 차릴 수 있었다.

티리엘은 그들이 자신을 위해 되돌아오리라고는 기대하지 않았다. 훈련할 때 이미 확실히 못 박아놨기 때문이다. 임무가 1순위였고, 영혼석을 제거하는 일이 무엇보다 중요했다. 뒤에 남은 이들은 대의를 위해 희생하기로 했다. 성공을 위해서라면 반드시 그렇게 해야 했다.

그런데 그들이 돌아*왔다*. 친구들을 구하기 위해 목숨과 임무를 걸었다.

티리엘 자신을 구하기 위해 온 것이다.

티리엘은 즉시 찰라드아르의 굴레에서 벗어났다. 티리엘의 생각이 완전히 틀렸다. 끔찍이도 잘못된 생각을 하고 있었다. 타락과 어둠이 마음속으로 들어오도록 내버려두었던 것이다. 그러나 의미를 따져보는 일은 나중에 해도 되었다. 지금은 너무 늦기 전에 행동해야 할 때였다.

호라드림은 믿을 수 없을 정도로 적의 공격을 잘 받아냈다. 제이콥은 원을 그리며 벨제엘의 주변을 돌았고, 거룩한 파괴자는 환한 빛을 쏘아냈다. 반대쪽에서는 자일이 단도를 꺼내 들었다. 그러나 벨제엘은 공격하는 대신 둘 사이에서 칼을 겨눈 채 빈틈을 주지 않았다.

좀 더 떨어진 곳에서는 샤나르가 지팡이로 푸른 불을 뿜어냈고, 가인버가 시카라이와 대치한 채 공격할 틈을 기다렸다. 야만용사는 마법의 에너지를 받아 힘을 얻었고 한 번도 싸워본 적이 없는 것처럼 맹렬한 기세로 전투에 임했다. 파괴자가 미친 듯이 날뛰었지만 가인버의 방어망을 뚫지 못했다. 가인버는 엄청난 폭발력을 이용해 도끼로 시카라이의 공격을 막거나 온전히 피할 수 있었다. 한편 샤나르는 계속해서 에너지 번개를 쏘아 시카라이가 중심을 잡지 못하게 만들었다. 두 여자의 합동작전은 완벽했고, 시카라이는 양쪽을 상대하느라 정신이 없었다.

시카라이는 가인버가 도끼로 칼날을 치고 어깨를 내리찍자 분노와 고통에 찬 비명을 질렀다. 그러나 파괴자는 너무 막강한 존재라 이내 힘을 회복했다. 샤나르는 에너지를 쏘아 계속 붙잡아두려고 노력했지만 자유로워진 시카라이가 가인버를 향해 돌진했다. 너무 빨리 일어난 일이라 가인버는 미처 대응자세를 취하지 못했다. 파괴자의 칼날이 팔에 닿았지만 다행히 재빨리 몸을 돌려 정면 공격을 피했기 때문에 크게 다치지 않았다. 하지만 티리엘은 가인버가 다친 걸 알 수 있었다. 도끼의 손잡이를 잡는 그녀의 손가락에서 피가 뚝뚝 떨어졌다. 하지만 가인버는 자세를 단단히 가다듬은 뒤 마지막 남은 힘을 다해 이어진 공격을 받아냈다.

시카라이의 공격이 계속됐다. 가인버의 손에서 도끼를 쳐내고 뒤로 넘어뜨렸다. 그리고 최후의 일격을 위해 다시 무기를 높이 들어 올렸다.

제이콥은 가방과 영혼석을 내려놓고 시카라이의 칼 아래로 몸을 날렸다.

가까스로 칼을 쳐냈으나 칼날이 이미 그의 몸을 깊숙이 찌른 뒤였다. 제이콥은 빙글 돌더니 이내 눈물의 기둥 아래로 쓰러졌다. 주위에 피가 흥건히 고이기 시작했다.

인간의 소리라고는 믿을 수 없을 정도로 분노에 찬 비명을 지르며 쿨렌이 앞으로 뛰어나왔다. 그리고 네팔렘 열쇠를 꺼내들었다. 순수 에너지가 터져 나와 열쇠 주변에 최고조의 전류를 만들어냈다. 파괴자가 칼날로 맞받아치자 둘 사이에 굉장한 폭발이 일어났다. 마침내 쿨렌은 뒤로 나둥그러졌고, 시카라이의 칼날은 산산조각 났다.

파괴자는 분노와 고통으로 으르렁댔다. 그리고 성큼성큼 걸어가 쿨렌의 목을 잡아챘다. 속수무책으로 공중에 매달린 호라드림은 발길질을 했고, 시카라이는 그런 쿨렌의 얼굴을 찬찬히 살폈다. 마치 이렇게 작은 사람이 어떻게 자신을 공격할 수 있었는지 의아해하는 것 같았다.

시카라이가 잠시 한눈을 판 사이, 제이콥은 몸을 추스르고 일어섰다. 피가 새어나와 가슴을 적셨고 눈도 초점을 잃은 상태였다.

그러나 근처에 떨어진 열쇠를 집어 들었다. 손을 통해 에너지가 탁탁 소리를 내며 열쇠로 몰려들었다. 금속의 열쇠는 다시 최고조로 달궈졌다.

제이콥은 시카라이의 등을 향해 열쇠를 내리꽂았다.

열쇠가 파괴자의 갑옷을 갈랐다. 시카라이의 비명 소리가 방 전체에 울렸다. 그는 비틀거리더니 쿨렌을 떨어뜨리고 자신의 상처를 움켜잡았다. 가슴에서 빛이 새어나왔고, 열쇠는 여전히 꽂혀 있었다. 파괴자는 앞뒤로 비틀거렸고 가슴에서는 더욱 강한 빛이 터져 나왔다. 마치 작은 태양에서 빛이 새는 것 같았다. 제이콥의 공격이 시카라이의 핵심부를 강타한 것이다.

시카라이는 그대로 좀 더 서 있었다. 상처가 커지자 스스로를 할퀴었고, 몸에서 빛이 터져 나오면서 그의 에테르체가 점점 시들어갔다. 갑자기 밝고 뜨거운 불길이 터져 나와 호라드림은 재빨리 몸을 숨기며 피했다.

시카라이가 입었던 갑옷만이 달그락거리며 바닥에 남았다.

제이콥은 시카라이의 가슴보호갑에서 열쇠를 뽑아 놀라운 눈으로 쳐다보았다. 방금 자신이 한 일이 믿기지 않았다.

그러고는 그대로 바닥으로 꼬꾸라졌다.

가인버는 고통스럽게 흐느끼며 상처 입은 제이콥 옆에 앉아 두 손으로 상처를 막았다. 내부의 생명이 빠져나가지 못하게 막는 것 같았다. 호라드림에 대한 티리엘의 자부심이 금세 사라졌다. 그중 한 명이 깊은 상처를 입어 죽어가고 있고 나머지 사람들은 아무것도 할 수 없었기 때문이다. 물론 손실을 예상했고 죽음을 맞게 될 것은 알았지만 지금은 도저히 받아들일 수 없었다. 정원에서 일어난 일 이후로는 더욱 그랬다.

신의 이름으로 맹세컨대, 너는 대가를 치르게 될 것이다.

티리엘은 뒤를 돌아 벨제엘 쪽으로 갔다. 엘드루인은 정의의 불꽃으로 반짝였다. 그러나 루미나레이 부관은 이미 가고 없었다. 벨제엘은 자신의 목적을 위해 호라드림이 천상을 벗어나도록 내버려둘 것이다. 하지만 곧 그들과 영혼석을 찾으러 다시 쫓아올 것이다. 벨제엘이 살아있는 한 성역이 받는 위협도 사라지지 않을 것이다.

티리엘은 쓰러진 제이콥 주위에 모인 사람들을 보며 말했다.

"차원문으로 돌아가시오. 가능하다면 나도 거기서 만나겠소."

그러고는 정의의 재판정을 나가 벨제엘이 사라진 곳으로 갔다.

40장

동료를 위한 희생

"아, 안 돼."

가인버의 옆에서 샤나르가 쓰러진 제이콥의 위로 몸을 기울였다. 가인버의 손 아래에 난 상처에서 여전히 피가 쏟아지고 있었다. 칼날은 거침없이 제이콥의 갑옷을 뚫었다. 샤나르는 눈물을 글썽이며 자일이 서 있는 쪽을 쳐다보았다. 그리고 애원했다.

"제발 그를 도와줘요. 지하 묘지에서 당신이 티리엘에게 해줬던 그 일을 해줘요, *제발!*"

자일은 두 여자 옆에 무릎을 꿇고 앉아 상처를 살펴보기 위해 가인버의 손을 옆으로 밀쳤다. 야만용사가 일어나 고개를 돌리더니 괴로움에 울부짖었다. 몸을 뒤덮은 붉은 액체를 보면서도 무슨 일이 일어났는지 모르는 듯했다. 가인버의 팔에서 흘러내린 피가 바닥을 적시고 있었다.

자일은 조심스럽게 갑옷이 찢어진 날카로운 부분을 벌렸다. 피가 콸콸 솟아났다. 칼날은 제이콥의 심장을 벤 뒤 어깨 아래 흉근을 깊숙이 갈랐다. 시카라이의 것과 같은 칼날은 인간의 육체에 치명적인 부상을 입혔는데, 상처는 그가 티리엘을 치료했을 때보다 훨씬 심각했다. 살아날 가망이 거의 없었다. 제이콥의 목숨을 살릴 실낱같은 희망이라도 붙들려면 재빨리 행동해야 할 터였다.

하지만 성역으로 돌아가기에는 시간이 부족했고, 영혼석은 가까이 있는 것은 무엇이든 점점 더 심한 타격을 입히고 있었다. 그리고 언제라도 루미나레이가 그들을 덮칠 수 있었다.

어쩌면 살릴 수 있을지 모른다. 전에 딱 한 번 해본 적이 있는 일로, 강령술사는 그 일을 하려면 자신이 엄청난 대가를 치러야 한다는 사실을 잘 알고 있었다.

자일은 주머니에 든 것을 모두 꺼냈다. 가늘게 떨리는 손가락으로 험바트를 꺼내 옆에 내려놓은 뒤 초를 세우고 불을 붙였다. 강령술사는 치유의 주문이 이곳 천상에서도 효력을 발휘할지, 아니면 아예 작동을 하지 않을지 알 수 없었다.

"살살해, 친구."

험바트가 낮게 중얼거렸다.

"자네 손을 붙이려고 어떤 고생을 했는지 잊은 건……."

"알아."

자일이 조용히 말했다. 이것은 삶과 죽음 사이에 놓인 어둠과의 결합이자 건드려서 좋을 것 없는 것들과의 약속이었다. 이런 일에 소환할 수 있는, 불타는 지옥에 영원한 충성을 맹세한 망령들이 있었다. 살아 있는 생물의 특정 부위를 회복시키기로 약속하는 존재들은 대개 그들이 가져가야 할 것보다 더 많은 걸 요구했고, 그들의 굶주림은 집요했다. 더구나 자일은 그들을 천상으로 불러들일 수 있는지조차 확신할 수 없었다.

하지만 벌써 하나가 와 있었다.

상처에서 피가 계속 솟고 있었다. 제이콥의 몸이 덜덜 떨렸다. 자일은 자신이 만든 주문을 반복하지 않는 한, 상처가 치유되지 않으리라는 사실을 알았다.

"서둘러요. 그가 죽어가고 있어요!"

샤나르가 외쳤다.

"날 이용해."

험바트가 말했다.

"날 해골에 묶어둔 주문을……."

"아니, 내 죄로 자네를 희생시킬 순 없어."

자일은 검은색 보호 장갑 속에 가려진, 너무 오래 달고 다녀 이제는 자신의 일부처럼 느껴지는 오른손을 쳐다보았다.

"가방을 잘 지키시오."

강령술사가 가인버를 향해 말했다.

"당신이 옮겨야 할 거예요. 제이콥은 그걸 들 수 없고 나는 무척 약해질 테니까."

죽을 수도 있지. 자일은 그렇게 생각했지만 말하지 않았다. 그가 장갑을 벗자 흰 뼈와 말라붙은 힘줄, 손의 남은 부분이 손목과 이어지는 부위의 거무스름한 살이 드러났다. 두 여자가 놀라 숨을 헉 들이키는 소리가 들렸다.

자일이 낮게 피의 결속 주문을 중얼거리며 오른팔을 제이콥의 상처 위로 들어 올렸다. 그는 단검 끝을 제이콥의 살에 대고 살짝 눌렀다가 다시 자기 팔의 거무스름한 부위에 찔러 넣은 뒤 아래로 홱 잡아당겼다.

피가 제이콥의 가슴과 어깨에 후드득 떨어지면서 단검에서 불길이 일었다. 자일은 이를 악물었다. 몸으로 번지는 뜨거운 불길과 엄습하는 어마어마한 고통을 견디며 예리한 칼날로 자신의 손목을 둥글게 그었다.

흩뿌려졌던 피가 역류하기 시작했다. 피가 제이콥의 상처에서 단검으로 올라오며 단검을 붉게 물들였다. 불길이 자일의 손목을 휘감은 동안 뼈에서 열이 발생했고, 손이 분리되기 시작하더니 힘줄에 매달린 채 달랑거렸다. 자일의 손목을 휘감았던 불길이 쉭 하는 소리와 함께 제이콥의 가슴으로 번지며 열린 상처 위를 넘실댔고, 뼈가 앙상한 손이 툭 떨어지며 손가락뼈들이 벌어진 상처를 잡아당겨 이어붙이기 시작했다.

강령술사는 팔의 뭉뚝한 부분을 옆구리에 붙인 채 단검을 다시 칼집에 넣었다. 극심한 고통에 정신을 잃을 지경이었지만, 자일은 자신의 손이 계속 제이콥의 상처를 꿰매는 모습에서 눈을 떼지 않았다. 순간 넘실대던 불길이 용꼬리를 달고 두꺼운 비늘로 뒤덮인 악마의 형상으로 변해 제이콥의 몸속으로 파고들었다.

자일의 뼈만 남은 손이 생명력을 잃은 채 바닥으로 굴러 떨어졌고, 제이콥의 살은 안에서부터 번져 나온 불길에 검게 그을린 주름을 남긴 채 아물었다. 제이콥의 눈꺼풀이 흔들리다 열렸다. 그가 깊은 신음을 내며 자일의 어깨를 붙잡으려고 손을 뻗었다.

"아파……."

제이콥은 간신히 그렇게 말한 뒤 기침을 했다. 강령술사는 마지막 불길이 잦아드는 오른쪽 손목을 옆구리에 붙인 채 왼손으로 제이콥의 손을 꼭 붙잡았다. 그러고는 등을 바닥에 댄 채 쓰러져 가슴이 불룩불룩할 정도로 거친 숨을 몰아쉬었다. 자일은 세상이 빙글빙글 돌다 밋밋한 회색빛으로 흐릿해지는 걸 느끼며 내면에서 균형을 찾으려고 안간힘을 썼다.

제이콥은 몸이 들어 올려지는 걸 느꼈다.

"그가 움직이지 않아."

가인버의 목소리가 들렸다. 힘겹게 눈을 뜨고 보니 샤나르가 자일을 도와 해골과 촛불, 뼈처럼 보이는 것들을 주워 담고 있었다. 샤나르가 강령술사를 일으켜 세운 뒤 그의 왼팔을 자신의 허리에 두르자, 그가 고개를 앞으로 숙인 채 그녀에게 매달렸다. 마치 천천히 걷히는 안개 속에서 세상을 보는 것 같았다. 제이콥의 몸 안에 어떤 동물 같은 게 들어앉아 단단히 달라붙는 것처럼 느껴졌다.

"그를 깨울 시간이 없어. 어서 도망쳐야 해!"

샤나르가 외쳤다. 그러고는 강령술사를 질질 끌다시피 하고 달리기 시작했고, 가인버 역시 제이콥을 어깨에 둘러 메고 달렸다. 놀랍게도 이처럼 거칠게 흔들리는데도 고통이 느껴지지 않았다. 상처가 완전히 치유되면서 벌써 사지에 힘이 돌아오고 있었다. 무슨 일이 있었는지 기억나지 않았나. 파괴자의 검에 찔린 후 세상이 컴컴해졌고, 몸에서 생명이 빠져나가는 걸 느끼며 앞으로 고꾸라졌다.

그런데 지금 다시 살아난 것이다. 무슨 기적인가 싶었다.

"*내려줘.*"

야만용사는 제이콥의 말을 못 들었다. 아니 무시했다. 그들은 거대한 두 개의 날개가 조각된 아치형 입구를 지나 희망의 정원 으로 곧장 내달렸다.

"내려줘."

제이콥이 다시 말했다. 이번에는 가인버가 제이콥의 말에 따라 그를 조심조심 땅에 내려놓았다.

"괜찮은 거야?"

가인버가 제이콥의 어깨에 손을 얹으며 말했다.

"네가 정말 죽는 줄 알았어."

정원에 있던 천사들의 모습이 보이지 않았다. 이유를 생각할 겨를이 없었다. 제이콥은 가인버의 허리에 매달린 검은 영혼석에서 뿜어져 나오는 얼얼한 기운을 느낄 수 있었다.

"새로 태어난 것 같아. 사실은 전보다 더 좋아졌어. 그런데 넌……."

제이콥이 말했다.

야만용사의 팔에서 피가 계속 흘러내리고 있었다.

"죽지 않을 거야. 걱정 마."

야만용사는 그렇게 말하면서도 고통에 얼굴이 찡그러지는 것까지는 숨기지 못했다.

"네가 시카라이를 죽였어. 어떻게 한 거야?"

가인버가 물었다.

"내가 뭘 했다고?"

제이콥이 고개를 흔들었다. 말도 안 되는 얘기였다. 하지만 마치 꿈을 꾼 것처럼 기억이 조금씩 돌아왔다. 그는 다시 일어나 쿨렌의 네팔렘 열쇠를 집어 들며 몸에 힘이 솟구치는 걸……

제이콥은 샤나르에게서 떨어져 혼자 서 있는 강령술사를 바라보았다. 그는 살짝 비틀거렸고, 다친 것처럼 옆구리에 꼭 붙인 오른팔 쪽으로 몸을 기울이고 있었다.

"강령술사가 왜 저러지?"

"어둠의 마법사가 네 목숨을 구했어. 대신 엄청난 희생을 치렀어."

야만용사의 눈빛에 썩 내키지 않는 존경심이 담겨 있었다.

제이콥이 강령술사의 팔을 잡고 부드럽게 당겨 얼마 전까지만 해도 손이 달려 있었던 거무스름한 살점을 바라보았다. 땀에 젖은 머리칼 아래로 그를 쳐다보는 자일의 신비한 눈동자가 검은 구멍 안에서 반짝 빛났다. 자일의 창백한 얼굴이 그 어느 때보다 유령처럼 보였다.

"무슨 짓을 한 거예요?"

제이콥이 물었다.

"당신의 목숨을 살렸지."

험바트가 주머니 속에서 말했다.

"자기 손을 떼어 내고! 하지만 한가하게 얘기나 나눌 시간이 없어요. 어서 가요, 서둘러!"

그들은 정원의 가장자리를 따라 길게 늘어선 빛나무들 사이를 빠르게 지나쳐 지혜의 웅덩이로 가는 넓은 길로 들어섰다. 길은 은빛 도시의 심장부로 들어가는 입구에 세워진 거대한 기둥들에서 끝났다. 제이콥은 그들의 앞쪽에서 우레와 같은 소리가 다가오는 것을 들었다. 입구에 미쿨로프가 나타나더니 보이지 않을 정도로 빠른 속도로 그들을 향해 달려왔다. 수도사의 뒤를 검을 빼든 루미나레이 전사들이 눈부신 날개를 활짝 펼쳐 하늘을 검게 뒤덮으며 쫓아오고 있었다.

"세상에……."

샤나르가 낮게 탄식했다. 수도사의 머리 위로 천사들이 던지는 순수한 에너지 번개가 벼락처럼 쏟아지고 있었다. 주위에서 번개가 폭발하며 바위에 구멍을 뚫고 뿌연 먼지구름을 일으키는 동안, 수도사는 고개를 숙이고 몸을 회전하며 요리조리 피했다.

미쿨로프가 고개를 들어 동료들이 오는 것을 보더니 팔을 마구 휘둘렀다.

"도망쳐요!"

수도사는 쏟아지는 수많은 번개를 아슬아슬하게 피하며 소리쳤다.

"차원문으로 가요!"

그들은 방향을 꺾어 지혜의 웅덩이로 곧장 달려갔다. 갑자기 공기가 얼음장처럼 차가워지며 공허가 모든 소리를 삼켜버렸다. 지혜의 샘 뒤의 차원문은 여전히 열린 채 그들을 기다리고 있었다.

하지만 거기에 그들을 기다리는 누군가가 또 있었다.

"일이 이 지경까지 됐군."

부드럽지만 힘이 가득한 목소리가 정적에 휩싸인 주변의 공기를 갈랐다. 목소리에 얼핏 슬픔이 묻어났다.

"그의 의도에도 불구하고 우리의 신뢰를 저버릴 거라고는 믿고 싶지 않았는데, 이제 모든 진실을 알게 된 것 같군."

생물이 앞으로 날아들 듯 공중에 떠 있는 동안 황금빛이 지혜의 웅덩이에 쏟아졌다. 여자처럼 생긴 형체 위로 불꽃 날개들이 장엄하게 펼쳐진 놀라운 광경에 제이콥이 헉하며 땅에 무릎을 꿇었다.

"나는 희망의 대천사 아우리엘이다. 너희는 신성한 땅을 침입했다, 호라드림."

41장

의회실

정의의 재판정 밖 복도는 텅 비어 있었다.

티리엘은 얼마 전, 잠을 이루지 못하고 텅 빈 복도들을 지나 앙기리스 의회실로 걸어갔던 일을 떠올렸다. 그는 받침대 위에 놓인 시커먼 맹금 같은 검은 영혼석을 바라보면서…… 그가 사랑하는 이곳과 그가 형제자매들이라고 부르던 존재들을 서서히 타락시키는 힘을 느꼈다.

그동안 티리엘은 그들을 구하기 위해 많은 것을 희생했다. 그들의 분노를 샀고, 이곳에서 자신의 지위를 잃을 위험을 감수했으며, 자신의 삶과 다른 이들의 삶까지 위험에 처하게 했다. 그럼에도 여전히 자신의 선택이 옳은 것인지 확신이 서지 않았다. 그러나 티리엘은 그때도 자신이 택한 길이 다시 이곳으로 돌아오는 것임을 알았는지도 모른다.

그날 벨제엘은 티리엘을 지켜보며 거기에 있었다. 대천사는 그날 아우리엘이 나서지 않았다면 거기서 무슨 일이 벌어졌을까 생각했다. 티리엘은 한 손에는 찰라드아르를, 다른 한 손에는 엘드루인을 들었다. 고통이 몸을 훑고 지나갔고, 가까스로 아문 가슴의 상처가 타는 듯했다. 그러나 티리엘은 복수를 생각하며 몸을 일으켰다. 벨제엘에게 해줄 말이 있었고, 그가 어디로 향할지도 알았다. 지난 수천 년 간 모든 중요한 결정이 내려졌던 곳이자 오염이 퍼지기 시작한 장소였다.

의회실이었다.

의회실 안으로 들어서자 벨제엘이 티리엘을 기다리고 있었다.

루미나레이 부관은 의회실 한가운데, 이제는 텅 빈 받침대 앞에 서 있었다. 그의 등 뒤로 펼쳐진 날개에서 빛이 뿜어져 나와 나와 대천사들의 옥좌에 장식된 의 전용 날개, 반짝이는 크리스털 바닥, 바닥 중앙의 금빛 상징을 환하게 밝혔다. 벨제엘의 머리 위로 높고 길쭉한 창문들과 아치형 크리스털 천장을 통해 영광 스러운 빛줄기가 흘러들었다. 벌써 영혼석의 타락한 힘이 사그라지기 시작하 면서 의회실은 예전의 모습을 되찾아가고 있었다.

그 안에 서 있는 추악한 존재를 제외하고.

분노가 전신을 휘감으며 티리엘의 심장이 증오로 하얗게 불타올랐다. 찰라 드아르는 티리엘에게 앞으로 나아가라고 부추기고 있었다. 그의 운명이 이곳 에, 한때 그가 통솔했고 친구라고도 불렀던 자의 손에 달려 있었다. 그러한 생 각은 그동안 자신이 얼마나 변했고, 이전의 삶과 지금 인간으로서의 삶 사이에 얼마나 큰 간극이 있는지를 새삼 깨닫게 해주었다. 그러나 그보다 먼저 들어야 할 답이 많았다.

"임페리우스와 다른 대천사들이 네 계획에 대해 얼마나 알고 있느냐?"

벨제엘이 받침대를 빙 돌았다.

"그건 중요한 게 아니야. 중요한 건 당신이 지금까지 해온 모든 일과 당신 친 구들의 모든 노력이 쓸데없는 짓이었다는 거지. 당신은 또 다시 우리의 계략대 로 날 뒤쫓음으로써 그들을 취약한 상태로 남겨뒀어."

"지금 내가 널 죽인다면 그들은 무사히 성역으로 돌아갈 수 있을 것이다."

"날 죽인다고? 그럴 리가. 난 당신의 피를 보려고 오랫동안 기회를 노려왔어.

당신은 더는 천사의 상대가 안 되거든."

"넌 그들을 뒤쫓지 못할 것이다, 벨제엘. 만에 하나 뒤쫓는다고 해도 넌 그들의 힘을 과소평가하고 있다. 치명적인 상처를 입긴 했지만, 제이콥이 너의 가장 강력한 전사를 어찌했는지 보지 않았느냐. 그들은 자신들의 혈통을 이어받은, 마르지 않는 샘처럼 솟아나는 잠재된 힘을 인정한 네팔렘이다. 싸움은 이미 끝났다."

벨제엘이 다시 낄낄 웃자 웃음소리가 의회실 안에 울려 퍼졌다.

"당신은 너무 많은 걸 보지 못하고 있어. 그들이 가지고 가는 영혼석이 서서히 그들을 산 채로 먹어치울 거야. 아직도 모르겠나? 당신의 조언 없이 그들이 영혼석의 영향력을 물리칠 수 있을 것 같나? 인간의 영혼은 그 안에 빛만큼이나 깊고 강력한 어둠을 품고 있지. 게다가 성역에는 언제든 우릴 도와줄 지상군이 있어. 그들은 소규모로 조용히 움직이며 밤에 인간들을 납치해 그들의 능력을 시험하고, 사람들 사이에 의심과 두려움을 퍼트리고 있지. 전면 공격에 대비해서 말이야. 그들이 당신 뒤를 쫓으며 일거수일투족을 감시했어. 당신이 성역에서 본 건 우리 세력의 극히 일부일 뿐이야."

환영들…….

"누구와 손잡고 있느냐, 벨제엘?"

"당신은 절대 진실을 알 수 없을 거야. 하지만 진실을 알게 되면 몹시 놀라게 될 거야. 그때까지 살아남는다는 보장은 없지만."

루미나레이 부관은 그 말을 끝으로 무기를 겨눈 채 둘 사이의 공간을 가로질러 달려왔다. 그의 뒤로 파지직거리는 에너지로 눈부시게 빛나는 날개들이 펄럭였다.

벨제엘의 움직임은 티리엘이 엘드루인을 꺼내 간신히 공격을 막을 정도로 빨랐다. 두 검이 천둥 같은 소리를 내며 엄청난 힘으로 충돌하자 찰라드아르가 바닥으로 떨어진 뒤 옆으로 굴렀다.

벨제엘의 힘은 압도적이었다. 더구나 티리엘은 피를 많이 흘려 쇠약해진 상태였다. 엘드루인은 벨제엘의 공격을 막을 수 있지만, 티리엘의 손을 더 빨리 움직여 상대의 공격을 피하고 기습을 가할 수는 없었다.

티리엘은 맹렬한 공격을 피하려고 했지만 벨제엘의 움직임이 훨씬 더 빨랐다. 순간 티리엘은 방어 기술을 써서 가까스로 목숨을 구할 수 있었다. 티리엘이 무자비한 공격을 조금이라도 늦추기 위해 받침대를 방어벽 삼아 뒤로 물러서자 벨제엘이 칼날을 번뜩이며 가까운 허공을 맴돌았다. 그리고 조롱 섞인 말투로 말했다.

"그 뒤에 오래 숨어 있진 못할 거야. 대천사였던 위대한 티리엘이 이제…… 이렇게 시시해진 건가? 이곳에 더 이상 당신의 자리는 없어. 인간이 되기로 한 당신의 선택이 종말을 가져왔지. 난 기쁜 마음으로 당신을 끝장낼 거고."

벨제엘이 석조 기둥 위로 날아왔다. 티리엘은 가능한 한 시간을 끌기 위해 몸을 숙인 채 반대편으로 돌아갔다. 통증으로 가슴이 쑤셨고, 피로한 근육들이 후들거렸다. 호라드림은 지금쯤 차원문 근처에 다다랐을 것이다. 벨제엘을 조금만 더 붙잡아둔다면 그들은 무사히 네팔렘의 지하 묘지로 갈…….

벨제엘의 다음 공격은 티리엘이 전혀 예상치 못한 순간, 삽시간에 이어졌다. 그의 검이 단 한 번의 가공할 만한 가격으로 그들 사이에 있던 석조 받침대를 산산조각 냈다. 벨제엘이 분노의 괴성을 지르며 티리엘을 향해 날아왔고, 그의 검은 엘드루인과 부딪힌 뒤 그대로 밀어붙여 엘드루인의 칼자루를 티리엘의 얼굴 가까이로 가져갔다.

그 충격에 눈앞이 캄캄해지며 티리엘이 의회실 바닥으로 쓰러졌다. 정신이 아득하고, 몸에서는 피가 흐르며, 손가락이 굳고, 눈앞이 흐릿한 상태로 누워 있었다.

엘드루인은 어딘가 손이 닿지 않는 곳에 있었다.

하지만 티리엘은 검을 찾지 않았다. 더는 필요 없었다. 대신 다른 것을 향해 손을 뻗었다.

벨제엘은 티리엘의 팔을 살짝 그어 피가 솟구치게 한 뒤 득의만만한 표정으로 그의 앞에 섰다.

"무기도 없이 쓰러진 꼴이라니. 당신의 항복을 받긴 하겠지만 자비는 없을 거야."

벨제엘이 최후의 일격을 가하려고 검을 들어 올린 순간 티리엘이 다시 손을 뻗었고, 더듬대던 손가락이 마침내 찾던 물건을 찾았다. 티리엘은 찰라드아르를 붙잡아 자신의 가슴 위로 가져왔다.

벨제엘이 성배의 소용돌이치는 바닥을 뚫어지게 바라보았다. 그의 몸이 굳었고, 무기를 그 자리에 고정한 채 낮은 탄성을 질렀다. 티리엘은 벨제엘이 계속 성배 안으로 빠져들며 감각들이 순수한 감정의 거센 공격에 압도당하도록, 성배의 입구를 그에게 향한 채 성배를 바싹 끌어당기며 몸을 일으켰다. 그리고 그제야 엘드루인을 부르며 검을 찾았다. *저기에 있었다.* 너무 멀어 손이 닿지 않았다. 그러나 찰라드아르를 놓고 그리로 향한다면 금방 닿을 수 있는 거리였다.

벨제엘은 성배와 싸우고 있었다. 그 자리에 못 박힌 듯 서서 몸을 떠는 모습을 보니 그의 마음은 확실히 성배에 저항하고 있었다. 성배가 움직이면 잠깐 혼란에 빠질 터였다. 재빨리 움직여야 했다.

티리엘은 성배를 옆에 내려놓고 단 한 번의 동작으로 몸을 굴려 두 발로 일어섰다. 평생을 연마한 실력으로 엘드루인을 잡자마자 뒤돌아 공격 자세를 취했다. 하지만 생각보다 빨리 최면에서 깨어난 벨제엘은 티리엘의 계략에 분노의 함성을 지르며 벌써 움직이고 있었다. 벨제엘의 검이 휘익 공기를 가르며 어깨를 스치자 티리엘이 균형을 잃고 휘청거렸다. 그가 몸을 빙글 돌렸지만 별 소용이 없었다. 벨제엘의 검이 그의 두개골 측면을 강타했다. 티리엘은 쓰러지면서 이번에야말로 정말 끝이라고 생각했다.

이상한 색과 형태의 뿌연 안개 속에서 싸우는 동안 소리가 아주 먼 곳에서 들려오는 것 같았다. 티리엘이 휘청거리며 눈을 감았다.

눈꺼풀을 뚫고 눈부신 빛이 번쩍했다. 벨제엘이 승리의 괴성을 질렀다. 그러나 놀랍게도 그의 칼날이 티리엘의 살을 찢는 끔찍한 고통도, 흐릿해지는 의식이나 티리엘을 망각으로 잡아끄는 차가운 손가락도 없었다.

다시 눈을 떴을 때 티리엘의 눈앞에 눈부신 창에 꿰뚫린 루미나레이 부관이 있었다. 창이 그의 가슴 한가운데를 관통해 툭 튀어나와 있었다.

용기의 창 솔라리온이었다.

벨제엘이 내지른 소리는 승리가 아닌 고통의 괴성이었던 셈이다.

벨제엘은 땅에서 들린 채 몸을 빼내지도 못하고 무력하게 손발을 휘젓고 있었다. 그의 뒤에 창과 창에 꽂힌 천사를 들고 서 있는 임페리우스가 있었다.

티리엘은 발아래서 땅이 휘어지는 것을 느끼며 비틀비틀 일어섰다. 마음은 성난 말벌처럼 윙윙댔고 고통에 겨운 온몸은 움직이기를 거부했다. 하지만 티리엘은 몸을 펴고 당당히 섰다. 지금 최후를 맞아야 한다면 기쁘게 맞을 터였다.

벨제엘이 다시 비명을 질렀고 소리가 티리엘의 고막을 찢을 것처럼 점점 더 커졌다. 크리스털 천장이 불길하게 갈라지면서 빛줄기 속에 먼지와 부스러기들이 마치 눈발처럼 그들의 머리 위로 떨어졌다. 마치 사라지기 직전의 태양처럼 빛이 작열하면서 벨제엘의 상처가 환해지고, 더욱 환해졌다.

그리고 마침내 사라졌다.

임페리우스는 부관의 잔해를 옆으로 내던진 뒤 솔라리온을 티리엘에게 겨눴다.

"당신이 이런 식으로 죽음을 맞이하게 할 순 없다. 하지만 천상을 거역해 저지른 죄에 대해선 책임져야 할 거다, *형제여.*"

"마치 악마에게 하듯 파괴자를 보내 추격하고선 여전히 날 형제라고 부르는군."

임페리우스가 잠깐 멈칫했다. 그의 목소리에 슬픔 비슷한 것이 묻어났다.

"어떻게 그리 말할 수 있지? 내가 알았다면 절대 그런 행동을 용납하지 않았을 것이다."

"우린 수천 년 동안 논쟁을 벌여왔으니까……."

"그리고 전장에서는 서로의 목숨을 셀 수 없이 많이 구했지. 난 벨제엘에게 심판의 무대에 세울 수 있게 당신을 고이 데려오라고 지시했다. 하지만 당신은 천상의 의지를 거스르고 의회의 결정에 반기를 들었지. 도둑의 무리를 이끌고 천상의 한복판으로 쳐들어왔단 말이다. 우린 당신을 가두고 대천사의 지위를 박탈할 것이다."

"난 날개를 떼어 낸 순간 이미 당신들의 일원이 아니었다, 임페리우스. 이제야 확실히 알겠군."

"어쩌면 그럴지도. 하지만 당신이 불러 모은 필멸자들이 이곳에 침입해 천사들을 죽였다! 나는 항상 당신이 자신의 선택에 오류가 있다는 사실을 깨닫기를 바랐다. 인간들이 무슨 짓을 저지를 수 있는지를 보고, 불타는 지옥과의 전쟁에서 확실한 승리를 거두기 위해 왜 인간이라는 역병을 영원히 말살해야 하는지 이해하길 바랐다. 그런데 지금 당신은 이렇게 내 앞에 서 있고, 심지어 난 당신을 살리기 위해 루미나레이 부관을 죽이기까지 했다. 그런데 암살자를 보내 당신을, 종말까지 나의 형제가 되리라고 생각했던 자를 죽이려 했다고 날 비난하는 건가?"

"난 당신의 말을 믿지 않는다. 게다가 우리에겐 선택의 여지가 없었다. 영혼석은……."

"당신이 저지른 잘못에 영혼석을 핑계로 내세우지 마시오! 영혼석은 우리의 감시를 받으며 이곳에 안전하게 있었소! 인간 세계에서보다 천 배는 더 안전하게 말이오. 그런데 지금 당신이 우리 모두를 위험에 빠뜨렸……."

"아니에요, 임페리우스."

다른 두 존재가 의회실로 미끄러지듯 들어오더니 등 뒤로 날개를 활짝 펼치며 날아올라 임페리우스에게 다가갔다.

아우리엘과 이테리엘이었다.

말을 한 사람은 아우리엘이었다. 그녀는 티리엘과 임페리우스 사이에 자리를 잡았다.

"티리엘이 그의 목적을 이루기 위해 선택한 방법은 최선이 아닐 수도 있지만, 그가 옳았어요. 검은 영혼석은 서서히 우리들 세계를 물들이고 있었어요. 계속 그대로 뒀다면 우리 모두 영원히 어둠에 패배했을 거예요."

임페리우스의 분노가 커졌다.

"이성을 잃었군, 아우리엘. 영혼석은 대악마를 가둔 감옥일 뿐이오……."

"나는 그것이 어떻게 작동하는지 몰라요."

아우리엘이 말했다.

"내가 느끼고 본 것만 알 뿐이지요. 그리고 정원과 의회실 내부의 타락은 실제로 일어난 일입니다. 영혼석은 우리가 이제야 겨우 알기 시작한 방식으로 우릴 변화시켰어요. 처음엔 자부심에 눈이 가려진 자들이 알아챌 수 없을 정도로 미묘한 방식이었죠. 아직도 모르겠어요? 벌써 오염이 옅어지고 있어요."

아우리엘이 티리엘을 향해 몸을 돌렸다.

"어쩌면 필멸자 한 명의 희생 덕분에 내가 진실을 알게 된 건지도 모르겠어요."

"하지만 인간들은 마땅한 책임을 져야 할 것이오."

임페리우스가 말했다.

"천사들의 목숨이 희생되었소. 루미나레이가 영혼석을 원래 있던 자리인 이곳으로 다시 가져올 것이오."

"그러지 않을 거예요. 내가 그들에게 인간들을 보내주라고 명령했으니까요."

"당신이 뭘 했다고?"

임페리우스가 몸을 꼿꼿이 세웠고, 잠깐이지만 아우리엘을 공격할 것처럼 보였다.

"당신에겐 그럴 *권리*가 없소!"

"인간들은 우리가 닿을 수 없는 곳으로 사라졌어요. 임페리우스. 영혼석은 안전한 어딘가에 있고, 우린 그곳의 위치를 모르는 편이 나아요. 천상은 다시 평화로워질 수 있어요. 당신의 자부심과 분노가 우리가 다시 하나 된 사실에 어두운 그림자를 드리우게 하지 마세요. 우리의 자비를 보여줍시다."

"자비는 약함의 상징이오. 전쟁에 자비를 위한 자리는 없소."

"당신은 사랑에 대해서도 그렇게 말하겠지요. 그리고 연민에 대해서도요. 하지만 우리는 전쟁과 평화의 시기에 이러한 가치들을 소중해 여겨야 해요. 사랑과 연민은 약함이 아니라 강함의 상징이에요."

아우리엘이 의회실 중앙으로 이동했다.

"의회에 긴급 투표를 제안하는 바입니다. 티리엘을 재판에 회부하고 죄를 판단하기 위해 심판의 무대에 세우자는 안건과 지혜의 화신으로서 의회의 회원 자격을 유지하며 천사와 인간 사이를 중재하는 대사의 임무를 맡기자는 안건이 있습니다."

"당신은…… 그럴 수 없소."

"나는 이미 제안했어요."

아우리엘이 자신의 검을 들어 올렸다.

"나는 티리엘을 복귀시키고 성역으로 돌려보내는 안에 찬성합니다. 성역은 티리엘이 있고 싶어 하는 하는 곳이자 그가 속한 곳입니다. 처음부터 그렇게 되길 원했던 만큼 티리엘은 영혼석을 잘 지킬 수 있을 거예요."

아우리엘이 티리엘을 향해 몸을 돌렸다.

"난 당신이 계속 의회에서 활동하기를 바랐지만, 어쩌면 우리가 당신에게 선택의 여지를 주지 않는지도 모르겠네요. 당신의 이야기에 귀를 기울이지 않아서 미안해요, 형제여. 그리고 당신이 아는 유일한 고향을 떠나 이런 길을 선택하게 돼서 유감이에요. 그러나 한편으론 그것이 당신의 선택이었다는 생각도 드는군요."

그녀가 다시 임페리우스를 돌아보았다.

"당신의 선택은 무엇인가요?"

"나는……."

임페리우스가 고심하는 동안 그의 등 뒤에서 날개가 탁탁 소리를 냈다.

"그는 재판에 회부되어야 하오!"

"이테리엘은 어떤가요?"

앙기리스 의회의 마지막 회원은 한참을 침묵한 채 공중에 머물렀다. 전혀 말을 할 생각이 없는 듯했다.

"그는 이제 대천사가 아니지만……."

이테리엘이 마침내 입을 열었다.

"여전히 의회의 회원입니다. 티리엘은 두 세계를 구하려는 최선의 의도를 가지고 행동했습니다. 그 때문에 이곳에서 심판을 받아서는 안 될 것이며, 나는 그가 다른 곳에서 자신이 구하는 답을 찾기를 희망합니다. 나는 더 이상 그의 운명을 볼 수가 없습니다."

"당신들 둘 다 제정신이 아니야!"

임페리우스의 목소리가 천둥처럼 울리자 먼지와 크리스탈 조각들이 비처럼 떨어졌다. 그가 다시 창을 소환하자 솔라리온이 섬광을 내뿜었고, 티리엘은 임페리우스가 솔라리온을 사용할 거라고 생각했다.

"당신들은 우릴 파괴할 선택을 했소! 이나리우스는 악마의 자손들을 낳음으로써 천사의 성스러운 정수를 더럽히고, 우리 모두의 수치와 어둠인 인간들을 가져왔지. 이제 검은 영혼석은 성역의 문을 열어 대악마를 복귀시키고, 지옥의 문들은 혐오스러운 것들을 마구 쏟아낼 것이오!"

"영혼석을 숨길 기회를 잡는 것이 더 현명한 선택이오. 영혼석이 계속 이곳에 있으면 천상은 속수무책으로 타락하다 어둠으로 떨어질 게 분명하오."

티리엘이 말했다.

"우리 형제자매들의 죽음은 *당신의* 책임이 될 것이오."

임페리우스가 솔라리온을 비난의 손가락처럼 티리엘에게 겨누며 그 앞에 내려섰다.

"당신은 마침내 찰라드아르를 들여다보았지. 성배가 이런 결과는 알려주지 않던가? 배운 게 *아무것도* 없었소?"

티리엘은 자신의 대답을 기다리는 전우를 보며 씁쓸하게 웃었다. 결국 임페리우스는 벨제엘의 행동에 대한, 최소한 그가 한 짓 전부에 대한 책임은 없었다. 하지만 성역에 대한 임페리우스의 생각은 절대 바뀌지 않을 것이다. 임페리우스는 사물을 옳음과 그름, 선과 악으로만 보았다. 거기에는 미묘함이나 회색의 색조가 끼어들 자리가 없었다.

티리엘은 잠깐, 자신이 날개를 떼어 내고 인간이 되지 않았더라면 무슨 일이 벌어졌을까를 두고 생각했다. 그는 어떻게 되었을까? 결국 임페리우스의 믿음이 옳다고 확신하게 되었을까? *그는 여전히 나의 형제이다.* 하지만 임페리우스에 대한 티리엘의 신뢰는 회복되기 어려울 정도로 훼손되었고, 임페리우스 역시 그를 다시 예전처럼 보지 않을 게 확실했다.

어쩌면 티리엘은 일련의 시간들을 보내고 나서 천사보다는 인간에 더 가까워졌는지도 모른다.

"난 성배를 사용했소. 성배에는 모든 지각 있는 존재들의 감정이 담겨 있다고 하는데, 아마 사실일 거요. 비록 내가 그들과 똑같이 될 순 없지만, 나는 인간이 된다는 게 어떤 것인지 알게 되었소. 하지만 이러한 감정들을 한꺼번에 시켜보게 되면, 그것들과 거리를 두다가 결국에는 아무 상관도 없게 되오. 내가 발견한 것은 자비의 종말이자 사랑과 친절의 종말이었고, 감정의 종말이었소. 절대 그것들의 시작이 아니었소."

티리엘의 말이 계속 이어졌다.

"찰라드아르는 그 일을 하는데 실패했소. 난 인간의 세계에 남아 인간이 가진 선과 빛의 가능성을 끌어안기로 결정했소. 당신은 인간들을 포용하기에는 그들이 가진 악의 가능성이 너무 크다고 믿을 것이오. 하지만 나는 우리가 그러한 위험을 감수해야 한다고 믿소. 인간이 없다면 모든 희망은 사라지고, 결국 어둠이 최후의 승리를 거두게 될 것이오."

"지금 내게 등을 돌린다면 우린 영원히 적이 될 것이오."

임페리우스가 말했다. 차분한 목소리였지만 그에게서 느껴지는 차가움은 강렬했다.

"다시는 되돌릴 수 없는 선택이 될 것이오, 티리엘."

티리엘은 여전히 가까운 바닥에 떨어져 있는 성배를 보았다. 그리고 친숙한 무게감과 에너지를 느끼며 성배를 집어 들었다. 하지만 찰라드아르의 바닥을 들여다보고 싶은 갈망은 사라지고 없었다.

이렇게 작은 물건이 그토록 대단한 힘을 가지고 있다니. 하지만 이제 성배는 내게 그러한 힘을 발휘하지 못하리라. 이제 더 이상은. 티리엘은 속으로 생각했다.

티리엘은 임페리우스가 있는 쪽으로 성배를 던졌다. 성배는 바닥에 떨어져 구르다가 정확히 임페리우스의 발 앞에서 멈췄다.

"나는 필멸자이고 앞으로도 계속 필멸자일 것이오. 그리고 당신들이 그 사실을 인정하든 안 하든 인간은 당신들 모두의 미래가 될 것이오."

티리엘은 몸을 돌려 의회실을 나온 뒤, 알 수 없는 새로운 미래를 향해 발걸음을 내디뎠다.

42장

네팔렘의 귀환

티리엘은 가버렸다.

그들은 무사히 차원문을 통과해 마침내 네팔렘의 도시에 들어왔다. 들어오자마자 제이콥의 머릿속에 가장 먼저 떠오른 것은 그들이 자신의 가장 중요한 일부를 뒤에 남겨 놓고 왔다는 사실이었다. 마치 팔다리를 잃은 것만 같았다.

티리엘이 지금까지 살아있을 가능성은 희박했다. 그들의 지도자는 죽은 게 확실했다.

가인버는 가방을 바닥에 내려놓았다. 그러고는 가능한 멀리 떨어져 벽에 어깨를 기댄 채 피가 잔뜩 묻은 손으로 무릎을 짚었다. 그녀는 금방이라도 쓰러질 것처럼 보였다. 피부는 창백했고 가쁜 숨을 몰아쉬었다. 그들은 모두 검은 영혼석이 발산하는 뜨겁고 불길한 기운을 뼛속 깊이 느끼고 있었다. 하지만 네팔렘의 도시를 천사와 악마들로부터 숨겨주는 보호의 주문이 지하 묘지 안에 있는 영혼석을 안전히 지켜줄 것이다. 그들은 영혼석을 라키스가 영원히 잠들어 있는 동굴의 가장 은밀한 방으로 가져가 땅속 깊이 묻을 것이고, 영혼석은 그곳에서 영원히 잠들 터였다.

임무를 마저 끝내는 일이야말로 성역을 구하고자 자신의 목숨을 희생한 사람들에게 바칠 수 있는 유일한 헌사였다. 제이콥은 여기까지 온 이상 그 일을 반드시 해낼 생각이었다.

"정말 괜찮은 거야?"

샤나르가 옆에서 제이콥의 어깨를 감싸 안자 그녀의 아름다운 얼굴이 그의 얼굴에 닿을 듯 가까워졌다. 그녀가 그의 가슴에 있는 아문 상처를 쓰다듬자, 제이콥은 처음으로 상처가 환영들이 그에게 남긴 흔적 부위에서 정확히 끝난다는 사실을 깨달았다. 기이한 초승달 무늬가 사라지고 대신 다른 상처가 생겼다. 제이콥은 자신의 내부에 뭔가 다른 것이 있는 걸 느꼈는데, 마치 몸 안에 뭔가를 넣고 다니는 것 같았다. 이상하긴 했지만 완전히 나쁜 느낌은 아니었다. 자일이 그에게 무슨 일을 했든 그는 지금 살아 있었다. 그 사실은 시카아이의 검이 처음 표식을 찾아낸 순간 그가 바라던 것 이상이었다.

제이콥은 샤나르의 질문을 곰곰이 생각해보았다. *정말 괜찮은가?* 제이콥은 자신의 내부에서 뭔가 달라진 것을 느끼며 고개를 끄덕였다. 그것은 그가 시카라이와의 전투에서 얻은 새로운 자신감이었다. 그의 힘은 절대 엘드루인이나 어떤 다른 무기에서 나오는 것이 아니라 그의 내부에서 나왔다.

샤나르도 어쩌면 그러한 변화를 눈치 챘는지 모른다. 샤나르가 처음으로 장난스런 태도를 버리고 제이콥에게 부드럽게 입을 맞췄다.

"신이여, 감사합니다."

그녀가 나직이 중얼거렸다.

"그런데 당신은 이번에 내게 빚진 거야. 바닥에 온통 피를 쏟는 걸 보고 얼마나 놀랐는시 몰라."

제이콥은 웃었지만 마음은 여전히 무거웠다.

"가서 가인버를 살펴봐줘. 부상당한데다 영혼석이 그녀에게 무슨 짓을 했는지 모르잖아. 우린 곧 여길 떠나야 할 거야. 그렇지 않으면 모두 위험해질 수 있어."

샤나르는 한동안 제이콥을 유심히 보더니 이윽고 고개를 끄덕였다.

"두목인 걸 깜박했네. 어서 익숙해져야 할 텐데 말이야."

가인버에게 향하던 그녀가 다시 뒤를 돌아보며 말했다.

"그는 아직 살아있을 수 있어. 아직은 포기하지 마."

제이콥은 고개를 저었다. 그를 위해 슬퍼할 시간은 있겠지만, 지금은 아니었다. 티리엘은 제이콥이 호라드림의 지도자가 되길 원했고, 그는 그 일을 할 생각이었다. 그에게는 보살펴야 할 다른 이들과 완수해야 할 중요한 일들이 있었아. 그리고 바깥의 어둠 속 어딘가에는 여전히 환영들이 있었다. 성역은 전혀 안전하지 않았다.

쿨렌은 돌벽에 앉아 있었고, 그 옆에 수도사가 있었다. 동굴로 돌아오고 나서 말을 한 마디도 하지 않은 쿨렌은 지금은 허공을 바라보고 있었다. 안경을 잃어버린 쿨렌은 더 부드럽고 연약해 보였지만, 그의 주위에는 다른 사람이 함부로 다가갈 수 없는 새로운 에너지가 감돌고 있었다.

제이콥은 강령술사를 바라보았다. 자일은 빈껍데기만 남은 듯 보였다. 여전히 거무스름한 팔목을 부여잡은 채 서 있었고, 험바트는 제이콥에게는 들리지 않는 낮은 소리로 뭔가를 중얼대고 있었다.

"당신이 내 목숨을 살렸어요. 당신의 희생에 어떻게 보답해야 할지 모르겠습니다."

제이콥이 말했다.

자일은 고개를 한 번 끄덕였는데, 눈동자에 예전의 그 기이한 반짝임이 살짝 돌아와 있었다.

"당신이 나였더라도 같은 일을 했을 겁니다……."

뭔가가 어깨를 스치는 듯하더니 제이콥의 몸이 옆으로 밀쳐졌다.

"당신……."

가인버가 숨을 헐떡이며 자일을 가리켰다. 팔에서는 여전히 피가 흘렀지만 속도는 한결 느렸다. 제이콥은 이제 그녀가 살 수 있겠다고 생각했다.

제이콥은 야만용사가 강령술사를 공격할지 모른다고 생각하는데, 놀랍게도 그녀가 한 손을 내밀었다.

"당신이 사용하는 마법이 여전히 탐탁치는 않지만 내 잘못은 인정해야 할 것 같아요. 언제든 내 옆에서 싸우는 걸 환영해요, 강령술사."

자일이 희미한 미소를 지으며 거무스름한 오른쪽 팔목을 내밀었다.

"당분간은 누구와도 악수하기 힘들 것 같지만, 그래도 고맙습니다."

"아, 그렇군요. 미안합니다."

가인버가 작은 소리로 말했다.

그들은 빠르게 다가오는 발자국 소리에 고개를 돌렸다. 로라스 나르가 동굴 안으로 들어왔고, 뒤이어 기사 몇 명과 그들이 뒤에 남겨뒀던 게아 쿨의 호라드 림이 따라 들어왔다. 로라스는 그들을 보자 기쁨을 감추지 못했지만, 제이콥에게 무슨 일이 있었는지 들은 뒤에는 안색이 어두워졌다. 축하의 분위기는 순식간에 죽은 자들에 대한 엄숙한 존경의 분위기로 바뀌었다.

하지만 티리엘이 차원문을 통과해 나타나자 모든 것이 순식간에 변했다.

예전의 대천사는 그가 살아 돌아온 것을 기뻐하며 주위로 몰려든 남은 사람들을 살펴보았다. 몇 주 전까지만 해도 낯선 이들의 집단에 불과했던 그들은 이제 자신의 목숨을 바칠 만큼 서로를 신뢰하는 소규모 전사 집단이 되어 있었다. 그들은 도저히 넘을 수 없는 도전들을 극복하고 살아남았으며, 검은 영혼석은 이제 안전하게 지하 묘지에 놓여 있었다.

그러나 그들의 승리는 끔찍한 희생이 없었다면 이루지 못했을 것이다.

들뜬 분위기가 조금 진정되자 티리엘이 쿨렌의 어깨에 손을 얹었다.

"우리는 훌륭한 사람을 잃었습니다. 토마스를 절대 잊지 못할 겁니다."

"절대로요."

그렇게 말하는 쿨렌의 볼에 눈물이 한 방울 또르르 흘러내렸다.

"내게는 형제나 다름없는 사람이었어요."

"심판의 무대에서 보여준 당신의 행동이 우리의 목숨을 구했습니다."

티리엘이 말했다. 그리고 그의 앞에 모인 사람들을 바라보았다.

"당신들 모두의 노력이 없었다면 시카라이는 우리를 학살했을 것이고, 영혼석은 천상에 그대로 남았을 것입니다. 성역 전체가 그들의 생존에 대해 당신들에게 감사해야 할 겁니다. 얼마전 나는 당신에게 스스로 저지르지도 않은 일을 책임져 달라고 요청하며 엄청난 짐을 떠안겼습니다. 비록 성공 가능성은 희박했지만, 나는 그 일을 하면서 당신들이 각자 자신의 사명을 받아들이고 목적을 이루길 원했습니다. 이제 나는 당신들이 소명을 뛰어넘는 일을 해냈고, 우리가 이루기 위해 싸웠던 모든 걸 성취했다고 자신 있게 말할 수 있습니다. 영혼석은 다시 성역으로 돌아왔고, 이곳에서 우리의 감시를 받게 될 것입니다. 당신들 한 명 한 명이 모두 영웅입니다."

그들 사이에서 작은 환호성이 터지자 티리엘이 손을 들어 올렸다.

"아직 다 끝나지 않았습니다. 벨제엘은 패배했고 대천사들은 우리에게 평화를 약속했지만, 성역에는 여전히 위험이 남아 있습니다. 환영들은 아직도 사람들을 납치하고 있으며, 떠돌이 악마들은 반드시 궤멸되어야 합니다. 천상에서 나와 함께 싸웠던 사람들은 영혼석의 영향이 줄도록 멀리 떨어져서 휴식을 취한 다음, 그들과의 전투를 시작할 것입니다. 나머지는 이곳에 남을 것입니다. 우리는 영혼석을 라키스의 무덤에 묻고 봉인해야 하며, 무덤은 절대 다시 열리지 말아야 합니다. 여기에 남는 사람들은 이곳의 수호자가 될 것이고, 영혼석의 비밀은 수호자와 함께, 오직 그들에게만 남겨지게 될 것입니다."

티리엘은 지금껏 작업해서 이제는 거의 완성을 눈앞에 둔 서책을 떠올렸다. 서책에는 레아와 데커드 케인의 기록, 그가 인간으로서 배운 것들에 대한 간결한 설명, 즉 자신을 여기까지 이끌어온 것들에 대해 기록이 담겼다. 그는 그 서책을 호라드림에게 주어 잘 보관하게 할 생각이다. 티리엘은 새로운 삶에 대해 여전히 배울 게 많았고 미래는 불확실했다. 하지만 그는 자신이 할 수 있는 방식으로 빛을 섬기며 성역에서 살아가리라는 사실을 알았다.

성역은 이제 그의 고향이었다.

에필로그

수호자

한때 놀런이었던 자가 악취 나는 감방의 짙은 어둠 속에 웅크리고 있었다. 성스러운 기사단 교회의 지하 비밀 감옥을 급습했던 경비병들은 한참 전에 떠났고, 그들은 지상으로 올라가는 계단의 맨 아래에 있던 것 하나만 남기고 모든 횃불을 치워버렸다. 상관없었다. 그는 낯선 인간의 눈을 가지고 보는데도 많은 빛을 필요로 하지 않았다.

다음날 아침 경비병들이 다시 왔을 때쯤 그들의 세상은 완전히 바뀌어 있을 것이다.

그가 서부원정지에서 자신의 목적을 위해 조종했던 기사단 조직은 무너졌다. 기사단원들은 지금 죽었거나 그와 함께 감방에 갇혀 있었다. 수호자에겐 그리 큰 손실은 아니었다. 놀런은 정신이 나약한 자였고, 기사단은 더 거대한 계획의 더 중요한 활동을 은폐하고 적들의 주의를 분산하기 위한 수단일 뿐이었다.

수호자는 그들의 계획이 결실 맺기를 기다리며 한동안 놀런의 눈을 통해 지켜보았다. 그의 육체와 정신을 점령하기란 쉬웠고, 기다림은 수천 년을 존재하면서 익숙하게 해온 일이었다.

하지만 이제 상황이 변했다. 새로운 접근법을 실행할 시간이었다.

수호자는 감방의 한쪽 구석에 쌓인 시체들을 보았다. 기사들이 문을 잠그고 떠났을 때 감방 안에는 그와 함께 모두 여섯 명이 있었고, 공간은 무척 비좁았다. 그는 죽은 자들의 겁에 질린 얼굴을 유심히 살폈는데, 핏기가 싹 가진 채 경악스러운 표정 그대로 굳어져 있었다.

죽음은 공허이며 필멸자들은 그것을 두려워한다.

두려움은 그가 이용할 수 있는 수단이었다.

벨제엘은 실패했고 앙기리스 의회는 행동에 나서기를 거부했다. 그 역시 그리 대단한 손실은 아니었다. 수호자는 벨제엘이 성역을 숙청하는 일에 동참할 수 있을 만큼 오래 살아남을지에 대해 별로 걱정하지 않았다. 지상에서 그를 도울 자들은 이미 충분했다.

죽음의 천사들.

그가 자신의 편으로 끌어들이길 고대했던 새로운 천사의 죽음마저도 그의 계획에 치명적인 타격은 아니었다. 그리고 지금, 스스로를 호라드림이라고 부르는 바보들 덕분에 퍼즐의 마지막 조각이 그의 수중에 들어와 있었다.

수호자가 일어서서 두 팔을 쫙 펼치자 놀런의 육체가 변화하기 시작했다. 팔과 다리가 길어졌고, 척추가 늘어나고 구부러지며 쩍 갈라졌으며, 힘줄과 인대가 압력을 견디지 못하고 툭툭 튀어나왔다. 살이 녹아 부드러운 버터처럼 뼈에서 흘러내렸다. 감방 안에 살아남은 자가 있었다면 공포에서 탈출하려고 손으로 강이라도 팠을 것이다.

"이봐요."

누군가 나른 감방에서 소리쳤다.

"거기 무슨 일이오? 뼈 부러지는 소리가 들리던데? 놀런 주인님, 괜찮으십니까?"

수호자는 대답하지 않았다. 그가 기이할 정도로 긴 팔을 뻗어 감방 문을 세게 치자 문의 돌쩌귀가 떨어져나갔다. 두꺼운 쇠창살이 쨍그랑 소리를 내며 벽에서 뜯겨 흙먼지를 일으키며 바닥으로 떨어졌다. 수호자는 깜박이는 불빛으로 다가가더니, 불길을 끌어당기며 횃불의 에너지를 흡수해 불을 꺼뜨렸다. 다른 감방에 있던 자들이 살려달라고 비명을 질렀다.

세상이 암흑 속으로 거꾸러졌다.

수호자는 이곳에 갇힌 인간들의 영혼부터 처리한 다음 지하 묘지로 향할 터였다. 그리고 나서 성역에 있는 인간들의 머리 위에 공포와 파괴의 비를 내릴 터였다.

마침내 그의 본모습을 드러낼 시간이 찾아왔다.

검은 영혼석이 기다리고 있다.

감사의 말

다른 이들의 놀이터에 끼어들어 같이 노는 일은 내게 설레면서도 벅찬 일이었다. 블리자드 엔터테인먼트의 놀라울 정도로 재능 많은 팀원들에게 많은 감사를 드린다. 그들은 나와 함께 아이디어를 구상하고, 디아블로 세계에 관한 내 질문에 흔쾌히 답해주었다. 그리고 내가 조금씩 올바른 방향으로 나아가는 동안 무한한 인내심을 보여주었다. 미키, 맷, 제리, 조슈아, 숀, 브라이언(누군가 빠뜨리는 사람이 있을 것 같으니 이쯤에서 그만하겠다), 그대들의 열정과 지원에 감사드린다. 현명한 조언과 면밀한 검토, 놀라운 편집 기술을 제공해준 시몬 앤 슈스테르의 에드 슐레진저 편집자에게 특별한 감사를 전한다. 그가 없었다면 이 책은 세상에 나오지 못했을 것이다. 글을 쓰는 동안(그리고 성질부리는 동안) 잘 참아준 내 아이들, 에밀리, 해리슨, 애비, 엘리 로즈에게 고맙다는 말을 전하고 싶다. 마지막으로 내 평생의 사랑이자 영원한 달인 아내 크리스티에게 변함없이 열렬한 지원과 지지를 해줘서 고맙다고 전하고 싶다.